Marry you.
- 너와의 결혼 -

지은이 | **최효희**
펴낸이 | 권순남
펴낸곳 | (주)마야 · 마루출판사

1판1쇄 인쇄일 | 2015년 5월 27일
1판1쇄 발행일 | 2015년 5월 29일

등록일자 | 2008년 1월 7일
등록번호 | 제310-2008-00001호

주소 | 서울시 노원구 상계 1동 1049-25 신영산업 BD 602호
대표전화 | 02-2091-0291
팩스 | 02-2091-0290
이메일 | marubooks@hanmail.net

978-89-280-5926-3(03810)

값 9,000원

* 저자와 협의하여 인지를 붙이지 않습니다.
* 잘못된 책은 교환하여 드립니다.

「이 도서의 국립중앙도서관 출판시도서목록(CIP)은 서지정보유통지원시스템 홈페이지(http://seoji.nl.go.kr)와 국가자료공동목록시스템(http://www.nl.go.kr/kolisnet)에서 이용하실 수 있습니다.」
(CIP제어번호:CIP2015014609)

-너와의 결혼-

Marry you.

최효희 지음

MAYA & MARU ROMANCE

✱ CoNTeNTs ✱

프롤로그 …007

제1장. 그녀, 우태은이 되다 …022

제2장. 맞선을 보다 …055

제3장. 그녀와 만나다 …087

제4장. Marry you …114

제5장. 첫사랑 …146

제6장. 인연 …174

제7장. 입맞춤 …193

제8장. 그를 알게 되는 시간 …211

제9장. 그들이 변해 가는 시간 …234

제10장. 납치 (1) …275

제11장. 납치 (2) …301

제12장. 첫사랑과 사랑하다 …326

제13장. Loving you …355

에필로그 (1) …379

에필로그 (2) …389

작가 후기 …403

- 너와의 결혼 -
Marry you.

프롤로그

우르릉 쾅!

하늘이 두 동강 나는 것처럼 요란한 천둥소리와 함께 장례식장 건물 뒤로 긴 번개가 매섭게 내리꽂혔다. 번개의 섬광이 사라지고 장례식장이 다시 어둠에 휩싸인 순간 스산한 주차장 안으로 낡은 승용차 한 대가 들어섰다. 운전석에 타고 있던 남자의 시선이 무심코 섬광이 사라진 하늘로 향했지만 그는 지체하지 않고 우산을 챙겨 들고 차에서 내렸다. 뒷좌석에 앉아 있던 그의 아들 서준도 차에서 내리며 우산을 펼쳤다. 빗속으로 내려선 부자의 표정은 차분한 듯 보이면서도 묘하게 경직돼 있었다. 그런 그들의 심정은 아랑곳하지 않고 장례식장은 빗속에서 더욱 음침하고 서늘한 기운을 내뿜고 있었다.

"들어갈까?"

"네."

서준은 아버지를 바라보며 제법 의연하게 고개를 끄덕였다. 아침부터 줄기차게 내리기 시작한 빗줄기는 날이 저문 지금까지도 그 기세가 좀처럼 수그러들지 않고 있었다. 우산을 받쳐 쓰고 걸어도 어깨며 종아리가 금세 축축하게 젖어 들었다. 하지만 서준은 아무 말 없이 아버지의 뒤를 따랐다.

장례식장은 입구부터 검은색 옷을 입은 사람들이 즐비하게 서 있었다. 사람들 사이를 비집고 안으로 들어서자 짙은 향내가 훅 하고 폐부로 스며들었다. 향내와 함께 힘든 기억 하나가 턱하니 가슴을 치받으며 떠오르자 서준은 아버지를 바라보았고, 그 순간 부자의 시선이 마주쳤다.

"괜찮니?"

평상시와 다를 것 없는 표정과 목소리였으나 그에게 괜찮은지를 묻고 있다는 사실만으로 지금 아버지도 엄마를 떠올리고 있다는 것을 서준은 알 수 있었다.

"네."

"넌 어릴 때 봬서…… 잘 기억이 나지 않을 거야."

담담한 목소리와는 달리 붉어진 아버지의 눈자위는 그 안의 슬픔이 얼마나 큰지를 여실히 보여 주었다.

"저쪽으로 가서 인사 먼저 드리자."

"네."

아버지가 먼저 화려한 국화 장식 사이에 놓인 영정사진을 향해 걸음을 옮겼다. 따라 걷는 서준은 이유 없이 발끝이 찌릿찌릿 저려 왔다. 하지만 묵묵히 아버지의 뒤를 따라 영정사진 앞에 향을 꽂은 뒤 아버지 곁에서 절을 올렸다. 허리를 굽혀 마지막 예의를 갖춘 그들은 상주가 서 있는 방향을 향해 함께 몸을 틀었다.

 그 순간 서준은 자신도 모르게 멈칫하며 놀라고 말았다. 상주 자리에 자그맣고 가녀린 체구의 열 살 안팎으로 보이는 어린 소녀가 홀로 서 있었기 때문이다. 검은 상복과 극명하게 대조를 이루는 새하얀 피부의 소녀는 마치 피가 흐르지 않는 플라스틱 인형처럼, 아니 백지처럼 창백하고 힘겨워 보였다. 당장이라도 쓰러질 듯 지쳐 보이는 표정을 하고도 소녀는 묵묵히 아버지와 맞절을 마쳤다. 그 모습이 서준의 눈에는 감정 없는 인형의 움직임처럼 보였다. 그런데 고개를 드는 소녀의 뺨 위로 여러 갈래의 마른 눈물 자국이 보이자 그의 가슴에 설명할 수 없는 기묘한 파장이 일었다.

"저쪽으로 가자."

 아버지가 서준을 빈 테이블 쪽으로 슬그머니 밀며 말했다. 그들 뒤로 상주에게 인사를 하기 위해 기다리는 사람들이 벌써 여럿 서 있었다.

"상주가 저 아이뿐인 거예요?"

 서준의 질문에 아버지는 씁쓸한 표정으로 고개를 저었다.

"외삼촌이 한 분 계신 걸로 알고 있는데, 잠깐 자리를 비웠나 보구나."

"외삼촌이요?"

"그래."

'어머니는요?' 하고 묻고 싶은 마음을 누르고 서준은 컵에 물을 가득 따랐다. 공연히 목이 타는 것 같았다.
"두 분이세요?"
그때 앞치마를 두른 아주머니가 기다렸다는 듯 그들 곁으로 다가와 물었다.
"네."
아버지의 대답이 끝나기가 무섭게 아주머니는 미리 반찬 접시를 담아 두었던 커다란 은색 쟁반을 가져와 테이블 위로 빠르게 접시들을 내려놓기 시작했다. 뒤이어 다른 아주머니 한 분이 기름기가 가득한 시뻘건 육개장과 밥공기를 각각 그들 앞에 놓아 주었다.
"드시고 부족하시면 말씀하세요."
"먹자."
아버지의 말씀에 서준은 숟가락을 집어 들었다. 하지만 입안이 껄끄러웠다. 게다가 육개장의 붉은 기름은 마치 짐승의 핏물처럼 비릿하고 역겹게 느껴졌다. 그런데도 아버지는 식사를 하는 것이 최대의 예의인 양 묵묵히 수저를 들어 육개장에 밥을 말고 있었다. 서준도 마지못해 밥을 한 수저 떠 입안으로 밀어 넣었다.
된 밥알을 씹기 시작하며 서준은 상주 자리에 서 있던 소녀를 다시 한 번 흘낏 바라보았다. 소녀는 여전히 창백한 낯빛으로 끊이지 않고 들어서고 있는 문상객을 맞고 있었다. 당장이라도 쓰러질 듯 힘겹게 움직이면서도 묵묵히 문상객을 맞고 있는 소녀는 지금 장례식장이 아니라, 마치 눈 덮인 설산을 홀로 등반하고 있는 것처럼 외롭고도 고단해 보였다. 저대로 쓰러지면 눈 속에 파묻혀 아무도 소녀를 찾아낼 수 없게 될 것 같았다. 이유를 설명할 수 없는 불편함 내지는 불안함이었다.

"아버지."

"응?"

"저 아이 어머니는요?"

더 이상 궁금함을 참을 수 없었기에 결국 서준은 묻고 말았다.

"돌아가셨어."

그 순간 입안을 이리저리 뒹굴고 있던 다 씹지 못한 밥알을 꿀꺽 삼킨 서준은 다시 고개를 돌려 소녀를 바라보았다.

"갓난아기 때 돌아가셨다고 하더구나."

짧게 말을 덧붙인 아버지는 마치 여러 날 굶은 사람처럼 더욱 속도를 내 육개장을 먹기 시작했다.

"너도 어서 먹어라."

"네."

"재윤아."

그때 입구 쪽에서 누군가 큰 소리로 재윤이라는 이름을 부르는 소리가 들려왔다. 서준은 소리가 나는 방향으로 다시 고개를 돌렸다.

"재윤아······."

입구로 들어선 검은색 정장 차림의 중년 여인은 상복을 입은 소녀에게 빠르게 다가가더니 소녀를 덥석 끌어안고 소리를 내 울음을 터뜨리기 시작했다. 그제야 서준은 장례식장 안으로 들어선 이후 내내 이상하리마치 마음이 불편했던 이유를 깨달을 수 있었다.

아무도 울고 있는 사람이 없었던 것이다.

　장례식장 안에는 식사를 마친 사람들이 일어서기가 무섭게 다음 사람이 다시 자리를 채우고 앉을 정도로 많은 사람들이 끊이지 않고 들어서고 있었다. 하지만 누구 하나 슬프게 소리 내 울고 있는 사람이 없었던 것이다. 어쩌면 저 중년 여인은 이 장례식장에 찾아왔던 손님들 중 유일하게 소리 내 원통함과 안타까움을 표현한 사람이었는지도 모른다.

"하늘도 무심하시지, 이 어린 걸 혼자 남겨 두고 어떻게……."
"아줌마……."
"그래, 재윤아……."
'이름이 재윤이구나. 송재윤…….'
"이제 어떻게 하니, 재윤아……."

　그제야 재윤도 여인의 품에서 소리를 내 울기 시작했다. 작고 가녀린 흐느낌이었지만 그녀의 울음소리는 홀을 가득 메운 사람들 모두의 목을 메이게 하고 있었다. 여기저기에서 훌쩍거리거나 나직하게 혀를 차는 소리가 들려왔다.

"그런데 네 외삼촌은 어딜 가고 너 혼자 있는 거야?"

　여인의 질문에 그녀가 희미하게 고개를 저었다.

"아이고, 아이고……."

　중년 여인은 재윤을 끌어안고 다시 한스럽게 울음을 터뜨렸다.

　그녀들의 모습에서 고개를 돌린 서준은 다시 숟가락을 들어 올렸다. 여전히 한 수저의 밥을 삼키는 일은 모래 한 수저를 입안에 물고 있는 것처럼 힘겹게만 느껴졌다. 도저히 이어 갈 수 없는 고문 같은 식사였다.

"다 먹었으면 그만 일어날까?"

"네."

그제야 고통스런 의무에서 해방된 서준은 주저 없이 숟가락을 내려놓았다.

"그래, 일어서자."

그들이 밖으로 나왔을 때는 들어올 때보다 빗줄기가 많이 가늘어져 있었다. 그런데 날이 완전히 저물어서인지 듬성듬성 켜져 있는 가로등의 불빛이 마치 그들이 육지에서 멀리 떨어진 외딴 섬에 갇혀 있는 듯한 묘한 분위기를 자아내고 있었다.

"밥을 통 못 먹더구나."

아버지가 담배를 한 대 꺼내 입에 물며 말했다.

"저 아이는 다른 친척도 없나 봐요?"

"남은 피붙이라고는 외삼촌뿐인가 보더라고."

아버지가 불붙인 담배를 입술 사이에서 빼내자 새하얀 연기가 하늘을 향해 길게 뿜어져 올라갔다.

"안됐네요."

"그래, 정말 안쓰럽지."

"……"

"실은 그때 네 엄마 일 다 해결되고, 송 변호사님이랑 둘이 가졌던 술자리에서 송 변호사님이 사람 인생은 모르는 거라며 만약 자기한테 무슨 일이 생기면 자기 딸 재윤이 한 번씩 찾아봐 달라고 웃으며 말씀하신 적이 있었는데. 꼭 오늘 같은 날이 올 걸 미리 알고 한 얘기였던 것 같아 마음이 더 안 좋구나."

"……."

"그래도 다행히 아이는 외삼촌이 입양을 한다니……. 하긴, 우리가 뭐라고……."

혼잣말 같은 나직한 중얼거림과 함께 담배를 비벼 끈 아버지는 우산을 펴고 계단을 내려가기 시작했다. 서준은 그런 아버지의 뒷모습을 바라보다 다시 고개를 돌려 장례식장 안을 바라보았다.

서준의 엄마는 8년 전, 그가 여섯 살이었던 해 세상을 떠나셨다. 초동 수사에서 엄마의 사망 원인은 단순 화재로 인한 사고 사망으로 판명이 났었다. 하지만 수사 결과를 받아들일 수 없었던 아버지는 수소문 끝에 재윤의 아버지를 찾아갔다. 재윤의 아버지, 송도현 변호사는 당시에도 꽤나 유능하고 비싼 몸값을 자랑하는 변호사였는데 어찌 된 일인지 경찰에서 이미 사건의 수사를 종료하고, 다른 변호사들은 모두가 거절했던 아버지의 의뢰를 거절하지 않았다. 그리고 긴 시간 포기하지 않고 노력해 그의 엄마가 강도 살인의 피해자라는 사실을 밝혀 주었다.

엄마가 돌아가셨을 때 서준의 나이는 고작 여섯 살이었는데, 그들에게서 엄마를 빼앗아 간 사람이 법의 심판대 앞에 섰을 때는 여덟 살이 되어 있었다. 그 2년이라는 시간으로만 보아도 송 변호사가 그들을 위해 애써 준 여정이 얼마나 험난하고 고됐을지 짐작이 되는 바였다. 모두가 외면했던 그들을 위해 노력해 준 유일한 사람이었는데, 자신의 어린 딸은 저렇게 혼자 남겨 두고 떠나게 되다니……. 그제야 송 변호사를 위한-어쩌면 어린 재윤을 위한 눈물이었는지도 모르겠다-눈물이 서준의 양 볼을 타고 주르륵 흘러내렸다.

"서준아, 빨리 내려오지 않고 뭐 하니?"

"네, 내려가요."

아버지의 재촉에 서둘러 계단을 내려가려는 순간 서준의 배 속에서 꾸르륵 불편한 신호음이 들려왔다. 아무래도 억지로 먹은 밥이 배 속에서 말썽을 일으킨 모양이었다.

"아버지, 저 잠깐 화장실에 좀 다녀올게요."

"그래, 차에서 기다리고 있으마."

"네."

서준은 우산을 든 채로 화장실을 찾아 다시 안으로 뛰어 들어갔다. 그런데 그가 화장실 안으로 들어서는 순간 검은 상복에 삼배 완장을 차고 통화를 하고 있던 남자가 화들짝 놀라며 그를 돌아보았다. 서준은 서둘러 빈 칸의 화장실 문을 열고 안으로 들어갔다.

"이 사람 참 말귀를 못 알아듣네. 아, 글쎄 이제 내가 법적으로 보호자가 되는 건데 왜 그 돈을 못 쓰겠습니까? 더 이상 긴말 필요 없고, 나 그만 들어가 봐야 하니까 보험금 나오면 그때 다시 얘기합시다."

쾅 하고 화장실 문이 닫히며 벽면이 진동하듯 흔들린 뒤 화장실 안은 적막에 감싸였다.

"네가 서준이구나?"

"아저씨는 누구세요?"

철봉에 매달려 있다 바닥으로 폴짝 뛰어내린 서준은 낯선 남자를 올려다보았다. 검고 푸석한 아버지의 피부와는 달리 여자처럼 희고 매끄러운 피부에 교양 있는 말투의 남자는 다정한 표정으로 서준을 바라보고 있었다.

"나? 사람들은 나한테 송변이라고 부르는데, 서준이도 앞으로 나한테 송변 아저씨라고 불러 줄래?"

서준은 고개를 끄덕이지도 대답을 하지도 않았다. 그가 너무 눈이 부셔 슬며시 미간을 접는 것으로 모든 대답을 대신하고 있었다.

"서준이 여섯 살이라고 들었는데, 맞지?"

"네."

"아저씨도 딸이 있는데, 아직은 아기지만 이다음에 서준이만큼 키가 크면 이렇게 높은 철봉에 올라갈 수 있는 방법을 좀 가르쳐 주지 않을래?"

서준은 고개를 돌려 다시 철봉을 바라보았다. 이곳 철봉 중 가장 높은 철봉은 자신을 송변 아저씨라 불러 달라고 말한 남자의 키와 비슷한 정도의 높이였다. 하지만 서준이 매달릴 수 있는 것은 가장 낮은 높이의 철봉이었기 때문이다. 서준은 대답 대신 짧게 한숨을 내쉬었다. 그건 거절이나 지루함이 아니라 여섯 살 아이의 난처함의 표현 같은 것이었다.

"송 변호사님."

그때 저 멀리에서 아버지가 그들이 서 있는 방향을 향해 달려오며 송 변호사를 불렀다.

"제 아들 녀석 강서준입니다. 서준아, 인사드려라."

"이미 인사 나눴습니다. 언젠가 보여 주셨던 사진에서 봤던 모습이랑 똑같아서 한눈에 알아봤습니다."

"아, 네."

"참 잘생기고 똘똘해 보입니다."

"감사합니다. 그런데 저쪽으로 자리를 좀 옮겨서 말씀 나누실까요?"

기름때 묻은 점퍼 차림의 아버지는 주름 하나 없는 진청색의 양복을 입은 송 변호사 앞쪽에서 서둘러 걸음을 옮기기 시작했다. 서준의 눈에 아버지의 어깨가 저렇게 좁아 보이기는 처음이었다.

"아무래도 화재 목격자를 먼저 찾아봐야 할 것 같습니다."

"화재 목격자를요?"

"네. 화재가 정확히 언제 어느 쪽에서부터 시작됐는지도 단서가 될 수 있으니 할 수 있는 모든 방법을⋯⋯."

서준에게서 멀어지며 아버지와 송 변호사가 나누는 대화가 나직하게 들려왔다. 서준은 한참 동안 그 자리에 서서 두 사람의 뒷모습을 바라보다 다시 철봉을 향해 팔을 뻗었다.

어느 날 갑자기 아내를 잃고 혼자 어린 남매를 돌보며 생계를 책임지는 것도 벅찰 법한데, 엄마의 사고 조사까지 하느라 아버지의 몸은 날이 갈수록 마르고 눈은 퀭해지고 있었다. 그리고 서준 역시 엄마가 없는 집에서 혼자 시간을 보내는 것이 싫어 유치원이 끝나면 매일 집 근처 놀이터에서 학교에서 돌아올 누나를 기다리며 시간을 보내고 있었다.

서준은 능숙하게 두 다리를 철봉에 건 뒤 이번에는 거꾸로 매달려 아버지와 송 변호사의 모습을 바라보기 시작했다. 송 변호사는 진지한 표정으로 아버지에게 무언가를 열심히 설명하고 있었고, 아버지는 그 옆에서 연신 고개를 끄덕이는 모습이 보였다. 좀처럼 달라지지 않는 그 모습을 계속 바라보는 것이 너무 지루해 어느 순간 서준의 눈이 스르르 감기고 있었다.

"서준아."

그때 저 멀리에서 누나 서경의 목소리가 들려왔다.

"누나!"

서경을 발견한 서준은 기쁨에 점프하듯 철봉에서 뛰어내려 누나를 향해 있는 힘껏 달리기 시작했다.

"어, 넘어질라. 강서준, 천천히."

"괜찮아."

"서준이 너 오늘도 유치원 끝나고 계속 놀이터에 있었어?"

"응."

"이렇게 추운 날에 밖에 있으면 감기 걸린다고 했잖아."

서경이 자신의 목도리를 풀어 서준의 목에 감아 준 뒤 양손으로 빨갛게 상기된 동생의 뺨을 감싸 온기를 나누어 주었다. 그런데 그것도 잠시, 무언가가 생각난 듯 재빨리 자신의 가방 안에서 부스럭거리며 작은 봉지 하나를 꺼내 들었다.

"서준이 배고프지? 이거 먹어."

서경의 손에 들려 있는 것은 빵이었다.

"빵이네. 누나 건?"

"누나는 학교에서 점심을 아주 많이 먹었어. 이건 간식으로 나온 빵인데 서준 주려고 가져온 거야. 서준이 놀이터에서 뛰어노느라고 지금 배고프지? 자, 어서 먹어."

서경이 봉지를 찢어 서준의 작은 손에 빵을 들려 주었다.

"같이 먹자, 누나."

서준이 서경이 들려 준 빵을 다시 반으로 나누어 서경에게 건넸다.

"그래, 같이 먹자."

그제야 서준은 허겁지겁 빵을 먹기 시작했다.

불과 얼마 전까지만 해도 유치원과 학교를 마치고 집으로 돌아가면 언제나 그들을 반갑게 맞아 주고 살뜰히 챙겨 주던 엄마가 있었다. 지금 달라진 것은 엄마가 계시지 않는다는 사실뿐이었다. 하지만 그들에게는 온기를 기대할 수 있는 모든 것들이 사라진 느낌이었다.

서경은 서준이 정신없이 빵을 먹는 모습을 바라보다 자신도 한 입을 베어 물었다. 하지만 목이 메어 빵이 삼켜지지가 않았다. 서경 역시 한창 엄마의 손길이 필요한 어린 나이였지만 그녀는 지금 자신들이 느끼는 허기는 단순한 배고픔의 증상이 아니라는 사실을 알고 있었다. 먹어도 먹어도 배 속이 허한 듯한 허기의 절반 이상은 그리움과 애정에 대한 허기라는 사실을……. 하지만 동생 앞에서는 언제나 씩씩한 누나이고 싶었기에 서경은 서준을 바라보며 마치 엄마처럼 다정하게 미소를 지었다. 입 안 가득 빵을 베어 문 서준도 그런 누나를 바라보며 해맑게 미소를 지어 보였다. 하지만 서경의 미소가 따듯하면서도 서럽다는 사실을 알기에 서준은 아직 너무 어렸다.

"그런데 누나, 혹시 저 아저씨 알아?"

서준이 저 멀리에서 여전히 아버지와 이야기를 나누고 있는 송 변호사를 손가락으로 가리켜 보이며 물었다.

"어, 송변 아저씨네?"

"누나가 저 아저씨를 어떻게 알아?"

"응, 송변 아저씨가 우리 엄마 돌아가시게 한 범인 꼭 잡아 주신다고 약속했거든."

"정말?"

"그래, 서준아. 정말 고마운 아저씨지? 누나도 이다음에 꼭 송변 아저씨처럼 훌륭한 변호사가 될 거야. 그래서 나쁜 사람들은 다 잡아서 벌주고 우리 엄마처럼 억울한 일 겪은 사람들은 모두 도와줄 거야."

열 살 서경이 야무지게 자신의 꿈을 말했지만 변호사가 뭔지, 억울한 게 뭔지를 알지 못하는 서준은 그저 빵이 달콤하기만 할 뿐이었다. 그런 서준의 입가에 묻은 빵 부스러기를 서경이 다정한 손길로 털어 주었다.

"서준아, 맛있어?"

"응."

"그럼 이것도 마저 먹어."

서경이 남은 제 빵을 내밀며 말했다.

"누나는?"

"누나는 그만 먹고 싶어."

"그럼 내가 먹을게."

서경의 손에서 다시 빵을 건네받은 서준은 맛있게 빵을 먹기 시작했다. 서준에게는 지금 자신보다 고작 4살 많은 누나가 엄마였고, 전부였다. 그리고 서경에게 또한 어린 동생이 자신을 지탱해 주는 버팀목이었다.

화장실에서 나온 서준은 계단으로 내려가려다 잠시 걸음을 멈추고 다시 장례식장 안을 바라보았다. 조금 전 화장실에서 만났던 삼배 완장의 남자가 여전히 기운 없이 창백한 얼굴의 재윤 옆에 나란히 서 있었다. 그리고 실내를 가득 메운 문상객을 쓱 훑어보는 그의 입가에 슬쩍 미소가 스치는 것이 보였다.

 '송재윤, 넌 단지 아버지를 잃은 게 아니라 어쩌면 전부를 잃은 건지도 모르겠구나…….'

 서준의 입가에 꿈틀, 알 수 없는 힘이 들어갔다. 자신이 관여할 상황이 아니라는 걸 알면서도 그는 불안과 불편함을 쉽게 떨쳐 버릴 수가 없었다. 어쩌면 재윤을 보며 계속 송 변호사를 떠올리는 것 역시 자신의 감정에 대한 타당성을 찾고자 하는 마음 때문인지도 모른다. 그는 이미 저 아이 자체로 누군가의 도움과 보호가 필요하다는 생각을 지울 수가 없었으니까. 좀 더 정확히는 지금 그녀의 상황을 전부 알아 버린 자신이 그녀를 도와야 한다는 생각을 갖고 있는 것인지도 모른다. 재윤이 송 변호사의 딸이기 때문인지, 지금 그녀가 누군가의 도움이 필요한 상황이기 때문인지는 순서나 관계의 중요성을 잃은 상태였다.

 '내가…… 할 수 있는 방법을 찾아볼게.'

 재윤이 조금만 더 힘을 내 주길 마음으로 간절히 바라며 서준은 떨어지지 않는 발길을 돌려 자신을 기다리고 있는 아버지에게로 향했다.

제1장
그녀, 우태은이 되다

"오늘 브리핑 전체적으로 참신하고 인상적이었습니다."

퀸 호텔의 널찍한 회의실 안에는 퀸 호텔 한상우 전무와 경도건설 우태은 업무이사 두 사람뿐이었다. 한 전무의 호의적인 평가에 깍듯이 고개를 숙인 태은은 슬라이드 영사기 앞으로 걸음을 옮겼다.

"알고 계신 것처럼 이번 공사 때문에 몇몇 건설사의 책임자들을 만나 봤지만 우 이사님의 브리핑을 듣고 나니 경도건설에 대한 신뢰가 더욱 높아지는 것 같습니다."

"감사합니다, 전무님. 저희 경도건설은, 건설은 다른 건설사와의 경쟁이 아닌 저희 스스로의 양심이라고 생각하며 모든 공사에 임하고 있습니다. 이번 공사 역시 만족스러운 결과로 보답하도록 하겠습니다."

 태은의 말에 한 전무가 만족스러운 듯 고개를 끄덕였다.

 하얀 피부에 크고 동그란 눈, 숱 많은 생머리를 단정하게 묶은 태은의 모습은 스물아홉의 제 나이로 보이지는 않았다. 대부분 그보다 어리게 보았고, 간혹 회사 내에서 그녀의 얼굴을 알지 못하는 신입 사원들 중에는 그녀가 자신들과 같은 신입 사원일 거라 착각하는 경우도 있었다. 이렇게 외모나 나이 모두 기존 간부들이 가진 이미지와는 많은 차이를 보였지만 그녀는 업무 중 대화에서는 절대 상대의 페이스에 휘말리지 않고 경도를 위하는 어떤 일에도 몸을 사리지 않는 경도건설의 유능한 업무이사 우태은이었다.

 "오늘 바쁜 시간 내주셔서 감사합니다, 전무님."

 "아닙니다. 사실 전부터 경도건설의 업무이사님에 대한 소문을 들어서 어떤 분일지 궁금했는데, 오늘 뵙고 나니 궁금증이 해결돼 시원하기도 하고 브리핑도 아주 마음에 들었습니다."

 태은은 입가에 부드럽게 미소를 띠고 한 전무의 얼굴을 바라보았다.

 "저도 전무님에 대한 소문을 들은 적이 있습니다."

 태은의 말에 한 전무가 의도적으로 눈을 가늘게 뜨며 희미하게 미간을 접었다.

 "제 소문이라고요?"

 "네. 일에 있어서만큼은 자의 눈금처럼 정확하시지만, 일 이외의 자리에서는 젠틀하시고 솔직하시다는 소문이요."

 "왜곡된 소문이 돌지 않은 걸 보니 평소에 제가 주변 관리를 잘

한 모양입니다."

한 전무가 부드럽게 미소를 지어 보였다.

오늘 태은이 퀸 호텔에 찾아온 이유는 호텔 부속 건물 공사 건 때문이었다. 최근 건설업계에서는 민간 공사라 해도 그 규모와 상관없이 입찰 공고를 하지 않고 직접 건설사를 선정하는 경우는 극히 드물었다. 간혹 그런 경우가 있다 하더라도 발주자가 이름 있는 기업이거나 공사의 규모가 크다면 온갖 유흥 접대와 인맥을 동원한 로비가 진흙탕 싸움처럼 먼저 오고 간 뒤 일에 대한 이야기가 조금씩 진전을 보였다.

하지만 퀸 호텔의 경우는 그들 스스로 몇몇 건설사에 사업 내용을 문서로 보낸 뒤 그 답을 듣고 미팅 날짜를 통보해 주었다. 지난주 미팅 날짜를 통보받은 태은은 부속 건물의 공사 방향과 그로 인해 기대할 수 있는 시너지 효과까지 철저히 조사를 마친 뒤 오늘 이 자리에 참석한 것이었다.

"빠른 시일 내에 업체 선정 결과를 통보해 드리겠습니다."

"네, 전무님."

사실 이번 공사가 호텔의 부속 건물이라는 점만을 본다면 경도 건설처럼 큰 건설사에서 경쟁에 뛰어드는 모습은 우습게 보일지도 모른다. 하지만 퀸 호텔 세종점에 대한 사업 승인 신청이 들어가 있는 상태라면 호텔 부속 건물 공사를 바라보는 시각은 확연히 달라질 것이다.

대부분의 업종이 '힘들어 못 살겠다'를 입버릇처럼 말하고 있지만 건설 경기는 이미 오래전부터 더 이상 칠 바닥이 없다는 사실을 온몸으로 체감할 수 있을 정도로 성장이 둔화된 상태였다. 그렇기에 최소한의 이윤이라도 남는 공사의 입찰이 뜨면 수많은 건설사들이 하이에나처럼 사활을 걸고 몰려들었다. 태은은 이 정글 같은 세계에서 가장 젊은 업무이사이자, 흔치 않은 여자 업무이사였기에 치열한 몸싸움에서 더욱 살아남기가 힘들었지만 그녀는 자신이 하지 못할 일의 한계는 없다는 생각으로 모든 일에 임하고 있었다.

"벌써 시간이 이렇게 됐네요."

한 전무가 자신의 손목에 찬 시계를 내려다보며 말했다.

"우 이사님 시간이 괜찮으시다면 저희 호텔 뷔페에서 식사를 대접하고 싶은데, 시간 어떠세요?"

"말씀은 정말 감사합니다만 제가 오늘은 선약이 있습니다. 다음에 저희 쪽에서 대접을 하겠습니다, 전무님."

"그럼 그렇게 하시죠."

파일과 필름을 정리해 챙겨 들고 있는 태은에게 한 전무가 대답했다.

"함께 내려가시죠. 실은 제 친구 녀석이 잠시 들르기로 했는데 우 이사님이 거절하셨으니 오늘은 친구 녀석이라도 붙잡고 식사를 해야겠습니다."

태은은 브리핑 자료를 준비하던 중 우연히 한 전무가 한 번의 상처 후 홀로 딸을 키우는 싱글파파로 딸에 대한 사랑이 각별하다는 얘기를 듣게 되었었다. 그런데 그가 뜻밖에도 일부러 밖에서 식사를 하려는 듯한 뉘앙스를 풍겼기에 태은은 자신도 모르게 한 전무의 얼굴을 다시 보게 되었다.

"딸아이가 오늘은 할머니 댁에 갔거든요. 혼자 밥 먹는 게 싫어서 그러는 겁니다."

"아, 네."

뜻하지 않게 자신의 생각을 들켜 버린 것 같아 재빨리 표정을 수습한 그녀는 한 전무를 따라 회의실을 나서 엘리베이터 앞에 나란히 섰다.

"그런데 지금 제가 만날 친구 말입니다, 아마 우 이사님도 한 번쯤 들어 본 적 있는 사람일 겁니다."

갑작스런 한 전무의 말에 태은이 그 친구가 누군지 물어보려는 순간 엘리베이터의 문이 열렸다.

"얼마 전까지 뉴스에서 시끄럽게 보도됐던 차원준 사건 알고 계시죠? 바로 그 사건을 맡았던 담당 검사입니다."

차원준 사건이라면 태은도 관심 있게 지켜봤던 사건이었다. 현직 고위 경찰 간부의 비리와 연루된 청부 살인 사건이었기에 그녀뿐 아니라 국민적으로 관심이 높았던 사건이기도 했다. 그 사건은 해당 경찰 간부의 실형 선고뿐 아니라, 그를 돕기 위해 허위 자료와 알리바이를 만들었던 경찰 공무원들 모두에게 책임을 가려 실형에서 벌금형까지 내려졌기에 사건이 마무리된 뒤에도 한동안 경찰 권력과 맞선 정의로운 검사라며 담당 검사를 치켜세웠던 보도가 기억났다.

"아, 그 검사님이 친구분이셨군요?"

"네. 요즘 잘나가는 대형 로펌에서 스카우트해 가려고 엄청난 연봉들을 제시하며 난리라는데, 정작 당사자는 돈이고 명예고 전혀 관심 없는 좀 괴짜 녀석입니다."

"말씀을 들어 보니 어떤 분이신지 정말 궁금해지네요."

태은은 가볍게 미소를 지어 보였다.

"그런데 아마 실물을 보시면 더 깜짝 놀라실 겁니다."

한 전무의 말뜻을 완벽하게 이해할 수는 없었지만 태은은 더 깊게 묻지 않았다.

엘리베이터가 1층에서 멈췄고 두 사람은 나란히 로비로 걸어 나왔다.

"그럼 연락드리겠습니다."

"네, 전무님. 다음에 다시 뵙겠습니다."

태은은 깍듯하게 고개를 숙여 보인 뒤 곧장 몸을 돌려 로비를 가로질렀다. 사실 오늘처럼 중요하게 생각하는 공사의 미팅을 앞두고 그녀는 식사를 거르는 습관이 있었다. 그 습관은 예전에 팀장이 되고 처음 가졌던 미팅 자리에 스트레스로 예민해진 장 때문에 약속 시간에 늦는 실수를 범한 뒤부터 갖게 된 것이었다. 간단한 아침 식사 후 커피 두 잔이 그녀가 하루 종일 섭취한 음식의 전부였으니 밀려오는 허기와 함께 가벼운 현기증을 느낀 태은은 로비 한가운데서 잠시 걸음을 멈추고 섰다.

정남향으로 앞을 가로막는 건물 없이 널찍한 도로를 끼고 있는 퀸 호텔은 6시를 넘긴 시간이었음에도 유리 너머의 세상이 눈이 부실 만큼 화사하게 보이고 있었다. 현기증과 함께 그 밝음이 어우러지자 태은은 지금 자신이 아무것도 존재하는 않는 순백의 공간에 홀로 서 있는 듯한 묘한 기분에 사로잡혔다. 하지만 장신의 한 남자가 그 빛을 뚫고 뚜벅뚜벅 로비로 걸어 들어오는 순간, 그녀는 순식간에 현실 세계로 되돌아와 있었다.

무표정한 얼굴로 로비로 들어선 남자는 지적인 얼굴형에 반듯하게 정돈된 이목구비가 보는 사람들의 시선을 단번에 사로잡을 만큼 잘생긴 모습이었다. 흔들림 없이 당당하게 걷고 있는 그의 걸음걸이에서는 설명하기 힘든 기품과 자신감까지 느껴지는 듯했다. 태은의 시선이 본인의 의지와는 상관없이 남자의 모습을 천천히 훑고 있었다. 그러다 짧은 순간 두 사람의 시선이 마주쳤으나 남자는 아무 일 없었다는 듯 그녀를 지나쳐 멀어져 갔다. 남자가 사라지고 혼자 남겨진 순간 태은은 무언가에 홀린 듯 그를 바라봤던 자신의 행동에 피식 웃음을 흘렸다.

호텔을 나서 회사에 들르지 않고 곧장 집으로 향한 태은은 먼저 거실 소파에 앉아 신문을 보고 있는 우 사장에게 인사를 건넸다.
"아버지, 다녀왔습니다."
"그래, 태은이 왔구나."
"네. 오늘은 일찍 퇴근하셨네요?"
"네 엄마가 일찍 들어오라고 재촉을 하는 바람에 서둘러 퇴근했다. 너도 이렇게 일찍 들어오는 걸 보니 네 엄마가 너한테도 재촉을 한 모양이구나?"
"하실 말씀이 있다고 하시던데요."
그녀의 대답에 우 사장의 안색이 조금 어두워지는 듯싶더니 이내 읽고 있던 신문까지 덮어 옆으로 밀며 자리에서 일어섰다.

"참, 오늘 산업 단지 낙찰받았다는 소식 전해 들었다. 정말 수고 많았다."

"공사 시작 전까지 차질 없도록 준비 마칠게요."

"그래. 태은이 네가 하는 일인데 내가 뭘 걱정하겠니? 네가 있어서 정말 얼마나 든든한지 모른다."

우 사장은 진심으로 자랑스러워하는 눈빛으로 다정하게 그녀의 어깨를 두드려 주었다. 그런 우 사장은 태은에게 단순한 아버지가 아니었다. 그녀가 정말 존경하는 분이자, 너무나 닮고 싶은 분이었다.

"어서 올라가서 옷 갈아입고 내려오렴."

"네."

"참, 태연이도 와 있다."

"언니가요?"

대답 대신 우 사장이 가볍게 고개를 끄덕여 보였다.

태은도 고개를 끄덕여 보인 뒤 주방에 있는 엄마 미란에게 서둘러 다녀왔다는 인사를 건넸다. 그리고 2층에 있는 자신의 방으로 향했다. 보통 오늘처럼 큰 낙찰 소식이 있는 날에는 업무부 전체 회식을 하는 것이 전통이었다. 하지만 태은에게는 전통보다 미란이 더 중요했기에 한 전무의 식사 제안과 회식을 모두 미루고 일찍 집으로 들어온 것이었다. 그런데 태연까지 집에 와 있다니 무슨 일 때문인지 더욱 궁금한 생각이 들고 있었다.

"태은, 오랜만."

"언니."

자신의 방 창가에 서 있는 태연을 발견한 태은은 환한 미소와 함께 언니를 불렀다. 액세서리 하나 없이 옅은 화장에 긴 목덜미가 드러나게 말아 올린 머리, 그리고 시원하게 뻗은 몸을 감싸고 있는 롱 원피스까지. 대한민국 여성 평균 키인 태은과는 달리 170센티가 넘는 늘씬한 키의 태연은 가만히 서 있어도 그 모습이 마치 화보처럼 당당하고 아름다웠다.

"오랜만이네."

"응. 잘 지냈어?"

몇 해 전 결혼했던 태연은 우 사장이 마련해 준 청담동의 고급 빌라에서 살고 있었다. 빌라는 태연의 신혼집이었지만 안타깝게도 그녀의 결혼 생활은 그리 평탄하지도, 오래 유지되지도 못했다. 이혼 후에도 태연은 자신의 집에서 홀로 지내며 가끔씩 본가에 찾아오고 있었다. 누구보다 자신의 행복을 바라셨던 부모님의 마음을 잘 알기에 그녀는 미안해 더 자주 찾아오지 못하고 있는 듯했다.

"태은이도 시집갈 때가 됐나 보네. 갈수록 예뻐져."

"칭찬이라면 고마워."

"회사 일은 여전히 바쁘지?"

"그렇지."

"그런데 오늘 보니까 엄마 안색이 좀 안 좋은 것 같던데, 무슨 일 있는 거야?"

태연이 창가에 놓인 작은 선인장 화분을 바라보며 물었다.

"얼마 전부터 식사를 잘 못하시는 것 같아. 병원에 다녀오신다고는 하셨는데, 결과를 아직 못 물어봤네. 이따 저녁 먹으면서 물어봐야겠다."

"그래도 내가 장년데 도대체 이 집에서 하는 일이 없구나."

태연이 머쓱한 듯 씁쓸한 미소를 보였다.

"왜 언니가 하는 일이 없어? 존재만으로도 부모님한테 얼마나 든든한 장년데."

"말이라도 고맙다."

그 순간 둘은 얼굴을 마주 보며 피식 웃음을 흘렸다.

"너 처음 이 집에 왔을 때가 열 살이었지? 그때가 엊그제 같은데 벌써 시간이 이렇게 흘렀네. 그만큼 부모님도 많이 늙으셨고……."

"응."

"우리 부모님한테 정말 잘해야 하는데."

"정말 잘해야지……."

"넌 지금도 잘하고 있어."

태연은 생후 100일 무렵 우 사장 부부가 후원하던 보육원으로 들어온 아이로, 우 사장 부부는 태연을 처음 본 순간 운명의 끌림처럼 그녀를 자신들의 아이로 받아들였다고 했다. 그리고 태연이 다섯 살이 되던 해에 태어났던 미란의 친딸이 열 살을 넘기지 못하고 세상을 떠나자 실의에 빠졌던 부부가 보육원에 들렀다 다시 인연을 맺게 된 아이가 재윤이었다. 그렇게 송재윤에서 우 사장의 둘째 딸 우태은이 된 그녀는 우 사장 부부의 죽은 딸과 외모가 많이 닮은 아이였기에 먼 친척들 중에는 태은을 우 사장의 친딸로 알고 있는 사람도 있을 정도였다.

"근데 넌 아직 만나는 사람도 없는 거야?"

"만나는 사람?"

"그래. 때 돼서 결혼해 잘 사는 모습 보여 주는 것도 자식이 해야 하는 효도 중에 하나야. 나처럼은 살지 말고……."

"언니 왜 그래?"

"아니야. 그런데 엄마가 무슨 하실 말씀이 있으시다는 것 같던데, 넌 뭐 아는 거 없어?"

"글쎄."

"너도 모른다니까 더 궁금해진다. 우리 빨리 내려가 보자."

"언니 먼저 내려가. 나도 옷만 갈아입고 내려갈게."

"그래."

태연이 내려가고 난 뒤 태은도 서둘러 옷을 갈아입고 주방으로 향했다.

"태은이도 어서 앉아라."

주방으로 들어선 태은은 커다란 대리석 식탁에 둘러앉아 자신을 기다리고 있는 가족들 모습에 서둘러 태연의 옆자리 의자를 빼내 자리에 앉았다.

"오랜만에 식구들이 다 모여서 식사를 하는구나."

숟가락을 들기 전에 우 사장이 아내와 딸들을 차례로 둘러본 뒤 다정한 목소리로 입을 열었다.

"죄송해요, 아버지. 앞으로는 더 자주 찾아뵐게요."

"그래. 우리 태연이는 예쁜 얼굴 조금만 더 자주 좀 보여 다오."

"네."

"어서 식사들 하자."

식탁 위의 음식은 풍성했고, 분위기도 편안하고 여유로운 것이

단란한 가족의 저녁 식사에는 어떤 문제도 없어 보였다. 하지만 태은은 미란의 표정이 평소와 다르다는 사실을 식탁에 앉는 순간부터 눈치를 채고 있었기에 음식을 씹으면서도 신경은 온통 미란에게 향해 있었다.

"역시, 집 밥이 최고라니까요."

"그래. 태연이 너는 좀 많이 먹고 살이 조금만 더 찌면 예쁠 것 같아."

미란이 연신 태연의 젓가락이 향하는 갈비 접시를 태연 앞으로 밀어 주며 말했다.

"저 팔 길어요. 그냥 두셔도 돼요. 그리고 남들은 돈 들여 다이어트도 하는데, 저보다는 엄마가 더 많이 드셔야 할 것 같은데요. 엄마 나이에는 너무 말라도 오히려 사람이 없어 보이고 잔병치레도 심해져요."

태연의 말에서 빈정거림이나 불만은 느껴지지 않았다. 오히려 엄마에게 어설픈 훈계를 하려 드는 사춘기 딸 같았다. 그런데 그 순간 미란은 겨우 몇 번 국의 국물을 떠먹던 숟가락을 식탁 위로 내려놓고 있었다.

"사실은 내가 식구들한테 할 말이 있었는데, 오늘 태연이도 집에 온 김에 얘기를 하려고 태은이도 일찍 들어오라고 한 거야."

미란이 말을 마치고 난 뒤 주방 안에 잠시 정적이 감돌았다.

"큰일 아니니까 식사들 계속하면서 들어."

하지만 우 사장 역시 이미 숟가락을 식탁 위로 내려놓은 상태였다.

"사실은 내가 얼마 전부터 계속 속이 좋지 않아서 병원에서 진찰을 받았는데……."

미란이 말을 끊고 우 사장을 바라보았다. 그 역시 미란이 하려는 말을 이미 알고 있는 듯 표정이 어둡게 가라앉아 있었다.

"췌장이 좀 좋지 않다는구나."

"췌장이요?"

"좋지 않다니, 그게 무슨 말이에요?"

미란의 말이 끝나기가 무섭게 태연과 태은이 동시에 물었다.

"그게……."

"너희 엄마, 췌장암이라는구나."

우 사장이 머뭇거리는 미란을 대신해 말했다.

"췌장암이요?"

"암…… 이요?"

"지금 2기 정도라니 바로 날짜를 잡아서 수술하면 괜찮아질 거야."

미란이 밝은 목소리로 서둘러 설명했다. 하지만 태연과 태은 모두 췌장암이라는 미란의 진단 결과와 수술만 하면 금방 괜찮아질 것이라는 그녀의 말을 곧이곧대로 믿는 표정이 아니었다. 마치 난생처음 접하는 외래어라도 들은 듯한 표정이었다.

"엄마……."

"다들 좀 놀랐지? 그런데 요즘 암은 그렇게 무서운 병도 아니잖아. 암 병원, 암 병동, 암 보험…… 암 환자가 얼마나 많으면 그런 것들이 이렇게 자연스러워졌겠니."

"……."

"여보, 우리 애들 이렇게 착한 거 봐요. 밥이라도 다 먹고 얘기할 걸. 나는 별일 아니라고 생각해 그냥 얘기했던 건데……."

"엄마……."

"그래, 태은아."

"검사 어디에서 해 보신 거예요? 믿을 만한 곳에서 하신 거예요? 아니, 한 곳에서만 해 보신 거죠? 저랑 내일 다른 병원에 가서 다시 한 번 검사해 봐요."

"맞아요, 엄마. 요즘에 암 환자가 너무 많아지니까 비슷한 증상만 보여도 겁부터 주는 의사들도 있다고 하더라고요. 내일 저희랑 같이 가서 다시 검사를 해 보는 게……."

"애들아, 손 박사님이 직접 예약 잡아서 검사해 주셨어. 결과도 직접 말씀해 주셨고."

"손 박사님이요?"

손 박사라면 소화기 내과 분야에서 우리나라 최고 권위자로 통하는 분 중 한 분이었다. 우 사장과의 친분과 태은이 어린 시절 교통사고 후 후유증 치료를 받았던 의사였기에 그들에게 손 박사와의 왕래는 그다지 낯선 일은 아니었다. 또한 모든 사람들이 그의 실력을 인정한다는 사실은 그들도 알고 있었다.

"그런데 손 박사님도 이제 연세가 너무 많지 않으신가? 좀 더 큰 병원, 더 젊고 유능한 의사한테 다시 한 번 받아 보는 것도……."

"태연아, 태은아."

그녀들을 부르고 미란이 온화하게 미소를 지어 보였다. 그런데 그 미소가 어떤 의미인지 느낌만으로도 알 것 같았기에 그녀들의 가슴은 갈가리 찢어지는 듯했다.

"연세가 많으시다는 건 그만큼 많은 지식과 경험을 가지셨다는 뜻이잖아. 손 박사님이 검사 결과 앞에 펼쳐 놓고 직접 하나하나 짚어 가며 설명해 주셨어. 다른 곳에서 더 확인하고 싶은 거 없을 만큼 정확하고 자세하게."

"그래도 엄마……."

"갑작스런 소식에 너희들이 놀라고 엄마 걱정하는 마음 때문에 그러는 건 다 알아. 그런데 엄마 그렇게 약하지도 않고 치료 열심히 받기로 손 박사님과 약속도 하고 왔으니까 너희들 너무 걱정할 필요 없어. 그보다 내가 오늘 너희들이 함께 있는 자리에서 이렇게 얘기를 꺼낸 이유는 따로 있는데."

여전히 미란의 발병 소식이 믿기지가 않았다. 드라마 이야기를 듣고 있다거나 한동안 왕래가 없었던 주변 누군가의 근황을 전해 들은 것처럼 도무지 현실감이 느껴지지 않았다. 아마 방금 들은 얘기가 현실이라는 사실을 분명하게 깨닫고 받아들이게 된다면 지금처럼 가만히 앉아 있지는 못할 것 같았다. 그녀들은 그랬는데 미란은 너무 덤덤하게 다른 얘기를 꺼내려 하고 있었다.

"아버지도 같이 가 보셨던 거예요?"

태연이 우 사장에게 불쑥 물었다.

그녀의 질문에 우 사장이 묵묵히 고개를 끄덕여 보였다.

"얘들아……."

미란이 다시 이야기를 이어 가려는 듯 그녀들을 불렀다.

"너희들 말처럼 암, 요즘 아주 흔한 병이 됐고 그만큼 치료 수준도 높아졌으니까 엄마도 치료받고 나면 곧 건강해질 거야. 그런데 수술하고 항암 치료를 받기 시작하면 내 모습이 많이 달라질지도 몰라. 그래서 하는 말인데…… 엄마는 그 전에 우리 딸들이 좋은 사람들을 만났으면 하는 게 바람이라면 한 가지 바람이란다."
"엄마, 지금 그게 무슨 말씀이세요?"
태연이 더 이상 가만히 앉아 듣고 있을 수 없다는 듯 자리에서 일어섰다. 하지만 그녀의 목소리는 화가 났다기보다는 울음을 참는 듯 희미하게 떨리고 있었다.
"보통 결혼할 사람이 있어도 부모님이 편찮으시면 미루는 게 정상이고 순서인데. 저는 다시 결혼 같은 거 하고 싶은 마음도 없고 태은이도 아직 결혼 서두를 나이 아니잖아요. 엄마 수술 잘 끝내시고 항암 치료까지 다 마치고 나면 그때 천천히 생각해도 늦지 않으니까 저희 걱정은 마시고 지금은 엄마 치료만 신경 쓰세요."
"얘기를 들어 보니 췌장암이 치료 시간도 오래 걸리고 치료도 쉬운 병은 아니라는구나."
우 사장이 미란의 말을 거들려는 듯 나직하게 입을 열었다.
하지만 태연은 여전히 지금의 이렇게 갑작스러운 상황은 물론이고 그와 연관 지어 자신들에 대한 언급을 하고 있는 것은 말도 안 된다는 듯 줄기차게 고개를 흔들고 있었다.
"태은아, 너도 뭐라고 말 좀 해 봐."
태연의 재촉에도 태은은 쉽게 입을 열지 못한 채 미란의 얼굴을 향해 천천히 고개를 돌렸다. 사실 지금 태은은 췌장암 2기라는 미란의 말을, 수술만 하면 괜찮아질 거라는 그녀의 말을 곧이곧대로 믿을 수가 없었다. 미란은, 적어도 그녀가 알고 있는 오미란 여사는 가족들을 위해서라면 자신의 고통을 감추고 할 수 있을 때까지는 혼자 견디고 삭여 보려 무던히 애쓸 사람이었다. 그런데 병이 위중하지 않다고 말하면서도 수술을 핑계로 그녀들에게 무언가를 요구하고 있는 지금의 모습은 태은으로서는 도무지 이해가 되지 않았다.

"우태은, 엄마 치료 다 끝나고 나면 그때 엄마가 만족할 때까지 소개든 선이든 얼마든지 만나 보겠다고 대답하라고."

"……."

"우태은!"

태연이 입을 꾹 다물고 앉아 있는 태은의 어깨를 흔들며 대답을 재촉했다.

스물아홉, 어린 나이는 아니었지만 태은은 아직 결혼을 현실적인 일이라 생각해 본 적이 없었다. 부모님께 받은 사랑이 부족해, 혹은 결혼에 부정적인 생각을 가졌기 때문은 아니었다. 단지 결혼에 대한 환상이나 누군가의 아내가 된 자신의 모습을 상상해 본 적이 없었기 때문일 것이다. 그렇기에 누군가와 진지하게 만난다거나 선을 보는 일은 이제껏 그녀와는 전혀 상관이 없는 일처럼 여겨졌었다.

솔직히 지금도 그녀는 미란이 완전하게 털어놓지 않은 진실과 조금 전 갑자기 꺼낸 이야기의 이유에 대해 의아한 생각들만 머릿속에 가득했다. 아니, 처음 췌장암 얘기를 들었을 때 이미 치료가 쉽지 않은 병이라는 사실을 인지했던 것이 이제는 상태가 어느 정도 심각한 것인지에 대한 불안으로 바뀌어 번지고 있었다. 이런 상황에 그녀는 어떤 반응을 보여야 하는 것일까?

아주 오래전 우 사장 부부의 딸로 입양된 지 얼마 지나지 않아 그녀는 큰 교통사고를 당한 적이 있었다. 그때 사경을 헤매는 그녀에게 미란은 자신의 피를 수혈해 주고 지극정성으로 보살펴 지금의 삶을 만들어 주었다. 분명 그녀에게 미란은 낳아 주거나 키워 준 부모 이상으로 사랑하고 지켜야 할 사람이었다. 그렇기에 지금 자신이 미란을 위해 할 수 있는 최선의 대답이 무엇인지 태은의 머릿속은 복잡하기만 했다.

"어떤 사람을 만나 보라는 거예요?"

태은의 담담한 목소리가 주방 안에서 나직하게 울렸다.

"너 지금 제정신이야? 엄마 병원에 계시면 집안은 곧 엉망이 될 테고, 아버지는 당연히 회사 일에도 소홀해지실 텐데. 지금 이런 시기에 그게 정상적인 행동이라고 생각되는 거야? 우태은 너 똑똑한 아인 줄 알았더니 아니었구나?"

"만나 본다고 했지 당장 결혼을 하겠다는 것도 아니잖아, 언니. 엄마가 지금 당장 우리한테 결혼을 강요하시는 것도 아닌데……. 그냥 엄마 마음이 그래서 편안해지신다면 엄마가 괜찮다고 생각하는 사람 만나 보는 것 정도는 얼마든지 할 수 있는 일이라고 생각해. 만나 본 다음의 일에 대해서는 그때 생각해도 되는 거고."

"그래도 이건…… 말도 안 돼."

태연이 다시 거칠게 고개를 흔들며 항의했다.

"혹시 생각해 두고 계신 분이라도 있으신 거예요?"

태은의 목소리는 조금 더 나직하고 차분해져 있었다.

"그게, 태은이 너한테 소개시켜 주고 싶은 사람이 한 사람 있기는 한데……."

기다렸다는 듯 입을 여는 미란의 입가에 은은하게 맴도는 미소가 왜 이리 태은의 가슴을 먹먹하게 만드는 것인지…….

"예전에 그 친구 아버지가 아버지 회사 하청업체에서 일하시다 산재 사고를 당하셔서 그 뒤로 누나와 함께 회사의 후원을 받아 공부를 했는데, 그 친구는 검사가 됐고 누나는 변호사가 됐단다. 예전부터 우리가 쭉 지켜봤던 사람들이니까 사람 됨됨이를 걱정하거나 실망할 일은 없을 거야."

"엄마, 아버지가 예전부터 지켜봤던 사람이라니 다른 말은 필요 없겠네요."

"그래. 부담 갖지 말고 한번 만나나 볼래? 우리도 네가 싫다는데 등 떠밀 생각은 없단다."

"네. 그럼 저는 그분 만나 볼게요."

"태은아."

"언니, 나는 우리 엄마, 아버지가 나한테 소개해 주고 싶을 만큼 좋게 생각하는 사람이 어떤 사람인지 정말 궁금해. 그래서 만나 보고 싶어."

"너 정말……."

태은이 서둘러 결정을 내리고 난 뒤 다시 이어진 식사는 정해진 시간을 채우고 의무를 다하듯 조심스럽게 먹먹하게 이어졌다. 네 사람 모두 아직은 믿어지지도, 믿고 싶지도 않은 마음이었기에 그 큰 병을 현실의 문제로 감당하기 위해서는 분명 시간이 필요한 듯했다.

묵묵히 식사를 마친 뒤 자신의 방으로 올라갔던 태은은 얼마 후 다시 부모님 방으로 내려왔다. 그런데 저녁 식사를 겨우 몇 수저 떠먹고 일어섰던 미란은 오늘 하루 일과가 힘들고 고단했던 듯 벌써 깊은 잠에 빠져 있었다. 천장을 향해 미동 없이 누워 잠이 든 모습을 보는 것만으로도 태은은 가슴 가득 다시 불안이 솟구치는 것 같았다.

'제가 지금 뭘 어떻게 해야 하는 건지 모르겠어요, 엄마.'

그녀의 머릿속은 여전히 정리되지 않은 생각들로 엉망인 상태였다. 기억도 나지 않는 갓난아기 시절 친엄마가 돌아가셨고, 친아빠와 외삼촌도 고작 그녀 나이 아홉이었던 해에 연이어 사고로 돌아가셨다. 모두가 너무 아까운 나이에 그렇게 훌쩍 떠나 버린 일이 되새김을 하면 할수록 태은은 우연인 듯 우연이 아닌 것만 같았다. 솔직히 새로운 가족을 만나 사랑받으며 자라는 동안에도 내내 자신 때문에 또 다른 누군가가 불행해지는 것은 아닌지 마음 한구석이 늘 불안했던 것인지도 모른다. 그런데 또다시 이런 일이 일어나고 나니 공연한 죄책감까지 머릿속을 헤집고 있어 그녀는 마음이 더욱 괴로웠다.

'저는 어떻게 해야 하는 걸까요? 아빠······.'

지금의 답답한 마음을 대변하듯 태은의 눈가에서 눈물 한 방울이 주르륵 흘러내렸다. 한동안 잠든 미란을 바라보던 그녀는 조용히 방을 나서 이번에는 우 사장을 만나기 위해 서재로 걸음을 옮겼.

똑똑!

"저예요."

"태은이구나. 들어와라."

서재 안으로 들어선 태은은 문을 닫고 책상에 앉아 있는 우 사장의 앞으로 다가가 섰다.

"저랑 잠깐 얘기 좀 하세요."

"그래."

"아버지, 저한테 솔직하게 말씀해 주세요."

"뭘 말이냐?"

손에 책을 들고 책상에 앉아 있긴 했지만 반쯤 넋이 나갔다는 표현, 지금 우 사장의 표정은 딱 그 표현에 적합한 얼굴이었다.

"엄마, 정확히 지금 어떤 상태예요?"

"아까 너희 엄마가 직접 얘기하지 않았니."

"그 얘기를 그대로 믿으라고요?"

"태은아."

"아버지까지 사실대로 말씀 안 해 주시면 제가 내일 손 박사님 직접 찾아뵙고 여쭤 볼 거예요. 그럼 엄마도 제가 알고 있다는 사실 모두 아시게 될 거고, 아버지 입장만 더 난처해지실 거예요."

"태은아."

"그러니까 말씀해 주세요."

"네 엄마 지금 상태로는 수술도 힘들 것 같다는구나."

나직하게 한숨을 내쉰 뒤 우 사장이 드디어 입을 열었다.

어쩌면 예상했던 대답이었는지도 모르기에 태은은 아무 말 없이 숨을 길게 들이쉬었다 천천히 뱉어 냈다.

"아까 너희 엄마는 2기라고 말했는데, 사실은 3기라는구나. 그리고 췌장암 3기는 다른 암 3기와는 다른 모양이야. 수술을 한다고 해도 재발도 잘 되고, 수술 후 생존율도 낮은 편이라고 하는구나. 손 박사에게 부탁해 우선 항암 치료는 시작해 보기로 했는데 이것도 체력이 뒷받침되어야 효과를 볼 수 있는 거라고 잘 먹고 잘 쉬게 해 주라는데, 내가 해 줄 수 있는 게 별로 없는 것 같아."

태은은 우 사장을 향해 뻗으려던 손을 허공에서 떨구었다. 그녀도 식사 후 자신의 방으로 올라가 췌장암에 대한 자료를 찾아보고 내려온 길이었다. 아버지 말씀대로 치료가 쉽지 않은 병이었고, 1기에 수술을 해도 재발이 가능하다는 사실까지 확인할 수 있었다. 미란처럼 선하고 바르게만 살아온 사람에게 어떻게 이렇게 끔찍한 일이 생길 수 있는 것인지……. 차마 아버지를 위로하지 못한 그녀의 손이 울음을 참고 있는 듯 바르르 떨렸다.

"그럼 이제 어떻게 해야 하는 거예요?"

"엄마가 마음 편히 치료받을 수 있게 해 주는 것 말고는, 아무것도……."

우 사장이 느리게 고개를 흔들었다. 울음을 참고 있는 듯 붉어진 눈자위가 태은의 가슴을 더욱 아리게 했다.

"아까 식사하면서 엄마가 하신 말씀, 혹시 엄마가 지금 저희에게 바라시는 게 결혼이에요?"

"사실 너희 엄마는 지금 수술도 힘든 상태라는 얘기에, 갑자기 자기 상태가 안 좋아져 어느 날 훌쩍 떠날게 될지 모른다는 생각까지 하고 있는 것 같아. 자기가 떠나고 나면 남은 가족들 모두가 걱정되겠지만, 네 엄마가 나랑 결혼할 때 장모님이 계시지 않았거든. 결혼식 내내 장모님 생각이 난다면서 어찌나 울던지……. 아마 자기가 겪었던 일이었기 때문에 너희에게 해 줄 수 있는 건 모두 해 주고 싶은 마음인가 봐. 그래서인지 진단 결과 듣고 내려오는 길에 제일 먼저 너희들 좋은 사람 만나 행복하게 지내는 모습 잠깐이라도 보고 갔으면 좋겠다는 얘기를 꺼내더구나. 그런데 태연이는 아직 상처가 다 낫지도 않아 재혼은 생각지도 않고 있는 것 같고……. 원래 결혼이라는 게 사람 욕심대로 되는 일은 절대 아니니까. 너도 그냥 엄마가 좋게 생각하는 사람이니 부담 갖지 말고 만나나 봐."

태은은 목이 메어 대답을 할 수가 없었다. 그녀는 꾹 다문 입술 대신 천천히 고개를 끄덕였고 그녀의 모습을 보며 우 사장도 말없이 고개를 끄덕였다.

"그래. 태연이가 그렇게 펄쩍펄쩍 뛰는 것도 무리는 아닌데 너도 엄마 마음 헤아려 주려고 하니 고맙구나."

"엄마가 정말 진단 결과를 듣고 내려오는 길에 제일 먼저 저희 얘기를 하셨어요?"

"너희 엄마한테는 인생에서 제일 중요한 존재가 바로 너희니까. 원래 모든 부모가 다 자식 앞에서는 항상 약자고, 평생 뒷바라지를 해 놓고도 어찌 된 건지 늘 뒤돌아 생각해 보면 못해 준 거 미안했던 일들만 생각이 나거든. 너희 엄마 지금까지 너희에게 정말 최선을 다했지만 그래도 항상 마음 한구석에 미안한 마음을 가지고 있었던 모양이야. 그래서 자기 떠나고 생길 빈자리에는 후회나 상처 대신 너희들을 지켜 줄 다른 인연을 만들어 주고 싶은 마음인 것 같다."

"왜 벌써 그런 생각을……."

"자식은 아무리 자라도 부모 눈에는 언제나 어린아이처럼 보이니까. 아이처럼 불안하고 걱정돼 내 눈으로 전부 확인하고 챙겨 주고 싶은 마음 때문이겠지."

"……."

"그런데 너희 엄마가 언제 제일 환하게 웃는지 아니?"

"언젠데요?"

태은은 우 사장의 얼굴을 바라보았다.

"너희 얘기 할 때. 그리고 너희가 엄마를 필요로 할 때."

그 순간 태은의 눈시울이 울컥 뜨거워졌다. 지금껏 미란에게 엄마라고 부르면서도 미란이 자신을 낳아 준 친엄마가 아니라는 사실을 그녀는 은연중 마음 한구석에 담아 두고 있었던 것인지도 모른다. 그녀가 우 사장 부부의 딸이 되기 위해 무던히 노력하면서도 친딸이 될 수는 없다는 사실을 진작 받아들였던 것처럼.

그런데 어쩌면 미란에게 그녀는 그녀가 생각하고 기대했던 것 이상으로 소중한 존재였는지도 모른다. 친딸 때신 키운 아이가 아니라 그녀의 존재 자체로 이미 다른 무엇과도 바꿀 수 없는 존재였던 것인지도. 이미 지난 20년간 미란이 끊임없이 보여 주었던 사랑에서 부족함을 느낀 적이 없었음에도 그 깊은 사랑을 태은은 이제야 아주 조금 헤아릴 수 있을 것 같았다.

"너 학교 졸업할 때까지 후원해 줬던 회사가 어디라고 했지?"

식사 후 서준과 함께 호텔 바(bar)로 자리를 옮긴 상우는 기분 좋게 취기가 오른 상태였다.

"경도건설."

"아, 맞다. 실은 오늘 호텔 부속 건물 공사 건 때문에 경도건설 업무이사랑 미팅이 있었는데, 그 업무이사가 우 사장님 따님이더라고."

"그래?"

서준은 잔이 넘쳐 바닥으로 술이 흐르고 있는 것도 모르고 계속 술병을 기울이고 있는 상우의 손에서 술병을 빼앗았다.

"명색이 사장 딸인데 그렇게까지 열정적으로 할 필요가 있나 싶을 정도로 열심히 하는데. 와, 저렇게 하니 저 나이에 저 여린 몸으로 업무이사까지 됐구나 하는 생각이 절로 들더라. 나는 순전히 우리 아버지 낙하산으로 전무 된 건데."

"호텔 사장을 아버지로 둔 걸 자책할 필요는 없다."

"누가 자책한다고 그래? 그냥 난, 그 우 이사 분위기가 어딘지 너랑 좀 닮은 것 같은 느낌이 들더라고. 그래서 내가 두 사람을 인사시켜 주려고 했는데 오늘 약속이 있다지 뭐야. 하지만 내가 다음에 꼭 두 사람 소개시켜 줄 거야."

상우가 자신의 손을 서준의 손등 위로 다정하게 올려 살며시 움켜잡았다.

"그보다 너 이제 그만 들어가 봐야 하지 않아?"

낯간지러운 스킨십에 서준은 반사적으로 상우의 손 아래에서 자신의 손을 빼냈다.

"걱정 마. 유빈이는 오늘 어머니 댁에서 자고 올 거야."

"그래도 들어가야지."

"야, 강서준. 우리 정말 오랜만인데 왜 자꾸 날 들여보내려고 하는 거야?"

"나 사무실 다시 들어가 봐야 돼."

"일 중독자."

상우가 술잔을 들어 올려 단번에 내용물을 비워 냈다.

"어쨌든 내가 경도건설 사장님한테 얘기해서 너랑 다 같이 식사 자리 한번 만들 거니까 너 그때 꼭 나와야 한다."

"알았어."

"그런데 너 일주일에 집에는 몇 번이나 들어가는 거냐?"

턱을 괴고 서준의 얼굴을 바라보다 안경테가 콧등을 타고 자꾸 흘러내리자 상우는 아예 안경을 벗어 테이블 위로 내려놓았다.

"그건 왜?"

"너 그냥 결혼해라. 너 정도면 열쇠 몇 개씩 들고 오겠다는 여자들이 줄을 설 것 같은데, 누님 집에서 눈칫밥 그만 먹고 결혼해. 아니다, 너처럼 집에도 안 들어오고 매일 일밖에 모르는 남자 견뎌 주는 여자는 세상에 없을 텐데……. 그냥 혼자 사는 게 낫겠다. 너 때문에 멀쩡한 여자 하나 과부 만들 수는 없지, 암, 그건 중죄지. 그걸 알고도 네 결혼을 방관하면 나도 그 범죄의 공모자가 되는 거나 마찬가진데……."

술에 취한 상우가 정확하지 않은 발음으로 혼자 주절주절 떠들다 고개를 흔들어 대는 모습을 보며 서준은 피식 웃음을 흘렸다.

"훗."

"어? 강서준, 너 지금 웃었지? 어, 분명 웃었어."

상우가 게슴츠레하게 뜬 눈으로 서준을 바라보며 말했다.

"너 웃으니까 진짜, 섹시하다."

"너 완전 취했어. 얼른 안경 쓰고 일어나."

상우의 말에 서준은 정색을 하며 자리에서 벌떡 일어섰다.

"알았어, 알았어. 잠깐만. 이것만 마시고 일어날게."

어느 틈에 채웠는지 상우는 술이 잘름거리는 자신의 잔을 다시 들어 올리고 있었다.

고등학교 때부터 줄곧 친구였던 둘은 사실 별다른 말이 필요가 없는 사이였다. 남들 보기에는 완벽해 보이는 겉모습과는 달리 서로에게 외로움과 상처가 많다는 사실을 잘 알고 있었고, 이제는 굳이 말로 표현하지 않아도 그 아픔을 이해하고 감싸 줄 수 있는 사이였다.

"그런데 참, 너 옛날부터 꼭 찾겠다고 했던 그 송 변호사가 그분 딸은 찾았어? 아니, 아직도 찾고 있는 거야?"

"찾고 있는데, 아직 찾지는 못했어."

다시 자리에 앉은 서준도 자신의 앞에 놓인 잔을 들어 올려 단숨에 비워 냈다.

"도대체 어디에 있기에 이렇게 찾는 데 오래 걸리는 걸까? 혹시 이민이라도 간 거 아니야? 너도 이제 그만 포기해라. 그 여자는 네 존재도 모르잖아. 그리고 아버지를 닮았으면 분명 똑똑한 아이였을 테니 어디서든 잘 자랐을 거다."

"조만간 찾게 될 것 같아."

"어떻게?"

다시 자신의 잔에 술을 따르려는 듯 술병으로 손을 뻗는 상우의 손목을 서준이 재빨리 움켜잡아 제어했다.

"좀 전에 마신 잔이 마지막 잔이라며. 그 아이 외삼촌 사망 시점 후로 그해 전국 보육원에 입소했던 아이들 명단 전부 입수할 수 있게 됐거든."

처음 재윤이 연락처를 남겨 두었던 보육원으로 그가 찾아갔을 때 그녀는 그곳에 없었다. 대신 그곳의 관계자로부터 보육원의 사정상 가장 최근에 입소한 아이들부터 다른 보육원으로 보낼 수밖에 없었다는 얘기를 들을 수 있었다. 그는 그 사실을 기억한 채 지난 20년을 보냈고, 이제 재윤을 찾는 마지막 방법으로 그해 전국 보육원에 입소했던 아이들의 명단을 전부 확인해 보기로 한 것이다.

"역시 강서준 검사야. 대단하다, 대단해. 검사는 그런 일까지도 가능한 거구나. 그런데 찾아서? 찾은 다음에는 뭘 어떻게 할 건데?"

그제야 상우가 테이블 위의 안경을 다시 집어 끼며 진지한 표정으로 서준의 얼굴을 바라보았다.

물론 상우의 말처럼 명단을 확보하는 일이 쉬운 일은 아니었다. 하지만 그가 그간 검사 생활을 하며 도움을 주고 넓힌 많은 인연들은 예상치 못했던 상황에서 그에게 도움을 주기도 했다.

"적어도 아무 문제 없이 잘 자랐는지, 잘 지냈고 있는지는 확인해 봐야 아버지와 한 약속 지키는 거니까. 그것까지는 확인을 해 봐야겠지."

"너희 아버지도 대단하시지. 어떻게 유언으로 그 애를 찾아보란 말씀을 하실 수가 있으신 건지."

상우가 절레절레 고개를 흔들었다.

재윤의 마지막 보호자였던 외삼촌에게 일어났던 사고는 누구에게나 일어날 수 있었던 지극히 불행했던 교통사고였다. 그런데 하필 그 사고 시점 직후 그의 아버지도 공사 현장에서 사고를 당해 사경을 헤매게 되었고, 위기를 넘긴 후에도 오랜 병원 생활을 감수해야 했다. 그리고 퇴원 후 완전히 회복조차 하지 못한 몸으로 아버지는 재윤을 찾아보려 했지만 어디에서도 그녀를 찾을 수는 없었다. 누나에게는 그를 부탁하고 그에게는 재윤을 찾아보라는 말씀을 마지막으로 눈을 감으셨으니, 상우의 말처럼 그녀를 찾아보란 말씀은 그에게 아버지의 유언처럼 가슴에 새겨진 것인지도 모른다.

"그런데 말이다, 서준아. 네가 그 애를 찾았는데 너무 힘들게 살고 있어. 그런데 너무 예쁘고, 아직 미스야. 그러면 어떻게 할래?"

"그게 무슨 소리야?"

서준은 까칠한 시선으로 자신의 얼굴을 빤히 바라보고 있는 상우를 바라보았다.

"그럼 결혼이라도 할 거냐고? 지금까지 네가 보여 줬던 책임감이면 그 여자 인생이라도 책임질 것 같아서 하는 말이야."

"한상우 전무님, 오늘 과음하셨네요. 이제 정말 일어나시죠."

"큭큭큭, 그래, 알았어. 그런데 같이 마신 너는 어떻게 그렇게 멀쩡한 거냐?"

"난 택시 타고 들어갈 테니까 너는 기사 불러서 들어가."

"그러지 말고, 내가 가는 길에 내려 줄게."

상우가 검찰청 건물 앞에 그를 내려 주고 돌아간 뒤 서준은 불 꺼진 자신의 사무실 안으로 들어섰다. 불을 켜지 않고 어슴푸레 비쳐 오는 달빛 속에서 사무실을 가로질러 자신의 자리로 걸어간 그는 의자에 앉아 등받이에 머리를 기댔다.

"후……."

피곤과 취기가 어우러지자 몸이 등받이 안으로 빨려들어 가는 듯한 기분이 들었다. 하지만 머릿속에는 오늘 오후 법원에서 잠시 마주쳤던 서경의 얼굴이 더욱 또렷하게 떠오르고 이었다. 야위고 핏기 없이 핼쑥해 보였던 누나의 얼굴……. 그에게 서경은 단순한 누나가 아니었다. 엄마이자 아버지였고, 누나이자 친구였으며, 아버지가 돌아가신 후로는 무슨 일이 있어도 그가 지켜야 할 가장 소중한 사람이었다.

그뿐 아니라 서경은 그가 알고 있는 가장 정의롭고 올바른 사람이었으며, 그를 비롯해 모두에게 존경을 받는 사람이기도 했다. 하지만 그녀의 결혼 생활은 결코 행복하지가 못했다. 변호사이자 법무법인 로담의 대표인 매형 준규와 사랑 때문에 결혼을 한 것이 아니었기 때문이다. 아버지까지 돌아가시고 난 뒤 세상에 그들 남매만 남게 되자 서경은 누구보다 강하고 단단한 듯 모든 책임을 묵묵히 감당했었다. 그렇지만 그녀의 내면은 외로움으로 가득했던 것이다. 연수원 동기였던 준규의 다정한 말 몇 마디에 그에게 의지하기 시작했고, 혼전 임신으로 민후가 생긴 뒤 두 사람은 서둘러 결혼을 했다. 하지만 준규는 결혼 후 거대 로펌 매니저 변호사였던 서경을 로담의 무임금 변호사로 전락시켜 버렸다.

뒤늦게 마음을 다잡은 서경은 결혼 초 준규와 이혼을 결심했던 적이 있었다. 그러나 준규의 본가에서 5대 독자인 민후를 쉽게 내주지 않을 것이란 사실만 확인한 그녀는 그 후 모든 모욕과 고통을 묵묵히 견뎌 내는 중이었다. 그녀는 엄마가 된 후 힘들게 이루고 지켜 온 변호사라는 직업의 자부심보다 민후를 위해 하루하루를 견디고 있었다. 서경이 어떤 사람인지, 민후가 그녀에게 어떤 아들인지를 너무나 잘 알기에 서경의 일에 쉽게 끼어들지 못하면서도 서준의 속은 지금 말로 표현할 수 없을 지경이었다.

Rrrrrrr…….

그때 정적을 깨고 그의 휴대 전화가 울렸다.

"강서준입니다."

-처남 나야.

매형 준규였다.

-지금 어디야?

"무슨 일이시죠?"

-오늘도 집에 안 들어오는 거야?

"용건이 뭡니까?"

-왜 이렇게 까칠해.

"하실 말씀 없으시면……."

-잠깐만 처남. 오랜만에 얼굴도 보고 술도 한잔하면서 얘기 좀 나누고 싶었는데 처남이 통 집에를 안 들어오니 내가 궁금해서 전화를 한 거잖아. 들리는 얘기로는 밤에도 절대 사무실 불이 꺼지지 않는 걸로 봐 잠도 안 자고 일을 한다는 소문이 있는데, 그럴 리는 없을 테고. 요즘 거대 로펌뿐만 아니라 재벌가에서도 강서준 검사를 찜해 놓은 집안들이 많다던데. 처남도 소문은 들었지? 어때? 이제 그런 좋은 집안으로 장가를 좀 편하게 지내보는 건?

"이미 알고 계신 것처럼 제가 요즘 잠잘 시간도 없을 정도로 일이 많습니다. 그럼."

-잠깐! 처남도 우진그룹 알지?

준규는 오로지 돈에 대한 생각과 욕심만 머릿속에 가득한 사람이었다. 그는 사람들을 만날 때마다 강남에 사 놓은 자신의 빌딩 가격이 5년 사이 두 배가 올랐다거나, 건물 임대료 수입이 곧 억대가 될 거라는 얘기로 자신의 부를 과시했을 뿐, 아들 민후가 교육부장관 표창을 받고 온갖 경시 대회에서 상을 싹 쓸어 온 것에는 일말의 관심도 내비치지 않았다. 그리고 서경은 그런 준규 옆에서 이제 모든 것을 초월한 듯 지내고 있었다. 하지만 서준은 준규의 멱살을 잡아도 시원치 않을 것 같은 기분이었기에 전화기를 붙잡고 있는 그의 손가락 마디가 점점 하얗게 질려 가고 있었다.

-우진그룹에서 처남한테 관심을 보이더라고. 내가 그 우진그룹 사장 딸 사진도 직접 봤는데, 아무리 연예인 같은 사람들에 관심 없는 처남이라도 그 딸을 보면 입이 떡하니 벌어질 거야. 우진그

룸 사장 사위 자리에 하늘에서 내려온 것처럼 예쁜 여자를 아내로 맞게 되는 일인데, 어때?

"……."

-처남이 우진 사장 딸과 결혼하면 민후 양육권 누나한테 넘길게.

"이유가 뭡니까?"

-훗, 이유 꼭 들어야겠어?

"네. 제 결혼으로 뭘 얻으려는 건지 직접 들어야겠습니다."

-처남이나 민후 엄마한테 피해 가는 일은 없을 거야. 그러니까 자세한 건 알 필요 없고, 우진 사장 딸 만나 볼 건지나 생각해 보고 대답해 줘. 다 누이 좋고 매부 좋은 일이잖아?

"아내도 모자라 이번에는 아들까지 팔아 사업을 해 보겠다는 겁니까?"

-처남 너무 흥분하지 말고, 흔치 않은 기회니까 잘 생각해 보라고. 처남이 누나를 얼마나 끔찍하게 생각하는지 아주 잘 아니까 내가 하는 얘기야. 그럼 전화 기다릴게.

달칵.

전화가 끊겼다. 하지만 전화기를 움켜쥔 서준의 손은 시간이 흐를수록 더욱 부풀어 오르는 분노만큼이나 부들부들 떨리고 있었다.

제2장
맞선을 보다

또각또각 다가오던 구두 소리가 그가 앉은 테이블 앞에서 멈춰섰다.

"실례합니다. 혹시 강서준 검사님이신가요?"

"네."

서준은 자리에서 일어섰다.

"안녕하세요? 오늘 만나 뵙기로 한 우태은이라고 합니다."

서준은 태은의 얼굴을 똑바로 바라보았다. 깔끔한 네이비 톤의 정장을 입고 그의 앞에 서 있는 여자는 희고 갸름한 얼굴에 짙은 화장을 하지 않았음에도 누구나 한 번쯤 뒤돌아볼 정도로 예쁜 얼굴을 하고 있었다. 하지만 오늘 이 자리에 나올 상대가 상당한 미인이라는 것은 그도 이미 알고 있던 사실이다. 빼어난 외모보다는 오히려 담담하고 자신감 가득해 보이는 표정과 깨끗한 그녀의 목소리가 그에게 묘한 호기심을 불러일으켰다.

"강서준입니다."

서준은 태은을 향해 손을 내밀었다. 그녀도 이런 인사가 익숙한 듯 거리낌 없이 그의 손을 잡고 있었다. 그런데 그 순간 서준의 머릿속에 준규가 말했던 여자가 이 여자가 맞는지 의문이 들었다. 비즈니스 정장에 가까운 옷차림이야 그렇다고 쳐도 우진그룹 사장 딸이라면 분명 공주님처럼 자랐을 것인데, 맞선 자리에서 상대와 첫인사를 이토록 서슴없이 악수로 나눌 수 있다니…….

"앉으시죠."

"네."

두 사람은 마주 앉아 똑바로 서로의 얼굴을 바라보았다.

"먼저 이렇게 만나 뵙게 돼 진심으로 기쁘게 생각하고 있습니다, 강서준 검사님."

태은은 매끄럽고 차분한 어조로 자신이 만나기로 한 상대와 제대로 만나고 있다는 사실을 다시 한 번 그에게 확인시켰다.

"그런데 마음에서 우러나지 않은 자린데 저희 부모님 때문에 등을 떠밀려 나오신 건 아닌지 모르겠습니다."

그가 아직 태은이 정말 우진그룹 사장 딸이 맞는지 의문을 지우지 못하고 있는 사이, 그녀가 예의에 어긋나지 않을 정도의 정중한 억양으로 핵심을 찔러 말했다.

"그런 건 아닙니다."

"다행이네요. 그런데 지금 근무하시는 곳이 서울지검이신가요?"

"네, 지금 서울지검 형사부에서 근무하고 있습니다."

"누님도 변호사라고 들었는데, 매형 되시는 분도 법무법인 로담의 대표시라면서요?"

오늘 맞선을 볼 상대가 그의 직업, 혹은 가족 이야기를 중심으로 대화를 이어 갈 것이란 사실은 어느 정도 짐작을 하고 나온 상태였다. 그녀와 그녀의 부모님이 그에게 관심을 가진 이유, 그리고 그를 선택한 이유 모두 오직 그것 때문일 테니까.

"맞습니다. 저희 가족 사항은 이미 충분히 알고 계신 것 같으니 이제 본론으로 들어가서 얘기를 나누죠."

"그래도 괜찮으시겠어요?"

태은이 어린아이처럼 까맣고 동그란 눈을 깜빡이지도 않으며 그에게 물었다.

"네."

"그럼 제가 먼저 말씀드릴게요. 저는 강서준 검사님과 결혼할 마음으로 이 자리에 나왔습니다."

이렇게 빠른 시간 안에 그의 말문을 막아 버린 여자는 그의 일생에 이 여자가 처음이었을 것이다.

"강서준 검사님도 제 조건이 나쁘지 않다고 생각되신다면 이 결혼에 대해 신중하게 고민해 주셨으면 합니다."

"조건이라고요?"

"조건이라는 표현이 너무 솔직했나요? 하지만 조건과 형편에 맞춰 하는 결혼을 꼭 나쁜 것이라고만 단정 지을 필요는 없다고 생각합니다."

"그럼 우태은 씨의 조건을 먼저 말씀해 보시죠."
"저는…… 강서준 검사님이면 충분합니다."

이 대목에서 여유 있는 웃음을 나직하게 흘렸으면 좋았을 것이다. 하지만 서준은 웃음이 나오지 않았고, 마치 법정에 서 있는 것처럼 표정 없는 얼굴로 태은을 바라보고 있었다.

"좀 더 구체적인 설명이 필요할 것 같습니다."
"저희 부모님께서 강서준 검사님을 아주 좋게 생각하고 계시고 저는 저희 부모님을 만족시킬 수 있는 사윗감이면 만족한다는 뜻입니다."
"만약 이 결혼이 성사된다면 제가 함께 살 상대는 우태은 씨가 아닙니까?"
"네, 제가 맞습니다."

태은이 입가에 단정한 미소를 지어 보였다. 지금 그의 기분과 상관없이 정갈하게 휘어지는 눈매 또한 너무 예뻤다.

"세기의 효녀가 아니라면 이해할 수 없는 조건이로군요."

그의 연수원 선배나 동기 중에 재벌가의 사위가 된 사람들이 없는 것은 아니었다. 하지만 배우자가 우선순위가 아닌 서로의 필요조건에 맞춰 결혼을 한다는 얘기를 들었을 때 설마 하는 마음이 컸다. 자신과 평생을 함께할 배우자를 단지 조건에 맞춰 선택한다는 것은 그에게는 있을 수 없는 일이었기 때문이다. 그런데 지금 그의 앞에 앉아 부모님이 원하는 상대라 그와 결혼을 할 생각이라고 말하는 태은의 발언을 듣고 나니 그가 믿고 싶지 않거나 부정한다고 세상이 달라지는 것은 아니라는 사실을 받아들여야 할 것 같았다.

"저는 다른 조건은 필요치 않으니 이번에는 검사님의 조건을 듣고 싶습니다."

"제 조건이요."

"검사님이 이 결혼에 저와 같은 생각이시라면 아무래도 제 쪽에서 검사님의 조건에 최대한 맞춰 드리는 것이 당연한 예의라고 생각하고 있습니다."

그의 맞은편에 반듯한 자세로 앉은 태은이 제 할 말을 조금의 내숭도 없이 건네고 있는 순간 서준의 머릿속에는 준규나 서경의 부탁과는 상관없이 태은이 그가 생각하고 바랐던 아내의 모습과는 거리가 아주 먼 여자라는 결론이 내려지고 있었다. 그녀가 왜 부모님이 원하는 결혼에 동의한 것인지, 그 결혼으로 그녀가 얻게 되는 것이 무엇인지는 알 수 없었다. 하지만 사람을 마치 물건처럼 제 기호에 맞춰 소유하려는 태도는 그에게 조금도 매력적으로 다가오지 않았다.

"저는 현모양처 아내를 원합니다."

"현모양처라고요?"

그의 대답에 조금 놀란 듯 태은의 긴 속눈썹이 자신의 동그란 눈을 반쯤 가렸다.

"아침 식사를 차려 주고, 옷을 세탁해 주고, 집 안을 깨끗하게 정돈해 두는, 뭐 그런 아내를 말씀하시는 건가요?"

"현모양처란 어진 어머니인 동시에 착한 아내라는 뜻입니다."

"어진 어머니…… 라고요."

처음으로 태은의 말문이 막혔다. 집게손가락으로 관자놀이 근처를 가볍게 쓸어 넘긴 뒤 다시 아래로 내려가는 손동작에서 그녀의 결혼 생활에 과연 아이가 들어 있기는 했던 것인지도 의문이 들었다. 사실 우진그룹 정도라면 자신들이 원하는 사윗감을 두 줄로 세워 놓고 골라도 지나치다는 얘기가 나오지는 않았을 것이다. 그런 집안의 여자가, 제대로 된 결혼 생활을 꿈꾸는 것도 아니면서 왜 그와 결혼을 하려는 것인지…….

"솔직하게 말씀드리겠습니다, 검사님."

"……"

"검사님은 혹시 누군가에게 어떻게든 꼭 보답을 하고 싶은 마음을 아주 오랫동안 가슴속에 품어 보셨던 경험이 있으신가요?"

그 순간 서준의 머릿속에 1초의 망설임도 없이 두 사람의 얼굴이 떠올랐다. 그중 한 사람이 서경이었다. 그리고 그가 오늘 이 자리에 나온 이유 역시 서경 때문이었다. 준규와 어디까지 이야기가 된 것인지 막무가내로 오늘 이 자리에 꼭 나가 달라는 서경의 부탁을 차마 거절할 수 없어 그는 시간을 쪼개고 쪼개 이 자리에 나온 것이었다. 하지만 제아무리 서경의 부탁이라 해도 결혼의 의미조차 제대로 알지 못하는 여자와 결혼을 할 수는 없을 것 같았다.

"제게는 그런 분이 계시거든요. 그분께 하루의 시간을 제 십 년의 시간과 바꿔서라도 드릴 수만 있다면 드리고 싶습니다."

말을 마친 태은은 다시 서준의 얼굴을 바라보았다.

지난주 미란에게서 췌장암 얘기를 듣고 그녀는 다음 날 바로 손 박사를 찾아갔다. 그리고 손 박사의 입을 통해 모든 정황을 들을 수 있었다. 항암 치료를 시작한다 해도 수술을 할 정도로 상태가 좋아질 확률은 기적에 가깝다는 사실, 또한 우 사장의 간곡한 부탁 때문에 고려 중이긴 하지만 지금 미란의 상태에서는 항암 치료가 오히려 독이 될 수도 있다는 사실까지……. 유일한 치료 방법이라고는 면역력을 증강시키기 위한 자연 치유뿐이라는 얘기도 들을 수 있었다. 그리고 주변에서 자연 치유로 도움을 줄 수 있는 방법이라고는 고작 편안한 마음을 갖게 해 주고 웃음을 주는 일뿐이라고. 그 말은 다시 말해 지금 상태에서는 그들이 미란에게 해 줄 수 있는 것도, 도움을 기댈 수 있는 것도 실질적으로 아무것도 없다는 말과 같은 뜻이었다. 이미 충분히 충격과 불안을 경험했음에도 그날 그녀는 또다시 끝없는 절망의 나락으로 떨어지는 느낌을 경험해야 했다.

그리고 곧장 집으로 돌아갔던 태은은 미란의 방에서 낮에 먹은 음식을 고통스럽게 게워 내고 있는 미란의 모습을 보고 말았다. 그동안 얼마나 오랜 시간 그녀는 저런 고통을 혼자서 감내해 온 것일까? 그런데 잠시 후 거실에 가족들과 둘러앉은 그녀는 어떤 걱정도 없는 것 같은 얼굴로 가족들을 바라보며 환하게 미소를 지어 보였다. 여전히 자신이 아닌 가족들을 먼저 생각하고 걱정하고 있는 것이었다. 그런 미란에게 아무것도 해 줄 수 있는 것이 없다는 걸 알면서도 무엇이라도 해 주어야 할 것 같은 마음, 아주 작은 불씨일지라도 제발 기적을 만들어 주었으면 하는 간절한 바람이 오늘 태은의 결심을 만든 것이다. 그들이 필요로 하는 순간 가장 환하게 웃는다는 미란이, 아직은 그들에게 더 필요했으니까.

"이런 말씀 무례하고 건방지게 들릴 수 있다는 거 알지만 그래도 저희 쪽에서 모든 조건을 최대한 맞추겠습니다. 다만 제가 원하는 조건이 한 가지 있다면 결혼을 좀 서둘렀으면 하는 것뿐입니다."

서준의 표정이 점점 서늘하게 굳어 가고 있었다. 그렇지만 태은은 그런 시선에도 기죽지 않고 대답을 재촉하듯 그를 바라보고 있었다. 사실 서준을 처음 본 순간 그녀는 그가 퀸 호텔 로비에서 잠시 마주쳤던 남자라는 사실을 바로 기억해 냈었다. 그런데 그가 바로 한 전무가 인사시켜 주려고 했던, 그리고 우 사장이 지금껏 후원하고 그녀에게 소개시켜 주고 싶어 했던 강서준 검사였다니. 하지만 잠시도 흔들릴 여유 없이 그녀는 그에게 결혼에 대한 답변을 재촉하고 있었다. 공사를 따 내기 위해 업체의 대표 앞에서 마음에도 없는 미소를 지어 보이며 권하는 술을 거절하지 않고 마셨을 때도 지금처럼 부끄럽거나 자존심이 상하지는 않았었다. 그렇지만 지금 그녀가 미란을 위해 할 수 있는 것은 고작 이 결혼뿐이었다.

"대답은 조금 더 생각해 보신 후에 해 주셔도 괜찮습니다."
"아닙니다. 피차 바쁜 사람들이니 저도 바로 대답하겠습니다."

두 사람 사이에 아주 잠시 불편한 침묵이 흘렀다.

"제 친한 친구 녀석이 그러더군요, 저는 결혼을 하는 게 중죄를 저지르는 것과 같다고."

서준이 자리에서 일어섰다.

"왜, 중죄라는 거죠?"
"결혼할 생각도 없어 보이고, 제대로 된 결혼 생활을 할 놈은 더욱 아니게 보였나 봅니다."
"그럼 처음부터 거절할 마음으로 이 자리에 나오셨던 건가요?"

태은도 그를 따라 자리에서 일어서서 물었다.
"꼭 그런 건 아니었습니다."
"정말 그런 게 아니었다면, 나머지는 전부 제가 괜찮다면요?"
태은은 서준의 눈을 똑바로 바라보았다.
"결혼 생활 때문에 강 검사님에게 어떤 의무나 책임도 요구하지 않는다면요? 그냥 법적인 결혼과 한집에 사는 것만으로 제가 만족한다면요?"
하지만 서준의 눈빛은 이미 서걱거릴 정도로 싸늘하게 식어 있었다.
"우태은 씨, 결혼은 남녀 모두에게 그렇지만 특히 여자에게는 일생에 있어서 가장 중요한 선택입니다. 딱 당신 부모님만큼만 당신을 사랑해 주고, 당신 형제만큼만 당신이 믿고 사랑할 수 있는 남자와 하는 게 바로 결혼이라는 겁니다."
차갑고 냉정한 목소리로 그녀에게 결혼에 대한 정의를 내려 준 서준은 가볍게 고개를 숙여 보이고는 곧바로 몸을 돌려 카페를 빠져나갔다.
"검……."
서준을 잡기 위해 손을 들었던 태은은 그를 부르는 대신 나직하게 한숨을 내쉬며 자리에 털썩 주저앉았다.
"아, 안 되는데……."
자신도 모르게 눈을 감은 채 손바닥으로 이마를 감싼 그녀의 입에서 나직하게 흘러나온 말이었다.

"강서준."

부장 검사실에 들렀다 자신의 사무실로 돌아오는 서준을 부르는 반가운 목소리가 있었다.

"누나."

목소리는 달라졌지만 서경을 바라보는 서준의 표정에는 어린 시절과 변함없이 기쁨과 반가움이 가득했다.

"연락도 없이 여기까지 어쩐 일이야?"

서준은 문을 열어 서경을 먼저 자신의 사무실 안으로 들어가게 했다.

"법원 가다 들른 거야?"

"네가 거절했다면서?"

그런데 텅 빈 사무실 안으로 들어서는 순간 서경이 조금 전의 미소를 지우고 잔뜩 못마땅한 소리로 대뜸 입을 열었다.

"뭘?"

"태은 양."

"그 일 때문에 온 거야?"

"왜 그랬어? 나한테 분명히 잘하고 오겠다고 했었잖아?"

"누나, 사실 나도 누나랑 민후 생각해서 어지간하면 눈 질끈 감고 받아들일 마음으로 나갔던 거였어. 하지만 그 여자는 결혼이 뭔지, 어떤 사람과 해야 하는 건지도 모르는 여자야."

"서준아."

서경이 서준에게 다가와 그의 두 손을 꼭 움켜잡았다. 작고 가는 손이었지만 서경이 손을 잡으면 서준은 왠지 마음 한구석의 무언가가 뭉클하고 움직이는 것 같아 쉽게 그 손을 뿌리칠 수가 없었다.

"내가 널 그 자리에 내보냈던 건, 네가 나랑 민후 때문에 네 매형한테 휘둘릴까 봐 너 그렇게 되지 않게 하려고 그랬던 거야."

"그게 무슨 소리야?"

서준은 서경의 손을 놓고 냉장고에서 시원한 음료 한 병을 가져와 건네주었다. 6월 말이었지만 날씨는 벌써 한여름처럼 무더웠다.

"무슨 말이냐고? 네가 건성건성 대답할 때 내가 눈치채고 좀 더 주의를 줬어야 하는데……. 우태은 양은 우진그룹 사장 딸이 아니라 경도건설 우 사장님 딸이니까."

"뭐라고?"

"네가 태은 양이랑 결혼하면 네 매형도 다시는 네 결혼으로 뭔가를 얻어 내려는 생각 같은 건 하지 않을 테니까."

"그럼 그날 내가 만났던 여자가 경도건설, 우 사장님 딸이었다고?"

그녀는 우진그룹 사장 딸이라 우태은이었던 것이 아니라, 경도건설 우 사장의 딸이었기 때문에 우태은이었던 것이다.

"그래."

"왜 말해 주지 않았어?"

"하……."

서경이 음료를 따 벌컥벌컥 내용물을 들이켰다.

"왜 말해 주지 않았냐고? 네가 듣지 않았던 거겠지."

평소와는 달리 이틀 간격으로 이어졌던 준규의 전화를 받고 난 뒤, 서경까지 부탁이니 제발 잠깐만 시간을 내 얼굴이라도 보고 와 달라고 사정했을 때 그는 당연히 우진그룹 사장 딸을 만나 보라는 것으로 단정을 지었었다. 아니, 지금 맡고 있는 골치 아픈 사건들 때문에 전화기를 어깨 위에 올려놓고 건성건성 들었을 뿐 자세히 물어볼 생각조차 하지 않았었다. 그에게 더 중요한 것은 자신의 결혼이 아니라 누나의 이혼이었으니까. 그런데 처음 태은을 본 순간 들었던 우진그룹 사장 딸이 아닌 것 같다는 그의 느낌이 맞았던 것이다. 게다가 태은이 바로 상우가 얘기했던 경도건설 업무이사라면 그녀의 옷차림과 인사로 나눴던 악수까지 이제야 모든 것들이 자연스럽게 설명이 되고 있었다.

"서준아, 내가 우 사장님이랑 다시 한 번 통화할 테니까 제발 한 번만 더 만나 봐."

"아무리 경도건설 우 사장님 딸이라도 그 여자는 결혼을 무슨 필요할 때 마트에서 사는 즉석 식품쯤으로 생각하고 있는 여자야."

오해가 약간의 선입견으로 작용했을 수는 있어도 본능에 따른 그의 판단은 정확했다. 그녀가 제아무리 우 사장의 딸이라 해도 그녀는 서경이나 자신의 어머니 같은 아내, 또는 어머니는 절대 될 수는 없을 것이다.

"태은 양이 결혼을 좀 서두르려고 하지? 그것도 다 사정이 있어서 그래."

"사정? 무슨 사정?"

"사실은 우 사장님 사모님이 지금 많이 편찮으셔. 췌장암이래."

"그래서?"

그는 덤덤한 척 묻고 싶었다. 하지만 예상치 못했던 미란의 췌장암 소식에 결국 미간을 찌푸리며 시선을 창밖으로 옮기고 말았다. 그가 고등학교에 재학 중이었을 때 아버지가 세상을 떠나셨다. 그리고 그 순간부터 그들은-아버지의 사고 이후부터 후원을 받아 왔던 등록금을 제외하고-생활비를 비롯해 모든 경제적 문제와 어려움을 오롯이 감당해야 했다. 그런데 어떻게 알았는지 그때 그들에게 도움의 손길을 내밀었던 사람이 바로 우 사장 부부였다. 그렇다고 처음부터 그들의 도움이 고맙기만 했던 것은 아니었다. 그들이 보육원을 후원하고 있다는 얘기를 들었기에 자신들도 부모 없는 고아로 대하는 것 같아 처음엔 호의가 동정처럼 불편하고 싫기만 했었다. 그런데 미란은 그의 삐뚤어질 뻔했던 자존심까지 달래 결국 자신들의 도움을 받아들이게 만들었고, 서경이 대학 4학년 시절 사법고시에 합격할 때까지 그들의 손을 놓지 않았었다.

"너도 알겠지만 췌장암은 암 중에서도 가장 힘든 암 중 하나야. 이미 3기라 병원에서도 길어야 몇 개월이고, 한 달도 장담할 수 없다고 그랬나 봐."

"그래서, 엄마 돌아가시기 전에 결혼하는 모습이라도 보여 주겠다는 거야?"

"사모님도 그걸 원하시는 것 같고, 본인도 그렇게 하겠다고 결심을 한 모양이야."

자신보다 소중하게 생각하는 사람의 하루와 자신의 10년을 바꿀 수 있다고 했던 태은의 말은 그런 뜻이었던 것이다. 그런 것이 엄마를 사랑하는 딸의 마음인 것일까?

"너 많이 바쁜 거 알아. 하지만 어차피 밥은 먹어야 하잖아? 밥 먹는 시간에 함께 밥 한 끼 먹는다고 생각하고 한 번만 다시 만나 보면 안 될까? 너 바쁘니까 연락은 내가 해 둘게."

"누나."

"알아, 서준아. 누나가 너한테 결혼을 강요할 자격 같은 건 없다는 거. 그래도 누나는 네가 나 때문에 매형한테 번번이 시달리게 될까 봐 걱정이 돼서 그래. 내가 네 약점이 되고 싶지는 않아."

"매형이 왜 우진그룹이랑 사돈이 되려는 건지 그 이유를 먼저 말해 봐."

"실은 우진그룹에서 기존 사내 법무 팀을 해산하고 외부 업체에 전적으로 일을 맡기겠다는 얘기가 전부터 돌았었어. 네 매형이 그래서 계속 그쪽 일을 맡아 보려고 노력했었고. 그런데 우연인지 우진 쪽에서 먼저 널 마음에 들어 한다는 얘기가 나왔나 봐. 어차피 내가 매형과 이혼해도 민후가 있는 한 너는 준규 씨와 완전한 남이 될 수는 없는 사이니까. 이래저래 너랑 엮어서 일도 따내고 인맥도 넓힐 계획으로 머리를 굴려 본 모양인 것 같아. 그 사람 일하는 방식이 항상 그런 식이잖아. 사람 약점 잡아서 내 편 만들었다 필요 없어지면 다시 버리고……. 그러니까 네가 빨리 제대로 된 사람과 결혼해서 네 매형 다시는 너 이용하려는 그런 엉뚱한 생각 하지 못하게 하고 싶어."

로담이 최근 여러 가지로 어려움을 겪고 있다는 얘기는 주변 지인들로부터 들어 서준도 알고 있었다. 일에 있어서는 절대 포기도 양보도 모르던 서경이 연이어 사건에 패소하면서 신뢰도가 떨어지기도 했고, 준규와의 트러블로 변호사들이 자주 교체되면서 사건의 의뢰와 수임료가 동시에 줄어 운영 위기를 겪고 있는 모양이었다.

"그리고 서준아, 누나 이제 이혼 생각은 하지 않고 살 거야. 나는 남편이란 존재에 기대지 않고 살 수 있을 만큼 강한 어른이지만 민후한테 아빠를 빼앗는 건 한쪽 날개를 꺾는 것만큼 아픈 일일 테니까 말이야. 요즘 들어 가끔씩 네가 혼자 집에 있기 싫다고 비나 눈이 내리는 날에도 놀이터에서 날 기다리고 있던 모습이 떠올라. 내가 혼자 민후를 키우게 되면 아마 민후도 날 그렇게 기다리게 될 거야."

눈시울이 살짝 붉어졌지만 서경은 애써 담담한 척 미소를 지어 보였다. 그 미소가 서준의 마음을 갈가리 찢어 놓는 것 같았다.

"누나……."

"그리고 말 나온 김에 누나가 태은 양을 네 결혼 상대로 찬성하는 이유도 얘기할게. 너는 아직 부모가 돼 보지 않아서 잘 모르겠지만 내 자식 있는데 남의 자식을 내 자식처럼 챙기고 돌본다는 건 보통 사람들로서는 정말 하기 힘든 일이야. 동정도 한두 번이고, 남에게 나눠 줄 수 있는 관심도 길어야 몇 개월이거든. 그런데 부모를 보면 그 자식을 알 수 있다고 하잖아. 그리고 우린 우 사장님 부부 충분히 오랫동안 알아 왔고."

"……."

"우 사장님 딸이란 것도 마음에 드는데 엄마가 편찮으셔서 서둘러 결혼을 하려는 그 마음, 나는 정말 놓치기 아까워. 태은 양처럼 착하고 엄마를 사랑하는 여자라면 서준이 너한테도 분명 잘하고 두 사람 행복하게 살 수 있을 거라고 생각해. 모든 사람들이 사랑해서 결혼하는 것도 아니고, 사랑해서 결혼했다고 꼭 행복한 것도 아니잖아. 누나는 상대가 정말 괜찮은 사람이라면 순서 정도는 조금 바뀌어도 괜찮다고 생각해."

서경이 다시 서준의 손을 잡았다. 반박할 수 없게 옳은 말만 하는 서경이, 그녀의 손을 냉정하게 뿌리치지 못하고 있는 자신이 서준은 미치도록 답답했다. 하지만 분명한 건 딱 서경만큼만 자신의 마음을 이해해 주는 따뜻하고 착한 여자와 그는 결혼이란 걸 하고 싶었다.

"물론 서준이 네 마음과 결정이 가장 중요하겠지만."

어릴 적 빵 하나를 반으로 나누어 먹을 때도 서경은 꼭 저런 미소를 지었었다. 하지만 사랑해서 결혼해도 꼭 행복한 것은 아니라는 서경의 말이 마치 압정처럼 그의 가슴에 꾹 박혀 버렸기 때문에 서준은 서경에게 그 미소를 되돌려줄 수가 없었다.

"아이고, 변호사님 오셨습니까?"

그때 사무실 문이 열리고 서류를 두 손 가득 든 윤 계장이 안으로 들어오며 서경에게 인사를 건넸다.

"오랜만에 뵙네요, 계장님."

서경이 윤 계장의 손에서 서류를 받아 주려는 듯 다가갔다.

"괜찮습니다."

서경의 손길을 사양한 윤 계장은 곧장 자신의 책상으로 걸어가 책상 위에 서류를 내려놓았다.

"그런데 오늘은 어찌 사이좋은 두 분의 분위기가 심상치 않아 보입니다."

"들켰네요. 역시 윤 계장님 눈은 속일 수가 없다니까요."

"하하, 제가 아마 감으로는 우리 검사님보다 한 수 위일 겁니다."

형사 생활 10년의 경력을 자랑하는 윤 계장이 자신만만한 표정으로 말했다.

"전 그만 가 보려던 참이었어요. 다음에 또 봬요, 계장님."

"곧 점심시간인데, 검사님이랑 같이 식사라도 하고 가시죠."

"아니에요. 그만 가 볼게요."

"네."

"누나 갈게, 서준아. 그리고 다시 한 번 잘 생각해 봐."

"안 나가."

서준 대신 윤 계장이 서경을 배웅하고 돌아왔다.

"변호사님이 사무실까지 직접 찾아오시고, 무슨 일 있으세요?"

"아닙니다."

"그럼 검사님, 이제 점심시간인데 식사하려 나가실까요?"

"선화 씨는요?"

"아, 선화 씨는 법원에 들렀다 밖에서 식사하고 들어온다던데요."

"그래요? 그럼 오늘은 우리 둘이 식사해야겠네요."

"오랜만에 남자끼리 좋지 않습니까? 그런데 제가 어제 과음을 좀 해서, 저는 오늘 시원한 내장 탕이나 국밥 같은 걸로 속을 좀 풀었으면 좋겠는데. 검사님은 어떠십니까?"

"저도 괜찮습니다."

"그럼 제가 국밥을 아주 잘하는 집을 알고 있는데 그곳으로 모시겠습니다. 멀지도 않아서 운동 삼아 걸어가시기에 딱 좋은 거립니다."

두 사람은 함께 검찰청 건물을 나섰다. 큰 도로를 따라 얼마를 걸어 내려가자 높고 화려한 건물들 사이로 어울리지 않게 좁고 허름한 골목이 모습을 드러냈다.

"이쪽입니다."

"네."

"이제 6월인데 벌써 날씨가 이렇게 찌기 시작하는 거 보니 곧 장마도 시작되겠네요."

"네."

"왜 우리 어릴 적 시골 살 때는 장마철에도 산으로 들로 막 돌아다니며 놀았는데 나이가 먹으니 장마철만 되면 왜 이렇게 만사가 귀찮고 늘어지는지. 검사님은 안 그러세요?"

"사람마다 다르겠죠."

그러고 보니 곧 송 변호사의 기일이었다. 그와 서경은 지난 20년간 어쩔 수 없이 한 사람만 찾아간 경우는 있어도 그분의 기일을 챙기지 않고 넘겼던 적은 한 번도 없었다. 그런데 그 긴 시간 그곳에서 재윤을 만났던 적도 없었다. 그러다 작년에 공판 때문에 처음으로 오후 늦게 납골당에 찾아갔다 그가 도착하기 불과 얼마 전에 놓고 간 듯 보이는 싱싱한 국화 다발이 송 변호사의 유골함 앞에 놓여 있는 것을 발견했었다. 올해는 그 꽃다발을 놓고 간 사람이 송재윤이었는지 확인할 수 있을까……

"그런데 정말 변호사님은 왜 오셨던 거예요?"

"결혼하랍니다."

"네? 누구요? 설마 검사님이요? 아니, 검사님이 뭐가 급하다고요?"

목적한 식당 앞에 도착한 듯 윤 계장이 허름한 식당 입구를 손으로 가리켜 보였다. 그리고 드르륵 요란하면서도 정겨운 소리를 내며 식당 문이 열리자 윤 계장은 안으로 들어서는 것과 동시에 큰 소리로 식사를 주문했다.

"아주머니, 여기 국밥 둘이요."

"네."

"여기는 메뉴가 딱 두 가지라 정말 빨리 나옵니다. 그런데 오늘 오후 공판은 몇 시에 있으시죠?"

"2시요."

윤 계장의 말을 증명이라도 하듯 그들이 자리에 앉아 숟가락을 놓기가 무섭게 주인아주머니가 김이 모락모락 올라오는 뚝배기 두 개를 가져와 그들 앞에 내려놓았다.

"맛있게 드세요."

"그럼 맞선 같은 걸 보라는 겁니까? 뭐, 검사님 정도면 괜찮은 집안에서 진작부터 눈독들을 들이고 있었겠지만요. 그런데 정 안 내

키시면 검사님이 먼저 선수를 치세요."

좀 전에 하다 끊어진 말을 잇는 듯 윤 계장이 자연스럽게 입을 열었다.

"이번에 들어온 신입 검사님 중에 203호 쓰시는 검사님, 성함이 유……."

"유혜정 검사요?"

"네. 얼굴도 예쁘고 성격도 좋아 보이던데. 변호사님한테 유 검사님한테 호감 있다고 슬쩍 흘리시면."

"유 검사 애인 있어요. 누나도 알고 있고요."

"아, 하하하. 역시 이 바닥은 인맥의 늪이라니까요."

서둘러 밥을 말아 크게 한 술 입안으로 떠 넣던 윤 계장이 생각했던 것보다 밥이 뜨거운 듯 컵에 물을 따라 벌컥벌컥 들이켰다.

"천천히 드세요."

"네. 그런데 검사님 얼굴을 보면 절대 이런 거 잘 드실 분으로는 안 보이는데 잘 드시는 거 보면, 그래서 애인이 없나…… 크크크."

"어서 해장하세요."

서둘러 식사를 마친 두 사람은 다시 좁은 골목길을 따라 왔던 길을 되돌아 나가기 시작했다. 하지만 얼마 걸음을 옮기지 않아 서준의 발걸음이 제자리에 멈춰 섰다.

"왜 그러세요, 검사님?"

서준은 그들에게서 열 발짝 남짓 떨어진 곳에 서 있는 여자가 어딘지 낯이 익어 보였다. 가만히 바라보니 활동하기 편안해 보이는 캐주얼 정장 차림으로 약재 상가 앞에 서 있는 여자는 다름 아닌 태은이었다.

"사장님, 발효현미버섯이라는 게 있다고 하던데, 혹시 여기에서도 구할 수 있나요?"

"발효현미버섯이요? 그런 건 저희 가게에 없는데요."

사장으로 보이는 남자가 고개를 저으며 대답했다.

"그럼 꽃송이버섯이나 차가버섯은요?"

"그렇게 귀한 것들을 찾으시다니, 얼마나 필요하신데요?"

"양은 좀 많았으면 좋겠는데. 가루나 즙으로 내서도 먹을 수 있는 거죠?"

"지금 가지고 있는 양은 그렇게 많지가 않을 텐데……."

잠시 태은을 바라보며 서 있던 서준은 윤 계장도 곁에서 함께 그녀를 바라보고 있는 모습을 발견하고는 다시 걸음을 옮기기 시작했다.

"발효현미버섯에 꽃송이버섯, 차가버섯이라. 음, 제 감으로는 주변의 누군가가 중한 병에 걸린 것 같은데……. 그런데 검사님 혹시 저 여자분 아시는 분이세요?"

윤 계장이 대뜸 서준에게 물었다.

"아닙니다."

"그럼 혹시 저 아가씨 같은 타입이 검사님 이상형이십니까?"

서준과 함께 검찰청을 향해 걸음을 옮기다 아무리 생각해도 석연치 않은 듯 윤 계장이 다시 물었다.

"네?"

"걸음도 멈추고 빤히 바라보시던데……."

"아닙니다. 저도 꽃송이버섯이 좋다는 얘기를 어디에서 들은 것 같아서 그곳에서 파는지 들어 봤던 겁니다."

"아, 네."

"저기요!"

그들이 막 태은의 뒤를 지나쳐 지나가려는 순간이었다.

"검사님, 혹시 우리를 부른 걸까요?"

윤 계장이 손가락으로 태은이 서 있는 방향의 뒤쪽을 가리켰다.

"검사님!"

"이번에는 분명 검사님이라고 부른 것 같은데요."

"저도 들었습니다."

"얼른, 돌아보세요."

무슨 생각을 하고 있는 것인지 윤 계장이 희미한 미소와 함께 시선으로 그를 재촉했다.

"계장님 먼저 들어가 계세요."

"네, 그러겠습니다."

대답과 함께 씩 웃어 보인 윤 계장은 여유로운 걸음으로 검찰청을 향해 걸어가기 시작했다.

"강서준 검사님."

그가 돌아섰을 때 태은은 그의 바로 앞에 서 있었다.

"안녕하세요?"

"네. 또 뵙는군요."

"얼핏 보고 검사님인 것 같다고 생각했는데, 정말 검사님이셨네요."

"그런데 무슨 일이십니까?"

"지난번에 제가 좀 무례했던 것 같다는 생각이 들어서, 혹시 기분 나쁘셨다면 사과를 드리고 싶어서요."

"괜찮습니다. 저는 그날 일 다 잊었습니다."

그렇게까지 차갑게 얘기할 생각은 아니었는데, 그의 목소리가 너무 싸늘하게 흘러나와 버렸다.

"아, 그러세요?"

"그리고 그날은 제 쪽에서도 약간의 착오가 있었던 것 같습니다."

"착오요?"

"그런데 여긴 어쩐 일이십니까?"

태은이 구체적인 내용을 묻기 전에 그가 말을 돌려 물었다.

"뭐 좀 필요한 게 있어서요."

"이쪽은 약재 상가들이 많은 곳인데. 혹시 약재를 사러 오신 겁니까?"

"네."

그의 질문에 태은이 솔직하게 대답했다.

지난번에는 그녀의 솔직한 성격이 묘하게 거슬렸는데, 오늘은 서경으로부터 들은 말의 영향인지 대화하는 상대를 바라보는 그녀의 밝은 표정과 가식 없는 성격이 나쁘지 않게 여겨지고 있었다.

"참, 여기가 검찰청 앞이죠? 저는 이런 시간에 이런 장소에서 검사님을 만난 게 엄청난 우연이라고 생각했는데, 그런 건 아니었나 보네요."

그녀가 희미하게 미소를 보였다.

"엄청난 우연 맞을 겁니다."

"네?"

"이곳에 이런 약재 상가 골목이 있었다는 사실 저는 오늘 처음 알았습니다."

그의 말이 믿기지 않는다는 듯 태은의 눈이 동그래졌다. 지난번에도 느꼈던 것처럼 상대의 시선을 잡아끄는 맑고 깨끗한 눈이었다.

"그리고 경도건설에서 근무하신다고 들었습니다."

"네. 그러고 보니 그날 제 소개도 제대로 하지 않았네요. 저는 경도건설 업무부에서 근무하고 있습니다."

태은이 마치 처음 자신을 소개하듯 그에게 손을 내밀었다. 서준도 그녀의 손을 잡았다. 그런데 악수를 나누는 그들의 손 아래로 그녀가 신고 있는 운동화가 눈에 들어왔다. 그리고 그 순간 상우가 사장 딸임에도 너무나 열심히 일하는 태은의 모습에 놀랐다고 술자리에서 했던 말이 다시 떠올랐다. 서준은 문득 그날 맞선 자리에서 선입견을 갖지 않고 대했더라면 그녀를 다르게 생각했을지도 모르겠다는 생각이 들고 있었다.

"오후에 현장 설명회가 있어서요."

그의 시선을 느꼈는지 태은이 서둘러 신발을 설명했다.

"설명회 시간이 다 돼서 그만 가 봐야겠네요."

"네."

"그럼 바쁘실 텐데, 검사님도 들어가세요."

오늘 태은은 지난번 만났을 때처럼 굽 높은 힐을 신고 있지 않아 그의 턱에 겨우 미칠 정도의 키로 그를 올려다보고 있었다. 그 시선의 변화 때문인지, 뜨거운 땡볕 아래 한동안 걸어 지쳐 보이는 얼굴 탓인지 서준의 눈에 오늘 태은은 그날과 너무 다르게 보였. 정확하게 기억나지 않는 아주 오래전에 만난 적 있었던 누군가의 눈빛과 닮은 것도 같다는 생각까지 머릿속을 스쳤다.

"그럼."

서준은 정중히 묵례를 남기고 돌아섰다. 그런데 몇 걸음 걷지 않아 특별한 이유도 없이 다시 뒤를 돌아봤다. 그리고 좀 전과 같은 자리에서 여전히 그를 바라보고 있는 태은과 눈이 마주쳤다. 지금 그녀가 서 있는 인도 옆 찻길로는 끊임없이 차들이 오가고 있었다. 굳이 시선을 돌리지 않아도 주변 여기저기서 울리는 클랙슨 소리만으로 이곳이 얼마나 복잡한 번화가인지 짐작이 가능했다. 그런데 신기하게 그들은 자신들 사이의 거리나 주변의 소음과는 상관없이 아주 가까이 서 있는 것처럼 서로를 바라보고 있었다. 서준은 다시 한 번 태은을 향해 가볍게 고개를 숙였고, 태은도 그에게 정중히 고개를 숙여 보인 뒤 몸을 돌려 어딘가로 걸어가기 시작했다.

태은과 만남이 이어질수록 서준은 그녀에게서 새로운 느낌을 받고 있었다. 퀸 호텔 로비에서 잠시 스쳤을 때 묘하게 시선이 갔던 것부터 맞선 자리에서의 당돌했던 모습, 그리고 거리에서 우연히 마주친 순간에도 솔직한 모습으로 다가온 것까지. 만약 지금과 다른 인연, 또는 다른 장소에서 만났더라면 어쩌면 지금과는 또 다른 느낌과 생각으로 그녀를 기억하고 있었을지도 모른다. 아쉬움까지는 아니어도 분명 테은을 떠올리면 설명하기 힘든 묘한 여운이 남는 것은 사실이었다. 하지만 지금 그에게는 그녀보다 더 집중해서 생각하고 걱정해야 할 일들이 너무 많았다.

띠링.

서준은 일주일 만에 집에 들어온 것이었다. 그런데 현관문을 열고 집 안으로 들어서는 그를 맞아 주는 것은 먼지 한 톨 보이지 않는 운동장처럼 넓은 거실과 적막뿐이었다. 하지만 그는 곧장 거실을 가로질러 여러 개의 방 중 가장 안쪽에 위치한 서경의 방으로 향해 방문 앞에서 노크를 했다.

똑똑!

"누나."

"외삼촌?"

그런데 서경의 방 안에서 들려온 것은 민후의 목소리였다.

"민후니?"

"네."

그는 문을 열고 방 안으로 들어섰다. 서경의 침대 위에 혼자 엎드려 책을 보고 있던 민후가 그가 들어서자 벌떡 일어서 바닥으로 내려왔다.

"외삼촌 다녀오셨어요?"

아직 어리광을 부려도 괜찮을 나인데 민후는 깍듯하게 고개를 숙여 그에게 인사를 했다.

"민후 왜 지금까지 안 자고 있었어?"

"엄마가 아직 안 들어오셨어요."

"아직도?"

서준의 시선이 벽에 걸린 시계로 향했다. 시간은 벌써 11시가 넘어 있었다.

"아빠는?"

이어지는 그의 질문에 민후는 대답 대신 고개를 저었다.

"민후야, 이제 자."

"엄마 오시면 얼굴 보고 잘게요."

"너무 늦었어."

"하지만 오늘 못 보면 내일 저녁에나 볼 텐데요."

최근 로담의 상황이 어려워지면서 서경이 감당해야 할 일이 늘었을 것이라는 사실은 짐작을 하고 있었다. 그런데 설마 이 정도일 거라고는 서준도 생각지 못했었다. 서경도 서경이지만 지금 그의 마음을 더욱 아리게 하는 것은 엄마의 상황을 모두 이해하고 있는 듯한 민후의 표정이었다.

"민후야."

"네?"

"엄마 매일 이렇게 늦으시니?"

"일이 많으실 때는요."

"그래. 어쨌든 지금은 시간이 늦었으니까 민후는 그만 방으로 가서 자는 게 좋겠다."

"네, 외삼촌. 안녕히 주무세요."

민후가 침대에서 보던 책을 챙겨 들고 그에게 인사를 하고 있을 때였다. 방문이 열리더니 서경이 안으로 들어왔다.

"민후 아직 안 자고 있었네?"

"엄마."

서경을 발견한 민후의 얼굴에 금세 환한 미소가 가득 번지더니 재빠르게 엄마에게 달려가 허리를 꼭 끌어안았다.

"엄마가 너무 늦었지?"

"괜찮아요."

"저녁은 먹었어?"

"아주머니가 챙겨 주셨어요."

"그래."

서경도 미안하고 안타까운 듯 오랫동안 민후의 등을 쓰다듬었다.

"엄마 봤으니까 이제 가서 잘게요."

"그래. 잘 자, 민후야."

"네. 엄마, 외삼촌, 안녕히 주무세요."

"그래, 민후도 잘 자."

방을 나선 민후가 조용히 문을 닫았다.

서경과 서준은 민후가 자신의 방으로 들어갔다고 생각될 때까지 잠시 침묵을 지키며 서 있었다.

"너도 지금 들어온 거야?"

아직 옷을 갈아입지 않은 서준의 옷차림을 바라보다 서경이 먼저 입을 열었다.

"응."

"집에 자주 좀 와."

화장대 앞으로 걸음을 옮긴 서경이 차고 있던 시계와 액세서리들을 풀며 말했다. 준규와 서경은 각자의 방을 사용하고 있었기에 이 방 안의 가구와 물건들은 모두 서경의 것들뿐이었다.

"누나, 요즘 로담 상황이 많이 안 좋아?"

"그런 게 아니라, 지난달이랑 이달에 변호사들이 연이어 두 명이나 그만둬서 그래."

"그럼 누나가 그 사람들 몫의 일까지 다 하고 있는 거야?"

"당분간이야. 이대로 로담 문 닫을 수는 없잖아."

서경의 목소리는 여전히 차분했다.

"매형은?"

"그 사람은 영업해."

"변호사라고 영업하지 말라는 법은 없지만 지금 로담 상황으로는 영업 직원을 구하는 게 변호사 월급보다는 훨씬 적게 들어갈 것 같은데. 도대체 매형 법원에서 본 게 몇 년 전인지 기억도 안 나."

"너 갑자기 왜 그래?"

두 사람에게 준규와 관련된 얘기는 금기시되는 주제와 같았다. 서준은 지금 그만큼 감정이 주체되지 않는 상태였는지도 모른다.

"누나는 민후 위해서 이혼은 절대 못한다고 하지만, 내가 볼 때는 같은 집에만 살고 있지 지금 세 사람 중 누구도 행복한 사람은 없는 것 같아."

"지금은 특별한 상황이라 그런 거야."

변명하듯 대답하는 서경의 목소리도 편치는 않았다. 서준도 그녀의 마음을 모르는 것은 아니었다. 그렇지만 단순히 로담의 상황뿐 아니라 준규와의 문제 또한 언제까지 방관만 해서는 안 된다는 사실을 서경은 분명하게 인식할 필요가 있었다.

"이렇게 시간을 보내는 게 꼭 민후를 위하는 방법이 아닐 수도 있어."

서준의 나직한 목소리는 애원에 가까웠다.

"그리고 민후한테 생각을 직접 물어본 적은 있는 거야?"

"민후 아직 어린애야."

"나이는 어려도 제 생각 충분히 결정하고 말할 수 있을 만큼 생각이 깊은 아이야."

"서준아, 나 지금 너무 피곤한데."

서경이 대답을 피하며 그를 향해 돌아섰다.

어릴 적 서준에게 누나는 엄마처럼 포근하고 아버지처럼 든든했으며 때론 친구처럼 다정했던 사람이었다. 그런 누나만 곁에 있으면 그는 세상 그 무엇도 무섭거나 두렵지 않았다. 그런데 지금 서경은 힘주어 안기라도 하면 으스러질 것처럼 가녀린 체구로 겨우겨우 버티고 있었다. 서경의 위태로운 모습과 언제 끝날지 알 수 없는 지금 그녀의 상황이 서준을 자꾸만 한숨짓게 만들고 있었다.

"누나."

"네가 왜 이러는지 알아. 그런데 지금 상황 민후한테도 충분히 이해되게 설명했어. 그리고 곧 로담 일 수습되면 민후 혼자 이렇게 늦게까지 두는 일 다시는 없을 거야."

"로담 상황이 곧 수습된다고? 내가 볼 때는 지금 이대로라면 누나 언제까지 매형에게 끌려다니며 로담 뒤처리만 하게 될지 알 수 없어 보이는데. 차라리 내가 어떻게든 민후 양육권 빼앗아 줄 테니까 이혼하고 이민 가서 하고 싶었던 공부 마저 하면서 민후랑 지내는 건 어떻겠어? 누나 앞으로 자리 잡을 때까지 생활하는 데 필요한 건 내가 어떻게든 책임질게."

그의 제안에 서경이 대답 대신 느리게 고개를 저었다.

"누나 정말 괜찮아."

"누나, 내가 행복해졌으면 좋겠다고 했었지? 나도 그래. 누나가 나보다 더 행복해졌으면 좋겠어. 아니, 누나가 행복해지기만 한다면 나는 어떤 것도 포기할 수 있어."

"지금 급한 상황만 정리하면 정말 괜찮아질 거야."

"급한 상황……."

그녀의 삶 자체가 위태위태한데 급한 상황의 끝은 도대체 어디란 말인가?

"누나 계속 이렇게 살면 나 다시는 이 집에 안 들어올 거야. 그래도 정말 괜찮아?"

그동안 마음속에 꾹꾹 눌러 두었던 말들을 한 번에 쏟아 내고 있는 서준의 표정은 분명 협박이 아니라 절규에 가까운 것이었다.

"서준아."

"이혼도 이혼이지만 내일부터 당장 새로운 변호사 알아보고 누나는 일 줄인다는 약속 먼저 해."

"그건 나도 생각하고 있던 일이야. 그보다 말 나온 김에 너야말로 우 사장님 딸이랑 다시 한 번 만나 보겠다는 약속 해."

"그 얘기가 지금 왜 나와?"

"내가 일 줄이고 로담 힘들어지면 네 매형이 또 이상한 생각 할 건 뻔하니까."

이번에는 서경이 애원하듯 그의 손을 잡았다.

"나도 약속할게. 그러니까 너도 약속해."

"그래, 알았어. 다시 만나 볼게."

"정말이지?"

"응."

"고맙다, 서준아."

"누나 약속 꼭 지켜야 돼."

서경이 희미한 미소와 함께 고개를 끄덕였다.

제3장
그녀와 만나다

꼭 20년 전 장례식 날처럼 아침부터 추적추적 비가 내리고 있었다. 일요일이었음에도 다른 날보다 일찍 눈을 뜬 태은은 아침부터 외출 준비를 서두르고 있었다. 사실 크게 준비해야 하는 것이 있는 것은 아니었다. 하지만 그녀의 마음은 분명 다른 날과는 달랐다. 무거우면서도 설레었고, 신중하면서도 서두르고 있었다. 검은 스커트에 검은 재킷을 입고 외출 준비를 마친 그녀의 시선이 잠시 옷장 문을 스쳤다. 오늘 서준과 다시 만나기로 약속이 잡혀 있었기 때문이다.

서준은 지난번 맞선 자리에서 그녀와 다시는 만나지 않을 것처럼 자리에서 먼저 일어섰었다. 그런데 우연히 검찰청 앞에서 다시 만난 뒤 무엇이 그의 마음에 변화를 가져온 것인지 그녀를 다시 만나 보고 싶다는 연락을 해 왔다. 미란을 볼 때마다 마음이 무거웠던 차였기에 그 소식을 전해 들었을 때 태은은 자존심을 세워 볼 생각조차 하지 못했었다. 오히려 미란이 그런 그녀의 반응에 속상한 표정을 지었을 정도였다.

하지만 태은은 여전히 자신이 미란을 위해 할 수 있는 일은 그것뿐이라며 기왕이면 바람대로 이루어졌으면 하는 마음이었다. 옷에 어울리는 가방을 어깨에 멘 그녀는 서둘러 자신의 방을 나섰다.

그녀가 아래층으로 내려가자 거실 소파에 앉아 비 내리는 창밖 풍경을 바라보며 이야기를 나누고 있던 우 사장과 미란이 그녀를 바라보았다. 태은은 두 사람 앞으로 걸어가 섰다.

"지금 나가려고?"

"네. 식사는 좀 하셨어요?"

태은은 미란을 바라보며 물었다.

"응."

오늘 서준과 다시 만나는 것을 알고 있으면서도 우 사장과 미란은 검은 정장을 차려입은 그녀의 옷차림에 별다른 말이 없었다. 한 번도 그녀가 말한 적 없었고 그들도 그녀에게 직접 물었던 적이 없었을 뿐 어쩌면 오늘이 그녀에게 어떤 날인지, 매년 이날이 되면 그녀가 어디를 가는 것인지 두 사람은 진작부터 알고 있었던 것인지도 모른다.

"오늘 강 검사 만난다고 했지?"

"네."

이번에는 미란이 건넨 질문에 태은이 대답했다.

"강 변호사 통해서 연락을 해 온 거긴 하지만 오늘 한 번만 더 만나 보고 인연이 아니다 싶으면 더 애쓸 필요 없어, 태은아."
"걱정 마세요."
"그래. 누구한테나 맞는 연분은 다 따로 있는 거다."
우 사장도 그녀의 마음을 가볍게 해 주려는 듯 덧붙여 말했다.
"걱정 마세요. 이제 나가 볼게요."
"그래. 조심해서 다녀와라."
"비 오니까 운전 조심해서 하고."
"네."
태은은 우 사장과 미란의 배웅을 받으며 집을 나섰다.

납골당에 들르기 전 흰 국화 한 다발을 사는 것으로 아빠를 만나기 전 그녀의 모든 준비는 끝이 났다. 그런데 비가 내리기 때문에 더욱 차분히 차를 몰고 있는 그녀의 머릿속에 작년을 제외하고 매년 그녀보다 먼저 아빠 앞에 국화꽃을 두고 갔던 의문의 여인에 대한 기억이 떠올랐다. 어떤 사람이고, 아빠와는 어떤 인연이 있었기에 19년, 어쩌면 20년을 한 번도 빼놓지 않고 다녀갔던 것일까? 그리고 그 여인은 올해도 다녀갈까?

아빠 생전에 집안에 왕래를 했거나 그녀가 얼굴을 알고 있던 지인들과의 연락은 외삼촌과 지내게 되면서 모조리 단절되었다. 유일하게 한 사람, 항상 허름한 점퍼 차림으로 그녀를 찾아왔던 아저씨 한 분만이 그녀가 외삼촌과 지내게 된 집으로까지 그녀를 만나기 위해 찾아왔었다. 처음 찾아왔을 때 아빠와 잘 알았던 사이라고 자신을 소개했던 아저씨는 매번 찾아올 때마다 살가운 말보다는 먹고 싶은 것이나, 혹시 아픈 곳은 없는지를 묻다 말없이 그녀의 어깨를 다독여 주고는 돌아가셨다. 그때 그 묵직한 손이 다정하게 어깨를 두드려 주던 느낌은 여러 마디의 말보다 그녀의 가슴을 뜨거워지게 했었다. 그래서 외삼촌까지 사고를 당하고 민간 보육원에서 지내는 것으로 결정이 났을 때 태은은 혹시 그 아저씨가 다시 자신을 찾아올지도 모른다는 생각에 짧은 편지를 집 안에 남겨 두었었다. 하지만 끝내 아저씨는 그녀를 찾아오지 않았고, 아저씨와의 인연도 그렇게 끝이 나 버렸다.

처음 납골당에서 국화꽃을 발견했을 때 그녀는 그 아저씨일 거라고 확신했었다. 떠오르는 사람이 정말 아저씨밖에 없었던 것이다. 그런데 어느 순간부터인가 그 확신은 왜 아저씨가 자신을 더는 찾아오지 않았던 것인지에 대한 의문으로 바뀌어 있었다. 그래서 꽃다발의 정체가 더 궁금했던 것인지도 모른다. 물론 그 꽃다발을 두고 간 사람이 아저씨든 낯선 여인이든 이제는 상관없었다. 어김없이 아빠의 유골함 앞에 곱게 놓인 국화 다발을 보는 순간이면 아빠를 기억하고 있는 누군가가 있다는 사실만으로도 그녀는 너무나 감사하고 기뻤으니까.

"아빠, 저 왔어요."

태은은 자신이 사 온 국화 다발을 아빠의 유골함 앞에 올려놓았다. 작년에 이어 올해도 다른 날보다 이른 시간에 찾아온 탓인지 그녀보다 먼저 찾아와 놓고 간 국화꽃은 보이지 않았다.

"아빠 딸 재윤이······."

왜 자신의 이름을 말하는데 이렇게 눈물이 흐르는 것인지······.

하지만 그녀는 눈물을 닦지 않았다. 어차피 닦아도, 닦아도 계속 흐를 테니까.

"잘 지내고 계셨죠? 저도 잘 지냈어요."

유리문 위에서 아빠의 얼굴을 느리게 어루만지는 그녀의 손길이 어느 때보다 애틋했다.

"아빠 만나러 오는 날은 항상 마음이 따듯하고 편안했는데, 오늘은 머릿속이 좀 복잡해요. 그러니까 다른 때보다 제 표정이 밝지 않아도 오늘만 이해해 주세요."

이른 시간이기 때문인지 납골당 안은 어느 때보다 고요했다. 태은의 나직한 말소리만이 텅 빈 공간 안에서 공허하게 메아리치는 듯 울리고 있었다.

"실은 저 요즘 아주 힘든 일이 있어요. 오미란 여사님이 많이 편찮으시거든요. 정말 많이. 그래서 우 사장님도 당분간 격일로 회사에 출근하시기로 하셨고……. 모든 게 너무 갑작스러운데, 그런데 정말 시간이 얼마 남지 않은 건 아닌지 자꾸만 불안하고 겁이 나요. 제가 정말 좋아하고 사랑하는 사람들은 모두 왜 제 곁에선 이렇게들 빨리 떠나려고 하는 건지……. 아빠, 저는, 정말 어떻게 해야 하는 건지 모르겠어요."

그런데 그때 쥐 죽은 듯 고요했던 납골당 안, 아빠의 유골함보다 더 안쪽 방향에서 사람의 인기척이 들려왔다. 그리고 이어진 발걸음 소리.

뚜벅, 뚜벅, 뚜벅…….

가볍지 않은 울림으로 봐 분명 성인 남자의 구두 소리였다. 발걸음 소리가 그녀가 서 있는 곳을 향해 조금씩 가까워지자 태은의 몸이 이유 없이 굳었다. 하지만 점점 가까워지던 발걸음 소리는 그녀에게서 몇 발짝 떨어진 곳에서 잠시 느려지는가 싶더니 그녀가 돌아보려는 순간 그녀를 지나쳐 계단 쪽을 향해 멀어져 갔다.

"아저씨 1년 만이네요. 그동안 잘 계셨죠?"

아빠의 유골함을 향해 걸어가던 태은의 발걸음이 멈춰 섰다. 차분한 여자의 말소리가 들려오고 있는 곳이 아빠가 계신 곳 근처인 것 같았기 때문이다. 아직 누구도 그녀 혼자 이 먼 곳까지 다녀간다는 사실을 알지 못했다. 우 사장 부부가 이런 사실을 알게 된다고 그녀를 꾸짖거나 막을 것 같아 일부러 숨긴 것은 아니었다. 단지 그들이 함께 이곳에 오겠다고 한다면 왠지 난처할 것 같은 마음에 그녀가 비밀로 하고 있는 것이었다. 이렇게 아빠와 만나는 시간만큼은 오롯이 예전의 재윤으로 돌아가고 싶었으니까.

"올해는 제 동생도 대학생이 됐어요. 원래는 같이 오려고 했는데, 아르바이트로 하고 있는 과외수업을 빠질 수가 없어서 오늘은 저 혼자 왔어요."

태은은 아예 벽 쪽으로 몸을 기대고 서 조용조용 들려오고 있는 이야기 소리에 귀를 기울였다.

"제 동생도 저랑 같은 학교 같은 과에 입학했어요. 저는 내년에 졸업을 하지만요. 그 아이를 보고 있으면 대견하면서도 미안하고 안쓰러워요. 아저씨 같은 사람이 되고 싶다고 말은 하는데, 사실은 제가 보던 책을 그냥 보려는 생각 때문인 것 같거든요. 그래도 생각이 깊은 아이니까 잘할 거라고 믿어요. 만약 다음에 그 아이가 와서 혹시라도 후회한다는 말을 하더라도 한때의 투정이라고 생각해 주세요. 물론 그런 투정도 하지 않을 것 같지만……."

부모님이나 친척도 아닌 아저씨에게 굳이 동생의 안부를 저토록 세세하게 전할 필요가 있을까 싶은 생각이 들 정도로 여자는 친근한 목소리로 자세히 자신과 동생에 대한 얘기를 늘어놓고 있었다.

"그런데 그 아이는 아직인 모양이네요. 솔직히 이곳에 올 때마다 마주치지 않을까 기대를 하고 오는데, 정말 신기하게 일찍 와도 늦게 와도 한 번도 얼굴을 보지 못하네요. 그래도 작년에 놓고 갔던 꽃을 보고 다녀가는 것 같아서 얼마나 안심했는지 몰라요. 우리랑 그 아이, 아저씨한테 분명 다른 존재일 테니까요."

태은은 점점 다리가 저려 와 바닥에 쪼그리고 앉았다.

"한 시간이나 기다렸는데, 아직도 안 오는 걸 보니까 오늘도 늦나 보네요. 저는 다음에 다시 올게요."

그제야 태은은 다시 자리에서 일어서 국화실 앞 계단까지 소리 나지 않게 조용조용 걸어 나갔다. 그녀가 나오고 얼마 있다 검은 원피스 차림의 젊은 여자가 걸어 나오는 것이 보였다. 계속 목소리가 들려왔던 그 여자라는 사실을 짐작할 수 있었기에 태은은 일부러 벽 쪽으로 고개를 돌려 그녀와 눈이 마주치는 것을 피했다. 하지만 잠시 후 아빠 앞으로 걸어갔을 때 그녀는 깜짝 놀라며 다시 국화실을 나서 아래층으로 내려가는 계단을 뛰어 내려가기 시작했다. 아빠의 유골함 앞에 싱싱한 국화 다발이 놓여 있었던 것이다. 방금 다녀간 그녀가 누구인지 태은은 꼭 만나야 한다는 생각에 미친 듯 계단을 뛰어 내려갔다. 그런데 검은 원피스의 그녀는 짧은 순간 어디로 사라진 것인지 끝내 찾을 수가 없었다.

 그녀는 정말 누구였을까? 방금 전 발걸음 소리 때문인지 태은의 머릿속에 다시 의문의 여인에 대한 궁금증이 떠올랐다. 하지만 그 검은 원피스의 젊은 여자가 꼭 아빠에게 다녀갔던 것이라는 확신은 어디에도 없었다. 그녀는 근처의 다른 누군가에게 찾아왔던 사람이었고, 아빠 앞에 놓여 있던 국화는 지금껏 매해 그렇게 두고 갔던 누군가가 그날도 그녀보다 더 빠르게 다녀갔던 것일 수도 있었으니까.
"아빠, 저 이제 그만 가 봐야 할 것 같아요."
 태은은 다시 한 번 유리문을 천천히 문질렀다. 어린 시절의 헤어짐이었기에 어느 순간부터인가 그녀는 유골함 속의 아빠가 당연하게 느껴지기 시작했고, 아빠와의 헤어짐이 더 이상 슬프지 않았다. 아빠는 언제나 이곳에서 그녀를 기다리고 있으니까……
 납골당 건물 밖으로 나오자 빗줄기는 도착했을 때보다 더 굵어져 있었다. 태은은 음산한 하늘과 물 고인 웅덩이를 바라보며 잠시 입구에 서 있었다. 아빠를 만나러 달려오느라 잊고 있었던 미란에 대한 걱정이 다시 떠올랐기 때문이다. 처음에 어떻게든 방법을 찾아보겠다고 굳게 먹었던 결심은 시간이 흐를수록 막막함과 초조함에 가로막혀 나직한 절규로 바뀌고 있었다. 오늘 서준을 만나고 나면 이 절망 속에서 작은 빛이라도 기대할 수 있게 될까? 하지만 무슨 말을 어떻게 꺼내야 하는 것인지, 그에게 다시 한 번 진심으로 부탁을 해야 하는 것인지 태은은 좀처럼 마음의 결정을 내릴 수가 없었다.

우산을 펼쳐 쓴 그녀는 자신의 차를 향해 천천히 걸음을 옮기기 시작했다. 비가 오기 때문인지 다른 날보다 주차장도 한산했다. 그녀의 차에서 약간 떨어진 곳에 서 있는 검은 세단은 그녀가 도착하기 전부터 같은 곳에 세워져 있었는데 여전히 주변에 사람은 보이지 않았다. 저 차의 주인이 조금 전 납골당 안에서 들려왔던 발걸음 소리인 주인공일지도 모른다는 생각이 태은의 머릿속을 스쳤다. 하지만 그에 대해 오래 생각하지 않고 그녀는 차에 올랐.

오늘 약속 장소는 서준이 근무하는 검찰청에서 멀지 않은 곳에 위치한 카페였다. 약속 시간까지 시간이 여유롭지 않다는 걸 알면서도 그녀는 다시 한 번 납골당을 바라보며 마음속으로 아빠에게 작별 인사를 건넸다.

납골당 홀을 빠르게 가로질러 계단을 내려온 서준은 1층에 위치한 관리사무실로 향했다. 방금 전 송도현 변호사를 찾아온 방문자의 목소리와 옆모습을 직접 확인했음에도 그는 그 모든 사실이 도무지 믿어지지가 않았다. 관리사무실에서 직접 송도현 변호사 관련 연락처가 누구로 되어 있는 것인지를 다시 확인해 봐야 할 것 같았다.

똑똑!

"실례합니다."

서준이 사무실 안으로 들어서자 자리를 지키고 있던 지긋해 보이는 나이의 남자 직원이 자리에서 일어섰다.

"무슨 일이십니까?"

"저는 2층 국화실에 모셔진 강지석 씨 아들 되는 사람입니다."

"아, 네. 그런데 무슨 일로……?"

"저희 아버지와 같은 국화실에 모셔진 송도현 씨가 저희 아버지 지인 되는 분이셨습니다."

"아, 네."

"그래서 드리는 부탁인데, 혹시 송도현 씨 유골함 관련으로 기록된 연락처나 이름이 누구로 되어 있는지 확인을 좀 해 볼 수 있을까요?"

"아이고, 죄송해서 어쩌죠? 본인 동의 없이는 알려 드릴 수가 없습니다."

직원이 꽤나 난처한 듯한 표정으로 말했다.

"그럼 성만이라도 확인할 수 없을까요?"

우 씨로 되어 있다는 사실만 확인해도 그가 본 태은이 틀림없을 것이었기 때문이다.

"그게, 예전에 본인 동의를 받지 않고 알려 줬다 후에 문제가 돼서 저희가 굉장히 난처했던 적이 있었거든요. 무슨 사건에 연루가 됐었는지 경찰들까지 한동안 찾아오고……. 그래서 지금은 납골당 자체적으로 본인 동의 없이는 알려 드리는 걸 금지하고 있는 상황입니다."

"그럼 제 신원이 확인되면, 문제가 될 때 제가 모든 책임을 지겠다고 약속하면 확인이 가능할까요?"

서준은 주머니 안에서 자신의 신분증과 명함을 함께 꺼내 직원에게 정중하게 건넸다.

"서울지검 형사부 소속 강서준 검사라고 합니다."

"아, 검사님이셨군요."

"만약에 무슨 문제가 생기면 제게 바로 연락을 주십시오. 어떤 법적인 문제도 저로 인해 비롯됐다면 전부 제가 책임을 지겠습니다."

"아무리 그래도……."

"그럼 우태은이라는 이름으로 되어 있는지만이라도 확인해 주시면 안 될까요? 아주 중요한 일 때문에 그럽니다."

서준의 정중하고도 간곡한 부탁에 신분증에 붙은 사진과 서준의 얼굴, 그리고 명함을 꼼꼼히 확인한 직원이 그제야 한쪽 벽면을 채운 캐비닛 쪽으로 걸음을 옮기더니 장부를 찾아 다시 서준 앞으로 다가왔다.

"혹시 방금 말씀하신 분이 무슨 범죄나 사건 같은 것에 연루된 건 아니겠죠?"

"절대 아닙니다. 저희 아버지께서 생전에 송도현 씨의 도움을 많이 받으셨고, 제게 부탁을 해 두신 것이 있어 꼭 만나 보고 싶은 것뿐입니다."

"아, 네. 맞습니다. 저희 서류에 적힌 성함은 우태은 씨가 맞네요."

"우태은 씨가 분명 맞다고요? 그럼 송도현 씨와의 관계가 어떻게 되는 겁니까?"

"서류에는 자로 적힌 걸 보니 자식인 모양인데, 왜 성이 다를까?

며느린가……?"

"……."

"더 이상은 알려 드릴 수가 없습니다."

의아한 듯 고개를 갸웃거리던 직원이 장부를 다시 캐비닛 안 제 자리로 꽂아 넣으며 말했다.

"아닙니다. 지금 알려 주신 것만으로도 충분합니다."

"혹시 모르니까 주신 명함은 보관하고 있겠습니다."

"네. 그러셔도 됩니다. 확인해 주셔서 정말 감사합니다."

직원에게 고개를 숙여 감사의 뜻을 전한 서준은 서둘러 관리사무실을 나섰다. 그는 오래전부터 납골당에서 우연히 재윤과 만나는 상상을 해 왔었다. 그때 자신을 어떻게 소개해야 하는 것인지로 진지하게 고민을 해 본 적도 있었다. 그리고 그렇게 시작된 상상은 어느 날은 즐겁기도 했고, 어느 날은 슬프기도 했다. 하지만 상상은 상상일 뿐이었다. 어찌 된 일인지 지난 20년간 그녀와 이곳에서 마주쳤던 적은 단 한 번도 없었다.

그렇다고 이곳에서 우연히 만나는 것 외에 다른 방법을 전혀 찾아보려 하지 않았던 것은 아니었다. 10여 년 전쯤 서경이 변호사가 되고 얼마 지나지 않았을 때도 그들은 납골당에서 송도현 변호사 관련 연락처를 확인해 본 적이 있었다. 그런데 그 당시 그의 서류에 기록된 연락처는 아무것도 없었고, 이름도 그들이 전혀 알지 못하는 낯선 여자의 이름만 적혀 있었다. 그리고 몇 해 전 그가 검사가 된 후 그는 마지막 방법으로 송도현 변호사의 유골함 보관 관련으로 지불되고 있는 비용의 지불 출처를 확인해 보려고 한 적이 있었다. 그런데 그때 그가 확인한 사실은 송도현 변호사가 이곳에 처음 안치되던 해 이미 어마어마한 금액이 납부되었다는 사실뿐이었다. 여전히 재윤은 어디로 입양이 된 것인지, 그리고 현재의 이름은 무엇인지 아무것도 알 수 없었다. 분명 지금까지는 그랬다. 그런데 이렇게 뜻밖의 인연으로 그녀와 이미 다시 만났던 상태였다니…….

서준은 다시 걸음을 재촉해 납골당 입구로 향했다. 주말이었지만 아침부터 내리기 시작한 비 때문인지 납골당 안은 물론이고 주차장도 한산해 입구에서 주차장의 전경 전체를 확인하는 것도 가능했다. 그가 천천히 시선을 움직여 주차장을 훑고 있는 순간 그의 차와 그리 멀지 않은 곳에 주차된 차량을 향해 걸어가고 있는 한 여인의 모습이 보였다. 검은 재킷에 검은 스커트, 그리고 검은 힐을 신은 채 투명 우산을 쓰고 걷고 있는 그녀는 분명 송도현 변호사의 유골함 앞에 서 있었던 태은이었다.

느리게 차로 다가간 태은은 차에 올라탄 뒤에도 한동안 차를 출발하지 않고 있었다. 그와 만나기로 약속한 시간까지 남은 시간은 촉박하지도 여유롭지도 않은 상태였다. 아니, 비가 점점 거세게 내리고 있는 상황을 감안한다면 서둘러 출발해야 약속 시간에 늦지 않을 것이라는 계산이 나왔다. 그런데도 그녀의 차는 한동안 꼼짝을 하지 않았다. 그리고 그녀의 차 앞을 지나쳐야 자신의 차로 갈 수 있는 그도 차로 걸어가지 못한 채 한동안 발이 묶여 있어야 했다.

얼마 후 태은의 차가 천천히 주차장을 빠져나가는 것을 확인한 서준은 서둘러 자신의 차로 걸음을 옮겼다. 하지만 차에 오른 그는 곧바로 차를 출발하지 않고 조수석 의자 위에 올려 두었던 20년 전 보육원 입소 원아 명단 파일을 펼쳐 들었다. 어제 오후 늦게야 서류 전체를 넘겨받아 아직 한 장도 훑어보지 못한 상태였다. 그는 빠르게 명단 카드를 넘겨 우 사장 부부가 오래전부터 후원하고 있는 것으로 알려진 보육원의 페이지를 펼쳤다. 하지만 보육원의 이름을 확인한 순간 그는 잠시 모든 움직임을 멈추고 깊은 심호흡을 먼저 해야 했다. 손바닥은 들어찬 땀으로 미끈거리고 있었다.

천천히 서류를 훑어 내리기 시작한 그는 곧 재윤의 외삼촌 사망 시점 한 달가량 후 다른 민간 보육원에서 옮겨 온 것으로 기록된 아홉 살 여아의 기록을 발견할 수 있었다. 일부러 입소 날짜를 먼저 확인한 그는 느리게 시선을 움직여 아이의 이름을 확인했다. 송재윤. 분명 모습을 확인하기 힘든 흐릿한 흑백 사진 아래 아이의 이름을 적는 칸에는 송재윤이라는 이름이 또렷하게 적혀 있었다. 그리고 재윤은 입소 보름 만에 다시 입양이 된 것으로 기록되어 있었다. 서류를 잡고 있는 서준의 손에 들어간 힘이 한동안 풀릴 줄을 몰랐다.

그제야 그들이 왜 지금껏 만나지 못했던 것인지, 자신의 연락처가 왜 재윤에게 전해지지 않았던 것인지 모두 이해가 되고 있었다. 어떻게 그 많은 보육원들 중에 우 사장 부부가 후원하던 보육원으로 옮겨 갔던 것인지, 그리고 그들이 이렇게 다시 만난 것이 정말 단순한 우연인 것인지 도무지 믿어지지가 않았다. 하지만 분명한 것은 송도현 변호사의 딸이자 송재윤이 그가 조금 후 만나기로 한 우태은이라는 사실이었다. 지금껏 침착했던 그의 심장이 미친 듯 두근거리기 시작했다.

'송재윤…… 이렇게 만나게 되다니.'

서둘러 차의 시동을 건 서준도 태은의 차가 달려 나간 방향으로 차를 몰기 시작했다. 여전히 머릿속은 복잡했다. 그렇지만 지금 당장 재윤을 만나 무언가를 확인하고 싶은 마음은 아니었다. 단지 그녀의 존재 자체가 그의 가슴을 두근거리게 하고 있었다. 서경에게 다시 만나 보겠다는 약속을 하긴 했으나 어떻게 대답을 할지 아직 결정을 내리지 못했던 머릿속도 종전과는 다르게 분주해지고 있었다.

그런데 만약 그가 이번에도 거절을 한다면 다음에 재윤과, 아니 태은과 다시 자연스럽게 만나는 일은 일어나지 않게 될 것이다. 우사장 부부 슬하에서 잘 자란 모습을 이미 확인했으니 장례식장에서 느꼈던 불안과 책임은 이제 완전하게 떨쳐 버릴 수 있었지만, 그가 정의로운 검사가 되겠다고 다짐했던 것이 어찌 보면 그녀 때문이었는데. 검사가 되면 가장 먼저 찾아 지켜 주고 싶었던 사람이 그녀였는데…….

태은이 도착하고 얼마나 지나지 않아 서준도 카페 안으로 들어서는 것이 보였다. 그런데 깔끔한 블랙 슈트를 차려입은 그의 외모는 퀸 호텔에서 잠시 스쳤을 때 이미 느꼈던 것처럼 재미없고 공부밖에 몰랐을 남자에게 주어질 외모로는 도무지 적합하지 않아 보였다. 적어도 두꺼운 뿔테 안경 정도는 쓰고 있어야 그래도 나 공부 좀 한 남잡니다, 하는 분위기가 풍길 것 같았다. 훌쩍 큰 키와 반듯한 걸음걸이로 군동작 없이 그녀에게로 걸어와 가볍게 고개를 숙인 서준은 그녀의 맞은편 자리에 앉았다.

"일찍 오셨네요."

"아니에요. 저도 방금 도착했어요."

자리에 앉은 서준의 시선이 잠시 자신과 같이 올 블랙인 태은의 옷차림을 주시했다. 하지만 그에 대한 질문을 꺼내지는 않았다.

"다시 만나고 싶다는 연락을 주실 줄은 정말 몰랐어요."

종업원이 주문을 받고 돌아간 뒤 태은이 먼저 입을 열었다.

"아닙니다. 지난번에도 말씀드렸던 것처럼 그날은 제 쪽에서도 약간의 착오가 있었습니다."

"지금은 그 착오에 관한 오해는 다 풀리신 건가요?"

"그런 것 같습니다."

대답하는 서준의 얼굴에 희미하게 미소가 스쳤다.

"정말 다행이네요."

태은은 지난번과는 분명 달라진 서준의 분위기에 눈을 동그랗게 뜨고 그의 얼굴을 바라보고 있었다.

"그리고 어머니께서 많이 편찮으시다는 얘기도 들었습니다. 그래서 지난번 빨리 결혼을 하고 싶다고 얘기를 했던 거라고."

서준이 말을 돌리지 않고 자신이 새롭게 알게 된 사실이 무엇인지를 분명하게 설명했다.

"네."

"어머님과 저희의 인연도 알고 계시다고 들었습니다."

그럼 서준이 오늘 다시 만나고 싶다는 연락을 해 온 것은, 그리고 그의 태도가 갑자기 달라진 것은 모두 미란 때문인 것일까? 미란과 좋은 인연으로 이미 알고 있는 사이였고, 그런 미란을 위하는 그녀의 선택을 그도 어느 정도는 이해할 수 있는 입장이라서?

"네."

"지난번 만났던 경험으로 말을 빙 돌려서 하는 걸 좋아하지 않는 성격으로 판단을 했습니다. 그래서 한 가지 궁금한 게 있는데, 바로 물어보겠습니다."

"네."

"입양이 됐다고 들었습니다."

그 순간 태은은 미세하게 미간을 구겼다. 회사 내에서는 물론이고 현재 그녀 주변 사람들 중 누구도 그녀가 입양되었다는 사실을 알고 있는 사람은 없었기 때문이다. 아니, 일가친척 중에도 우 사장 쪽 친척 어른 몇 사람을 제외한 나머지는 그녀의 입양 사실을 전혀 알지 못했다. 입양 당시 그녀의 외모가 미란의 죽은 친딸과 닮기도 했고 나이 또한 같았기 때문에 왕래가 잦지 않았던 친척들은 의문을 가질 이유도, 내막을 자세히 알 수도 없었던 것이다. 더구나 미란이 처음부터 의도했던 바였는지는 몰라도 그녀가 지어 준 이름 또한 태윤이었던 친딸과 비슷한 발음이었기에 그녀는 처음부터 모두에게 우 사장 부부의 친딸로 여겨졌고 그렇게 대우를 받았다.

"네. 열 살에 입양됐어요."

머릿속에 여러 가지 생각이 스쳤지만 숨길 필요도, 그래야 하는 이유도 없었기에 태은은 망설이지 않고 대답했다.

"저도 한 가지 여쭤 볼게요. 제가 입양됐다는 사실은 어떻게 아신 거죠?"

"우 사장님께 여쭤 봤습니다."

아, 그렇게 간단히 알아볼 수 있는 방법이 있었다. 하지만 그걸 물어봐야 했던 이유는 무엇일까? 지금 그녀가 다른 가족들과 닮지 않았기 때문에? 의문이 완전히 풀린 것은 아니었지만 태은은 서준의 얼굴을 다시 똑바로 바라보았다.

"그 사실이 문제가 되는 건가요?"

"그런 건 아닙니다. 저희도 부모님을 일찍 여의었습니다."

"죄송합니다."

"그 일로 서로에게 사과는 하지 말죠. 그런데 열 살에 입양이 됐다면 친아버지 성함 정도는 기억을 하고 있겠군요?"

"물론이죠. 성은 송가이시고 함자는 도 자 현 자를 쓰셨어요."

그녀의 대답을 들은 서준은 잠시 아무 말도 하지 않았다. 길지 않은 시간이었는데 태은은 그 시간 동안 서준이 무언가 깊은 생각에 빠져 있는 것 같은 느낌을 받았다. 그런데 그가 그녀에게 아빠의 이름을 물은 이유는 무엇이었을까? 지금 그에게 중요한 사람은 우 사장과 미란일 텐데.

"얼마나 빨리해야 하는 겁니까?"

얼마간의 침묵을 끊고 그가 다시 입을 열어 물었다.

"네?"

"결혼 말입니다."

그 순간 태은은 너무 놀라 또다시 살며시 미간을 접고 말았다. 그러고 보니 오늘 이곳 카페 안으로 들어오는 순간부터 그의 무언가가 줄곧 지난번과는 다르게 느껴지고 있었다. 분위기와 건네는 질문, 그리고 미묘한 표정의 차이까지. 단순히 미란 때문이라고 단정 짓기에는 어딘가 자연스럽지 않은 부분들이 있었다.

"최대한 빨리요."

"그리고 그때의 제안 역시 여전히 유효한지도 궁금합니다."

"어떤……?"

"제게 어떤 의무나 책임도 요구하지 않고 한집에서 사는 것만으로 만족하겠다고 했던 제안 말입니다."

"아…… 물론이죠."

드러내고 싶지 않았지만 태은은 자신도 모르게 희미하게 미소를 짓고 있었다. 갑작스런 서준의 심경의 변화에 의아한 점이 없는 것은 아니었다. 그렇지만 어떤 이유이든 지난번과 같은 냉정한 거절보다는 받아들이기 수월한 것 같았다. 솔직하게 안도감이 밀려왔고 미란에게 이 소식을 전할 생각에 기분이 들뜨기까지 했다.

"남편으로서의 모든 책임과 의무를 다하지 않겠다는 뜻은 아닙니다. 다만 우 사장님이나 주변의 평범한 남편의 모습은 기대하지 않는 게 좋을 것 같습니다. 누군가와 비교당하는 걸 좋아하지도 않지만 제 쪽보다는 다른 사람들과 비교하다 보면 우태은 씨 스스로가 불행하게 느껴질 겁니다."

태은은 대답 대신 가볍게 고개를 끄덕였다. 그런데 그의 입에서 흘러나온 남편이라는 단어를 머릿속으로 천천히 되뇌어 보려는 순간 그녀는 전혀 예상치 못했던 이상한 감정이 가슴 한가운데로 교묘하게 파고드는 것을 느껴졌다. 고작 네 번을 만난 이 남자와 결혼이란 것을 해 남들처럼 평범하지는 않아도 큰 문제없이 살아갈 수 있을까, 하는 의문과 불안이 바로 그것이었다. 그녀는 아직 이 남자에 대해 아는 것이 아무것도 없었다. 지난 20년을 여자이기보다는 엄마로서 더 열심히 살아온 미란에게 해 줄 수 있는 보답이 이것뿐이라 망설이지 않고 결심을 하긴 했지만 이 결혼은 이제 그녀의 생각이나 바람이 아니라 현실이 되는 것이었다. 전혀 알지 못하는 남편과의 결혼 생활……. 갑작스런 감정의 혼란에 태은은 잠시 서준의 얼굴을 멍하니 바라보고 있었다. 그렇지만 이 정도 혼란 때문에 이제 와 자리를 박차고 나갈 만큼 그녀는 감정적이지 못했다. 그런 그녀의 표정을 서준 역시 담담한 듯 묘한 눈빛으로 바라보고 있었다.

"그리고 살 집은 제 쪽에서 마련하겠습니다. 검사 월급이 생각만큼 많지는 않아 아주 좋은 집을 구할 수는 없겠지만 이 부분은 우 사장님께서 지금 경황이 없으실 테니 묻지 않으신다면 굳이 자세히 말씀드릴 필요는 없다고 생각합니다."

"네."

"그리고 제가 일이 많을 때는 일주일 이상 집에 들어가지 못할 때도 있을 겁니다. 집에 들어가지 않는다고 다른 오해는 하지 않았으면 합니다."

"괜찮아요. 저도 일이 많을 때는 야근도 자주 하는 편이니까요."

마음을 가다듬은 태은은 다시 침착하게 대답했다.

"마지막으로 가장 중요한 건데, 우리가 서로에 대해 충분히 알았다고 생각하기 전까지 이혼은 없습니다. 특히 어머니 신변의 일이나 본인 심경의 변화 등으로 쉽게 결혼을 번복하는 경우는 받아들이지 않을 것이란 뜻입니다."

서준이 막힘없이 말을 이어 갔다. 그의 말을 가만히 듣고 있던 태은은 그가 말을 마치는 순간 또다시 천천히 고개를 끄덕여 보였다. 미란 때문에 갑자기 결혼이란 걸 생각하게 됐고, 고작 몇 시간의 고민 끝에 받아들이기로 결정을 내렸다. 하지만 이 남자에 대해 충분히 알기 전에 이혼을 생각하거나 결정할 마음은 그녀 또한 없었다. 결혼으로 새로운 가족을 이룬다는 사실이야말로 인생에서 가장 중요한 결정이고 큰 변화일 것이었다. 그런데 그것을 사소한 취향처럼 번복하는 실수를 범하고 싶지는 않았다. 아마 그가 이혼에 대한 얘기를 꺼내는 일이 없다면 그녀가 먼저 이혼을 생각하는 날은 오지 않을 것이다. 곁에 있었던 사람을 떠나보내는 일, 그것은 분명 그녀가 가장 원치 않는 일이기도 했으니까.

"네."

"더 하고 싶은 얘기나, 제 얘기 중에 마음에 들지 않는 부분이 있었다면 지금 말씀하시죠."

"아니요, 없어요."

대답을 마친 태은은 다시 서준의 얼굴을 바라보았다.

"그런데 갑자기 마음을 바꾸신 이유가 뭔가요?"

"지금 누나 집에 얹혀살고 있는데 누나가 제가 결혼해 독립하기를 원하고 있습니다. 하지만 그보다는, 우태은 씨에 대해 조금 더 알고 싶어진 게 더 큰 이유인 것 같습니다."

예상치 못했던 서준의 대답이 무방비 상태였던 태은의 심장을 향해 빠르게 달려와 쿵 하고 부딪히는 것 같았다. 그가 분명 그녀에 대해 더 알고 싶다고 말했다. 미란 때문이 아니라 그녀에 대해 더 알고 싶다고…….

"정말 후회하지 않겠습니까?"

업무를 처리하듯 빠르고 간결하게 묻고 답하던 좀 전까지의 질문과는 다르게 서준이 매끄러운 목소리로 물었다. 그런데 그의 질문이 태은은 왠지 그녀뿐 아니라 그가 스스로에게도 묻고 있는 것은 아닐까 하는 생각이 들었다.

"전 절대 후회하지 않을 거예요."

"그럼 최대한 빠른 시일 안에 날짜를 잡는다는 전제하에, 결혼식은 가족과 가까운 친지들만 모시고 조촐하게 했으면 하는데."

태은 역시 바라던 바였다.

"네, 저도 좋아요."

"태은아."

태은은 방문 앞에서 나직하게 자신을 부르는 태연의 목소리에 침대에 앉아 읽고 있던 책을 내려놓고 벽시계를 바라보았다. 12시가 넘은 시간이었다. 다들 잠들었을 거라고 생각하고 있었는데, 태연도 그녀처럼 잠을 이루지 못하고 있었던 모양이다.

"자니?"

"아니야, 언니."

"나 들어가도 돼?"

"응, 들어와."

그녀의 대답에 문이 소리 없이 열리고 태연이 방 안으로 들어왔다. 잠자리에 들었다 잠들지 못하고 일어난 것인지 태연도 잠옷 차림이었다.

"책 읽고 있었어?"

"응."

태연은 미란의 투병 사실을 알게 된 뒤로 본가에서 보내는 시간이 점점 많아지고 있었다. 오늘도 낮에 찾아와 하루 종일 미란의 말벗이 되어 주고 내일 예약되어 있는 병원 진료에도 함께 다녀오겠다며 저녁 식사 후 예전에 자신이 사용하던 방으로 올라갔던 참이었다. 왜 이제야 가족들이 이렇게 함께하는 사소한 일상조차 행복일 수 있다는 사실을 깨닫게 된 것인지, 태은은 마음이 아프면서도 태연이 고맙고 든든했다.

"너도 잠이 안 오나 보구나?"

태은은 침대에서 내려와 방 한쪽에 놓인 테이블로 걸음을 옮겼다. 태연도 그녀의 맞은편 자리로 걸어와 앉았다.

"좀 그러네."

"기분이 이상하지?"

"뭐가?"

"우리 엄마가 그렇게 큰 병에 걸리셨다는 사실도 그렇고, 네가 곧 결혼을 하게 될 거라는 사실도 그렇고……."

"응."

"나는 네 입으로 직접 들었고, 기뻐하시는 엄마 모습을 내 두 눈으로 직접 봤는데도 아직도 실감이 안 나는 것 같아."

이미 결혼 경험이 있는 태연이었다. 하지만 그녀는 여전히 여리고 소녀 같은 감성을 지니고 있었다.

"나도 그렇긴 해."

"그런데 정말 괜찮겠어?"

"응."

태은은 천천히 고개를 끄덕여 보였다.

"강서준 검사님, 좋은 사람 같아 보여. 엄마 편찮으셔서 내가 결혼 서두르는 거 알고 내 뜻 받아들여 주는 거니까 다른 오해가 있을 것 같지도 않고. 그래서 그런지 이제 마음도 편해."

"그래도 결혼이라는 게, 30년 가까이 다른 곳에서 다른 생각을 하며 살아온 남녀가 만나 한집에서 살게 되는 건데. 연애는 둘째 치고 서로 좀 더 알 시간도 없이 번갯불에 콩 볶아 먹듯이 해야 하는데 편하다고……."

태연은 아직도 걱정이 앞서는지 나직하게 한숨을 내쉬었다.

"나는 연애를 그렇게 오래 하고 결혼을 한 건데도 결혼하고 나니까 내가 전혀 알지 못했던 사람이랑 사는 것 같은 느낌이 들더라. 솔직히 난 그 남자가 부모님보다 날 더 사랑해 줄 거라고 생각해서 결혼을 결정했던 거였는데 실상은 전혀 그렇지가 않았어. 그 사람, 결혼해서 살아보니 내가 전에 알았던 사람이 아닌 것 같더라고……. 그때서야 우리 부모님 같은 분들은 세상에 다시없다는 걸 깨닫게 됐지."

"우린 어차피 서로에 대해 아는 것도 없고 기대치도 낮으니까 실망할 일도 없을 거야. 그리고 옛날에는 결혼식 날 처음 얼굴 보고도 아들 딸 낳고 잘 살았잖아. 그러니까 너무 걱정 마, 언니."
"지금이 조선시대야?"
"말이 그렇다는 거지. 서로 조심하고 노력하면 괜찮을 거야."
태은은 정말 괜찮은 척 씩 미소를 지어 보였다.
"너는 뭐든 괜찮은 척 참으려고 해서 문제야."
"참아야 마음이 편한 걸 어떻게 해."
"그것도 병이야."
"이제는 못 참으면 그게 더 병이 되는 기분이야, 언니."
"뭐?"
두 사람은 서로 얼굴을 마주 보고 피식 웃음을 터뜨렸다.
"실은, 아버지가 구해 주셨던 내 청담동 신혼집 말이야. 내가 더 잘 살았던 집이었으면 좋았겠지만 그래도 나 혼자 살기에는 너무 넓고, 지금은 부모님이 네 신혼집을 알아봐 주실 상황도 아닌 것 같아서 네가 강 검사랑 그 집에 들어가서 살면 어떨까 해서."
"그게 무슨 소리야, 언니. 그 집은 부모님이 언니한테 선물해 주셨던 집이야."
"이제 너 결혼하고 나면 나 집에 들어와서 살려고. 엄마 혼자 두는 것도 불안하고, 너무 오랫동안 혼자 살아서 그런지 이제는 사람이 막 그리운 거지."
태연이 테이블 위에서 태은의 손을 잡았다.
"언니, 마음은 정말 고마운데. 언니가 언제까지 혼자 살 것도 아니고, 설령 그렇다고 해도 그 집은 부모님이 언니한테 선물한 집이니까 그냥 비워 두더라도 언젠가 언니가 필요할 때 쓰는 게 맞는 것 같아."
"태은아."
"언니 마음만 받을게. 정말 고마워."
"그럼 나는 부모님한테도 너한테도 뭐 하나 제대로 해 주는 게 없잖아."
"언니 존재가 우리한테 든든한 나무야."
"우태은."
태연이 벌겋게 달아오른 눈으로 그녀를 바라보았다.
"너 정말……."
"정말 뭐?"
"착하다고. 이리 와, 내 동생."
태연이 자리에서 일어선 태은을 품에 꼭 끌어안았다.
"태은아, 잘 살아야 돼. 넌 정말 잘 살았으면 좋겠어."
나직하고 애틋한 목소리로 태연이 속삭였다.
"걱정 마, 언니."
"강 검사가 잘못하는 거 있으면 언제든 이 언니한테 얘기하고."
"알았어. 꼭 그럴게."
"아, 내 동생. 사랑한다."
"나도 사랑해, 언니."
두 자매는 한동안 서로의 등을 토닥였다.
"그런데 태은아."

"응?"

"나 오늘 네 방에서 자도 돼?"

"여기서? 언니 잠버릇 엄청 험하지 않나?"

"아니야, 요즘은 많이 조신해졌어."

"그걸 언니가 어떻게 알아?"

태은이 눈가에 고인 눈물을 손등으로 닦아 낸 뒤 태연의 얼굴을 바라보았다.

"언니 혹시……."

"아니야."

"뭐가 아니야? 솔직하게 말해."

"그런 게 아니라, 밤에 인형을 안고 자면 그 인형이 아침까지 내 품 안에 얌전히 있더라고."

"뭐야. 언니 그렇게 외로웠던 거야?"

그녀의 질문에 태연이 동그란 눈을 처량하게 뜨고 고개를 끄덕였다.

"같이 자게 해 줄 거지?"

"알았어."

태은의 대답을 들은 태연은 동생의 마음이 바뀌기 전에 얼른 침대로 걸어가 이불 속에 누웠다.

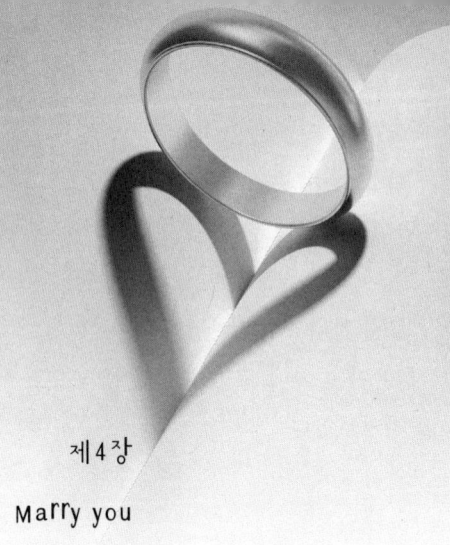

제4장

Marry you

　미란은 두 딸과 남편이 사다 나르는 몸에 좋다는 음식을 매일 챙겨 먹으면서도 먹고 쏟아 내기를 반복한 탓인지 몸이 하루가 다르게 말라 가고 있었다. 손 박사는 이 모든 상황을 이미 예견하고 있었던 듯 미란의 상태를 몹시 안타까워하면서도 병원 치료보다는 가족들이 함께 시간을 보내며 준비를 하는 게 좋을 것 같다는 뉘앙스를 내비쳤다. 우 사장은 결국 태은의 결혼식을 마친 뒤 당분간 미란의 고향에 마련해 두었던 전원주택으로 내려가 머물며 미란을 돌보기로 계획을 바꾸었다.

　서준과 태은의 결혼식은 두 사람이 결혼에 합의를 본 뒤 정확히 2주 후인 일요일에 이루어졌다. 처음 두 사람은 가까운 친척들만 초대해 아주 간소하게 예식을 치르고 혼인신고를 할 생각이었다.

하지만 우 사장이 그들의 생각에 강하게 반대 의견을 내놓았다. 미란이 자신 때문에 가뜩이나 서두르는 결혼인데 무언가에 쫓기듯, 혹은 숨어서 하는 것 같은 결혼식은 더 마음 아파 할 것이라는 것이 그 이유였다. 태은 역시 우 사장의 생각을 이해할 수 있었다. 누구의 눈에도 평범하게 보이는 행복한 결혼식, 누구의 눈에도 아름답게 보이는 신부, 그것이 미란이 바랐던 딸의 결혼식 모습일 테니까. 태은은 결국 서준과 합의 끝에 다시 예식장을 예약해 가족과 친척, 그리고 가까운 지인들을 초대하기로 계획을 변경했다.

결혼식 준비는 이른 아침부터 시작되었다. 예식장에 마련된 분장실에서 태은이 신부 화장을 하고 머리를 매만진 뒤 태연이 골라 준 순백의 엠파이어라인 웨딩드레스를 입고 났을 때 서준이 분장실 안으로 들어섰다. 서준 역시 옅은 화장에 클래식한 검은 턱시도를 차려입은 근사한 모습이었다.

첫 맞선 후 두 번의 짧은 만남과 서준의 인사, 그리고 상견례와 예식장 예약까지 이제 겨우 일곱 번째 만남이었다. 그런데 오늘은 그들의 결혼식 날이었다. 서준이 분장실 안으로 들어서자 태은의 드레스를 점검하고 화장을 다시 고쳐 주던 직원들이 두 사람을 위해 서둘러 자리를 피해 주었.

"준비 다 된 거예요?"

서준이 웨딩드레스를 입은 태은의 모습을 처음으로 보는 것이었다. 그녀의 모습이 낯설면서도 그제야 자신들의 결혼이 실감나는 듯 서준이 그녀의 모습을 천천히 훑어 내렸다.

"어색하네요."

"아니요. 아주 예쁜데요."

"정말이요?"

수줍게 묻는 태은에게 서준이 고개를 끄덕여 보였다. 자신의 말이 거짓이 아니라는 듯 그녀를 응시하고 있는 그의 눈빛은 진지했다.

태은은 지금 서준의 말이 예의상 건넨 말일지라도 그가 자신들의 결혼을 평범한 결혼으로 만들기 위해 노력하고 있다는 사실만큼은 분명하게 알았다. 장거리 이동을 힘들어하는 미란을 위해 상견례를 우 사장의 집 근처 소박한 한정식 집에서 했고, 태은 혼자 예식장 예약을 하려 했을 때도 신부 혼자 예식장을 예약하면 이상하게 보일 거라며 시간을 내 그녀와 함께 예식장에 찾아와 주었다. 그 외에도 그들은 자주 만나지 못했을 뿐 종종 통화를 하며 신혼집과 결혼에 관한 여러 가지 이야기를 나누고 일을 진행해 왔다.

"우리 둘 다 일이 바빠 신혼여행은 생략하기로 했다고 말했더니 상우가 퀸 호텔 스위트룸을 예약해 뒀다더군요. 오늘 밤 그곳에서 보내랍니다."

"퀸 호텔 스위트룸이요?"

그녀의 질문에 서준이 다시 가볍게 고개를 끄덕였다.

태은은 예식이 끝나고 나면 미란을 배웅하고 그들의 새로운 집으로 가 아직 끝내지 못한 짐 정리를 마친 뒤 서준과 차분히 이야기를 나눌 생각이었다. 지난 2주 동안 그녀는 그가 서둘러 구한 집 안의 인테리어를 새롭게 하고 가구와 가전을 들이는 것만으로도 너무 정신없이 바쁜 시간을 보내야 했다. 아픈 몸을 이끌고도 도왔던 미란과 태연이 아니었다면 아마 불가능했을 것이라 회상될 정도였다. 그런데도 미란은 그녀에게 너무나 미안해하고 있었다. 서로에 대해 알아 갈 시간도 없이 자신 때문에 가뜩이나 서두르는 결혼에 태연에게 해 줬던 것들과 비교를 하자니 턱없이 부족하고 미안한 생각만 드는 모양이었다. 태은은 아픈 미란이 자신 때문에 고생해 준 것만으로도, 그녀의 결혼 준비를 도우며 즐거운 표정을 지어 주는 것만으로도 이미 그 이상을 받은 기분이었는데…….

"괜찮겠어요?"

"네."

"다행이네요."

결혼을 준비하는 내내 태은에게 중요한 것은 미란이었고, 미란의 딸로서 자신이 할 수 있는 일이었다. 그런데 턱시도를 입고 있는 서준과 이렇게 마주 서 있으니 이제야 이것이 강서준과 우태은의 결혼식이라는 사실이 실감 나 가슴이 떨려 오는 듯했다. 서준 앞에 웨딩드레스를 입고 서 있는 그녀는 이제 미란의 딸에서 그의 아내가 되는 것이었으니까.

"그동안 혼자 준비하느라 많이 힘들었죠?"

"네. 생각보다 정말 힘들었어요."

태은은 고개까지 끄덕이며 솔직하게 대답했다. 그들의 신혼집을 꾸미고 짐 정리를 하는 동안 정말 여러 가지로 고민과 고생이 많았다. 그중에서도 그녀를 가장 힘들게 했던 점 중 하나는 바로 서준의 취향을 전혀 알지 못한다는 사실이었다. 전화상으로 그는 뭐든 괜찮다고 말했지만 그를 위한 것들을 준비하는 내내 그녀의 마음은 쉽게 흡족해지지가 않았었다. 게다가 자신의 것보다 몇 배로 신중을 기했는데 아직 그 어떤 것에 대한 그의 반응도 확인하지 못한 상태였다.

그리고 다른 한 가지는 자신들이 서로에 대해 충분히 알았다고 생각하기 전까지 이혼은 없다고 했던 서준의 말과 아무리 싸우고 미워도 잠은 꼭 우 사장과 한 침대에서 잤다는 미란의 말에 그녀가 고민과 갈등 끝에 그들의 침실에 더블베드를 들여놓기로 결정하고 그 일을 실행에 옮기기까지의 과정이었다. 더블베드를 본 순간 서준의 반응이 불안했지만 여전히 그녀의 생각은 그랬다. 결혼을 하는 순간 그들은 부부가 되는 것이니 결혼 후 시간을 갖고 조금씩 가까워지고 익숙해져야겠다는 생각은 순서상도 이치에도 맞지 않는 일이라고. 그리고 서준 역시 그 정도의 결단과 확신이 없었다면 결혼을 받아들이지 않았을 것이라 생각했다. 분명 그들은 서로에 대해 모르는 부분이 많은 만큼 더 노력하고 솔직할 필요가 있었다. 상대에게 솔직한 것만큼 쉽게 믿음을 주고 가까워지는 방법이 없는 것은 사실이었으니까.

오늘 예식이 끝나고 둘만의 시간을 갖게 되면 그동안 미뤄 뒀던 많은 일들에 대한 대화를 나눌 생각이었다. 한 전무가 그들을 위해 신경 써 스위트룸까지 준비를 해 줬다니 짐 정리는 조금 미루더라도 그와 조용히 얘기를 나눌 수 있을 것이란 생각에 태은은 기분이 나쁘지 않았다.

"여행은 다음에 기회가 된다면 가는 걸로 하죠."

"네."

"결혼식 끝나고 장모님은 오늘 바로 시골로 내려가신다고 하시던데."

"네. 아무래도 도시 공기보다는 깨끗한 시골 공기가 몸에도 더 좋고 마음도 편안해질 거라고 아버지도 당분간 엄마 고향으로 함께 내려가 지내시는 걸로 결정을 내리셨어요."
"좋아지셨으면 좋겠네요."
"네."
짧은 대답을 하는데도 태은은 공연히 목이 메었다.
"태은 씨."
서준이 태은의 한쪽 어깨를 손바닥으로 가볍게 감쌌다.
"사람은 누구나 언젠가는 떠납니다. 어떤 경우에도 당신한테만 일어나는 일이라는 생각은 하지 말아요."
서준이 그녀의 어깨를 가볍게 다독여 주었다. 마치 어린 재윤의 어깨를 다독여 주었던 점퍼 아저씨의 손길처럼 그녀의 가슴을 뜨거워지게 하는 손길이었다.
"고마워요."
예식 시간을 얼마 남기고 태은은 신부 대기실로 자리를 옮겼다. 그녀가 자리를 옮겨 의자에 막 앉았을 때 제일 먼저 분홍색 한복을 곱게 차려입은 미란과 흰색 치마에 옥색 배색의 저고리를 입은 태연이 신부 대기실로 들어왔다.
"태은아, 우리 왔어."
"정말 우리 태은이 맞니?"
신부 대기실 안으로 들어서던 미란이 지금 그녀의 모습을 오랫동안 기억 속에 담아 두려는 듯 가까이 다가오지 않고 한동안 그녀의 모습을 바라보며 서 있었다. 그 모습에 태은은 눈가가 뜨거워지려 하자 어금니를 힘주어 물었다.

"하늘에서 내려온 선녀도 너보다 예쁘지는 않을 것 같다, 태은아."

환하게 웃고 있는데도 왠지 미란의 표정이 슬퍼 보였다.

"엄마랑 언니도 오늘 너무 예쁜데요."

"태은아, 밖에 사람들이 다들 신랑 신부가 선남선녀라고 칭찬들이 자자하다."

태은의 드레스 자락을 정리해 주는 태연의 목소리도 촉촉하게 젖어 있었다.

"검사님은?"

"손님 맞고 있지. 그런데 아직도 검사님이야?"

"이제 바꿔야지."

"나 때문에 너무 서두르게 해서 미안하다."

"엄마 때문은 아닌 것 같은데요. 솔직히 강 검사 정도면 어떤 여자가 마다하겠어요? 태은이 너, 솔직히 좀 좋지?"

"하긴, 이 엄마가 남자 보는 눈은 아직 살아 있지?"

"아, 그럼 내가 엄마 닮아서 눈이 이렇게 높은 건가?"

태연과 미란이 일부러 더 밝은 목소리로 이야기를 나눴다.

"강 검사 부모님 자리에는 누나랑 매형이 대신 앉기로 한 것 같아."

"얘기 들었어요. 그런데 아직 검사님 매형이랑은 인사도 나누지 못했는데."

서준의 매형 준규에 대해서는 예전부터 여러 곳에서 들은 얘기들이 있었다. 하지만 그는 상견례 자리에도 참석하지 않았고, 신부 대기실로도 들어오지 않아 태은은 아직 그와 직접 인사조차 나누지 못한 상태였다.

"로담 대표라는 분? 그분 뭐가 그렇게 못마땅한 건지, 아니면 부부싸움이라도 하고 온 건지 혼자 표정이 영 안 좋아 보이던데."

"사돈한테 그렇게 얘기하는 거 아니야, 태연아."

"사실이잖아요. 하나밖에 없는 처남 결혼식인데 개인적으로 좀 안 좋은 일이 있었더라도 사돈도 계시고 하객들도 많은데 혼자 저런 표정 짓고 있는 건 예의가 아니죠."

"큰일 하는 사람들은 분명 우리 같은 사람들은 생각지도 못할 힘든 일들도 많이 겪을 텐데, 잘 알지 못하면서 안 좋게 얘기하는 건 큰 실례야."

미란이 차분한 목소리로 다시 태연을 조심시켰다.

"알았어요. 그래도 엄마가 오늘은 좀 기운이 나시나 보네. 나한테 이렇게 막 야단도 치시는 걸 보니."

"내가 언제 야단을 쳤다고?"

"마음이 즐거우시면 건강도 좋아질 거라더니 사실이었나 봐, 태은아. 오늘 아침부터 엄마가 유난히 기운이 팔팔하시다."

태연이 미란과 태은을 위해 너스레를 떨었다.

"태연아, 미안한데 엄마 물 좀 가져다줄 수 있니?"

"알았어요, 엄마."

신이 나 얘기를 하던 태연이 미란의 부탁에 서둘러 신부 대기실을 나섰다.

"태은아."

"네."

미란이 태은의 곁으로 바짝 다가와 부케를 들지 않은 그녀의 손을 잡았다.

"우리 딸 오늘 정말 예쁘다."

"엄마가 예쁘게 키워 주셔서 그렇죠."

"사람 얼굴은 마음에서도 나온다는데……."

나직한 목소리로 이야기를 꺼내다 말고 미란이 장갑 낀 손으로 자신의 눈가를 만졌다.

"왜 그래요, 엄마?"

"아니야. 그냥 너한테 너무 미안하고 고마워서."

"뭐가요?"

"내 욕심 때문에 만난 지 한 달도 안 된 사인데 결혼까지 하게 만들고……."

미란이 붉게 달아오른 눈으로 태은을 바라보았다.

"아니에요, 엄마. 강 검사님 정말 좋은 분이고 저희 꼭 잘 사는 모습 보여 드릴게요. 이제 정말 저희 걱정은 조금도 하지 마시고 엄마 건강만 생각하세요."

"너처럼 착한 애한테……."

"엄마, 그거 아세요? 엄마가 곁에 있으면 전 모든 일들이 다 잘 풀려요. 지금까지 쭉 그랬어요. 그러니까 앞으로도 계속 제 곁에 계셔 주셔야 해요."

태은은 자리에서 일어서 미란을 꼭 끌어안았다.

"그래, 그럴게."

"엄마, 물이요."

그때 손에 물 컵을 든 태연이 다시 신부 대기실로 들어왔다.

"고맙다."

"안녕하세요?"

미란이 컵에 든 물을 천천히 들이켜고 났을 때 기다렸다는 듯 신부 대기실 안으로 들어오는 또 다른 손님이 있었다. 하늘색 한복을 곱게 차려입은 서경이었다.

"안녕하세요?"

서경을 발견한 미란이 반갑게 다가가 그녀의 손을 잡았다. 그런데 서경을 따라 들어온 꼬마 손님이 한 사람 더 있었다.

"네가 민후구나?"

태연이 먼저 민후에게 말을 건네자 엄마 뒤 쪽으로 반걸음쯤 떨어져 서 있던 민후가 옆으로 걸어 나와 몸에 반듯하게 팔을 붙이고 섰다.

"안녕하세요? 박민후라고 합니다."

민후도 미리 잡혀 있었던 경시대회 일정 때문에 상견례 자리에는 참석하지 못했었다. 그런데 첫 만남에 수줍어하면서도 허리를 굽혀 씩씩한 목소리로 인사를 건네는 민후의 얼굴은 서경과 서준 남매를 많이 닮은 듯 보였다.

"너 정말 잘생겼다, 민후야. 나중에 크면 외삼촌처럼 멋진 어른이 될 것 같은데."

외삼촌을 닮을 것이라는 태연의 말이 싫지 않은 듯 민후가 더욱 밝게 미소를 지어 보였다.

그런데 그 순간 태은의 머릿속에 불쑥 아빠의 장례식 날 점퍼 아저씨와 함께 찾아왔었던 소년에 대한 기억이 떠올랐다. 그날 그 소년은 그녀가 안타까운 듯 계속 그녀를 바라보았었다. 그 후 계속 점퍼 아저씨가 혼자서 그녀를 찾아왔었기에 그 소년에 대한 기억은 까맣게 잊고 있었다. 그런데 깨끗한 피부에 반듯한 이목구비, 그리고 눈매가 부드러우면서도 눈빛이 강인했던 소년에 대한 기억이 민후를 보자 번개를 맞은 것처럼 태은의 머릿속에 떠올랐다.

"민후야, 이제 이분이 네 외숙모가 되는 거야. 어때, 외숙모 예쁘지?"

태연이 상냥한 어조로 민후에게 얘기하자 민후가 고개를 끄덕여 보였다.

"외숙모 잘 부탁한다."

태연이 다시 한 번 덧붙여 말했다.

"외숙모, 우리 외삼촌도 잘 부탁드립니다."

민후가 태은을 향해 꾸벅 고개를 숙였다.

"어머, 민후 너, 정말 멋지다."

단번에 민후에게 마음이 빼앗긴 듯 태연이 말했다.

"엄마랑 외숙모랑 잠깐 얘기하시게 우린 나가 있을래?"

태연이 먼저 손을 내밀자 민후가 그녀의 손을 잡았다. 태연의 이런 모습도 처음이었지만 그런 그녀가 어색하지 않도록 함께 나가 주는 민후가 태은은 정말 마음에 들었다.

"그래. 두 사람 조용히 하고 싶은 얘기도 있을 테니 나도 잠깐 나가 있을게요."

미란도 조용히 자리를 비켜 주자 대기실에는 서경과 태은 두 사람만 남게 되었다.

"제일 먼저 축하한다는 인사를 하는 게 순서인지도 모르겠는데, 나는 누구보다 두 사람에 대해 잘 알고 있으니까 솔직한 내 심정대로 고맙다는 인사를 먼저 할게요. 태은 씨, 우리 서준이 받아 들여 줘서 정말 고마워요."

단정하면서도 세련된 외모와는 달리 서경은 모든 격식을 떠나 진심으로 태은에게 자신의 마음을 표현하고 있었다.

"아니에요. 제가 오히려 검사님과 가족분들께 감사한걸요."

태은의 대답에 서경이 그녀 앞으로 더 가까이 다가와 손을 잡았다.

"내가 누나라서 아주 객관적이지는 않겠지만 우리 서준이 착한 아이예요. 어릴 적부터 부모님께 기대거나 어리광 같은 걸 부려 보지 못하고 자라서 성격이 독립적이긴 해도 정도 많고 마음도 따뜻한 아이고요. 태은 씨가 조금만 시간을 주면 분명 태은 씨에게도 그 따뜻한 마음을 보여 줄 거예요."

태은은 천천히 고개를 끄덕였다.

"서준이한테도 말했지만 난 정말 괜찮은 사람이라면 순서 정도는 조금 바뀌어도 괜찮다고 생각해요. 두 사람 다 분명 서로에게 좋은 배우자가 되어 줄 거예요."

"저도 노력할게요."

"나는 항상 두 사람 편이에요."

"감사합니다."

서준이 그녀에게 자신의 가족들에 대한 얘기를 해 준 적은 없었다. 정확히는 얘기를 할 시간이 없었다. 하지만 태은은 서준에게 서경이 어떤 누나인지, 그리고 서경에게 서준이 어떤 동생인지 서경의 말을 통해서 모두 느낄 수 있을 것 같았다.

"우리 가족 된 거 진심으로 환영해요."

서경이 나가고 친척들과 친구들이 차례로 신부 대기실을 다녀갔다. 하지만 태은은 여전히 실감이 나지 않았다. 이것이 자신의 결혼식이라는 사실이, 그리고 몇 시간 후면 그녀는 강서준의 아내가 되어 있을 것이라는 사실이.

"신부님, 입장하실 순서세요."

직원이 신부 대기실로 들어와 말하자 늦게 도착해 함께 사진을 찍고 있던 친구들이 서둘러 식장 안으로 들어갔다.

"일어서시면 제가 뒤에서 잡아 드릴 테니까 천천히 걸어 나가시면 돼요."

의자에서 일어선 그녀의 드레스가 직원의 손길에 곧 한 송이 칼라 꽃잎처럼 둥글고 우아하게 펼쳐졌다. 태은은 깊게 심호흡을 하고 나서 천천히 신부 대기실을 벗어나 홀을 가로질렀다. 은은한 피아노 연주가 흐르고 있는 웨딩홀 입구에서 우 사장이 그녀를 기다리고 있었다.

"엄마가 예쁘다고 미리 말해 줬는데, 정말 예쁘구나."

"아버지도 멋지세요."

태은은 공연히 눈물이 흐를 것 같아 우 사장의 양복에 꽂혀 있는 부토니어를 반듯하게 세워 주었다. 우 사장도 말없이 그녀를 향해 손을 내밀었다. 이제 모든 준비는 끝이 났다. 우 사장의 손을 잡은 태은이 고개를 들자 주례 상단보다 한 계단 아래에 서서 자신을 기다리고 있는 서준이 보였다. 이 길을 걸어 저 남자 옆에 서는 순간 그녀는 우 사장의 막내딸에서 강서준의 아내가 되는 것이었다. 이제야 모든 것들이 실감 나기 시작했다. 그리고 그녀의 심장도 요란하게 두근거리기 시작했다.

"가자, 태은아."

"네."

신부의 입장을 알리는 음악 소리가 홀 안에서 좀 더 크게 울리기 시작하자 우 사장이 태은의 손을 잡고 천천히 걸음을 옮겼다.

"너한테 미안하구나."

우 사장의 목소리가 음악 소리 사이로 아주 작게 들려왔다.

"뭐가요?"

"인생에서 가장 중요한 선택을 우리가 강요한 것 같아서……. 하지만 네가 어떤 아인지 알면 강 검사도 널 많이 아껴 줄 거야."

우 사장의 말에 태은은 어떤 대답도 할 수가 없었다. 지금껏 키워 주셔서 정말 감사합니다, 하고 인사라도 하고 싶었지만 왠지 작별 인사처럼 느껴질 것 같아 그 말조차 입 밖으로 꺼낼 수가 없었다.

우 사장과 태은이 계단 앞으로 다가가자 서준이 몇 발짝 앞으로 걸어 나왔다. 그리고 우 사장은 태은의 손을 그에게 건네주었다.

"우리 딸 잘 부탁하네."

나직하게 가라앉은 목소리로 우 사장이 말했다.

태은은 서준의 손을 잡은 자신의 손에서 한동안 눈을 떼지 못하는 우 사장을 보고 있자니 왠지 코끝이 찡하고 가슴이 먹먹해져 왔다.

"걱정 마십시오."

서준이 태은의 손을 힘주어 잡으며 대답했다.
"행복해야 한다."
우 사장의 마지막 말에 결국 태은의 눈가에 눈물이 맺혔다.

 결혼식이 끝나고 시골로 향하는 우 사장 부부를 배웅한 뒤 남은 하객들까지 모두 자리를 뜨고 나서야 서준과 태은은 퀸 호텔로 향할 수 있었다. 그리고 상우가 준비해 준 스위트룸 안으로 들어서는 순간 캐리어를 올려 둬야 할 선반 위에 놓인 커다란 꽃바구니가 그들을 가장 먼저 반겨 주었다. 꽃송이 사이에 끼워진 카드에는 〈두 분의 결혼을 진심으로 축하드립니다.〉라는 글귀가 적혀 있었다.
 현관을 지나 빛이 길게 드리워진 응접실로 들어서자 테이블 위 역시 탐스런 생화와 와인 병, 그리고 붉은 꽃잎들로 요란하게 장식이 되어 있었다. 상우가 준비를 지시한 방이니 의도적으로 신혼부부를 위한 분위기를 연출한 것이 분명했다. 서준은 크지 않은 짐 가방을 응접실 한쪽에 내려놓은 뒤 곧장 침실로 걸음을 옮겼다. 침실로 걸어가는 벽 아래쪽으로도 이쪽으로 오라고 손짓이라도 하듯 다양한 꽃잎들이 흐드러지게 뿌려져 있었다. 이쯤 되면 침실의 상황은 본능적으로 짐작이 되는 듯했다.
 침실 문을 열고 안을 들여다보는 순간 서준은 비명처럼 터져 나오려는 한숨을 꿀꺽 삼켰다. 방 한가운데 놓여 있는 커다란 침대 위에는 새빨간 장미 꽃잎으로 하트가 수놓아져 있었고, 천장에는 빨간 하트 풍선 수십 개가 둥둥 떠다니고 있었기 때문이다. 절대 웃을 상황이 아니었음에도 서준은 자신도 모르게 피식 웃음을 흘리고 말았다. 그러다 태은에게 이 상황을 먼저 알려야 하는 것인지 그녀 스스로 확인하게끔 내버려 두어야 하는 것인지 잠시 갈등을 하고 있으려는 찰나였다.

"여기가 침실이에요?"

태은이 그의 옆을 지나쳐 침실 안으로 들어서며 물었다.

"침대가 하나네요?"

그의 예상과는 달리 차분하게 침실 안으로 걸어 들어가던 그녀가 침대 위 꽃잎으로 장식된 하트를 발견하고는 걸음을 멈췄다.

"상우가 장난을 친 모양입니다."

"하트도 있고, 풍선도 있고……. 뭐 하나 부족한 게 없는 결혼식이네요."

얼마간 침묵을 지키던 태은이 나직한 목소리로 입을 열었다. 그 순간 서준은 그녀의 차분한 표정에 가려진 슬픔을 찾아내고 말았다. 결혼식 내내 누구보다 밝은 표정으로 앉아 있었지만 모든 식순이 끝난 후 미란은 우 사장의 부축을 받으며 겨우 자리에서 일어섰다. 그리고 식사를 하기 위해 자리를 이동한 하객들의 눈을 피해 우 사장과 태연의 부축을 받으며 서둘러 차에 올랐다. 태은의 결혼식만 아니었더라면 이렇게 장시간 외출을 할 상태가 아니었던 것이다. 자신의 몸이 그런 상태였음에도 미란은 태은에게 연신 미안하다는 말을 남기고 예식장을 떠났다. 미란을 태운 차가 떠난 뒤에도 한동안 발길을 돌리지 못했던 그녀가 고작 꽃잎 장식과 하트 풍선에 웃음을 보일 기분이 아닌 것은 어쩌면 당연한 일인지도 모른다.

"방을 바꿔 달라고 하죠."

"아니요, 그럴 필요 없어요."

서준은 태은의 얼굴을 바라보았다.

"우릴 위해 신경 써 준비해 준 방인데 검사님만 괜찮으시다면 저는 그냥 써도 괜찮아요. 전 아마 침대에 눕자마자 바로 잠이 들 것 같거든요."

그제야 희미하게 웃음을 보인 태은이 천장을 가득 메운 풍선은 마음에 들지 않았는지 늘어진 끈을 하나둘 잡아 풍선들을 모으기 시작했다. 새하얀 원피스를 입고 빨간 풍선 다발을 손에 든 여자. 서준은 문득 태은이 저 풍선들을 모두 모으면 공기 중으로 붕 떠오르는 것은 아닌가 하는 생각이 들었다. 왜 그런 생각이 들었으며, 그것이 왜 불편하게 느껴졌는지는 알 수 없었지만 그도 함께 풍선을 모으기 시작했다.

"너무 많네요. 응접실 쪽으로 화장실이 하나 더 있던데 그곳에 넣어 두는 게 어떨까요?"

"내가 넣어 두고 오죠."

서준은 태은의 손에 들려 있던 풍선 끈을 건네받았다.

"검사님."

"언제까지 그렇게 부를 겁니까?"

"네?"

"저는 이사님이라고 부를까요?"

아직 그들은 서로에 대해 모르는 것이 더 많았고 함께 있는 것조차 낯설고 서먹하기만 했다. 하지만 이미 그들은 부부가 되어 있었다.

"강서준. 내 이름 알고 있죠?"

"네. 그럼 앞으로는 서준 씨라고 부를게요."

서준은 대답 대신 고개를 끄덕였다.

"풍선 두고 오죠."

서준이 풍선을 응접실 쪽 화장실 안에 넣어 두고 돌아왔을 때 태은은 자신의 가방에서 갈아입을 옷을 꺼내고 있었다.

"머리에 핀이 너무 많이 꽂혀 있어서 머리가 지끈거리는 것 같아요. 저 먼저 씻어도 될까요?"

한 올 흐트러짐 없이 완벽하게 고정된 태은의 머리는 그녀의 말처럼 여러 개의 핀으로 촘촘하게 고정되어 있는 것이 멀리에서도 보일 정도였다. 하지만 그를 향해 고개를 들지 않는 태은이 울고 있었던 것은 아닌지 서준은 마음이 무겁기만 했다.

"그렇게 해요."

태은을 두고 침실을 나온 서준은 노을과 함께 환상적인 전망을 선사하고 있는 창가로 걸음을 옮겼다. 지금 그의 기분은 오랫동안 해결하지 못했던 사건을 해결한 것처럼 후련하면서도 동시에 낯설고 불편했다. 아마 어떤 사건도 사건 하나를 해결함으로 그와 관련된 모든 문제가 종결되는 것은 아니라는 사실을 잘 알고 있기 때문일 것이다.

'송재윤…….'

서준은 머릿속으로 그 이름을 불러 보았다. 사실 그는 재윤을 다시 만나면 첫눈에 그녀를 알아볼 수 있을 것이라고 생각하고 있었는지도 모른다. 그렇게 하얀 피부와 크고 야무진 눈, 그리고 그녀만의 독특한 분위기는 아무리 시간이 흐르고 많은 사람들 사이에 섞여 있어도 눈에 두드러질 것이라 확신했었으니까. 그런데 재윤은 그가 첫 만남에서 그토록 강렬하게 뇌리에 남겨 두었던 기억이 오히려 의아하게 생각될 정도로 평범하게 자라 있었다. 그것이 다행스러우면서도 그는 20년 전 장례식장을 찾았던 서준이 된 것처럼 묘하게 불편한 감정을 느끼고 있었다. 하긴 이제야 찾았는데, 이제 시작일 뿐인데…….

Rrrrrrrr…….

테이블 위에 올려 두었던 휴대 전화가 울리는 소리에 서준은 몸을 돌려 전화기를 집어 들었다. 전화는 서경으로부터 걸려 온 것이었다.

-서준아, 누나야.

"응."

-호텔에는 도착한 거야?

"응."

-서준아, 고맙다.

잠시 망설이는 듯하다 서경이 부드러운 목소리로 입을 열었다.

"뭐가?"

-모든 게 다. 그중에서도 가장 고마운 건 네가 내 동생인 거고…….

어릴 적부터 어느 형제, 어느 남매보다 서로에게 의지하며 자란 그들이었다. 얼마 전 같은 말다툼도 지금껏 30년 넘게 함께 살아오는 동안 손에 꼽을 정도였다. 그리고 서경은 그와 한 약속대로 지금 새로운 직원을 열심히 알아보고 있는 중이었다. 그런 그녀의 변화가 못마땅한 듯 준규는 예식 내내 불만스런 표정을 짓고 있었지만 서경은 오히려 담담하고 편안해 보였다. 그와의 약속을 언제나처럼 최우선으로 생각해 주는 서경이 고마우면서도 그것이 그녀에게 쉽지 않을 결정이었다는 사실을 잘 알기에 지금 서준은 미안한 마음도 컸다.

"누나."

-응?

"누나가 없었으면 지금의 나도 없었어. 누나는 내 앞에서는 항상 당당해도 돼."

-고맙다, 서준아. 그리고 조금 전에 네 방에 들어갔었는데, 비어 있는 날이 더 많았던 방인데도 앞으로 네가 그 방에서 자는 날이 없을 거라고 생각하니까 내 마음이 너무 허전한 거 있지. 같이 지내는 동안 더 잘해 줬어야 하는데, 그러지 못했던 것 같아…….

"내가 앞으로 왜 그 방에서 잘 날이 없어? 누나가 있는 곳은 언제나 나한테 고향인데. 그리고 우리 법원에서도 자주 만나니까 허전해할 필요도 없어."

-그래, 그렇지?

"참, 그런데 나 누나한테 할 말 있는데."

결혼식 준비도 태은 혼자 하게 만들어 놓고 그는 지난 2주간 정말 눈코 뜰 새 없이 바쁜 시간을 보냈다. 그래도 재윤의 소식만은 누나의 얼굴을 직접 보며 알려 주고 싶었는데……. 더는 미룰 수 없다는 생각에 그가 서둘러 입을 연 순간이었다.

-지금? 태은 씨는 뭐 하고 있는데?

"씻고 있어."

-그래? 중요한 얘기 아니면 나중에 하자, 서준아.

"중요한 얘긴데."

-뭔데?

"누나 이번에 송 변호사님 기일에 납골당 안 갔었지?"

-응, 재판이 연달아 잡혀서. 너는 갔다 왔지?

"응. 그날 거기에서 송재윤을 봤어."

-……누구?

얼마간 침묵이 흐른 뒤 서경이 물었다.

"송재윤."

-드디어…… 찾았구나. 정말 다행이다. 우선은 그걸로 됐어. 자세한 얘기는 다음에 만나서 하자.

"지금 어디에서 어떻게 살고 있는지 궁금하지 않아?"

-네 목소리 들어 보니까 걱정할 정도는 아닌 것 같은데. 오늘같이 중요한 날 꼭 얘기해야 할 정도로 급한 사정 있는 거 아니면 조만간 내가 네 사무실로 찾아갈게. 그때 자세히 얘기해 줘.

"그래, 알았어."

태은이 재윤이라는 사실을 알게 되면 서경이 어떤 반응을 보일지 너무나 궁금했다. 하지만 태은이 언제 나올지 알 수 없었기에 서준은 서경의 말대로 다음을 기약하기로 했다.

-오늘, 잘 보내고…….

"걱정 마."

-태은 씨한테 잘해 줘.

"내가 알아서 해."

-이제 태은 씨 우 사장님 딸이기 전에 네 아내야. 우리한테 찾아와 준 고마운 가족이고.

"알고 있어."

-그래, 그만 끊을게. 사랑한다, 강서준.

"훗, 나도……."

달칵.

전화를 끊은 뒤 그가 다시 테이블 위에 휴대 전화를 내려놓았을 때 침실 쪽에서 문소리가 들리더니 태은이 편안해 보이는 면바지에 수수한 면 티 차림으로 걸어 나왔다.

"검사님, 아니 서준 씨도 씻으셔야죠."

태은이 아직 물기가 마르지 않은 검은 머리에 감싸인 하얗고 깨끗한 얼굴로 그를 바라보며 말했다. 지금 그녀의 모습은 분명 그의 기억 속 재윤과 많이 닮아 있었다. 그가 아무 말 없이 그녀를 빤히 바라보고 있자 태은이 어색했는지 그의 옆으로 걸어와 창밖을 내다보았다.

"와, 전망이 정말 끝내주네요. 서준 씨도 씻고 나온 다음에 우리 와인 한잔할까요?"

"그러죠."

그도 씻은 뒤 편안한 옷으로 갈아입고 나왔을 때 태은이 그를 돌아보았다.

"어쩌죠? 저녁 식사 생각을 못하고 있었네요. 검사, 아니 서준 씨만 괜찮으면 저녁은 룸서비스로 시키는 게 어떨까요?"

"난 상관없어요."

"그럼 간단하게 샌드위치 어떠세요?"

"그렇게 하죠."

"평소에는 어떤 종류의 음식을 좋아하세요?"

룸서비스로 샌드위치를 주문한 뒤 태은이 서준의 맞은편 자리 소파에 앉아 물었다.

"특별히 가리는 음식은 없는 것 같은데요."

"저도 그래요. 그럼 아침에는 주로 뭘 드시고 출근하세요?"

"오렌지주스 한 잔이나 시간 여유 있으면 토스트 정도?"

그녀가 질문한 의도를 파악하기 위해 얼굴을 바라보며 대답한 서준은 한마디를 더 덧붙였다.

"물론 그 정도는 내 손으로 챙겨 먹고 나가니까 내 아침은 신경 쓸 필요 없어요."

"아니요. 그 정도는 제가 챙겨 드릴 수 있어요."

두 사람이 소파에 마주 앉아 이런저런 얘기를 나누며 30분가량을 보냈을 때 룸서비스가 도착했다.

"한 전무님과는 언제부터 친구셨어요?"

"고등학교 때부터요. 그때 우리 반에 도시락을 싸 오지 않았던 사람이 딱 우리 두 사람뿐이었거든요. 처음엔 부잣집 아들이 왜 도시락도 싸 오지 않나 궁금했었는데, 나중에 알고 보니 그때 상우 어머니가 많이 편찮으셨었다고 하더라고요. 상우와는 힘들고 배고픈 시절을 함께한 친구죠."

서준은 태은에게 먼저 샌드위치를 권했다. 배가 고팠던 듯 작은 삼각형의 샌드위치를 들고 한 입 크게 베어 무는 그녀를 서준은 잠시 바라보았다.

"왜요?"

자신의 입가에 뭐가 묻었는지 태은이 얼른 손으로 입가를 확인했다.

"아무것도 안 묻었어요."

그의 대답에 그녀가 씩 미소를 보였다. 그녀가 누구든, 미소 짓는 그녀의 모습은 여전히 예뻤다.

"아버지 얘기 좀 해 볼래요?"

"저희 아버지요?"

서준은 고개를 끄덕였다.

"좋은 분이세요. 넓고, 따듯하고, 편안하고, 안전한 침대 같은 분."

"침대 같은 분, 재밌는 표현이네요. 그럼 친아버지는요?"

이어진 서준의 질문에 자신의 귀를 의심하듯 태은이 잠시 그를 빤히 바라보았다.

"저희 아빠는…… 제게 심장 같은 분이세요. 절 태어나게 해 주셨고, 제가 살아야 하는 이유였고, 지금까지 절 견디게 해 주신 분이시니까. 그리고 지금도 여전히 제 마음속에는 살아 계시기도 하고요."

"한 잔 할래요?"

서준이 잔 하나를 들어 태은의 손에 들려 준 뒤 와인을 따랐다.

"진짜 이름은 뭐였어요?"

"아빠가 지어 주셨던 제 이름은 재윤이었어요. 재주 많고 예쁜 아이로 자라라는 뜻의 재윤……."

태은의 입에서 재윤이라는 이름이 매끄럽게 흘러나오는 순간 서준은 마치 시간이 순간적으로 정지한 듯한 묘한 기분을 느꼈다. 자신의 입으로 소리를 내 이름을 직접 부르는 것은 태은 쪽이 더 익숙하고 자연스러웠다. 하지만 그의 머릿속에서 살았던 그녀는 지난 20년간 재윤이었으니까…….

"재윤."

서준이 나직하게 재윤을 부르자 그녀가 고개를 들어 그를 빤히 바라보았고, 그 순간 그녀의 말간 얼굴 위로 송 변호사의 얼굴이 겹쳐 보였다. 이제 보니 흰 피부와 웃을 때 정갈하게 휘어지는 눈매가 무척 닮은 부녀였다. 너무 오랫동안 기다렸던 순간인데, 이렇게 예상치 못했던 관계로 마주 앉아 있게 될 줄이야.

"제 이름 정말 오랜만에 들어 보네요."

태은의 입가로 옅은 미소가 번졌다. 당신 이렇게 예쁘게 웃는 여자로 자랐구나. 송도현 변호사가 당신을 지켜 주지 못했어도 우 사장 부부가 당신을 이렇게 예쁘게 웃을 수 있는 여자로 키워 주었구나. 참 다행이다.

"송재윤 씨."

서준이 다시 한 번 그녀의 이름을 부르며 손을 내밀었다. 악수를 청하는 그의 제스처에 태은도 자연스럽게 그의 손을 잡았다. 송재윤으로 불려 본 것이 정확히 얼마 만인지 기억도 나지 않았다. 적어도 20년 이상의 시간이 흘렀는데도 그녀는 마치 하루도 빼놓지 않고 이날을 기다렸던 것처럼 미어지듯 가슴이 조여 오는 것 같았다. 서준의 크고 따뜻한 손은 여러 마디의 말보다 강하게 그녀의 손을 감싸고 있었다. 분명 서준의 손이었는데 태은은 가슴 한가운

데가 울컥 뜨거워지는 것 같았다. 태연이 민후와 서준이 닮았다고 했던 말이 순간적으로 떠오른 탓인지도 모른다. 장례식장에서 그녀가 안타까운 듯 눈을 떼지 못했던 소년의 얼굴도 공연히 머릿속에서 맴돌았다. 태은은 그러면 안 된다는 걸 알면서도 서준의 얼굴 위로 그 소년의 얼굴을 가만가만 그려 보았다. 그러고 보니 어딘가 비슷한 점이 있는 것도 같았다.

'그때 그 소년, 지금 어딘가에서 잘 지내고 있겠죠?'

태은이 마음속으로 나직하게 질문하는 순간 서준이 태은의 손을 잡은 손에 더욱 힘을 주었다.

"우리 잘 지내봅시다."

"네. 함께 노력해요."

손을 놓은 두 사람은 잔을 들어 가볍게 부딪쳤다.

"서준 씨 아버지 얘기도 해 주세요."

와인 한 모금을 가볍게 흘려 넘긴 뒤 이번에는 태은이 물었다.

"우리 아버지는 약속을 아주 잘 지키시는 분이셨어요."

"좋은 가르침을 많이 주셨겠네요."

"아니요. 아버지의 유언 때문에 최근에 순서가 뒤바뀐 선택을 하게 된 것 같아요."

"저런……."

"하지만 상관없어요. 누나가 순서 정도는 조금 바뀌어도 괜찮다고 말해 주더군요. 누나는 현명한 사람이니까 누나의 안목을, 그리고 이번에는 제 자신도 좀 믿어 보려고 합니다. 아버지의 유언이기도 하니까……."

서준이 가볍게 어깨를 으쓱해 보였다.

그 순간 태은은 서경이 자신에게도 비슷한 말을 했던 기억이 떠올랐다. 서경은 정말 괜찮은 사람이라면 순서 정도는 조금 바뀌어도 괜찮다고 그녀에게 말해 주었었다. 차분하고 진중한 목소리로 이야기를 해서인지 서경의 말은 유난히 신뢰와 믿음이 갔다. 서준도 자신과 같은 기분을 느꼈을 것이라 생각하며 태은은 잔에 남은 와인을 비웠다.

"그리고 아주 중요한 순서를 하나 더 놓친 게 있는데. 조만간 우리 아버지께도, 그리고 태은 씨 아버지께도 함께 인사를 다녀오도록 하죠."

"네."

태은도 내내 마음에 걸렸던 일이었기에 진심을 다해 고개를 끄덕였다. 아빠가 서준을 어떻게 생각할지 진심으로 궁금했다.

"태은 씨."

서준이 부드러운 목소리로 그녀의 이름을 부르자 태은은 갑자기 가슴이 빠르게 두근거리기 시작하는 것을 느꼈다. 와인 때문인가?

"당신 선택, 적어도 나 때문에 후회하지는 않게 노력할 겁니다."

"고마워요."

"와인 한 잔 더 할래요?"

서준이 태은의 빈 잔을 바라보며 물었다.

"네, 와인이 아주 달콤하네요."

"술 센 편이에요?"

"약한 편은 아닌 것 같아요. 업무부 일로 접대를 하다 보면 우리에게 선택권이 주어지는 경우는 많지 않거든요. 게다가 상대편 수장이 권하는 술은 어떤 종류든 가리지 않고 마셔야 하는 경우가 많아서. 그렇다고 지금까지 접대 자리에서 취했던 적은 없었던 것 같아요."
"오늘은 천천히 마시고 싶은 만큼만 마셔요."

서준이 태은의 잔을 채우고 나서 자신의 잔도 다시 채웠다.

태은은 자신의 손안에 든 잔을 빙글빙글 돌리다 천천히 한 모금을 들이켰다. 처음 와인을 이용해서라도 어색함을 덜어 보겠다고 했던 생각과는 달리 서준은 까다롭거나 어려운 사람은 아니었다. 그녀의 이야기를 귀담아들어 주고 그들의 관계에 대해서도 진지하게 노력하려는 모습을 보이고 있었다. 우 사장과 미란의 말처럼 이 남자 정말 괜찮은 사람이구나, 라는 생각이 점점 확신처럼 마음속에 자리 잡고 있었다.

하지만 지난밤 미란과 얘기하며 밤을 꼴딱 새운 데다 오늘 하루 종일 긴장하며 비어 있던 속에 와인을 들이켠 탓인지 그녀의 의지와 상관없이 눈꺼풀은 자꾸만 아래로 내려앉으려 하고 있었다. 서준 같은 남자를 앞에 두고도 눈꺼풀이 감기는 것을 보니 세상에서 가장 힘이 센 것은 눈꺼풀이라는 말이 틀린 말은 아닌 듯했다.

"서준 씨."
"네?"
"저 잠깐 화장실 좀 다녀올게요."
"그래요."

자리에서 일어선 그녀가 침실 안으로 들어서 문을 닫자 기다렸다는 듯 하품이 나기 시작했다. 아주 잠깐만 하고 침대 가까이로 걸어간 그녀는 바닥에 앉아 침대 위로 머리를 기대 보았다. 포근하고 편안했다. 세상에서 가장 폭신한 이불처럼…….

"태은 씨."

30분 넘게 태은이 나오지 않아 침실로 들어온 서준은 침대에 머리를 기대고 앉은 자세로 잠들어 있는 그녀를 발견할 수 있었다. 그는 그녀에게 천천히 다가가 한쪽 무릎을 바닥에 대고 앉았다.

"자는 겁니까?"

서준은 태은의 어깨를 가볍게 흔들어 보았다. 하지만 이미 깊게 잠이 든 듯 그녀는 꼼짝도 하지 않았다. 서준은 태은의 얼굴 위로 흘러내린 머리카락을 조심조심 귀 뒤로 넘겨 주었다.

'이렇게 보니 정말 닮았습니다, 송 변호사님. 조금 더 일찍 만났더라면 부탁하셨던 철봉도 가르쳐 줬을 텐데…… 아쉽습니다.'

서준은 태은을 안아 침대 위로 눕혔다. 넓은 침대에 눕히면 좀 더 편하게 몸을 펴고 누울 줄 알았는데 그녀는 몸을 옆으로 돌려 태아처럼 작게 웅크리고 있었다. 서준은 그녀의 몸 위로 이불을 덮어 주었다.

"송재윤 씨, 한 번에 알아보지 못해서 미안합니다."

"음……."

"그래도 이제라도 당신을 찾아 얼마나 다행인지 모릅니다."

서준은 잠이 든 태은의 모습을 바라보며 한동안 곁에 서 있었다. 깨어 있는 동안에도 함께 있으며 예상치 못한 순간 묘한 기분과 가슴의 두근거림을 느꼈는데 잠이 든 모습을 바라보는 건 또 다른 느낌이었다. 곁에서 바라보는 것만으로도 지켜 주고 있는 듯한 기분이 들었다. 하지만 오랫동안 기다린 만큼 서두르지 않을 것이다. 더 많은 시간을 두고 천천히, 느리게 다가갈 것이다.

"잘 자요."

두 사람에게는 신혼여행을 대신해 결혼식 다음 날, 단 하루의 휴가가 주어진 상태였다. 태은은 오랜만의 숙면에서 깨어나 천천히 눈을 떴다. 해는 이미 중천에 떠 있는 듯 사방이 환했고 그녀의 귓가에 나직하게 들려오는 숨소리가 있었다. 그 숨소리가 누구의 것인지 떠오른 순간 그녀는 반사적으로 고개를 돌려 옆을 바라보았다. 깔끔한 잠옷 차림으로 그녀의 옆자리에 반듯하게 누워 잠을 자고 있는 사람은 서준이었다. 당연한 일이었는데, 그녀가 먼저 괜찮다고 말했던 일인데, 심장이 두방망이질 치듯 빠르게 내달리기 시작했다. 혹시나 그 소리에 서준이 깨는 것은 아닌지 그녀는 조심조심 이불을 걷고 자리에서 일어섰다.

아마도 어제 화장실에 다녀오겠다고 말한 뒤 방에서 잠이 들었던 모양이다. 항상 그랬으니까. 그녀는 누군가와 술을 마시는 자리에서는 소주나 양주 몇 병을 마셔도 술주정은커녕 정신 한 올 흐트러짐 없이 멀쩡했지만 사람들이 시야에서 모두 사라지고 혼자가 되고 나면 그때부터 기억에 남아 있는 것은 언제나 아무것도 없었다. 보통은 집으로 돌아와 자신의 방문을 닫는 순간부터 기억이 끊겼는데 어제는 고작 와인 몇 잔에 그렇게 깊게 곯아떨어져 버리다니…….

바닥으로 내려선 태은은 잠시 자리에 서서 잠든 서준의 얼굴을 바라보았다. 깔끔한 피부 톤에 반듯한 이목구비, 깊게 잠이 들어 있음에도 이 남자 정말 빈틈없이 근사하다는 생각이 절로 들었다. 하지만 이대로 서준이 잠에서 깨 눈이라도 마주치게 된다면 어색한 상황을 피하기 힘들 것 같아 태은은 조심조심 방을 가로질러 응접실로 나왔다.

바닥으로 가라앉은 풍선들 사이를 비집고 응접실 쪽 화장실 안으로 들어선 그녀는 세수를 하고 서둘러 옷을 갈아입은 뒤 룸서비스로 간단한 아침을 주문했다. 그리고 번화가가 내려다보이는 창가로 걸어가 섰다. 밤에 봤던 황홀했던 전망과는 달리 아침의 전망은 그리 근사하지 않았다. 뿌연 하늘과 삐죽삐죽 늘어선-특히 옥상이 지저분한-건물들, 그리고 도로에 길게 늘어선 끝이 보이지 않는 차들의 행렬. 평상시의 아침이었으면 그녀도 저 차의 행렬 속에 끼어 있었을 것인데 저 작은 차 안의 수많은 사람들은 참 지루하고 답답하겠다, 하는 생각이 저절로 들었다.

달칵.

그녀가 무료하게 창밖을 내다보고 있을 때 침실 문이 열렸다 닫히는 소리가 들려왔다.

"일어나셨어요?"

태은은 싱긋 미소를 보이며 몸을 돌려 서준을 바라보았다. 그런데 잠에서 막 깨어난, 약간은 흐트러진 그의 모습을 예상했던 그녀의 생각은 완벽하게 어긋나고 서준은 단정하게 정돈된 머리에 깔끔하게 정장을 차려입은 모습이었다.

"언제 일어나신 거예요? 그리고 옷차림은 왜……?"

"조금 전에 일어났어요. 그런데 공소시효가 얼마 남지 않은 미제 사건의 범인이 잡혔다는 연락이 와서 지금 바로 검찰청으로 들어가 봐야 할 것 같아요."

"하지만……. 아니, 그럼 아침 식사라도 하고 나가세요. 금방 도착할 텐데."

"미안해요. 먹은 걸로 할게요."

"어쩔 수 없죠."

자신이 먼저 그에게 어떤 책임과 의무도 요구하지 않겠다는 약속을 했으면서도 태은은 미묘하게 실망스런 기분을 느끼고 있었다. 그런 태은에게 서준이 다가와 그녀의 어깨를 양손으로 가볍게 감쌌다.

"첫날부터 이래서 미안해요. 대신 오늘 혼자 집으로 들어가게 하는 거 다음에 꼭 만회할게요."

"진심이세요?"

서준이 태은을 보며 크게 고개를 끄덕였다.

그 순간 특별한 표현이 아니었는데도 태은은 차갑고 냉정할 줄만 알았던 그가 보인 예상외의 반응에 가슴이 천천히 두근거리기 시작하는 것을 느꼈다.

제5장
첫사랑

집 앞에서 비밀번호를 누르는 서준의 손길이 평소와는 다르게 다급했다. 지금 그의 머릿속에는 태은이 아직도 잠을 자지 않고 기다리고 있으면 어쩌나 하는 걱정과 기다리고 있었으면 좋겠다는 기대, 이 두 가지가 공존하고 있는 상태였다.

하지만 짧은 띠링 소리와 함께 문이 잠기고 현관 안으로 들어서는 그를 맞아 준 것은 눈이 부실 만큼 환한 불빛과 그와 대조를 이룰 만큼 무겁고 깊은 침묵이었다. 어제 아침 태은을 혼자 두고 출근을 한 것이 내내 마음에 걸려 일이 대충 마무리되자 시간을 확인할 여유도 갖지 못하고 사무실을 나선 길이었다. 서둘러 벽에 걸린 시계로 시간을 확인하니 시곗바늘이 새벽 3시 30분을 가리키고 있었다. 그제야 현관문 소리가 태은을 깨우지 않은 것이 다행이라 생각하며 그는 일주일 전 마지막으로 자신이 잠을 잤던, 현관에서 가장 가까운 방을 향해 조용히 걸음을 옮겼다.

　태은이 가구를 들이기 시작한 것은 일주일 전부터였고, 그는 일주일 전 처음이자 마지막으로 단 하루를 이곳에서 보냈다. 목적대로 사용하지는 못했지만 어제 하루의 휴가를 내기 위해 지난 일주일간 철야를 해야만 했기 때문이다.

　화려하다기보다는 정갈하고 편안하게 꾸며진 거실을 무심한 눈길로 지나쳐 그가 방문 앞에 섰을 때 문 앞에 작은 쪽지가 붙어 있는 것이 보였다.

　이 방은 서재로 바뀌었으니 놀라지 마세요.

　태은의 외모만큼이나 정갈하고 반듯한 필체였다. 서준은 자리에 서서 천천히 집 안을 둘러보았다. 지금껏 자신이 머무는 장소는 어디든 깨끗하면 그만일 뿐 인테리어 같은 것에 관심 갖지 않고 살았던 그였다. 그런데 가구와 벽지의 배색이 전체적으로 심플하면서도 고급스러워 보였고, 무엇보다 은은하게 태은의 취향과 안목이 묻어나고 있는 듯 보였다. 자신들이 결혼을 했다는 사실이 다시 한 번 실감이 나는 순간이었다.

　그는 서재의 문을 열지 않고 그 옆의 방으로 걸음을 옮겼다.

　이 방은 드레스 룸입니다.

이번에도 문 앞에 붙은 쪽지를 확인한 서준은 문을 열지 않았다. 그는 지체하지 않고 마지막 방이자 드레스 룸과 마주하고 있는 방을 향해 몸을 돌렸다. 그가 확인한 바로는 이 집에 있는 세 개의 방 중 서재로 꾸며진 방이 가장 크기가 컸고 나머지 두 개의 방은 비슷한 크기와 구조로 이루어져 있었다. 그리고 그는 태은에게 방의 용도나 인테리어를 전적으로 일임하는 순간 태은이 서재를 제외한 나머지 방을 각자의 방으로 꾸미지 않을까 짐작하고 있었다. 법적으로 부부이긴 했지만 그들은 아직 사무실의 직원들보다도 더 서먹한 사이였고, 서경과 준규가 둘의 합의에 의해 각자의 방을 사용하는 것에 문제가 있다는 생각을 가졌던 적이 없던 그였기 때문이다.

이 방은 강서준, 우태은 두 사람의 침실입니다.

서준은 방문 앞에 붙어 있는 쪽지를 떼 자신의 손바닥에 붙였다. 강서준과 우태은의 이름을 손가락으로 천천히 쓸어 보는 느낌이 손바닥에 느껴지는 짜르르한 전율과 함께 묘하게 가슴을 뻐근하게 했다. 서준은 방문 손잡이를 잡고 최대한 소리가 나지 않게 문을 열었다.

그리고 퀸 호텔 스위트룸의 침실에 놓여 있던 침대와 비슷한 사이즈의 침대가 방 한가운데 놓여 있는 것을 발견한 순간 자신도 모르게 이마를 살짝 접고 말았다. 그제야 태은이 퀸 호텔 스위트룸의 침실에 침대가 하나인 것을 보고도 전혀 놀라지 않았던 것이 이해가 되는 것 같았다. 서준은 잠시 문 앞에 서서 침대 위에 잠들어 있는 태은의 모습을 바라보다 천천히 걸음을 옮겨 침대로 다가갔다.
"다녀왔어요."
그가 귀에 대고 속삭이듯 아주 작은 소리로 말했기에 태은은 아무런 미동도 없었다.
'신기해.'
서준은 규칙적으로 숨을 내쉬며 잠들어 있는 태은을 내려다보았다.
'난 내 예상대로 흘러가지 않는 진행을 좋아해 본 적이 없었는데, 당신은 줄곧 내 예상에서 벗어나는 행동들을 하고 있거든. 더 신기한 건 그런데도 나는 그런 당신이 싫지가 않아……..'
서준은 호텔에서와 마찬가지로 옆으로 웅크리고 누운 태은의 몸 위로 이불을 반듯하게 덮어 주었다.
서둘러 샤워를 하고 잠옷으로 옷을 갈아입은 그도 불을 끄고 태은의 옆자리에 누웠다. 하지만 좀처럼 잠이 오지 않았다. 항상 혼자 잠들었던 침대 위에 다른 누군가가 누워 있다는 사실이 불편하기도 했고, 자신이 태은의 침대에 몰래 침입한 침입자가 된 것 같은 기분도 들었다. 그런데 신기한 것은 피곤한데도 쉽게 잠이 들지 못하고 있는 지금 상황에 짜증이 밀려와야 하는데 전혀 그렇지가 않다는 사실이었다. 바로 옆에서 규칙적으로 내쉬는 숨소리가 재윤의 것이라는 사실이, 그녀가 이토록 편안하게 잠이 들어 있다는 사실이 여전히 실감이 나지 않으면서도 그를 미소 짓게 했다. 반듯하게 누워 잠이 드는 것이 습관이 된 그였지만 천천히 몸을 돌려 옆으로 누워 보았다. 그 순간 그에게 등을 보이며 누워 자던 태은도 몸을 뒤척이다 그를 향해 돌아눕고 있었다.

"송재윤 씨."

어슴푸레 스며드는 달빛에 흐릿하게 보이는 태은의 얼굴을 보며 서준은 나직하게 재윤이라는 이름을 다시 불러 보았다. 마치 혼자만의 비밀을 풀어 보듯.

아버지가 돌아가셨을 당시 그는 어떻게든 반드시 재윤을 찾을 것이며, 찾고 나면 좋은 오빠가 되어 주어야겠다고 생각했었다. 그런데 성인이 된 뒤로는 오히려 공부와 직장 생활로 바쁜 시간을 보내느라 가끔 얼마나 힘들게, 혹은 예쁘게 자랐을까 궁금한 생각을 떠올려 보는 것밖에 할 수 없었다. 당시에는 그것이 그가 처한 상황에서 할 수 있는 전부였는지도 모른다. 그러다 그녀에 대한 생각이 또다시 많아지기 시작한 것은 최근 보육원 입소 원아 명단을 입수할 수 있게 되면서부터였다. 하지만 그녀를 찾게 된다 해도 자신을 이상한 사람으로 볼 수도 있다는 생각에 앞에 직접 나서지는 않겠다는 결론을 내린 상태였다.

그런데 지금껏 그가 했던 이 많은 고민과 걱정이 무색할 정도로 그녀는 이름과는 상관없이 이렇게 반듯하고 사랑스러운 여자로 자라 있었다. 그리고 이제 그가 알고 싶고, 알아 가야 하는 여자 또한 20여 전 알았던 송재윤이 아니라 지금의 우태은이었다.

"당신이 어떤 이름을 더 좋아하는지 정말 궁금한데, 곧 알 수 있겠죠?"

서준은 태은의 얼굴로 흘러내린 머리카락을 조심조심 귀에 걸어 주었다.

 잠에서 깬 태은은 자신의 옆자리에 누군가가 있다는 사실을 본능적으로 느낄 수 있었다. 하지만 곧바로 고개를 돌려 바라보기 전에 시간을 먼저 확인했다. 아침 6시였다. 혹시나 잠자리가 바뀌어 늦게 일어나면 어쩌나 걱정했는데 다행히 평소와 같은 시간에 잠에서 깬 것이다. 그녀는 지난밤 새벽 3시까지 서준을 기다리다 일이 많아 집에 들어오지 못하는 모양이라고 짐작을 한 뒤 잠자리에 들었었다. 평상시와 비교하면 턱없이 부족한 수면이었다. 그런데 서준이 옆에서 잠을 자고 있다는 사실만으로도 부족했던 잠은 흔적도 없이 사라져 버리는 느낌이었다.
"일어났어요?"
 그녀가 조심조심 이불을 걷고 자리에서 일어서려는 순간 나직한 말소리가 들려왔다.
"네. 일어나셨어요?"
 태은은 그제야 서준을 돌아보았다.
"언제 들어오신 거예요?"
"3시 30분쯤."
"아……."
"태은 씨도 오늘부터 출근이죠?"
 서준의 시선도 벽에 걸린 시계를 향해 곧장 움직이고 있었다.
"네. 서준 씨는 몇 시에 출근하세요?"
 아직은 잠옷 차림을 그에게 보이는 것이 어색한 태은은 일부러 그에게 등을 보이며 자리에서 일어섰다.

"난 8시쯤 나가면 돼요."

"그럼 눈 조금만 더 붙이세요."

"음, 피곤한데…… 그럼 한 시간만 더 있다 깨워 줄래요?"

태은은 지금 이 순간 모든 게 이상할 만큼 자연스럽게 느껴졌다. 언제 들어왔는지를 묻고 서로의 일상을 너무 자연스럽게 확인하는 자신들이 마치 매일 아침을 그렇게 보냈던 것 같은 느낌이었다. 무엇보다 서준이 그녀를 아주 오랫동안 알았던 것처럼 편안하게 대해 주는 것이 태은은 고마웠다. 이런 모습까지는 기대도 하지 않았었는데…….

"그럴게요."

서준이 다시 눈을 감는 걸 확인한 태은은 조용히 방을 나왔다. 서둘러 샤워를 하고 화장을 마친 그녀는 곧장 주방으로 향했다. 먼저 자신이 마실 커피를 내리고 과일을 깎은 뒤 서준이 먹을 토스트와 주스를 준비했다. 커피는 어제 오후 혼자 집으로 돌아와 마신 다음으로 두 번째 내린 것이었다. 그런데 마치 매일 아침 맡았던 향처럼 이 또한 너무나 자연스럽게 느껴지고 있었다. 모든 준비를 마친 뒤 시간을 확인하니 7시가 되어 있었다. 태은은 다시 침실로 걸음을 옮겼다.

"서준 씨."

침대 앞에 선 태은이 나직하게 이름을 불렀지만 서준은 반응이 없었다. 규칙적으로 내쉬는 숨소리로 그가 아직 깊은 잠에 빠져 있다는 사실을 알 수 있었다.

"서준 씨……."

"……."

"강서준 검사님."

아무리 피곤해 보여도 제시간에는 깨워야 한다는 생각에 태은이 장난스러운 표정으로, 하지만 조금 전보다 좀 더 크고 단호한 목소리로 그를 다시 부르는 순간 서준이 번쩍 눈을 떴다.

"어떻게 알았어요?"

그가 불쑥 물었다.

"뭘요?"

"그렇게 부르면 내가 바로 일어나는 거."

서준이 몸을 일으켜 자리에 앉으며 말했다.

"정말요?"

"그래서 내가 일어나기 힘들어하는 날에는 누나가 항상 날 그렇게 깨웠는데."

막 잠에서 깨어난 그의 목소리는 아직 살짝 잠겨 있어 나른하면서도 그윽하게 울리고 있었다. 씻고 바로 잠이 들었는지 누워 있을 때는 몰랐던 짧은 머리도 평소와는 달리 흐트러져 있었다. 항상 단정하게 정돈되어 있던 그의 모습만 보다 이렇게 자연스럽게 흐트러진 모습을 보고 있자니 태은은 묘하게 가슴이 두근거리는 것 같았다.

"왜 그래요?"

"아니에요. 그런데 그것도 직업의식과 연관이 있는 거예요?"

"그건 나도 모르겠는데, 아무리 깊은 잠이 들었어도 누군가 날 그렇게 부르면 꿈속에서도 그 목소리가 들리더라고요."

서준이 피식 미소를 보이며 침대에서 내려왔다.

"어제 연락도 못해서 미안했어요."

그가 바로 앞에서 태은의 얼굴을 똑바로 내려다보며 말했다. 이 남자 눈빛도 목소리도 아침에 들으니 제법 달콤하다.

"아니에요. 어쩔 수 없는 상황이었겠죠. 일일이 해명하고 사과하실 필요는 없어요."

"이해해 줘서 고마워요."

그가 그녀의 한쪽 어깨를 가볍게 감쌌다 놓은 뒤 욕실을 향해 걸음을 옮겼다.

"씻고 나갈게요."

"네. 토스트 준비해 뒀으니까 천천히 나오셔도 돼요."

태은은 먼저 주방으로 가 식탁에 앉았다. 우 사장 부부와 함께 사는 동안 미란은 그녀가 아무리 일찍 등교를 하고 출근을 하더라도 항상 시간에 맞춰 아침밥을 준비해 주었다.-물론 아빠와 사는 동안은 빵과 우유만으로도 충분했었기에 처음에는 아침밥이 고역처럼 여겨지기도 했었다.-하루의 시작이 바뀐 지 이제 겨우 며칠이 지났을 뿐인데, 태은은 벌써 자신을 위해 매일 이른 아침 식사를 준비해 줬던 미란의 마음이 그리워지는 듯했다. 그렇게 많이 아프기 전에 조금만 더 일찍 관심을 가졌더라면, 미란이 얼마나 고마운 사람인지 조금만 더 일찍 깨달았더라면 좋았을 텐데…….

"무슨 생각을 그렇게 해요?"

"아무것도 아니에요."

태은은 출근 준비를 마치고 깔끔한 정장 차림으로 식탁에 앉는 서준을 바라보았다.

"커피 냄새가 참 좋네요."

"한 잔 드릴까요?"

"아니요. 낮에 너무 많이 마셔서 집에서는 일부러 마시지 않는 편이에요."

태은은 그의 앞으로 과일 접시를 옮겨 주었다.

"오늘 저녁에 상우랑 잠깐 만나기로 했는데, 시간 괜찮으면 같이 얼굴 볼래요?"

"무슨 일 때문에 만나시는 건데요?"

"내가 결혼한 게 그렇게 신기한 일인지 뭐든 궁금한가 봐요. 아니, 우리가 결혼한 게 신기한 건가?"

"그렇지 않아도 오늘 한 전무님과 통화할 일이 있었는데."

오늘이 퀸 호텔 부속 건물 공사업체 결과 통보가 있는 날이었기에 태은은 결과에 상관없이 한 전무에게 전화를 할 계획이었다.

"그래요? 그럼 우리 쪽으로 올래요?"

"어디에서 만나시는데요?"

"약속 장소는 낮에 전화로 알려 줄게요."

"네."

"오늘 출근하면 사람들이 짓궂은 질문도 많이 할 텐데 일일이 대꾸하지 말고 충분히 만족스럽다는 표정으로 한번 활짝 웃어 주고 말아요. 사람의 감정은 말보다 표정에 먼저 나타나는 법이니까. 환한 미소 한 번이면 너무 서두른 결혼에 엉뚱한 추측 같은 건 섣불리 하지 않을 거예요."

"네, 그럴게요."

식사를 마친 두 사람은 함께 집을 나섰다.

"그럼 운전 조심하고, 이따 봐요."

"네, 서준 씨도 운전 조심하세요."

태은은 서둘러 자신의 차를 세워 둔 곳으로 걸어가 차에 올라탔다.

Rrrrrrr.

그녀가 천천히 차를 출발하려는 순간 휴대 전화가 울렸다. 미란으로부터 걸려 온 전화라는 것을 확인한 태은은 이어폰을 귀에 꽂은 뒤 통화를 연결했다.

"네, 엄마."

-지금 출근하는 길이니?

"네."

-아침은 먹었고?

미란은 마치 그녀가 앞에 서 있는 것처럼 다정한 목소리로 물었다. 지금까지 그녀와 사는 동안 미란은 매일 아침 그녀가 일어나 아래층으로 내려가면 인사처럼 밥을 먹으라는 얘기를 제일 먼저 건넸고, 퇴근하고 집으로 돌아가도 배고프겠다며 서둘러 밥을 차려 주겠다는 말을 제일 먼저 건넸었다. 그런데 20년을 고이고이 키워 결혼을 시키고 난 뒤에도 제일 먼저 건네는 얘기가 밥에 대한 얘기였다. 이런 게 엄마 마음이구나. 결혼하기 얼마 전 태연이 세상에 우리 부모님 같은 사람은 다시없다고 했던 말이 어떤 뜻이었는지 태은은 그제야 온전하게 이해할 수 있을 것 같았다.

"네, 먹었어요. 엄마는요?"

-나도 먹었지.

"아버지랑 드셨어요?"

태은은 일부러 밝은 목소리로 물었다.

-네 아버지랑 태연이랑 같이 먹었어.

"언니가 내려갔어요?"

-응. 네 아버지 장 보는 거 서툴 것 같아 걱정이라며 장도 골고루 봐 왔더라고.

"역시 언니가 최고네요. 그런데 집, 불편하지는 않으세요?"

-응, 좋아. 여긴 서울처럼 덥지도 않은 것 같아.

"엄마……."

-응?

엄마를 불렀는데, 고맙다는 말을 하고 싶었는데, 말이 나오질 않았다. 키워 주셔서 감사하고, 부족한 딸 뒷바라지로 너무 고생하셨다고 말하고 또 말하고 싶었는데 말이 나오질 않았다. 이제야 그 말을 하는 것이 마치 이별을 염두에 둔 말처럼 들릴 것 같아서…….

"죄송해요."

-뭐가?

"전 엄마한테 잘하는 게 아무것도 없는 것 같아서요."

-그런 소리 마. 우리 딸들은 엄마 속 썩인 적도 없었는데.

미란의 말을 듣고 있는 태은의 뺨을 타고 눈물이 주르륵 흘러내렸다. 처음 입양되어 왔을 때 미란을 힘들게 했던 행동들이 주마등처럼 머릿속을 스치고 지나갔기 때문이다. 그때 그녀는 미란이 아무리 잘해 줘도 그녀의 질문에 침묵으로 일관했었고, 미란이 원하는 걸 얘기해 보라고 말하면 보육원으로 돌아가고 싶다는 말도 서슴없이 건넸다. 미란이 얼마나 노력하는지 알면서도 그녀는 그 모든 사실을 모르는 척, 유일하게 원망할 수 있는 곁에 있는 그녀를 원망했던 것인지도 모른다.

-태은아, 내가 지금 아픈 건 절대 너희 때문이 아니야. 그러니까 그런 생각 하면 안 돼.

"알았어요. 엄마가 그렇게 생각하라면 그렇게 생각할게요."

밝게 말하고 싶었는데 목소리가 울먹이듯 흘러나왔다.

"엄마, 이러다 저 늦겠어요."

-그래. 정말 나랑 수다 떨다 회사 늦겠다. 너무 빨리 달리지 말고 조심해서 운전해.

대답하는 미란의 목소리도 촉촉했다.

"엄마, 저 이제 스물아홉 살이에요. 엄마는 제 나이에 벌써 엄마였잖아요."

-알아. 그래도 엄마한테는 너희가 항상 아기 같은걸.

"우리 엄마를 누가 말릴까."

-훗, 그리고 태은이 넌 반찬 만들 시간 없을 테니까 엄마가 오늘 밑반찬 몇 가지 만들어서 태연이 올라가는 편에 보낼게. 강 서방 밥 챙겨 주면서 같이 먹어.

"안 그러셔도 돼요."

-내가 해 주고 싶어서 그래.

"이제 제가 해서 먹어야죠. 언제까지 엄마가 해 주는 것만 받아먹으면 안 되잖아요.

-부모한테는 내 새끼 입에 밥 들어가는 것처럼 보기 좋은 그림이 없는 거야. 그러니까 엄마가 해 줄 수 있어서 해 주는 건 먹어도 돼.

힘겹게 참고 있던 눈물이 다시 눈앞을 뿌옇게 가리더니 뺨을 타고 주르륵 흘러내렸다.

"알았어요. 대신 절대 무리하시면 안 돼요."

-나도 알아.

"고마워요, 엄마."

-나도 우리 딸한테 항상 고마워. 이제 그만 끊자. 운전 조심하고.

"네."

"여기."

서준이 카페 안으로 들어서자 상우가 번쩍 손을 들어 보였다. 오늘 두 사람이 만난 장소는 태은과 서준 두 사람이 결혼에 합의했던 검찰청 근처의 카페였다. 일이 일찍 끝난 상우가 서준 쪽으로 이동을 했고, 최근 잡힌 피의자에게 남은 공소시효가 임박한 탓에 서준은 잠깐 시간을 내 나온 것이었다.

"일이 이렇게 바빠서 신혼여행도 못 가고 퇴근도 제시간에 못하고, 우 이사 어떻게 하냐?"

서준과 태은이 우 사장과 미란의 뜻에 따라 서둘러 결혼한 것을 알고 있으면서도 상우가 장난스럽게 말했다.
"정말 예전에야 어른들이 시키면 시키는 대로 결혼도 하고 그렇게 살았다지만 요즘에는, 그것도 내 친구 강서준이 이런 결혼을 할 거라고는 정말 상상도 못했었다."
"결혼식장에서도 했던 말이잖아."
"도대체 믿어지지가 않으니까 그렇지. 만약 내가 네 결혼식에 가지 못했었다면 절대 믿지 않았을 거다."
"그렇게 신기해?"
"응. 우리 유빈이 태어난 날 다음으로 신기하고 기분이 이상해."
"나 오래 못 있어."
같은 주제로 끝없이 이어지는 대화에 서준이 말을 자르듯 말했다.
"알아. 그런데 우 이사도 이쪽으로 온다고 했다면서?"
"응. 곧 도착할 거야."
"퇴근을 제시간에 못하니 이렇게라도 얼굴을 보려는 거야?"
상우가 배시시 미소를 보였다.
"그리고 내가 준비한 스위트룸은 마음에 들었지?"
"뭐, 그럭저럭."
"내가 준비해 둔 에로틱 와인 향 CD는 썼고? 그거 특수 재질로 특별 주문 제작한 물건이라 우리 호텔 VVIP 손님들한테도 사전 주문 없으면 절대 지급 안 되는 아주 귀한 물건이야."
"아니, 네가 특별히 애용하는 물건 같아 보이기에 너 됐다 잘 쓰라고 두고 왔어. 한상우 전무님 물건이니 바쁘시더라도 꼭 전달해 달라고 포스트잇 붙여 놓고 왔는데 전달이 아직 안 됐나 보네?"

단둘이 있을 때는 유난히 개구진 고등학생처럼 구는 상우의 장난에 서준은 눈도 깜박이지 않고 대꾸했다.

"정말이야?"

상우의 얼굴이 순식간에 잘 익은 사과처럼 벌겋게 달아올랐다.

"전달상의 착오가 아니라 호텔 직원의 호기심이 범인이라면 이미 한상우 전무님의 특별한 잠자리 취향에 대한 소문이 직원들 사이에 파다하게 퍼졌겠는데."

"강서준."

이번에는 상우의 얼굴에서 점점 색이 사라지며 하얗게 질려 가고 있었다.

"농담이야."

"그럼 거기에다 그냥 두고 나왔어?"

"글쎄."

서준의 묘한 대답에 궁금증이 다시 샘솟는 듯 보였지만 상우는 그에 대해 더는 묻지 않기로 마음을 바꾼 듯 재빨리 다른 주제로 말을 바꿔 입을 열었다.

"그런데 우 이사는 어때?"

"뭐가?"

"일 잘하고 성격 괜찮은 건 알겠는데 막상 같이 살면 또 다른 면이 보일 거 아니야."

"남의 아내에 왜 그렇게 관심이 많아?"

"너 결혼한 지 며칠이나 됐다고 벌써 17년 된 친구를 찬밥 취급하는 거야?"

"너도 신혼 때 그랬던 것 같은데."

"내가? 내가 그랬을 리가 없을 텐데. 그리고 너 아무래도 수상해. 우 사장님 때문에 결혼했다는 거 거짓말이지?"

"그것까지는 네가 굳이 알 필요 없지 않나?"

서준의 대답에 상우의 입술 끝이 불편하게 말리고 있었다.

"이렇게 나온다, 이거지? 뭐, 내가 꼭 모든 진실을 알 필요가 있는 건 아니니까. 그런데 너 이제 어떻게 하냐?"

"뭘?"

"그 송 변호사라는 분 딸, 네가 이제 곧 찾게 될 것 같다고 했었잖아."

"너 요즘 일이 별로 안 바쁜가 보다."

"바쁘지. 항상 바쁘지만 내 마음속에 너는 일과 동 순위거든."

"퀸 호텔이랑 내가 동 순위라고?"

서준은 상우의 억지스런 비유에 나직하게 비웃음을 흘렸다. 하지만 상우는 아랑곳하지 않고 다가온 종업원에게 상냥한 어조로 과일 주스 두 잔을 주문하고 있었다.

"말 돌리지 말고. 그 여자가 그렇게 예뻤다면서?"

"누가 그래?"

"서경 누님이. 네 결혼식에서 할 소리는 아니었지만 네가 15년을 그렇게 찾았던 여잔데 아무리 생각해도 마음에 걸려 서경 누님께 슬쩍 물어봤더니 누님이 말씀해 주시더라고. 피부도 눈처럼 하얗고 인형처럼 예쁘게 생긴 아이라 아마 엄청난 미인으로 자랐을 거라고. 너도 알잖아. 서경 누님 절대 팩트만 말씀하시는 분인 거."

"누나는 그 애 만난 적도 없었을 텐데."

"네가 누님 보디가드야? 누님이 언제 어디서 누굴 만났는지 모조리 알게?"

"……"

"그나저나 우 이사랑 결혼은 축하할 일이지만 난 그 여자가 자꾸 마음에 걸린다."

"네가 왜? 그리고 이제 그만해, 곧 태은 씨 도착할 시간이야."

"아, 우 이사가 알면 네가 좀 곤란해지겠구나. 하긴 어떤 여자가 남편이 15년간이나 가슴에 묻어 두고 찾아 헤맨 첫사랑에 마냥 관대할 수 있을까."

"첫사랑?"

살짝 접힌 서준의 미간을 바라보는 상우의 미소는 더 음흉해지고 있었다.

"그런데 내가 지금 막 강서준의 약점을 잡은 것 같은 느낌이 드는데……"

상우가 거창한 약점이라도 잡은 듯 통쾌한 목소리로 얘기하고 있는 순간 또각또각 다가오던 구두 소리가 서준의 등 뒤에서 멈췄다.

"한 전무님."

그리고 들려온 태은의 목소리에 서준은 천천히 뒤를 돌아보았다.

"아, 우 이사님."

태은을 발견한 상우가 자리에서 벌떡 일어서며 손을 내밀었다.

"제가 좀 늦었나 보네요."

"아닙니다."

두 사람은 깍듯하게 악수를 나눴다.

서준은 자신과 함께일 때와 퀸 호텔 전무인 순간 상우에게서 풍겨지는 분위기의 변화에는 익숙했다. 하지만 태은 역시 집에서와는 분명 다른 표정과 분위기를 풍기고 있었다. 뭐랄까, 집에서의 차분하면서도 부드럽던 분위기에서 좀 더 차갑고 당찬 분위기로 바뀌어 있었다. 하지만 그건 서준 역시 마찬가지일 터였다. 서경이나 민후, 상우와 있을 때의 그는 평범한 가족, 혹은 편안한 친구였지만 피의자들 앞에 섰을 때 그는 더 이상 모두가 알던 강서준이 아니었다. 누구보다 냉철하게 자신이 맡은 사건의 진위와 과정, 원인을 파악하는 검사였고, 피해자들에게는 조금의 억울함도 남지 않게 하기 위해 사건의 종결 전에는 자신 개인의 시간은 스스로 용납하지 않는 완벽주의자였다.

"이쪽으로 앉으시죠."

태은의 손을 놓은 뒤 원형 테이블에 놓여 있는 두 개의 빈 의자 중 하나를 가리키며 상우가 말했다.

"무슨 얘기를 그렇게 재미있게 하고 계셨어요?"

태은이 상우를 보며 싱긋 미소를 보였다. 예의에 어긋나지 않을 정도의 미소였는데 상우의 입도 덩달아 귀에 걸리고 있었다.

"뭐, 그냥 이런저런 얘기 중이었습니다."

"두 분 모습 멀리서 보기에도 아주 즐거워 보이시더라고요."

"즐겁죠. 전 서준이랑 있는 순간은 항상 즐겁습니다."

상우가 씩 미소를 보이며 서준을 바라보았다. 하지만 그를 바라보는 서준의 시선은 피고인을 취조할 때처럼 싸늘하기만 했다.

"그리고 전무님, 오늘 업체 선정 연락받았습니다. 저희 경도를 선택해 주신 것에 조금의 실망이나 후회도 남지 않도록 최선을 다하겠습니다."

"사실 지난 브리핑 때부터 제 마음속의 업체는 경도건설이었습니다. 다만 아버지 결재와 이사회 통과 때문에 시간이 조금 걸린 겁니다."

대화가 자연스럽게 퀸 호텔 부속 건물 공사업체 선정 결과로 옮겨졌다.

"다시 한 번 진심으로 감사드립니다, 전무님."

"그럼 오늘 술은 우 이사님이 쏘시는 겁니다."

"물론이죠."

"서준이 너랑은 볼일 다 봤으니까 바쁘면 들어가도 돼."

"조금 더 있다 들어가도 괜찮아."

"괜찮기는, 아까 통화할 때 아직 윤 계장님도 퇴근 전이라고 하지 않았었나? 윤 계장님도 퇴근을 안 하신 거 보면 분명 너도 서둘러 사무실로 들어가 봐야 할 텐데."

"조금 있다가 가도 돼. 윤 계장님도 식사는 하셔야 할 테니까."

"너 그새 변했다."

"장소는 어디로 옮길 건데?"

"이것 봐. 말 돌리는 거."

"간단하게 마시고 들어가. 유빈이 혼자서 얼마나 무섭겠어?"
"괜찮아. 우리 입주 도우미로 바꿨거든."
생글생글 잘도 웃는 상우가 오늘처럼 얄밉기는 처음이었다.
"우 이사님, 경도가 낙찰업체가 된 것도 축하드리고, 두 사람 결혼도 다시 한 번 축하드릴 겸 오늘은 제가 한잔 사겠습니다. 저희 호텔로 가시죠."

호텔과 검찰청은 교통 체증을 감안한다면 왕복 1시간 이상을 예상해야 하는 거리였다. 상우가 자신을 약 올리기 위해 일부러 퀸 호텔로 장소를 옮기려 한다는 사실을 눈치챈 서준은 오늘은 그만 일어서기로 마음을 바꿨다.
"태은 씨, 난 아무래도 안 되겠네요."
"왜? 같이 가지."
진심으로 그를 잡고 싶기라도 한 듯 상우가 재빨리 자리에서 일어서며 말했다.
"사무실에 다시 들어가 봐야 돼서 난 못 갈 거 같으니까 술은 축하주의 의미로 적당히 마시고 꼭 대리 불러서 들어가요."
"네, 그럴게요."
태은도 자리에서 일어서며 대답했다.
"너 혹시 삐친 거 아니지?"
"내가 너냐? 태은 씨 일찍 들여보내."
"알았다."
서준이 카페를 나서고 난 뒤 태은과 상우는 누가 먼저랄 것도 없이 자연스럽게 다시 자리에 앉고 있었다.

"서준이 녀석 저렇게 들어가도 아마 마음은 계속 여기에 있을 겁니다."

상우가 서준이 빠져나간 문을 바라보며 피식 웃음을 보였다.

"서준 씨한테 두 분 고등학교 때부터 친한 친구였다는 얘기는 들었어요."

"맞아요. 서준이는 그때도 전교, 아니 전국 상위 1퍼센트 안에 들 정도로 공부를 잘했고, 저는 아버지가 기부금을 많이 내서 선생님들한테 관심과 배려를 많이 받았었거든요."

지금 상우와 태은은 굳이 술이 필요치 않은 분위기였다. 태은이 뒤늦게 주문을 받으러 온 직원에게 주스를 주문하는 것으로 그들의 술자리는 조용히 다음으로 연기되는 분위기가 이루어지고 있었다.

"우린 분명 전교에서 유난히 두드러졌던 아이들이었는데, 아이러니하게도 우리 반에서 우리 둘만 도시락을 싸 오지 않았었어요. 지금은 괜찮아지셨지만 그때 나는 어머니가 많이 편찮으셔서 집안이 엉망이었고, 나중에 알고 봤더니 서준이도 아버지가 많이 편찮으셨었다고 하더라고요."

"네."

아직 서준에 대해 알지 못하는 것이 많았다. 특히 부모님에 대해서는 더욱 그러했다. 태은은 더욱 진지한 표정으로 상우의 이야기를 집중해 듣기 시작했다.

"점심시간마다 매점에서 빵이나 라면으로 끼니를 때우고 매일 축구를 했어요. 서준이는 다리도 길어선지 공도 얼마나 잘 차던지.

나는 도대체 못하는 게 없는 것 같은 그 녀석이 우리 호텔에서 나와 같이 일했으면 좋겠다고 생각했었는데, 서준이는 그때부터 검사가 돼야 한다고 하더군요."

"검사, 고등학교 때부터 꿈이었나 보네요?"

"그렇죠. 누군가를 가장 안전하게 지켜 줄 수 있는 방법은 돈이나 힘, 그리고 권력이 아니라 법과 정의라고 그때 서준이가 말했던 게 아직도 기억나요."

상우의 말을 들으며 태은은 과연 서준다운 학창 시절이었다는 생각을 하고 있었다.

Rrrrrr……

카페 안에 흐르고 있는 잔잔한 음악 사이로 상우의 휴대 전화가 울렸다.

"여보세요?"

그는 태은에게 표정으로 미안하다는 표시를 해 보인 뒤 서둘러 전화를 받았다

"아빠가 보고 싶어서 잠이 안 와? 그럼 빨리 들어가야지. 그래, 아빠 금방 들어갈 테니까 TV 끄고 아주머니랑 양치질하고 기다리고 있어."

전화를 끊은 상우가 다시 태은을 바라보았다.

"딸아이가 빨리 들어오라네요."

"그럼 들어가 보셔야죠."

"결혼 다시 한 번 축하드리고 축하주는 다음에 서준이 시간 될 때 셋이 같이 마시는 걸로 할게요."

"네."

"서준이가 다 좋은데 일을 너무 좋아하는 녀석이라 그 부분이 유일하게 걱정이 되네요. 그래도 이미 알고 결혼하신 거니까 잘 헤쳐 나가시리라 믿습니다. 그리고 우리 서준이 정말 잘 부탁드립니다."

상우는 마치 서준의 보호자처럼 말하고 있었다.

"그리고 들어가실 거면 같이 일어나시죠."

"네."

두 사람은 함께 카페를 나서 주차장으로 향했다.

띠링.

서준은 자정 무렵이 되어서야 일이 마무리되었다. 사무실을 나서기 전 태은에게 전화를 걸어 아직 밖이라면 그쪽으로 가겠다고 하려다 그냥 집으로 돌아오는 길이었다.

"지금 들어오세요?"

거실에 앉아 무릎 위에 노트북을 올려놓고 보고 있던 태은이 현관문이 열리는 소리에 자리에서 일어서며 노트북을 테이블 위로 내려놓았다.

"언제 들어왔어요?"

"아까 서준 씨 일어나고 조금 있다 바로 들어왔어요. 전무님 따님한테 전화가 걸려 왔거든요. 술은 다음에 서준 씨 시간 될 때 다시 자리 만들기로 했어요."

"그럼 나 옷 갈아입고 나올게요."

서준이 가방을 서재에 넣어 둔 뒤 옷을 갈아입고 거실로 나왔을 때 태은은 다시 무릎 위에 노트북을 올려놓고 무언가를 집중해 바라보며 골똘히 생각에 잠겨 있었다.

"일이 많아요?"

"아니에요."

그가 그녀의 옆자리에 앉자 태은이 노트북을 완전히 끄고 다시 테이블 위로 내려놓았다.

"차 드릴까요?"

"괜찮아요."

"저 서준 씨한테 물어보고 싶은 거 있는데."

"말해요."

"아까 한 전무님이랑 하는 얘기 잠깐 들었어요."

서준은 태은의 얼굴을 바라보았다.

"서준 씨 첫사랑 얘기."

"들었을 것 같더라니……. 그런데 신경 쓸 필요 없어요."

"아니에요. 전 정말 괜찮아요."

태은이 말간 눈으로 그를 바라보며 말했다.

"우린 이미 결혼했고 서준 씨가 우리가 서로에 대해 충분히 알기 전까지 이혼 같은 건 없다고 했으니까 사소한 일로 오해 같은 건 하지 않을 생각이에요. 그래서 적어도 저한테 있어서 그분이 서준 씨의 약점이 되는 일은 없을 거라고 얘기해 주고 싶었어요."

서준은 태은의 얼굴을 가만히 바라보았다. 지난 20년간 지금 자신의 눈앞에 있는 이 여자의 얼굴을 머릿속에서 지우지 못하고 지냈다. 아니, 그의 머릿속에서 그와 함께 학창 시절을 보냈고 성인이 됐으며 성숙해졌다. 하지만 그도 자라고 그의 기억 속 그녀도 자라는 그 긴 시간 한결같았던 것이 있다면 그녀를 생각하는 순간 그의 머릿속은 언제나 아련해지고 가슴은 뻐근하게 조여 왔다는 것이다.

그런데 서준은 여전히 태은에게 자신이 기억하는 재윤에 대해 말할 생각은 없었다. 그녀가 아버지가 찾기 위해 그토록 애썼던, 그리고 아버지의 뜻을 이어받아 자신 또한 그토록 찾았던 송재윤이기에 책임감이나 의무감으로 결혼을 했다는 오해를 사고 싶지는 않았다. 송도현 변호사의 딸이라 오로지 은혜를 갚는 의미였다는 오해의 여지가 있다면 더더욱 묻어 둘 생각이었다. 아니, 이 모든 정황을 태은이 알게 된다면 그는 아주 이상한 사람이 되고, 그들 사이도 불편해질 것 같았다. 그와 아버지에게는 조금도 이상한 행동이 아니었지만 타인에게는 이해가 쉽지 않은 행동인 것은 분명하니까.

"어떤 여자인지 궁금하지는 않아요?"

"뭐, 약간……."

태은의 입가에 희미하게 미소가 스쳤다.

"실제로는 딱 한 번 만났고, 처음 본 순간 가슴속에 묘한 파장 같은 게 이는 걸 느꼈었죠."

그녀를 그토록 열심히 찾으려 했던 자신의 감정은 분명하게 정의 내릴 수 없었다. 하지만 신기하게도 그녀를 떠올리면 언제나 떠오르는 느낌은 같았다.

"그리고 예쁘기도 했겠죠?"

농담처럼 가벼운 말투와는 달리 그녀의 눈빛은 진지했다.

"예뻤던 것 같아요. 그때까지 내가 봤던 소녀 중 가장 눈이 부신 소녀이기도 했으니까."

정말 그때 그의 눈에 보였던 재윤은 백지처럼 하얗게 보였다. 아마 제대로 먹지도, 자지도 못한 데다 충격에 하얗게 질려 원래의 하얀 피부보다 더욱 창백해 보인 탓일 것이다.

"결국 예뻐서 반했던 거였네요?"

태은이 재미있다는 듯 웃음을 보였다.

"분위기도 묘했어요. 그때 그 아이는 지금 민후보다 어렸으니까 아주 어린 소녀였고 난 중학생이었으니까 그 아이가 꼬맹이로 보였어야 하는데 시시한 꼬맹이로 보이지는 않았거든요."

"정말 그렇게 오래전에 딱 한 번 만나고 그 후로 다시는 만나지 못했어요?"

이어진 태은의 질문에 서준은 다시 그녀의 얼굴을 똑바로 바라보았다.

"그런데 지금도 그 얼굴이 기억나요?"

재윤을 처음 보고 그의 가슴속에 일었던 그 기묘한 파장은 장례식장에서 돌아온 후로도 며칠 동안 사라지지 않았었다. 여전히 왜 그런 증상이 나타났었고, 어떻게 사라지게 된 것인지는 알 수 없었다. 하지만 그때 그는 서툰 솜씨로 자신의 일기장에 재윤의 얼굴을 그려 보았고 아주 오랫동안 그 일기장을 간직했었다. 여러 차례 이사를 하는 과정에서 짐을 싸고 풀며 어느 순간 어딘가로 사라져 버리긴 했지만.

"무슨 생각을 그렇게 하세요?"

"기억나요."

그의 대답에 태은의 입가에서 서서히 미소가 사라져 갔다. 서준의 얼굴에도 미소는 없었다. 그는 이제야 모든 게 완벽하게 기억이 났다. 사실은 그녀가 자신의 첫사랑이었다는 사실이. 그래서 아버지가 그녀를 찾는 것을 포기하지 않는 것을 자신은 다행으로 여겼고 지금껏 자신도 찾으려 했었다는 사실이…….

"다시 한 번 웃어 볼래요?"

서준이 뜬금없이 꺼낸 말에 태은의 눈이 동그랗게 커졌다.

"태은 씨는 웃는 얼굴이 참 예쁜 것 같아요."

상황에 어울리지 않는 그의 말에 그녀의 표정에 의아함이 스쳤다.

"아니, 당신을 처음 본 순간 정말 예쁘다고 생각했던 것 같아요."

그 순간 태은의 얼굴에서 미소의 잔영까지도 말끔히 사라졌다.

하지만 서준의 얼굴에는 희미하게 미소가 번지고 있었다.

"우태은 씨, 이제부터 나한테 가장 중요한 사람은 당신 한 사람뿐이에요."

그 순간 태은의 얼굴에 복잡 미묘한 여러 가지 감정이 스치는 것이 보였다. 첫사랑 얘기를 하던 중 갑자기 튀어나온 그의 고백이 그녀를 당혹스럽게 만든 모양이었다. 하지만 시간아 좀 더 흐르고 나면 언젠가 그녀도 모두 알게 될 날이 올 것이다. 그녀가 그의 첫사랑이고, 그녀이기 때문에 그가 결혼을 결정했다는 사실을…….

제6장

인연

"쉬는 날 이렇게 불쑥 찾아올 생각은 아니었는데, 민후가 외삼촌 집 구경해 보고 싶다고도 하고 나도 두 사람 위한답시고 한 번도 안 와 보는 건 또 예의가 아닌 것 같아서."

현관을 들어서며 서경이 말했다.

"잘 오셨어요."

"앞으로도 미리 연락만 하고 와."

"알았어."

두 사람이 결혼하고 처음으로 맞은 일요일 아침이었다. 그들은 오늘 함께 서로의 아버지를 찾아뵙고 인사를 드릴 계획이었다. 그런데 아침 8시경 특별한 일이 없다면 집으로 찾아오겠다는 서경의 문자 메시지가 서준의 휴대 전화로 도착한 것이다. 문자를 확인한 서준은 태은에게 내용을 전했고, 그녀는 자신들이 먼저 초대를 했어야 하는데 생각이 짧았다며 서경이 다녀가고 난 뒤 아버지들께 찾아가자고 말했다.

"민후야, 안녕."

태은은 무릎을 살짝 굽히고 민후에게도 인사를 건넸다.

"안녕하세요."

엄마 옆에 얌전히 서 있던 민후도 태은에게 반듯하게 허리를 굽혔다.

"민후 아빠는 오전에 약속이 있어서 우리만 왔어. 그런데 집이 정말 예쁘다."

"고맙습니다."

서경이 손에 들고 있던 작은 행운목 화분과 포장된 상자를 서준에게 건넸다.

"뭐야?"

"로봇청소기. 시간이 촉박해서 아직 준비 못했죠, 태은 씨?"

"네."

"둘 다 일이 바쁘니까 요긴하게 쓰일 거예요."

"감사합니다."

"사실 내가 서준이 집은 마련해 주려고 전부터 준비를 해 뒀는데, 서준이가 누나 도움 받지 않고 저 혼자 힘으로 마련하겠다고 고집을 부려서, 미안해요. 태은 씨랑 우리 서준이 좀 더 좋은 집에서 살게 해 주고 싶었는데."

"아니에요. 지금 이 집도 저희 둘이 쓰기에는 충분히 넓고 좋은

걸요."

"여기에서 평생 살 거 아니니까 너무 신경 쓰지 마, 누나."

"그래, 알았어."

집 안을 둘러보며 거실로 걸음을 옮기는 서경을 따라 서준과 태은도 걸음을 옮겼다.

"민후야, 외삼촌 집 어때? 좋지?"

서준의 질문에 민후가 크게 고개를 끄덕여 보였다.

"이쪽으로 앉으세요, 형님."

태은이 서경을 형님이라고 부르자 서경이 걸음을 멈추고 그녀를 돌아보았다.

"형님…… 맞죠?"

형님은 태은에게도 낯설고 어색한 호칭이었다. 그렇기에 아침부터 머릿속으로 그 단어를 적어도 수십 번 이상은 반복해서 되뇌었고 지금도 조심스럽게 꺼낸 것이었다. 하지만 태어나는 순간부터 함께하는 가족과는 달리 지금 그녀에게 새롭게 생긴 가족은 노력과 배려가 필요한 가족이니까 처음부터 하나하나 제대로, 후회 없이 다져 가고 싶었다.

"맞아요."

나직하고 부드럽게 대답하는 서경의 눈시울이 붉게 물들었다.

"전에는 안 그랬는데, 결혼하고 아이를 낳고 난 뒤로 내가 눈물이 많아졌어요. 지금 좋아서 그러는 거니까 신경 쓰지 말아요."

"네."

서경과 민후가 거실 소파에 앉아 집 안을 둘러보는 사이 태은은 차와 과일을 내오겠다며 주방으로 향했다.

서준도 서경과 잠시 얘기를 나누다 태은이 있는 주방으로 들어갔다.

"뭐 필요하세요?"

"아니요. 내가 뭐 도와줄 거 없어요?"

"저 혼자 해도 되니까 형님이랑 말씀 나누세요."

"태은 씨."

망고 씨를 빼고 있던 태은이 칼을 든 채로 서준을 돌아보았다.

"네?"

"칼 조심해요."

"네."

"외삼촌."

어느 틈에 다가왔는지 민후가 식탁 앞에 서서 그를 불렀다.

"왜 민후야?"

"저 외삼촌 서재에 들어가 봐도 돼요?"

"서재?"

민후가 가리키는 서재 방문에 태은이 붙여 놓은 노란 포스트잇이 아직도 붙어 있는 것이 보였다. 그건 두 사람이 지난 일주일을 정말 정신없이 보냈다는 증거이기도 할 것이었다.

"그럼. 외삼촌이랑 같이 들어가 볼까?"

"네."

"그래, 가자."

서재로 함께 들어갔지만 자신이 읽을 만한 책은 없다는 사실을 발견한 민후는 이내 흥미를 잃고 다시 거실로 나갔고, 두 사람을 따라 늦게 서재로 들어온 서경과 서준만 서재 안에 남게 되었다.

"집 정말 예쁘다, 서준아."

"태은 씨가 꾸민 거야."

"응."

서경이 자신보다 머리 하나는 더 큰 서준의 얼굴을 빤히 올려다보았다.

"좋다, 서준아."

"뭐가?"

"이제 네가 외롭지는 않겠구나 생각하니까."

"나 외로웠던 적 없었는데."

서준은 입가에서 피식 미소가 흘러나왔다.

"아니, 넌 외로움을 많이 타는 아이였어. 어릴 때도 집에 혼자 있는 거 싫어해서 항상 놀이터에서 날 기다렸었잖아."

"그건 놀이터에서 노는 게 재미있었으니까 그랬던 거지."

"여섯 살 꼬마가 한겨울 놀이터에서 혼자 노는 게 뭐가 그리 재미있었을까."

서경이 그때의 일을 회상하는 것조차 미안하고 안쓰러운 듯 느린 손길로 서준의 팔을 토닥였다.

"그보다, 송재윤에 대해서는 언제 물어볼 거야?"

"아, 그때 찾았다고 했었지? 잘 지내고 있어? 큰 문제없이 자란 것 같고?"

그가 예상했던 것과는 달리 감정의 기복 없이 짧게 묻는 서경의 질문에 서준은 잠시 이상한 기분이 느꼈다.

"응."

"다행이다."

"그런데 그게 다야?"

"아무 일 없이 잘 자라, 잘 지내고 있으면 그걸로 된 거 아니야? 아버지가 가장 걱정하셨던 건 그거였을 테니까."

"만나 보고 싶지는 않아?"

"잘 지내고 있는데 우리가 불쑥 찾아가면? 그동안 왜 찾았고, 찾아온 용건이 뭔지 재윤 씨가 물어볼 텐데, 그럼 그땐 뭐라고 대답할 건데?"

"하지만……."

"잘 지내고 있으면 그걸로 된 거야, 서준아."

서경의 입가에 부드러운 미소가 번졌다.

"이제부터 네가 걱정하고 책임져야 하는 사람은 송재윤이 아니잖아."

호텔에서 통화 중에도 어렴풋이 느끼긴 했었다. 그런데 이제는 분명하게 알 것 같았다. 서경에게 중요한 사람은 더 이상 재윤이 아니라 태은 한 사람이라는 사실을.

"누나."

"응."

한쪽 벽면을 가득 채운 책꽂이 앞에서 천천히 걸음을 옮기던 서경이 가벼운 어조로 대답했다.

"송재윤이 누나 아주 가까운 곳에 살고 있다면?"

"가끔씩 얼굴 보며 잘 지내고 있는지 확인할 수 있다면 그건 잘된 거지. 우리에게 정말 고마운 분 딸인 건 분명하잖아."
"송재윤, 열 살에 입양됐어."
 책꽂이에서 책을 하나 골라 빼내려던 서경의 손길이 잠시 멈칫했다. 하지만 이내 아무렇지도 않다는 듯 책을 꺼내 나머지 손으로 표지를 받쳐 들고 천천히 페이지를 넘기기 시작했다.
"네가 지난번에 그해 보육원에 입소한 아이들 명단 전부 입수할 수 있게 됐다고 말했었잖아. 그 명단 덕분에 찾은 건 줄 알았어."
"그 전에 이 얘기부터 먼저 해야 할 것 같아. 사실은 태은 씨도 우 사장님 친딸이 아니라 입양이 된 거래."
"정말?"
 서경이 그제야 책에서 시선을 들어 서준의 얼굴을 바라보았다.
"몰랐었네. 하지만 그게 뭐 어때서."
 서경이 그런 것쯤은 전혀 문제 삼을 일이 아니라는 듯 가벼운 표정으로 다시 책장을 넘기기 시작했다.
"입양됐을 때 나이가 열 살이었다고 하더라고."
"……"
"그런데 그 전 이름이 뭐였는지 알아?"
 책장을 넘기던 서경의 손이 마침내 움직임을 멈췄다.
"내가 그걸 어떻게 알아?"
"누나도 알고 있는 이름이야."
"뜸들이지 말고 빨리 말해."
"송재윤."

"……."

"태은 씨가…… 송재윤이었다고."

그 순간 서경의 손에서 미끄러진 책이 펼쳐진 채 바닥으로 풀썩 내려앉았다.

"송 변호사님 딸…… 송재윤?"

서경의 목소리가 미세하게 떨리고 있었다.

"응."

"어떻게……."

장마철이었지만 오늘은 비 소식이 없는지 날씨가 무척 화창했다. 낮에는 항상 비어 있는 집이었기에 오늘도 꼭꼭 닫혀 있는 유리창 너머로 아름드리나무가 싱그럽게 흔들리는 것이 보였다. 그런데 신기하게도 그 순간 나무의 싱그러운 향기가 서재 안에서도 느껴지는 듯했다.

"신기하지?"

"언제 알았어?"

"송 변호사님 기일에 납골당에서 봤다고 얘기했잖아."

"재윤, 태은 씨도 알아?"

"뭘?"

"우리 관계."

"아니."

"왜 말 안 했어?"

"그게 중요해?"

"그럼 안 중요해?"

"응. 그건 어른들 과거잖아. 그런 과거 때문에 당신은 나한테 과거에도 현재도 정말 소중한 사람입니다, 하고 미리 선을 그어 두고 싶지는 않아. 만약 그래 버리면 어디까지가 그 관계로 인한 감정인지 태은 씨가 헷갈릴 거 같거든. 그래서 조금 더 서로에 대해 알아 간 다음에 자연스럽게 말하려고. 내가 말을 하든 하지 않든 그때의 기억이 변하는 건 아니니까."

서경이 서준에게로 천천히 다가왔다.

"훗, 그래. 서준이 네 생각이 옳은 것 같다."

서경이 자신의 두 손으로 그의 한 손을 감쌌다.

"네가 얼마나 괜찮은 아이인지 태은 씨가 빨리 알아 줬으면 좋겠다."

"누나도 이럴 때 보면 팔불출이야. 어디 가서도 민후랑 내 얘긴 될 수 있으면 안 하는 게 좋겠어."

"뭐?"

서준의 발언이 어이가 없으면서도 방금 자신이 한 말 때문에 쉽게 반박하지 못하던 서경이 이내 소리 내 웃음을 터뜨리기 시작했다. 서경의 웃음소리를 들으며 서준은 가슴 한가운데가 뜨거워지는 것을 느꼈다. 눈앞에서는 서경이 환하게 웃고 있었고 주방에서는 재윤이 과일을 깎고 있었다. 어쩌면 지금 이런 모습은 그가 아주 오래전부터 너무나 바라던 모습이었는지도 모른다.

똑똑!

그때 서재 문에 노크 소리가 들리고 태은이 문을 열고 안으로 들어왔다.

"나오셔서 차 드세요."

"금방 나갈게요."

"네."

태은이 먼저 나가고, 바닥에 떨어져 있던 책을 다시 집어 책꽂이에 꽂은 뒤 서경도 서준과 서재를 나섰다.

"민후야."

"네?"

"너는 참 좋겠다."

주방 쪽에서 태은과 민후가 조곤조곤 이야기를 나누는 소리가 들려왔다.

"뭐가요?"

"엄마도 계시고, 아빠도 계시고, 외삼촌도 계시니까."

"외숙모도 가족 있으시잖아요?"

"그럼 있지. 그래도 외숙모는 네가 부러워."

"제가요?"

"응."

자신의 무엇이 부럽다는 것인지 알지 못하는 민후는 고개를 갸웃거리고 있었다. 하지만 그 모습을 바라보는 서준은 태은이 자신에게도 친엄마와 친아빠, 그리고 외삼촌이 있었던 기억조차 떠오르지 않을 어린 시절을 떠올려 보고 있는 것은 아닌지 공연히 마음 한 곳이 아려 왔다.

"뭘 이렇게 많이 준비했어요?"

서준의 뒤에서 함께 그 모습을 바라보던 서경이 일부러 밝은 목소리로 말을 꺼냈다.
"과일 조금이요. 조금 있다 식사도 하시고 가세요."
"아니에요. 점심은 집에 가서 민후 아빠랑 같이 먹어야죠."
"먹고 가, 누나."
"아니야. 쉬는 날 아침에 불쑥 연락해서 정신도 없었을 텐데. 밥은 다음에 내가 우리 집으로 두 사람 초대해서 대접할게요."
서경이 태은을 보며 싱긋 미소를 보였다.
"감사합니다."
"시댁 식구들이 같이 밥 먹자고 하는 거 감사할 일 아닌 거 알아요."
서준과 태은은 서경의 말에 담긴 뜻을 이해하지 못해 서로의 얼굴을 바라보았고, 그런 두 사람의 모습이 마냥 예쁜 서경은 다시 빙긋 미소를 보이며 옆자리에 앉은 민후의 머리를 쓰다듬었다.

"여긴……"
서경이 돌아가고 난 뒤 곧바로 집을 나선 두 사람은 휴게소에서 간단히 점심을 해결한 덕에 점심시간이 조금 지나 납골당에 도착해 있었다. 그런데 오늘은 납골당 주차장에서부터 제법 많은 사람들이 북적대고 있었다.
"아버님이…… 여기 계세요?"
오는 내내 너무 익숙한 길이다 생각을 하면서도 멀지 않은 곳에 다른 납골당이 있다는 사실을 알았기에 설마설마 하는 마음으로 태은은 운전하는 서준의 옆자리에 가만히 앉아 있었다. 아니, 같은 곳일 리 없다는 생각이 거의 확신에 가까웠기에 일부러 묻지 않았었다. 그런데 서준의 차가 그녀의 아빠가 계신 납골당 주차장에서 멈춰 선 것이다.

"네."

"우리 아빠도 여기 계시는데……."

먼저 차에서 내린 태은은 뜨겁게 내리쬐는 햇살에 손바닥으로 손 그늘을 만들고 납골당 건물을 바라보았다. 그런 그녀 옆으로 깔끔한 블랙 슈트 차림의 서준이 걸어와 섰다.

"잘됐네요. 그럼 같이 인사드리면 될 테니까."

"그런가요?"

검은색 정장에 힐을 신고 서준과 나란히 걸으면서도 태은은 좀처럼 놀라고 당황스러운 마음이 진정되지 않았다. 처음 만난 자리에서 그에게 청혼을 하고, 만난 지 한 달도 되지 않아 결혼을 하고, 모든 것이 너무 빠르고 정신없이 흘러갔다. 그런데도 그녀와 서준은 까다롭지 않은 성격과 식성, 그리고 변화에 쉽게 적응하는 모습까지 비슷한 점이 많았다. 그것만으로도 놀라운데 아버지들까지 같은 납골당 안에 잠들어 계실 줄이야…….

"그런데 어느 분께 먼저 인사를 드려야 하는 거죠?"

"입구에서 더 가까운 곳에 계신 분께 먼저 인사드리죠."

"네, 그러는 게 좋겠네요."

누가 먼저 말을 꺼내지 않았는데도 자연스럽게 2층으로 향한 두 사람의 발걸음이 국화실이라는 이름의 첫 번째 입구 앞에서 동시에 멈춰 섰다. 그 순간 태은은 다시 한 번 믿기지 않는다는 시선으로 서준을 바라보았다. 하지만 서준은 말없이 그녀의 손을 잡고 있었다. 태은은 입구에서 가까운 곳에 자리 잡고 있는 아빠의 유골함을 향해 천천히 걸음을 옮겼다.

"저희 아빠예요."

서준을 아빠 앞으로 안내한 뒤 아빠를 바라보며 그녀가 말했다.

"저 왔어요, 아빠. 미리 얘기를 했어야 하는데, 오늘은 같이 온 사람이 있어요. 사실은 제가 아빠한테 얘기도 안 하고 결혼을 했거든요."

결혼 사실을 고백하는 태은의 목소리가 살며시 떨리고 있었다.

"안녕하십니까? 강서준이라고 합니다."

서준이 그녀의 손을 놓고 유골함 앞 대리석 바닥으로 직접 엎드리며 절을 올렸다.

"인사가 너무 늦었습니다. 정말 죄송합니다."

유골함을 향해 다시 한 번 정중히 허리를 굽혔다 고개를 들며 그가 말했다.

"그래도 저희 축하해 주실 거죠?"

아빠를 바라보고 얘기하다 태은은 시선을 돌려 서준을 바라보았다.

"다른 건 몰라도 재윤 씨, 마음이 외롭게 하지는 않겠습니다."

너무 자연스럽게 자신을 재윤으로 부르는 서준의 목소리에 놀란 태은은 자신도 모르게 다시 그를 바라보았다. 물론 그녀의 아빠 앞이니 그녀가 재윤인 것이 맞긴 했으나 그래도 그에게는 태은이 더 익숙할 것인데…….

"그리고 한번 한 약속은 무슨 일이 있어도 지키면서 살겠습니다."

말을 마친 서준이 조용히 눈을 감았다. 그녀 몰래 무슨 말을 더

하고 있는 것일까? 궁금했지만 태은도 그를 따라 눈을 감았다.

'서준 씨 좋은 사람이고, 저희 좋은 마음으로 만났으니까 함께 노력하면서 잘 살게요, 아빠. 아빠도 제가 이제 혼자가 아니라 든든하게 의지할 수 있는 사람과 함께 오니까 더 좋으시죠? 앞으로는 제 걱정 마시고 마음 편히 쉬고 계세요.'

"이제 아버님께 가요, 서준 씨."

"그래요."

"아빠, 또 올게요."

"다음에 다시 찾아뵙겠습니다. 안녕히 계십시오."

다시 한 번 유골함을 향해 정중히 고개를 숙인 뒤 서준이 걸음을 옮기기 시작하자 태은도 그의 뒤를 따랐다. 밖에서 봤던 많은 인파에 비해 납골당 건물 안은 한산한 편이었다. 그중에도 서준이 걸어가는 방향으로는 찾아온 사람이 아무도 없이 텅 비어 있었다.

"여기예요."

묵묵히 걸음을 옮기던 서준이 어느 유골함 앞에서 걸음을 멈추고 섰다.

"처음 뵙겠습니다. 우태은이라고 합니다."

치마를 입은 태은은 바닥에서 절을 하는 대신 깊게 허리를 굽혀 서준의 아버지에게 인사를 드리고 천천히 고개를 들었다. 그런데…….

"이분이, 서준 씨 아버지세요?"

태은은 자신의 눈을 의심하지 않을 수 없었다. 사진 속의 남자는 분명 점퍼 아저씨였다. 어떻게 저 얼굴을 잊을 수가 있겠는가. 게다가 아저씨는 자신이 그 점퍼 아저씨라는 사실을 온몸으로 증명이라도 하고 있는 듯 그녀를 만나러 올 때마다 입고 있었던 그 짙은 청색의 점퍼를 입고 계셨다. 검게 그은 얼굴에 은은하게 감도는 미소부터 투박한 손까지, 마치 어제 그녀에게 다녀갔던 것처럼 웃고 있는 아저씨의 얼굴이 지금도 그녀의 눈앞에 선하게 회상이 되는 듯했다.

'아저씨……. 아저씨 맞죠?'

태은의 눈에 눈물이 글썽 차올랐다.

"네, 우리 아버지예요."

태은은 눈물 때문에 시야가 뿌연 눈으로 서준을 올려다보았다. 그의 아버지가 점퍼 아저씨라면 서준은 장례식장의 그 소년이 되는 것이었다. 태은은 한동안 서준에게서 시선을 뗄 수가 없었다.

"아버지 저 결혼했습니다. 제 아내예요. 지금은 우태은이라는 이름을 가지고 있는데, 원래 이름은 송재윤이었어요. 재윤 씨 아버지 함자는 도 자 현 자를 쓰셨고요."

그가 차분하고도 담담한 목소리로 그녀와 그녀의 아빠를 소개하고 있는 사이 태은의 눈에서 흘러내린 눈물 한 방울이 뺨을 타고 미끄러져 바닥으로 톡 하고 떨어져 내렸다. 무슨 말이든 해야 할 것 같았는데 태은은 쉽게 입을 열 수가 없었다. 도대체 어떻게 된 일인지, 서준에게 어디서부터 어디까지 얘기를 해야 하는 것인지 알 수가 없었다.

"아버님은 언제 돌아가셨어요?"

한참을 망설이던 태은이 처음으로 입을 열어 물은 말이었다.

"15년 전, 내가 열아홉 살 가을이었을 때요."

서준이 마치 그날 장례식장에 찾아왔던 소년처럼 그녀를 안타깝게 바라보고 있는 듯했다. 그리고 그 소년의 시선이 이제 그의 애틋한 표정 위로 완벽하게 겹쳐졌다.

"무슨 이유 때문에……?"

"일을 하시다 사고를 당하셨고, 5년간 병석에 계시다 여러 가지 합병증으로 증상이 심해지시는 바람에…… 그렇게 돌아가셨어요."

그의 말대로 사고를 당하신 게 20년 전이라면 그녀의 아빠가 돌아가시고 외삼촌도 사고로 돌아가신 해였다. 그녀가 두고 왔던 쪽지를 발견하지 못해 그녀를 찾아오지 않았던 것이 아니라, 아저씨도 병석에 계셨기 때문에 그녀에게 더 이상 찾아올 수 없었던 것이다. 태은의 눈동자에 다시 뜨거운 눈물이 가득 차올랐다.

"우리 아버진 공사장 현장 감독 일을 하셨는데, 내가 기억하는 아버진 항상 저 점퍼를 입고 계셨어요. 돌아가시기 얼마 전에 스스로 아셨는지 양복을 입고 우리 몰래 사진관에 가서 증명사진을 한 장 찍어 두셨는데, 누나가 우리 아버지 같지 않다고 굳이 저 사진을 영정사진으로 쓰자고 했을 정도였거든요."

"……"

"우리 아버지는 약속을 아주 중요하게 생각하는 분이셨고, 난 조금 전에 태은 씨 아버지께 한번 한 약속은 반드시 지키며 살겠다고 말했으니까 나한테 부탁이나 하고 싶은 말 있으면 지금 해요. 아버지들이 증인이 돼 주실 거예요."

서준이 눈시울이 빨갛게 물든 그녀의 뺨을 두 손으로 감싸 자신의 눈과 마주 보게 했다.

"전……."

 어느 순간부터인가 태은은 자신의 솔직한 감정을 표현하지 않는 것에 익숙해져 있었다. 10살이 채 되기도 전에 상주 자리에 두 번이나 서 있어야 했던 그녀였다. 홀로 남겨진 그녀에게 그보다 더 슬프고 무서운 일도 존재하지 않았고 사소한 즐거움에라도 미소를 짓는 순간 무거운 죄책감에 사로잡혀야만 했었다.

 새로운 가족이 생겼지만 모든 감정에 솔직할 수는 없었기에 상황에 맞춰 미소를 지었고, 어떤 감정을 느껴야 한다는 판단에 따라 눈물을 흘린 적도 있었다. 그러다 보니 어느 순간부터인가 솔직한 감정을 표현하는 것이 어색해지기 시작했다. 아니, 사람들이 그녀에게 바라는 감정이 점점 그녀의 감정이 되어 갔다.

 그런데 지금 주체할 수 없는 눈물이 흘러내렸다. 자신이 왜 울고 있는지 스스로도 알 수 없었다. 갑작스런 자신의 눈물에 서준이 얼마나 당황스러울지를 알면서도 감정을 막을 수도, 감출 수도 없었다. 마치 자신을 지탱해 주던 모든 줄이 끊어져 버린 것처럼 서럽고, 두렵고, 안타깝고, 화가 나기까지 했다. 그래도 아저씨는 어딘가에서 나쁘지 않게 살아가고 계실 줄 알았는데…….

 말없이 태은을 바라보고 있던 서준이 그녀의 어깨를 감싸 자신의 넓은 가슴으로 끌어당겼다. 그리고 묵직한 손이 천천히 등을 토닥이기 시작하자 태은은 결국 서러운 통곡을 쏟아 내고 말았다.

"울어도 괜찮아요."

 마치 모두 알고 있는 것 같은 서준의 목소리에 태은은 결국 두 팔로 그를 붙잡고 그의 가슴에 얼굴을 깊게 묻었다.

"미안해요."

"괜찮아요, 괜찮아요."

그녀가 눈물을 완전히 그칠 때까지 등을 토닥이던 서준의 손이 그녀가 고개를 들자 그제야 천천히 움직임을 멈췄다.

"괜찮으니까 설명하지 않아도 돼요."

서준은 부드러운 눈빛으로 그녀를 바라보고 있을 뿐 어떤 의문도 드러내지 않았다.

"저 사실은 서준 씨 아버지, 뵌 적이 있었어요. 20년 전에 아빠가 돌아가시고 얼마 있다 외삼촌 집에 살고 있는 절 찾아오셨었거든요."

"……."

"그때 우리 아빠랑 잘 아시는 분이라고 말씀해 주셨는데 어떻게 아셨던 건지는 잘 모르고, 그 뒤로 몇 번을 더 찾아오시다 언제부턴가 오지 않으셨어요. 전 제가 어느 보육원에서 지내고 있는지 몰라서, 아니면 제가 중간에 갑자기 보육원을 옮기게 되는 바람에 절 찾아오지 못하시는 거라고 생각했었는데……."

태은은 장례식장에서 아저씨와 함께 왔던 서준을 봤던 것을 기억한다는 말은 하지 않았다. 그가 아버지를 따라와 얼마간 앉아 있다 갔던, 그것도 20년이나 지난 장례식을 기억할 리는 없을 것이기 때문이다. 그리고 그에 대한 자신의 기억 또한 어떻게 설명해야 할지 적당한 표현도 떠오르지 않았다. 하지만 분명한 것은 그 기억은 앞으로 그녀 혼자 간직하고 있어도 충분히 소중하고 의미 있는 기억이 될 것이라는 사실이었다.

"정말 믿어지지가 않아요."

그녀의 말에 그가 천천히 고개를 끄덕여 보였다.

"기분이 너무 이상한데, 꿈은 아니겠죠?"

아저씨가 이곳에 계시다는 걸 진작 알았었더라면 어땠을까? 하는 생각까지도 태은의 머릿속을 스치고 있었다.

"꿈 아니에요. 이런 걸 두고 인연이라고 하는 거겠죠."

서준이 그녀를 내려다보며 부드러운 목소리로 말했고 태은도 빨개진 눈을 하고서 서준을 바라보며 희미하게 미소를 보였다.

"나한테 부탁하고 싶은 거 없어요?"

"앞으로 이곳 납골당에 왔을 때는 절 우태은 대신 송재윤으로 불러 주세요. 오늘처럼……."

다른 누구도 아닌 점퍼 아저씨의 아들인 그가 그 이름으로 자신을 불러 준다면 그 무엇보다 의미가 있는 일일 것 같았다.

"송재윤 씨."

"……."

"지금 이 순간부터 당신은 이곳에서뿐만 아니라 당신이 원한다면 언제 어디서든 송재윤일 겁니다."

"고마워요."

그 순간 다시 한 줄기의 눈물이 그녀의 뺨을 타고 주르륵 흘러내렸고 서준이 엄지손가락으로 그 눈물을 닦아 주었다.

"울지 마요. 오늘은 당신 이름을 되찾은 기쁜 날이니까."

태은은 눈물이 가득 고인 눈을 하고 서준을 바라보며 다시 미소를 지었다.

제7장
입맞춤

"우리 집에 가는 길에 초등학교가 하나 있던데, 잠깐 들렀다 가도 될까요?"

납골당을 나서 조용히 달리고 있는 차 안에서 서준이 불쑥 꺼낸 말이었다. 그의 말을 듣는 순간 태은은 그의 입에서 나온 우리 집이란 단어가 이제는 자신에게도 집이란 사실에 새삼스레 가슴이 설레였고, 그가 갑자기 초등학교 얘기를 꺼낸 것에 의아한 생각이 든 것은 그다음이었다.

"초등학교요?"

"네."

"혹시 서준 씨가 졸업한 학교예요?"

"아니요."

"그럼요?"

"거기에 철봉이 있더라고요."

초등학교에 이어 철봉 이야기를 꺼내는 서준의 생각을 태은은 조금도 짐작할 수 없었다. 철봉이라면 초등학교뿐 아니라 아파트 단지, 집 주변 공원 등 어디에서도 어렵지 않게 찾아볼 수 있는 것이었다. 더구나 지금 그들은 납골당에 다녀오는 길이었기에 옷차림도 매우 불편한 상태였다.

"집에 들러 옷부터 갈아입고 가는 게 어떨까요?"

"오래 있지는 않을 거예요. 집에 가는 길에 있기도 하고, 생각난 김에 잠깐 들렀다 가고 싶어서 그래요."

"그래요, 그럼."

여전히 초등학교와 철봉, 그리고 서준이 연결되지 않았다. 하지만 태은은 이제 좀 더 편안하게 이 남자의 생각과 시간에 동행해 보고 싶은 마음이었다.

"그런데 재윤 씨는 어릴 적에 철봉에서 놀아 본 적 있어요?"

그의 입에서 다시 재윤이라는 이름이 매끄럽게 흘러나왔다. 한번 한 약속은 반드시 지키겠다는 고집인 듯, 농담인 듯 그녀를 곧바로 재윤으로 바꿔 부르는 서준을 바라보며 태은은 피식 웃음을 흘렸다.

"왜 웃어요?"

"그냥…… 어색한데도, 싫지는 않아서요."

싫지 않은 게 아니라 좋았다. 가슴이 떨릴 만큼, 또다시 눈가가 젖어 들 만큼…….

"뭐가요? 내가요?"

전혀 장난스럽지 않은 말투와 표정으로 질문하면서 그가 핸들을 잡지 않은 손으로 그녀의 손을 움켜잡았다.

"이렇게 부드러운 걸 보니까 철봉은 한 번도 잡아 본 적 없었을 것 같네요."

"철봉을 어떻게 활용해야 하는 건지 방법도 잘 몰랐어요. 아마 학창 시절 체력장을 할 때 오래 매달리기를 해 봤던 게 철봉과 제 인연은 다인 것 같은데요."

"오래 매달리기는 몇 초나 버텼어요?"

"10초 정도?"

"평균이 몇 초였는데요?"

서준이 진지하게 물었다.

"10초 정도였을걸요."

"날 그전에 만났더라면 10분은 끄떡 없이 버틸 수 있게 해 줬을 텐데."

"어떻게요?"

"나 어렸을 때는 철봉에 매달려서 잠도 잤을 정도였거든요."

"정말이요?"

태은은 자신이 언제 그렇게 목 놓아 울었냐는 듯 눈을 반짝이며 서준을 바라보고 있었다. 첫 인상부터 좀처럼 다가가기 힘들게만 보였던 이 남자에게 어느 순간 다가가 있는 자신을 발견할 수 있었고, 누구보다 편안하게 느끼기 시작하고 있었다. 어쩌면 자신이 깨닫지 못하고 있던 사이 그간 묵묵히 함께했던 인연이 그것까지도 바꿔 놓은 것은 아닌지 태은은 여전히 모든 것이 마냥 신기하고 감사할 따름이었다.

"우리가 정말 그때부터 알고 지냈더라면 어땠을까요?"

"……."

"만약 우리가 그때부터 알았더라면 나는 적어도 서준 씨한테는 한 번도 변하지 않고 재윤이었을 텐데……."

불쑥 생각난 말을 내뱉은 것이었는데 태은은 그 순간 무언가 가슴 한가운데서 울컥하고 솟구치는 것 같았다. 아저씨와 좀 더 오래 만나지 못하고, 서준을 다시 만나지 못한 채 흘려보낸 시간들이 안타깝게 여겨졌기 때문일지도 모른다. 그런데 그 순간 말로 설명하지 않아도 그녀의 생각과 감정을 모두 알고 있다는 듯 그녀의 손을 잡은 서준의 손에 살며시 힘이 들어갔다.

"우리 아버지들이 지금도 살아 계셨다면, 아니 우리가 만약 그때부터 쭉 알고 지냈더라면 나는 지금 이렇게 말했을 텐데. 이젠 울지 마, 재윤아."

그녀를 웃게 하려고 한 말인지, 아예 울려 버리려고 한 말인지 알 수 없었지만 눈에 차올라 있던 눈물이 태은의 두 볼을 타고 주르륵 흘러내렸다. 아홉 살 겨울, 세상에 혼자 남겨진 순간부터 누군가에게 어리고, 약하고, 불쌍하게 보이는 게 싫어 이를 악물고 울음을 참았던 그녀였다. 참는 거 하나는 정말 자신 있었는데, 지금은 한번 터진 눈물이 좀처럼 주체가 되지 않고 있었다.

"원래 그렇게 잘 울어요?"

그 많은 눈물을 지금껏 어떻게 참으며 견뎌 왔냐고 위로라도 하는 듯 서준의 손이 좀 더 따뜻하고 강하게 태은의 손을 움켜잡았다. 그녀는 입술을 꼭 붙이고 고개를 흔들었다.
"그럼 지금 내가 계속 울리고 있는 건가?"
태은은 빨개진 눈을 창밖으로 돌리며 피식 웃음을 터뜨렸다.
"긴 시간 혼자서 참고 견디느라고 정말 애썼어요. 이제 나한테 기대고, 내 앞에서는 실컷 울어도 괜찮아요."
우 사장 부부와 함께했던 시간이 결코 힘들기만 했던 것은 아니었다. 충분한 관심과 보살핌을 받았고 경제적인 어려움 같은 걸 겪은 적도 없었다. 오히려 아빠와 단둘이 살 때보다 모든 면에서 풍족했었다. 그리고 자신이 누린 그 모든 것들이 누구에게나 주어지는 것이 아니라는 사실도 분명하게 알았다. 그런데 그때의 그녀는 이미 어린아이일 수가 없었기 때문에 힘이 들었던 것인지도 모른다. 세상을 너무 빨리 알아 버려서 그들의 작은 배려에 자신도 모르게 감사하는 마음을 갖게 되었고, 언젠가 은혜를 갚아야 한다는 무게를 어깨 한쪽에 달고 살아야만 했기 때문인지도…….
사실 그녀는 아빠와 같은 변호사가 되기 위해 법대에 가고 싶었다. 하지만 태연이 경영을 전공하지 않아 우 사장이 얼마나 실망했는지를 기억하고 있었기에 전공은 경영을 선택할 수밖에 없었다. 어느 순간부터인가 그녀 자신이 아닌, 지금의 그녀를 있게 해 준 그분들에게 모든 것을 맞춰 가기 시작했던 것이다. 그렇게 하는 것만이 자신이 은혜를 갚을 수 있는 방법이라 여겨졌고, 그렇게 내린 선택이 그녀의 마음까지도 편하게 해 주었다. 그런데 아이러니하게도 그녀의 선택이 아닌 그분들을 위한 선택으로 이번에 그녀는 서준을 만났고, 이렇게 결혼까지 하게 되었다. 아빠만큼이나 그녀의 기억 속에 따뜻한 추억으로 남아 있는 점퍼 아저씨의 아들인 이 남자와…….

그리고 온전히 자신만을 위해 살아서는 안 된다고 줄곧 생각했던 그녀였는데, 신기하게도 서준과 함께 있는 순간에는 그 마음이 조금씩 달라지고 있었다. 그가 보호자처럼, 그녀의 아픔을 모두 이해하고 있는 것처럼 말하는 것이 부담스럽거나 싫지 않았다. 오히려 이 남자가 이제 날 보호해 주겠구나, 앞으로는 슬프거나 버거울 때 이 남자 앞에서는 이를 악물고 눈물을 참지 않아도 되겠구나 하는 생각이 들자 마음 한 곳이 깃털처럼 가볍고 따뜻해지는 것 같았다. 이렇게 빨리 그녀의 마음속으로 들어와 그녀를 변화시킨 사람은 정말 서준이 처음이었다.

"고마워요."

쉬지 않고 달린 서준의 차가 서울로 들어왔다고 생각한 지 얼마 지나지 않아 야트막한 건물들 사이로 자리 잡고 있는 원색의 4층 건물이 태은의 눈에 들어왔다.

"다 왔네요."

태은이 바라보고 있던 건물을 보고 서준이 말했다.

"저 건물이에요?"

"맞아요. 눈에 확 띄죠?"

"정말 들어가 보려고요?"

"가기 싫어요?"

"그런 건 아니에요."

한낮의 강렬하게 이글거렸던 태양은 빠르게 서쪽을 향해 기울어지고 있었다. 하지만 여전히 햇살은 뜨거웠고 운동장에서는 한 무리의 아이들이 뿌연 흙먼지를 일으키며 축구를 하고 있었다.

그런데 서준은 오늘 처음 이 학교에 들어와 보는 것이 아닌 것 같았다. 망설임 없이 운동장 바깥쪽으로 포장된 도로를 따라 달리더니 곧 본관 뒤편의 주차장에 차를 세웠다. 시동을 끄고 난 그는 거추장스런 재킷을 벗어 뒷좌석에 내려놓은 뒤 넥타이도 풀었다. 서둘러 준비를 하고 있는 서준을 보며 태은도 재킷과 가방을 그대로 자리에 두고 차에서 내렸다.

"이제 가 볼까요?"

어느새 셔츠 소매까지 둘둘 접어 올린 서준이 그녀에게 손을 내밀었다. 그의 모습처럼 반듯하고 정갈한 손이었다. 태은이 그 손을 잡자 그가 희미하게 미소를 보이더니 천천히 운동장 쪽을 향해 걸음을 옮기기 시작했다.

"보통 여자들은 이렇게 뜨거울 때 밖에 돌아다니는 거 별로 안 좋아하죠?"

서준이 뒤늦게 생각난 듯 물었다.

"아니에요. 회사에서 제가 많이 하는 일 중 하나가 현장을 둘러보는 일인걸요."

"공사 부지도 직접 둘러보는 거예요?"

그가 걸음을 멈추지 않고 태은을 바라보았다.

"네."

"힘들지는 않아요? 보통 건설 회사 업무부 직원들은 남자들이 많은 것 같던데."

"그건 편견이에요. 저희 회사 업무부에는 여직원들도 적지 않은걸요."

"그렇구나."

"그런데 서준 씨."

서준의 손을 잡고 천천히 학교 건물을 돌아 운동장을 향해 걸어가면서 태은이 그를 불렀다.

"말해요."

"제 이름 말인데요. 저를 배려해 주려는 마음은 고마운데, 그냥 태은으로 불러 주세요."

"왜요?"

"태은도 제게는 지난 20년간 저와 함께해 준 소중한 이름이니까요. 이제 와 어떤 이름으로 불리건 그건 크게 중요한 게 아닌 것 같아요."

"하지만 나는 송재윤으로 불리는 순간의 당신 얼굴이 더 좋은데."

불리는 이름에 따라 그녀의 표정이 달라진다는 서준의 말은 거짓말이라는 걸 알았다. 하지만 그녀가 그 이름을 그리워하고 있다는 걸 그는 분명 알고 있는 것이다. 그것만으로도 충분히 고마웠다. 그의 마음이면 정말 충분했다.

"그런데 만약 사람들이 서준 씨가 절 재윤으로 부르는 걸 듣게 된다면 왜 이름이 두 개냐고 물어볼 테고, 그럼 일일이 설명해야 할 텐데. 번번이 설명해야 하는 상황이 좀 번거로울 것 같아서 그래요."

"그런 문제가 있겠군요."

"저는 지금 어떤 이름으로 불려도 송도현 씨의 딸로 태어난 송재윤이니까……."

"정말 볼수록 신기하고 궁금해져요."

서준이 파란 하늘을 올려다보며 불쑥 말했다.

"파란 하늘에 떠다니는 저 하얀 구름도, 송재윤이었던 아이도, 지금은 우태은인 이 여자도."

서준이 태은의 손을 꼭 움켜잡으며 말했다.

천천히 걸었지만 그들은 어느새 철봉 앞에 다다라 있었다. 철봉은 그녀의 허리보다 조금 낮은 높이, 가슴 정도의 높이, 그리고 팔을 뻗어야 손이 닿을 정도로 높은 세 가지의 높이가 있었다. 철봉 근처로 다가가는 서준의 걸음이 점점 빨라지는 것을 눈치챈 태은은 살며시 그의 손을 놓았다. 그러자 그가 자연스럽게 가장 높은 철봉을 향해 손을 뻗어 그것을 잡고 가볍게 몸을 들어 올렸다. 길고 슬림한 그의 몸이 새처럼 가볍게 날아오르는 것을 지켜보는 태은은 그의 움직임이 그저 신기할 뿐이었다. 서준은 몸을 풀 듯 가볍게 턱걸이 열 번을 끝낸 후 바닥으로 내려와 다시 그녀 옆에 섰다.

"오랜만에 하는 거 아니었어요?"

그녀에게 지금 철봉에 매달리라고 한다면 1초 만에 떨어질 것 같았다. 그런데 준비운동도 없이 서준이 그렇게 가뿐하게 몸을 움직였던 것이 마냥 신기해 태은이 물었다.

"정말 오랜만이죠. 적어도 10년은 더 지난 것 같으니까."
"그런데도 잘하시네요."
"나 어렸을 때 정말 좋아했었다니까요."
"그런데 다른 것도 많은데 왜 하필 철봉이었어요?"
"누가 철봉에 오랫동안 매달려 있으면 키가 빨리 큰다고 말해 줬었거든요. 난 아마 그때 빨리 어른이 되고 싶었나 봐요."

고등학교 때 아버지가 돌아가시고 영정사진을 누나와 결정했다는 얘기를 들었을 때 서준도 어머니를 일찍 여의었구나, 짐작은 하고 있었다. 어쩌면 그가 그녀를 자연스럽게 이해하는 이 모든 과정은 아버지들의 인연이 아니라 비슷한 어린 시절을 겪었기 때문인지도 모른다. 그런데 그도 자신과 같은 아픔을 겪으며 자랐을 것이라는 사실을 생각해 보는 것만으로도 태은은 가슴 한 곳이 묘하게 아려 오는 것 같았다.

"저기 벤치가 있네요."

철봉에서 내려와 주위를 둘러보던 서준의 시선이 커다란 느티나무 아래에 자리 잡은 벤치에 고정되었다.

"먼저 가서 앉아 있어요. 내가 앞에 나가서 마실 것 좀 사 올 테니까."
"괜찮아요."
"날씨도 더운데 아이스크림으로 사 올까요?"
"그럼 같이 가요."

태은도 서준을 따라 자리에서 일어섰다. 교문을 향해 걸어가며 서준은 흙먼지를 막아 주려는 듯 태은을 운동장 바깥쪽의 담장 아래로 보내고 자신은 안쪽에서 걸었다. 두 사람은 아무 말도 하지 않고 걸었지만 태은은 왠지 지금 자신들이 같은 생각을 하며 같은 곳을 보고 있는 것 같은 기분이었다. 이렇게 가벼운 마음이 될 수 있다는 걸 알았더라면 진작 소리 내 울기도 하면서 살걸…….

학교 앞 문방구에는 작고 아기자기한 물건이 많았다. 작은 오락기부터 훌라후프, 알록달록 예쁜 공과 군것질거리까지. 태은이 문방구 안을 들여다보고 있는 사이 서준이 아이스크림 두 개를 꺼내와 계산을 마쳤다.

"여기요."

그가 아이스크림 봉지 하나를 찢어 먼저 태은의 손에 들려 주었다. 나머지 하나도 찢어 자신도 손에 들고, 마치 산책이라도 나온 사람들처럼 그들은 다시 느리게 학교 운동장을 갓길로 가로질러 느티나무 아래의 벤치로 향했다. 그들이 벤치 앞에 도착했을 때 축구를 하던 한 무리의 아이들이 막 경기가 끝난 듯 커다란 함성을 지르며 우르르 수돗가로 달려가고 있었다.

"이제 끝났나 보네요."

"이만큼 놀았으면 이제 들어가서 공부도 좀 해야죠."

서준이 자신의 손목에 찬 시계를 내려다보며 담담한 어조로 말했다.

"서준 씨는 학교 다닐 때 공부 정말 잘했다면서요?"

"누가 그래요?"

"한 전무님이요."

"아, 그날……."

지난번 상우와 함께 그녀를 만났던 날이 떠오른 듯 서준이 말했다.
"그때부터 검사가 되고 싶다는 꿈을 가지고 있었다는 얘기도 해주셨어요."
"맞아요. 난 그때 정말 검사가 되기 위해 열심히 공부했었어요."
두 사람은 운동장을 바라보며 나란히 벤치에 앉았다.
"그런데 왜 검사가 되고 싶으셨던 거예요?"
"내가 여섯 살이었을 때 어떤 변호사 아저씨 한 분을 알게 됐어요. 순전히 그분 때문에, 그분 같은 변호사가 되고 싶다고 누나는 변호사의 꿈을 가졌고, 나도 누나를 따라 법대에 갔죠. 누나가 보던 책을 보면 나는 책은 안 사도 되겠구나 하는 생각이 약간의 영향을 주기는 했던 것 같아요. 그런데 누나는 아마 지금도 나 역시 그 변호사 아저씨 때문에 법조인의 꿈을 가졌다고 생각하고 있을 거예요. 그런데 사실 나는 다른 이유가 있었어요."
"다른 이유요? 그게 뭔데요?"
태은은 진심으로 궁금한 마음에 물었다.
"비웃으면 안 돼요."
잠시 뜸을 들이다 서준이 입을 열었다.
"무슨 이유데요?"
"사실은 그 변호사 아저씨한테 딸이 있었거든요."
서준의 입에서 불쑥 튀어나온 여자아이 얘기에 태은은 지금까지 즐겁고 가벼웠던 기분이 갑자기 불편해지는 것 같았다. 아니, 아마도 그가 전에 얘기했던 그 첫사랑 여자아이가 그 변호사의 딸이구나 하는 사실을 직감적으로 눈치챘기 때문일 것이다. 카페인 중독인 그녀가 하루 종일 커피를 마시지 않아 오후쯤 금단증상으로 두통이 찾아왔을 때처럼 머릿속도, 배 속도, 손끝도, 발끝도 모두 불편했다. 지난번에는 그의 옛 추억쯤 얼마든지 이해하고 받아들여 줄 수 있다고 생각했었는데, 그녀답지 않게 무슨 변덕인지 더 이상 그 아이에 대한 얘기는 듣고 싶지 않았다. 오히려 남자들은 모두 어린아이 같은 면이 있다더니 서준이 아무리 점잖고 반듯한 남자라도 그녀 앞에서 또다시 저런 얘기를 하고 있는 것을 보면 역시 남녀의 차이는 어쩔 수 없나 보다 하는 생각까지 들고 있었다.
"우리도 그만 집에 갈까요?"
불편한 속마음을 숨기고 태은은 슬며시 다른 얘기로 말을 돌렸다.
"왜요? 한적하고 좋은데."
"집에 가서 청소도 좀 해야 할 것 같고, 엄마한테 전화도 드려야 할 것 같아서요."
태은의 대답에 서준이 피식 웃음을 보였다.
"기분 나쁜 거 아니죠?"
"왜 기분이 나빠야 하는데요?"
웃는 얼굴로 말은 그렇게 하면서도 태은은 서준의 시선을 피하며 다 먹은 아이스크림 봉지를 들고 자리에서 일어섰다.
"어디 가려고요?"
"쓰레기 버리고 오려고요."
"조금 있다가 가면서 버려요. 딱 10분만 더 있다 일어나죠."

서준이 태은의 손에서 쓰레기를 뺏어 들고 다시 그녀를 자리에 앉게 했다. 그 순간 한동안 수돗가에서 북적대던 아이들이 어느새 모두 떠나고 텅 빈 운동장이 그녀의 눈에 들어왔다.
"기분 나빴어요?"
 저렇게 대놓고 물어보면 어떤 여자가 솔직하게 대답할 수 있을까?
"아니요."
"기분 나쁘라고 한 말은 아니었어요."
'물론 그러시겠죠.'
 그 순간 태은은 자신에게 깜짝 놀라고 있었다. 지금 그녀가 질투하고 있는 것일까? 그것도 그가 20년 전 단 한 번 만났다는 그 여자아이를……?
"만약 그때로 내가 다시 돌아갈 수 있다고 해도, 나는 그 아이에게 말을 걸거나 하지는 않을 거예요."
 태은은 고개를 돌려 서준의 얼굴을 바라보았다.
"그 아이와의 추억을 지금의 당신과 바꾸게 되는 건 원치 않으니까."
 서준의 말뜻을 분명하게 이해할 수는 없었다. 하지만 차분하게 건넨 그의 말은 지금 그들 앞에 펼쳐진 텅 빈 운동장처럼 그녀의 답답했던 가슴을 순식간에 시원하게 만들어 주고 있었다.
"그런데 혹시 그 변호사 아저씨 딸이 전에 말했던 그 첫사랑이에요?"
 굳이 확인할 필요까지는 없었는데 태은은 자신도 모르게 묻고 있었다.

"그 아이 지금은 결혼했어요."

교묘하게 핵심을 회피한 대답이었지만 태은의 입가에는 잔잔한 미소가 번지고 있었다.

툭.

그런데 그때 그녀의 콧등 위로 무언가가 톡 하고 떨어져 내렸다. 물방울 같지만 주위는 여전히 눈이 부시도록 환했다.

"비가 오는 건가?"

서준도 빗방울을 맞았는지 하늘을 올려다보고 있었다.

장마철 예고 없이 쏟아지는 소나기인 모양이라고 짐작하며 태은도 하늘을 올려다보았다. 파란 하늘에 떠다니고 있는 건 뽀송한 흰 구름뿐이었는데 신기하게 빗방울은 계속 떨어지고 있었다.

"이게 여우비라는 건가 봐요."

"여우비……. 어쨌든 저쪽으로 가서 좀 피해야 할 것 같아요."

그녀가 멀뚱하니 하늘만 올려다보고 있자 자리에서 먼저 일어선 서준이 그녀의 팔을 잡아 일으켜 세웠다. 후드득, 빗방울이 점점 더 굵어지기 시작하자 두 사람은 학교 현관 처마 아래를 향해 달리기 시작했다. 주차장으로 뛰어도 됐지만 누가 봐도 오래 내릴 비는 아니란 걸 알았기 때문일 것이다. 처마 아래에 선 두 사람은 좀 더 굵어진 빗방울을 바라보다 누가 무슨 말이라도 꺼낸 듯 서로의 얼굴을 바라보았다. 그리고 그 절묘한 타이밍이 신기한 듯 함께 웃음을 터뜨렸다.

빗방울에 서준의 머리와 옷이 군데군데 젖어 있는 것을 보며 태은은 자신도 그 정도는 젖어 있겠구나 하는 생각이 들었다. 하지만 신경 쓰지 않기로 했다. 좀 더 자연스럽게 이 남자에게 다가가고 싶은 마음이었으니까. 그런데 그 순간 마치 그녀의 생각을 읽기라도 한 듯 서준이 자신의 주머니에서 손수건을 꺼내 그녀의 얼굴에 묻은 빗방울을 닦아 주기 시작했다. 그녀의 얼굴을 닦고, 머리를 닦고, 천천히 어깨를 닦아 주었다.

"이제 괜찮아요. 서준 씨 얼굴도 젖었어요."

이번엔 태은이 그의 손에서 손수건을 건네받아 그의 얼굴에 떨어진 빗방울을 닦아 주기 시작했다.

"태은 씨."

"네?"

"고마워요."

"뭐가요?"

"우리 아버지 기억해 줘서."

"당연한 일인걸요. 아저씨, 아니 아버님도 절 기억하고 찾아와 주셨는데……."

'우리 아버지가 당신을 얼마나 오랫동안 기억했는지, 내가 얼마나 오랫동안 당신을 기억했는지 모두 알게 된다면 당신 정말 많이 놀랄 텐데.'

"그래도 고마워요."

태은은 손이 닿지 않는 그의 머리 대신 어깨와 팔을 꼼꼼히 문지르고 있었다. 그러다 그가 그녀의 손을 잡아 더 이상 닦을 수 없게 만들자 천천히 고개를 들어 그의 얼굴을 바라보았다.

비에 젖은 그녀의 얼굴이 유난히 반짝거렸다. 그리고 그를 바라보는 그녀의 눈빛이 너무 사랑스러웠다. 서준은 무언가에 이끌리듯 그녀의 입술을 향해 천천히 고개를 숙였다. 20년을 기다려 온 첫 입맞춤이었다. 하지만 입맞춤은 바람처럼 가볍고 짧게 그녀의 입술에 그의 입술이 스치는 것으로 끝이 났다. 그리고 입술이 떨어지는 순간 다시 태은과 그의 시선이 마주쳤다. 서준은 마치 시간이 정지한 것처럼 그녀의 손을 잡지 않은 손으로 그녀의 뒤통수를 감쌌다.

이번에는 방금 전보다 좀 더 느리고 깊게 고개를 숙였다. 그리고 그녀의 향기를 가슴이 터질 듯 가득 들이마셨다. 태은의 따듯한 숨결이 뺨을 스치는 느낌도 기분 좋았다. 그는 아주 살짝 입술을 벌리고 그녀의 윗입술과 아랫입술에 차례로 입을 맞췄다. 그녀의 입술은 부드럽고, 따듯하고, 달콤했다. 서준이 그녀의 온기를 입술로 느끼고 있는 사이 태은도 살며시 힘을 빼며 입술을 벌렸다. 두 사람의 조심스럽고도 따듯한 키스는 그렇게 시작되었다.

이곳은 오가는 사람들이 많은 학교니 누군가 보고 있을지도 모른다는 생각, 날이 너무 환해 멀리서도 자신들의 모습이 잘 보일 것이라는 생각, 어린 학생들의 정서에는 지금 이런 모습이 좋지 않을 것이라는 생각 등 오만 가지 생각이 머릿속을 스쳤지만 서준은 그 모든 생각들보다 태은의 입술에 몸과 이성이 모두 마비되어 버린 듯한 느낌이었다. 그런 그의 시간을 조금만 더 지켜 주려는 듯 빗줄기가 더욱 굵어지며 뜨겁게 서로의 입술을 탐하는 그들을 숨겨 주었다. 서준은 태은의 손을 잡고 있던 손을 놓고 허리를 감싸 그녀를 자신의 품으로 더욱 바짝 끌어당겼다.

"하아……."

서준이 입술을 떼는 순간 태은의 목 안에 깊게 갇혀 있던 숨이 한숨처럼 탁 터져 나왔다.

"서준 씨."

"차로 갈까요?"

서준이 탁하게 잠긴 목소리로 말했다. 그리고 그녀가 대답하기도 전에 그녀의 손을 잡고 차를 향해 달리기 시작했다. 비가 금방 그칠지 더 굵어질지 같은 건 중요하지 않았다. 차에 있는 우산을 가지고 와 태은을 데려갈 걸, 하는 생각이 뒤늦게 들었지만 태은도 비를 맞는 것 정도는 상관없다는 표정으로 그와 함께 달리고 있었다. 마치 비가 그들에게 마법을 건 것 같은 느낌이었다.

드디어 차에 도착한 순간 서준은 조수석의 문을 먼저 열어 태은을 태우고 자신도 운전석으로 돌아가 차에 올라탔다. 그런데 차 안에서 조금 전보다 더 흠뻑 젖은 서로의 얼굴을 바라보는 순간 그들은 누가 뭐랄 것도 없이 서로를 향해 다시 다가가고 있었다. 비에 젖은 입술이 얼마나 달콤하고 뜨거울 수 있는지 그들은 그 순간 처음으로 경험하고 있었다.

제8장
그를 알게 되는 시간

　태은은 오전 내 이어졌던 간부 회의와 최근 이뤄 낸 수의계약을 통한 공사, 수주 관련 서류 준비로 정신없이 바쁜 오후를 보낸 후 8시가 넘어서야 퇴근을 할 수 있었다. 무더위와의 전쟁인 현장 업무 못지않게 바쁘고 힘겨웠던 하루였기에 퇴근 후 집으로 돌아온 그녀는 말 그대로 녹초 상태였다.

　그런데 그녀가 지친 몸을 이끌고 집으로 돌아갔을 때 그녀를 맞아 준 것은 텅 빈 집과 후끈한 열기뿐이었다. 게다가 그 시간까지 서준에게서는 식사를 하고 돌아올 것이라는 연락도 없었던 상태였다. 그 말은 그가 조금 늦더라도 식사를 하지 않고 돌아올 것이라는 말과 같다는 것을 알았기에 태은은 샤워도 미룬 뒤 서둘러 옷을 갈아입고 주방으로 향했다.

띠링.

그녀가 식사 준비를 막 마치고 났을 때 현관문이 열리는 소리가 들려왔다.

"언제 퇴근했어요?"

현관 앞으로 걸어가 그를 맞는 그녀를 보며 서준이 물었다.

"저도 들어온 지 얼마 안 됐어요."

"그럼 오자마자 식사 준비부터 한 거예요?"

그녀는 계속 집 안에 있어서 느끼지 못했는데 밖에서 들어오는 그에게는 음식 냄새가 바로 전해지는 모양이었다.

"아직 식사 전이시죠?"

"정말 배고팠는데, 아주 맛있는 냄새가 나는데요."

서준의 말을 듣는 태은의 얼굴에 퇴근 후 집으로 돌아올 때의 피곤에 지친 표정은 더 이상 남아 있지 않았다.

"태은 씨도 아직 식사 전이에요?"

"네."

"실은 너무 늦는 것 같아서 전화로 물어보고 밖에서 먹고 들어올까 하다가 빨리 들어오고 싶어서 그냥 온 거예요."

"잘하셨어요."

태은은 빙긋 미소를 보였다. 서준이 자신과 함께 식사를 하기 위해 저녁 9시가 다 된 시간까지 저녁도 먹지 않고 서둘러 집으로 돌아왔다는 사실에 그녀의 가슴은 조용히 두근거리고 있었다.

"그런데 다음부터는 나 기다리지 말고 먼저 먹어요."

"그렇게 배고프진 않았어요."

재킷을 걸어 두고 넥타이를 푼 서준도 식사를 먼저 하고 씻어야 겠다며 손만 씻은 뒤 그녀와 함께 식탁으로 향했다. 태은이 정성껏 준비한 식사이긴 했지만 근사한 식탁은 아니었다. 미란이 퇴근하고 돌아온 그녀를 위해 준비해 주었던 식탁과 비교하면 초라하기 그지없는 것이었다. 그래도 서준은 준비한 그녀의 정성을 생각해 아주 맛있게 식사를 해 주었다. 하루 동안 자신들에게 있었던 일들을 이야기하며 식사를 하는 시간이 태은은 마냥 여유롭고 행복하게 느껴졌다. 서준에 대해 점점 더 알아 갈수록 그녀는 그가 편안해지고 그와 함께하는 시간도 즐거워지고 있었다.

"회사 일도 힘들었을 텐데, 퇴근하자마자 식사 준비까지 해 줘서 고마워요."

"별로 준비한 것도 없었는데요."

"아니에요, 정말 잘 먹었어요. 뒷정리는 내가 할 테니까 태은 씨 먼저 씻어요."

"괜찮아요."

"어서요."

서준이 태은의 어깨를 잡아 자리에서 일으켜 세웠다.

"알았어요."

갈아입을 옷을 챙겨 들고 욕실 안으로 들어선 그녀는 차가운 물에 하루 종일 땀으로 끈적였던 몸을 씻었다. 그녀가 느긋하게 샤워를 끝내고 나온 뒤 서준도 샤워를 하기 위해 욕실로 들어섰다.

서준이 욕실로 들어가고 쫘 물이 떨어지는 소리가 들려오자 태은의 발걸음이 자연스럽게 주방 쪽으로 향했다. 서준이 미덥지 않아 그런 것은 아니었다. 그리고 기대했던 것 이상으로 깨끗하게 정리된 식탁과 그릇들이 보이자 태은은 자신도 모르게 싱긋 미소를 짓고 있었다. 요즘 그녀는 예전에 비해 웃음이 많아졌다. 그런 자신의 모습이 문득 이상하게 느껴질 때도 있었지만 나쁘다는 생각은 들지 않았다. 단지 미란을 생각하면 아려 오는 가슴의 통증은 점점 더 깊어지고 있었지만.

위이잉, 위이잉, 위이잉······.

다시 거실로 돌아온 그녀가 수건으로 젖은 머리를 마저 문지르고 있을 때 테이블 위에 올려 두었던 휴대 전화가 진동으로 전화가 왔음을 알렸다. 그녀는 회사 내에서는 휴대 전화를 진동으로 해 놓는 습관이 있었다. 그런데 오늘은 퇴근 후 식사 준비를 하느라 전화기를 확인할 여유조차 갖지 못했던 것이다.

"여보세요?"

-태은아, 나야.

전화는 태연으로부터 걸려 온 것이었다.

"어, 언니. 어쩐 일이야?"

젖은 머리를 문지르던 그녀의 손이 움직임을 멈췄다.

-별일 없지? 지금 집이야?

"응. 언니도 별일 없지? 저녁은 먹었어?"

-응, 난 별일 없어. 저녁도 먹었고.

대답하는 태연의 목소리에 서두르는 기색이 역력했다.

-그런데 태은아, 놀라지 말고 들어. 엄마가 지금 병원에 계셔.

"뭐? 엄마가?"

매일 하루에 한 번 이상은 엄마와 통화를 했다. 그녀가 하지 못하더라도 미란이 그녀에게 전화를 걸어와 하루도 서로의 안부를 확인하지 않았던 날은 없었다. 그리고 분명 어제저녁 통화를 할 때까지만 해도 미란은 밝은 목소리로 마음도 편하고 저녁도 평소보다 많이 먹었다며 어린아이처럼 자랑을 하기까지 했었다.

"갑자기 왜? 어디 병원에 계시는데?"

-중우대 병원. 지금 내려올 수 있어?

"가야지. 지금 바로 출발할게. 그런데 엄마 응급 상황은 아니지? 담당 의사는 뭐라고 했어? 언니는 지금 병원에 있는 거야? 아버지는? 아버지도 많이 놀라셨겠다."

-태은아, 한 가지씩 물어. 오늘 점심때쯤 방 안에 혼자 계시다 갑자기 의식을 잃으셔서 아버지가 발견하자마자 바로 병원으로 옮기셨대. 담당의가 안정 취하면서 오늘 밤은 병원에서 지내보고 검사는 내일 하자고 한 것 같아. 그런데 환자나 보호자가 원치 않는다면 검사도 꼭 할 필요는 없다고, 오히려 환자만 더 힘들게 할 수도 있다고 한 모양이야…….

"나 지금 바로 출발할게."

-강 서방은?

너무 놀라고 당황한 상태였기에 강 서방이란 말이 전화기를 타고 매끄럽고 흘러나왔을 때 태은은 그 사람이 누군지 잠시 생각을 해야 했다. 그러다 그 사람이 서준이라는 사실을 깨닫고는 욕실 문을 바라보았다. 이제 혼자 안절부절못하며 종종대지 않아도 되는 것이다. 그녀의 곁에는 그녀의 일을 자신의 일처럼 생각해 주는 서준이 있었다.

"서준 씨랑 같이 갈까?"

-아니, 그럴 필요 없어. 우선 너만 내려와.

"그래, 알았어."

전화를 끊은 태은은 서둘러 옷을 챙겨 입고 나갈 준비를 하기 시작했다. 그녀가 준비를 막 끝내고 났을 때 서준이 욕실에서 나왔다.

"무슨 일이에요?"

외출 준비를 끝낸 그녀를 발견하고 서준이 물었다.

"엄마가 지금 병원에 계시대요. 그래서 내려가 봐야 할 것 같아요."

"어디 병원인데요? 같이 가요."

"아니에요. 우선 저 먼저 내려가 보고 혹시 무슨 일 있으면 바로 연락할게요."

"운전할 수 있겠어요?"

입안이 바짝바짝 말라 혀로 입술을 적시고 있는 태은을 서준이 불안한 눈빛으로 바라보며 물었다.

"그럼요. 할 수 있어요."

태은은 고개를 끄덕여 보였다.

"안 되겠다. 내가 데려다줄게요."

서준이 태은의 손을 잡았다. 힘들면 얼마든지 의지해도 된다는 듯 힘주어 움켜쥔 그의 온기에 불안하게 쿵쾅거리던 그녀의 심장이 조금씩 진정되어 가는 것 같았다.

"서준 씨 내일 출근해야 하잖아요. 저는 상황 봐서, 엄마 괜찮으시면 내일 회사로 바로 출근하려고요. 갑자기 식구들 다 모이면 엄마가 더 놀라실지도 모르니까 그렇게 할게요."

"정말 괜찮겠어요?"

"네. 병원에서도 다행히 위급한 상황은 아니라고 한 것 같아요."

"그래요, 그럼."

서준은 내일 출근할 때 입을 옷 등을 챙겨 둔 태은의 가방을 들고 그녀와 함께 주차장까지 내려와 주었다.

"너무 걱정하지 말고, 천천히 달려요."

서준이 아직도 마음이 놓이지 않는지 당부하듯 말했다.

"도착하면 바로 전화 주고요."

짐을 차에 싣고 나서 서준이 태은의 어깨를 가볍게 토닥이다 그녀를 끌어당겨 가슴에 안았다.

"아무 일 없을 거예요."

"……."

"내려가다가 운전 못하겠으면 안전한 곳에 차 세우고 전화해요. 내가 택시 타고 바로 갈 테니까."

"고마워요."

"밤길이니까 특히 더 조심해서 달려요."

"그럴게요."

서준에게 무슨 말인가를 더 해야 할 것 같았는데 정확히 그 말이 무엇인지 생각이 잘 나지 않았다. 그의 가슴에 잠시 얼굴을 기댔던 태은은 서준을 바라보며 걱정 말라는 미소를 보인 뒤 서둘러 차에 올랐다. 서준은 그녀의 차가 주차장을 빠져나갈 때까지 같은 자리에 서서 그녀의 차를 바라보고 있었다.

달리는 차 안에 앉아 있어도 태은은 같은 자리에 서 있는 것처럼 초조하고 불안한 기분을 떨쳐 버릴 수가 없었다. 짧은 순간 그녀의 머릿속에 너무 많은 생각들이 스치고 지나갔기 때문일 것이다. 결혼식 날 우 사장 부부를 배웅하면서 미란이 보고 싶을 때마다 찾아가야겠다고 마음먹었었는데. 그런데 그녀는 미란이 쓰러졌다는 연락을 받고야 이렇게 미란에게 향하고 있었다.

"태은아."

또렷한 이목구비를 가진 미란은 특별한 날이 아니면 짙은 화장은 하지 않았다. 그런데도 신기하게 그녀에게선 항상 좋은 향기가 났다. 하지만 성인 여자와 살아 본 적 없는 재윤에게는 그 향기가 매력적이면서도 동시에 다가가기 힘든 경계처럼 느껴질 때가 있었다.

"또 여기에 있는 거야? 날씨가 이렇게 추운데……."

"……."

"엄마라고 부르기 싫으면 나한테 아줌마라고 불러도 되고, 그것도 불편하면 부르지 않아도 돼. 그러니까 어서 집으로 들어가자."

높은 담장과 예쁜 나무가 가득한 정원에 둘러싸인 넓고 깨끗한 집. 하지만 이 집은 재윤에게 돌아가고 싶은 집도, 편안한 휴식이 허락되는 집도 아니었다. 모든 것이 불편하고, 낯설고, 어려웠다.

"태연이 언니도 집에 와 있겠다."

미란이 다정하게 재윤의 손을 잡아 차가운 시멘트 계단에 앉아 있는 그녀를 일으켜 세웠다.

"혹시 누구 기다리고 있었던 거야?"

재윤은 고개를 저었다. 이 집에 온 지 한 달이 다 되어 가고 있었다. 그녀는 혹시 몰라 처음 머물었던 보육원에서 떠나오던 날 보육원 원장님께 큰 키에 짙은 청색 점퍼를 입은 아저씨가 자신을 찾아오면 자신이 어디로 갔는지 꼭 전해 달라고 부탁을 해 뒀었다. 그리고 두 번째 보육원에서 이 집으로 입양이 되어 오던 날도 그곳의 원장님께 같은 부탁을 했었다. 하지만 아저씨는 오늘도 찾아오지 않았다.

송재윤이었던 아이는 이제 세상에서 잊힌 것 같았다. 입양과 동시에 이곳의 가족들은 너무나 자연스럽게 그녀를 태은으로 부르고 있었다. 그녀의 진짜 이름이 무엇이었는지, 태은이라는 이름이 마음에 드는지 물어보는 과정조차 없었다. 마치 돈을 주고 사 온 강아지에게 이름을 지어 주듯 그렇게 태은이라는 이름으로 그녀를 부르고 있었다. 재윤은 가끔은 송재윤으로 살았던 지난 9년의 시간이 꿈은 아니었는지 혼란이 올 때도 있었다.

"우리 태은이 배고프겠다."

재윤의 손을 잡고 집 안으로 걸어 들어가며 미란이 다정하게 말했다.

"뭐 먹고 싶은 거 없어?"

"태은아, 왜 이렇게 늦게 왔어? 친구랑 놀다 온 거야?"

현관으로 들어서고 있는 그녀에게 2층 계단에서 내려오던 태연이 물었다. 중학생인 태연은 항상 밝은 표정에 기분 좋은 목소리로 이야기를 건넸다. 한 번도 수다스러운 상대와 함께 살아 본 적 없는 재윤은 그런 태연도 낯설고 불편하기만 했다.

"태연이는 언제 왔어?"

"저 오늘 보충 없어서 일찍 왔어요. 그런데 엄마 저 배고파요."

"알았어. 우리 태연이 뭐 먹고 싶어?"

"전 엄마가 만들어 주시는 건 다 맛있어요."

엄마와 딸의 대화는 저런 것이구나. 재윤은 마치 TV를 들여다보듯 태연과 미란을 바라보고 있었다.

"태은이 넌 뭐 좋아해?"

태연이 어느새 그녀 옆으로 다가와 불쑥 물었다. 어른도 아니고 중학생 언니일 뿐이었는데 태연은 그녀보다 머리 하나만큼 키가 더 컸다.

"아직도 우리가 불편해?"

"……"

"걱정하지 마. 우리 엄마랑 아빠는 아주 좋은 분들이시니까. 그리고 나도 네가 우리 집으로 와서 정말 좋아."

대단한 비밀이라도 말해 주듯 태연이 작은 목소리로 속삭였다. 재윤은 멀뚱히 그런 태연의 얼굴을 바라보고만 있었다.

"크로켓 어때?"

주방 안에서 미란이 물어 왔다.

"전 좋아요. 태은이 넌?"

"나 태은이 아닌데……."

미란이 있는 곳까지는 들리지 않을 정도로 작은 목소리였다.

"뭐? 알아. 하지만 이제 내 동생이 됐으니까, 새로운 이름을 하나 더 갖게 된 거야."

재윤은 대답 대신 고개를 흔들었다. 누구 마음대로 그녀에게 새로운 이름을 주겠다는 것인지 거부감 가득한 시선이었다.

"저는 배 안 고파요."

주방 쪽에서 맛있는 냄새가 솔솔 풍겨 오고 있었다. 친구 하나 없는 학교에서 점심도 먹는 둥 마는 둥 먹었기에 솔직히 재윤은 지금 무척 배가 고픈 상태였다. 하지만 미란이 자신의 방으로 꾸며 준 2층 방을 향해 서둘러 걸음을 옮겼다.

아무리 생각해 봐도 미란에게 속은 것 같은 기분이었다. 미란은 분명 그녀를 보육원에서 데려오면서 그녀가 원한다면 언제든 보육원이든, 전에 아빠와 함께 살았던 집이든 데려가 주겠다고 손가락까지 걸며 약속을 했었다. 하지만 보육원에 한 번만 데려가 달라는 그녀의 부탁에 미안하다는 말만 되풀이할 뿐 데려가 주지 않고 있었다.

그런데 재윤은 왠지 보육원에 아저씨가 찾아왔을 것만 같은 기분이었다. 아저씨가 찾아왔었다면 왜 연락이 전달되지 않고 있는 것인지 이유는 알 수 없었다. 꼭 아저씨를 만나야 할 이유도 없었다. 하지만 그래도 그녀는 아저씨가 너무나 기다려졌다. 어쩌면 아빠를 기억하고 있는 아저씨를 만나야 아빠와 함께했던 모든 추억이 자신의 기억 속에서도 사라지지 않을 것 같았기 때문인지도 모른다. 게다가 지난밤 꿈에서는 아저씨가 자신을 모르는 아이처럼 대했던 탓에 오늘따라 미란에 대한 불만과 불편함이 그녀의 가슴에서 좀처럼 사그라지지 않고 있었다.

자신의 방으로 올라온 재윤은 아빠가 마지막 생일 선물로 사 주셨던 시계를 하염없이 만지작거리다 스르르 잠이 들었다. 깊게 잠들었던 그녀가 불현듯 눈을 뜬 것은 화장실에 가고 싶어졌기 때문이었다. 그런데 몸을 일으키기 전에 무언가 묵직한 것의 무게가 팔 위에서 느껴졌다. 그것을 조심조심 밀어내고 일어나 앉은 그녀의 눈에 침대에 엎드린 채 잠이 든 미란의 모습이 보였다. 그리고 유난히 밝은 달빛에 비춰진 그녀의 손에 들려 있는 사진 한 장.

재윤은 미란의 손에 들려 있던 사진을 집어 들었다. 그런데 사진을 똑바로 보지 않았는데도 사진을 든 손이 이유 없이 떨리고 있었다. 사진 속 아이의 얼굴이 멀리서 보기에도 어딘지 낯익어 보였기 때문이었다. 하지만 절대 그녀는 아니었다. 그녀는 저렇게 프릴이 가득한 핑크색 원피스를 입었던 적도 없었고, 왕관 모양이 달린 머리띠 같은 건 한 번도 가져 본 적이 없었다. 분명 그녀가 아니었다. 하지만 그녀와 닮은 아이였다.

"태윤아……."

그 순간 미란의 입에서 나직하게 누군가를 부르는 소리가 들려왔다.

"태윤…… 엄마야……. 아가……!"

미란은 그녀를 이 집으로 데려오는 날 차 안에서 앞으로는 태은이라는 이름으로 부르겠다고 말해 주었었다. 그런데 지금 미란의 발음은 태은이라기보다는 태윤에 가까웠다. 재윤은 딱 꼬집어 설명할 수 없는 불편한 기분에 천천히 사진을 뒤집어 보았다. 그리고 그녀의 눈에 들어온 검은 펜으로 큼직하게 적힌, 세상에서 가장 사랑하는 내 딸 태윤……. 재윤의 손에서 떨어진 사진이 허공에서 빙글빙글 돌다 바닥으로 내려앉았다.

사진을 놓친 재윤의 손은 사시나무처럼 바들바들 떨리고 있었다. 자신과 닮은 사진 속의 아이, 그리고 그 아이와 비슷한 이름을 자신에게 지어 준 미란. 보육원에 한 번만 데려가 달라는 자신의 부탁을 번번이 웃는 얼굴로 거절했던 순간들까지. 재윤은 이곳 사람들이 자신에게 무엇을 숨기고 있는 것인지, 왜 자신을 이곳으로 데리고 온 것인지 서늘한 두려움에 와락 감싸이는 것 같았다. 서둘러 침대에서 내려온 그녀는 깊게 생각하지도 않고 옷걸이에 걸어 둔 점퍼를 집어 들었다.

하지만 대문을 나선 그녀가 찾아갈 수 있는 곳은 아무 곳도 없었다. 이곳이 정확히 어딘지도 알지 못했고, 전화를 걸거나 찾아갈 사람조차 아무도 없었다. 완벽하게 혼자인 그녀에게는 대문 밖의 세상 또한 너무 어둡고, 조용하고, 차가웠다. 결국 동이 틀 때까지 대문 앞 차가운 시멘트 계단에 앉아 있던 그녀는 날이 점점 밝아지자 자리에서 일어서 천천히 걸음을 옮기기 시작했다. 한 걸음 한 걸음을 느리게 옮겨 골목을 벗어난 그녀가 도로의 건널목 앞에 섰을 때였다.

"태은아."

서늘한 새벽 공기를 뚫고 어딘가에서 그녀를 부르는 소리가 들려왔다. 뒤를 돌아본 재윤의 눈에 멀리서 걸어오고 있는 미란의 모습이 보였다. 미란은 얇은 카디건 차림에 실내에서 신는 슬리퍼를 신고 있는 상태였다. 이 추운 날씨에 무엇이 그리 급해 저런 모습으로 그녀를 찾아 나선 것인지, 미란을 발견한 재윤의 등줄기를 타고 서늘한 기운이 흘러내렸다. 그런데 서둘러 미란에게서 시선을 떼고 건널목으로 시선을 돌린 순간이었다. 재윤의 눈에 도로 건너편에 짙은 청색의 점퍼를 입고 걸어가고 있는 남자의 모습이 보였다. 아저씨였다. 분명 아저씨가 그녀에게 올 때 항상 입고 있었던 그 청색 점퍼였다. 아직 신호가 초록 불로 바뀌기 전이었지만 재윤은 아저씨에게서 눈을 떼지 않은 채 달릴 준비를 하고 있었다.

드디어 바뀐 초록 불. 주위를 충분히 살피지도 않고 재윤은 무작정 아저씨를 향해 달려가기 시작했다. 한적한 새벽 도로를 달리는 피곤한 트럭 운전자의 눈에 검은 점퍼 차림의 작은 여자아이가 잘 보이지 않을 수도 있을 것이라는 생각 같은 건 하지 못한 채……

끼이익.

쾅!

"안 돼!"

순식간에 세상이 지독한 암흑에 감싸였다. 점퍼 아저씨는 물론이고, 빛 한 줄기, 소음 한 자락, 먼지 한 톨, 어떤 감각 하나도 느껴지지 않는 상태로 그녀의 몸은 공중으로 붕 떠올랐다. 마치 그녀가 공기가 된 듯한 느낌이었다.

그런데 완벽한 침묵 속 공간은 그녀에게 오히려 평화롭고 안전하게 느껴졌다. 춥지도 않았고 도망칠 필요도 없었다. 얼마의 시간이 어떻게 흘렀는지 알 수 없었지만 그녀는 그 편안함이 유지되는 것이 싫지 않았다. 그렇게 시간과는 상관없이 그녀가 유유히 흘러 다니고 있는 순간이었다. 어딘가에서 그녀의 평화를 깨뜨리며 교묘하게 파고드는 구슬픈 목소리 하나가 있었다.

"태은아."

가까이에서 들려왔지만 낯선 이름을 부르는 낯선 목소리였다.

"재윤아……."

이번에는 그녀의 이름을 부르는 목소리도 들렸다.

"재윤아."

다시 한 번 나직하게 자신의 이름을 부르는 목소리의 주인이 미란이라는 사실을 깨달은 순간 재윤의 몸이 뻣뻣하게 굳었다. 절대 눈을 뜨지 않을 생각이었다. 다시 그녀의 목소리가 들려오지 않을 때까지 죽은 듯 눈을 감고 있을 생각이었다.

"선생님, 왜 이렇게 눈을 뜨지 않는 거죠?"

"글쎄요."

"벌써 열흘이 넘게 지났는데……."

"당장 급하게 해야 할 수술들은 큰 탈 없이 끝냈고, 아이의 지금 체력이 감당할 수 있는 상태에서 저희들이 할 수 있는 건 다 했다고 봅니다. 큰 고비마다 무사히 견뎌 준 건 분명 기적이었지만 이제 눈을 뜨는 건 아이의 의지에 달린 문제라고밖에는 말씀드릴 수가 없습니다."

"그래도, 그래도 뭐라도 더 해 주실 수 있는 게 없을까요?"

"우선은 환자가 눈을 떠 봐야 지금까지의 치료가 얼마나 효과가 있었는지, 앞으로는 어떤 치료에 더 집중해야 하는지 판단을 내릴 수 있습니다. 지금 섣부르게 다른 시도를 했다가는 오히려 처음보다 아이가 더 위험해질 수도 있습니다."

"곧 깨어나겠죠, 선생님?"

"지금은 보호자분께도 안정이 필요합니다. 지난번 헌혈 양도 정말 많았는데, 보호자가 이렇게 휴식을 취하지 않고 있으면 나중에 환자가 깨어나도 제대로 간병을 할 수가 없게 됩니다. 그러니까 환자를 생각해서라도 지금은 좀 쉬어 두시는 게……."

"저 때문인걸요. 저 때문에 일어난 사고였어요, 선생님. 제가…… 아이를 다치게 만들었어요."

"그건 그냥 사고였습니다."

미란의 목소리에 담긴 미안함만은 왠지 진심같이 느껴졌다. 그래도 미란의 말대로 그녀의 사고는 미란 때문에 일어난 것이었다. 그들이 자신을 보육원에서 데려오지만 않았더라면, 건널목 앞까지 따라오지 않았더라면······.

달칵.

누군가 나간 건지 들어온 것인지 병실 안이 다시 조용해졌다.

"재윤아."

미란은 나가지 않았다는 사실을 눈치챈 순간 재윤의 몸이 다시 뻣뻣하게 굳었다.

"아줌마가 정말 미안해."

울고 있는지 미란이 훌쩍이는 소리가 끊어질 듯 끊어질 듯 한참 동안 이어졌다.

"네 방에서 그 아이 사진을 보는 게 아니었는데······. 네가 본 그 사진 속 아이는 아줌마 딸이야. 아줌마 딸은, 태어날 때부터 아주 많이 아팠단다. 그리고 봤는지 모르겠는데 아줌마 딸 이름이 태윤이었어. 태윤이가 아줌마 곁을 떠나고, 보육원에 들렀다 재윤이 널 처음 봤을 때 난······ 우리 태윤이가 살아 돌아왔다고 생각했단다. 그만큼 기쁘고, 감사했고, 마치 내게 새로운 삶이 주어진 것 같았어. 그래도 내가 욕심만 내지 않았더라면, 그랬더라면 널 이렇게 다치게 하지는 않았을 텐데. 난 그냥······ 아니 난 우리 태윤이한테 못해 준 걸 네게 해 주면 나도, 너도 다시 행복할 수 있을 거라고 생각했던 것 같아. 그런데 전부 내 욕심이었나 봐. 네가 보육원에 가 보고 싶다는 말을 할 때마다 너까지 떠나고 나면 난 정말 제대로 살 수 없을지도 모른다는 불안감 때문에······. 그런데 그게 아니었어. 난 정말 욕심 많고 미련한 사람이었어. 네가 건강해지기만 한다면 뭐든 네가 원하는 대로 다 해 줄게. 네가 보육원으로 돌아가겠다고 한다면 다시 보내 줄게. 네가 원한다면······. 그러니까 제발 눈 좀 떠

줘, 재윤아……."

 속삭이듯 이야기하는 미란의 말소리가 쉬지 않고 들려왔지만 재윤의 의식은 다시 스멀스멀 어딘가로 떠밀려 가기 시작했다. 그리고 얼마나 시간이 흘렀는지 알 수 없을 만큼의 시간이 다시 흐른 뒤 어딘가에서 그녀를 부르는 또 다른 목소리가 들려왔다.

 '재윤아…….'

 누구?

 '재윤아…….'

 아빠?

 '재윤아.'

 아빠. 아빠. 아빠!

 분명 아빠 목소리였다. 얼마나 그리워했던 목소리였는데…….

 '우리 딸, 왜 여기 있는 거야?'

 아빠…….

 쉬지 않고 목이 터져라 아빠를 불러 보았지만 그녀의 목에서 목소리는 나오지 않았다. 목을 쥐어뜯어서라도, 비명을 질러서라도 아빠를 불러 자신이 여기에 있다는 사실을 알려야 했는데 이상하게 손가락 하나도 까딱할 수가 없었다. 신음 소리조차 내지 못한 채 그녀가 주위를 두리번거리고 있을 때 다시 아빠의 목소리가 들려왔다.

 '재윤아, 엄마가 널 애타게 부르고 계시잖아.'

 엄마가 어디 있는데요?

 '세상에서 제일 예쁘고 착한 내 딸. 재윤아, 널 낳아 준 사람만 꼭 네 엄마나 부모가 될 수 있는 건 아니야. 지금은 아빠가 더 이상 네 곁에 있

어 줄 수 없으니까, 네게 새로운 부모님이 찾아와 주신 거야.'

재윤은 아빠가 말하고 있는 사람이 미란과 우 사장이라는 사실을 짐작할 수 있었다. 하지만 아빠까지 그런 말을 하는 것이 더 서럽고 무서워 재윤은 소리 내 울음을 터트렸다. 서럽게, 더 서럽고 애절하게 울었지만 울음소리도 눈물 한 방울도 그녀의 눈에서는 흐르지 않았다.

싫어요, 아빠. 난 너무 무서워요…….

'어서 엄마한테 돌아가.'

아빠, 어디 계세요? 아빠 얼굴이 안 보여요. 한 번만, 딱 한 번만 보고 싶은데…….

'재윤아, 우리는 이다음에 다시 만나게 될 거야. 그러니까 지금은…… 엄마한테 돌아가자.'

싫어요, 싫어요, 아빠. 나도 데려가 줘요.

'착하지, 우리 재윤이.'

싫어, 싫단 말이야. 난 아빠하고 같이 있고 싶어요.

아빠의 목소리는 더 이상 들려오지 않았다. 그녀는 다시 새카만 어둠과 적막에 감싸였다.

"아…….".

그녀가 더 이상 아무 소리도 들려오지 않는 허공을 향해 손을 뻗어 허우적거리는 순간 입에서 나직하게 신음 소리가 흘러나왔다. 그리고 아주 작게 목소리가 다시 나오기 시작했다.

"아빠…….".

재윤은 힘껏 아빠를 부르며 눈을 떴다. 드디어 그녀의 눈에 새하얀 빛이 스며들기 시작했다. 아니, 그녀의 눈에 보인 것은 새하얀 페인트가 칠

해진 병실 천장이었다. 재윤은 좀처럼 움직여지지 않는 목을 움직여 주변을 둘러보았다. 제일 먼저 눈에 들어온 것은 수액 줄이 여러 개 꽂힌 자신의 팔이었고, 그다음에 자신의 손을 잡은 채 잠이 든 미란의 모습이 보였다. 미란을 발견한 순간 재윤은 그녀에게 잡힌 자신의 손을 빼내야 한다는 생각뿐이었다. 그런데 미란의 손에 잔뜩 힘이 들어간 탓인지, 그녀가 힘이 없기 때문인지 좀처럼 손을 빼낼 수가 없었다. 그리고 잠든 미란의 수척한 얼굴 위로 눈물 자국이 말라 있는 것이 보였다.

"미안해……."

재윤은 다시 손을 빼내 보려 안간힘을 써 보았다. 하지만 그녀의 손을 잡은 미란의 손에도 더욱 힘이 들어가고 있었다. 얼마나 힘주어 움켜잡았는지 손이 점점 저려 왔다. 그래도 어떻게든 통증을 참아 보려고 이를 악물고 있는 순간이었다.

꾸르륵.

엉뚱하게도 그녀의 배 속에서 예상치 못했던 소리가 흘러나왔다.

"재윤아."

아주 작은 소리였는데 그 순간 미란이 고개를 번쩍 들며 그녀를 불렀다. 그리고 재윤과 눈이 마주치자 그녀는 아무 말 없이, 너무나 서럽게 울음을 터뜨리기 시작했다. 그 울음소리가 너무 애처롭고 서글퍼 어느 순간 재윤의 눈에도 눈물이 차오르기 시작했다.

"미안해 재윤아. 내가 너무 미안해……."

"……."

"그리고 정말 고맙다."

어느 사이인가부터 운전을 하고 있는 태은의 눈가가 촉촉하게 젖어 있었다. 하지만 차를 세울 수는 없었다. 빨리 미란에게 달려가 자신도 그녀의 손을 잡아 주고 싶었다. 절대 뿌리칠 수 없게 꼭 움켜잡고 그녀가 눈을 뜰 때까지 곁에 있어 줄 생각이었다. 방황하는 그녀의 손을 저릴 만큼 세게 잡아 주었던 미란처럼……

"태은아."

어떻게 병원을 찾아 병실까지 올라왔는지 기억나지 않을 정도로 그녀는 정신없이 차를 달렸고, 병원 안에서도 빠르게 걸었던 모양이다. 병실 문을 열고 태연의 얼굴이 눈에 들어오는 순간 그녀는 와락 태연을 끌어안았다. 평상시와 같은 언니의 얼굴을 보는 것만으로도 안도감이 밀려왔기 때문이었다.

"태은아, 얼마나 빨리 달린 거야?"

태연도 태은의 등을 가만히 끌어안은 채 물었다.

"옷도 다 젖었네. 주차장부터 뛰어올라 왔구나?"

"엄마는……?"

숨도 충분히 고르지 못한 채 태은이 미란의 상태를 물으려는 순간 태연의 등 뒤로 침대에 가만히 누워 있는, 이제는 많이 늙고 지쳐 보이는 미란의 얼굴이 눈에 들어왔다.

"쉿."

태연이 재빨리 조용히 하라는 뜻으로 입술을 눌러 보이고는 태은의 손을 잡고 그녀를 병실 앞 휴게실로 이끌었다.

"엄마 조금 전에 진통제 맞고 방금 잠드셨어."

"괜찮으신 거야?"

"응. 이번 고비는 넘긴 것 같다고 잠드시면 푹 주무시게 해 드리라고 했어."

"서울로 모시고 가 봐야 하는 거 아니야?"

"그럴 필요 없어. 손 박사님이 여기 담당 선생님이랑 직접 통화도 해 보셨는데, 지금 서울로 옮겨도 딱히 할 수 있는 건 없나 봐."

"하지만……."

"그리고 이거."

태연이 주머니 안에서 반듯하게 접힌 쪽지 하나를 꺼내 태은에게 내밀었다.

"뭐야?"

쪽지는 아주 오랫동안 접혀 있었는지 빳빳하게 눌린 채 색도 엷게 바래 있었지만 누군가 소중하게 보관했던 듯 겉면은 아주 깨끗했다.

"아버지가 너한테 전해 주라고 하셨어."

"아버지가? 뭔데?"

처음 건네받았을 때 한 장인 줄 알았던 쪽지는 뜻밖에도 두 장이 깊게 겹쳐진 상태였다. 태은이 조심조심 종이를 펼치자 안쪽에 접혀 있던 쪽지에 적힌 글씨가 먼저 그녀의 눈에 들어왔다. 종이에는 강지석이란 이름과 그 옆에 전화번호가 반듯한 글씨로 적혀 있었다. 첫 번째 종이를 오른손에 들고 뒤이어 확인한 두 번째 종이. 그 종이에는 강서준이란 이름과 조금 전과는 또 다른 전화번호가 같은 글씨체로 반듯하게 적혀 있었다.

"이게 뭐야, 언니?"

"사실은 너 보육원에서 데려오고 얼마 있다 보육원으로 이 사람들이 널 찾으러 왔었나 봐. 그게 아니라, 네가 처음 있었던 보육원 사람들이 이 사람들 부탁으로 전해 줬던 거라고 했었나? 하여튼 받은 건 보육원 사람들한테 받은 건데, 엄마가 네가 혼란스러워할까 봐, 어차피 계속 연락하거나 데려갈 친척도 아닌데 공연히 너 적응하는 데 더 힘들어질까 봐 전해 주지 않고 가지고 계셨던 모양이야. 그리고 이번에 쓰러지셨을 때 엄마 손에 이게 들려 있었고, 엄마 깨어나신 다음에 아버지가 물어보시니까 그렇게 말씀해 주셨대."

태은의 시선이 강서준이란 이름으로 다시 내려앉았다. 그의 이름을 바라보는 것만으로도 입안이 마르고 목이 따끔거리는 것 같았다.

"보육원으로 날 만나러 왔었다고?"

"응. 그런데 너 친척도 아무도 없다고 하지 않았었어?"

태은은 천천히 고개를 끄덕였다.

"이 쪽지가 정말 20년 전에 나한테 전해졌어야 했던 쪽지란 말이지?"

"정상적으로 전달이 됐다면, 아마도……."

"……."

"엄마도 계속 잊고 계시다 최근에 어디에서 나온 모양이야. 딱 보기에도 아주 오랫동안 접혀 있었던 게 티가 나지?"

점퍼 아저씨의 이름이 강지석이었다. 지난번 납골당에 찾아갔을 때 유골함에 적힌 아저씨의 이름을 봤고, 분명하게 기억하고 있었다. 그런데 그렇다면, 20년 전에 이 쪽지가 그녀에게 전달이 되었어야 했던 쪽지라면 서준도 20년 전부터 그녀를 알고 있었다는 얘기가 되는 것이었다.

"그런데 전화번호가 너무 옛날 거지? 그래도 어떻게든 방법을 찾아보면 그때 사용했던 사용자 명의라도 알아볼 수 있는 방법이 있지 않을까? 네가 원한다면 아버지도 힘껏 도와주시겠다고 하셨어. 그런데 정말 신기한 게 두 번째 쪽지에 적힌 이름이 강 서방이랑 이름이 같더라고. 강서준이 아무래도 너랑 인연이 깊은 이름인가 봐, 태은아."

"……."

"태은아."

태연이 태은의 어깨를 살며시 흔들었다.

"아니야. 그럴 필요 없어, 언니. 내가 알고 있는 사람들 같아."

"아는 사람들이라고? 그렇게 어렸을 때였는데 아직도 기억하고 있는 이름이 있었어?"

신기하다는 듯 묻고 있는 태연의 목소리가 태은의 귀에는 더 이상 들려오지 않고 있었다.

제9장
그들이 변해 가는 시간

우 사장이 자리를 비우고 있었음에도 경도건설의 운영에 큰 차질은 빚어지지 않고 있었다. 그와 오랜 시간 함께한 경영진의 두터운 신뢰와 믿음, 그리고 우 사장의 결정이 필요한 일은 그의 비서가 그때그때 전화와 메일로 일을 처리하고 있었기 때문이다.

태은은 여전히 업무부 일만으로도 정신없이 바쁜 회사 생활을 해 나가고 있었다. 하지만 오늘은 경도건설에서 근무하기 시작한 이래 매일 그랬던 것처럼 같은 장소, 같은 동선 안에서 분주하게 움직이고 있었음에도 문득문득 무언가가 다른 것 같은 기분을 느끼고 있었다. 아마 주머니 속에 들어 있는 강지석과 강서준의 이름이 적힌 쪽지 때문일 것이다. 그 사실을 증명이라도 하듯 태은은 일을 하는 도중에 자신도 모르게 한 번씩 쪽지가 잘 있는지를 확인하고 있었다.

"이사님."

가벼운 노크 소리와 함께 사무실 문이 열리고 그녀와 같은 업무부 소속의 은주가 사무실 안으로 들어왔다.

"은주 씨."

"식사하러 가셔야죠."

"벌써 시간이 그렇게 됐나요?"

태은은 고개를 들어 벽에 걸린 시계를 바라보았다. 벌써 12시가 넘어 있었다.

"오늘은 날씨도 덥고 입맛도 없다고 직원들이 물 회 먹으러 가자는데, 이사님도 같이 가세요."

"난 다른 일이 있어서. 직원들이랑 함께 다녀오세요."

"네."

은주가 다시 문을 닫고 나간 뒤 사무실에 혼자 남겨진 태은은 바라보고 있던 모니터의 화면을 끄고 의자에서 일어섰다.

오늘 새벽 그녀가 미란의 병실을 나서기 전까지 미란은 잠에서 깨어나지 못했었다. 정말 오랜만의 단잠이란 우 사장의 얘기에 차마 미란을 깨우지 못한 채 잠이 든 미란에게 인사를 건네야 했던 그녀는 좀처럼 떨어지지 않는 발길로 병실을 나서야 했다. 그래도 그녀를 배웅하는 우 사장에게는 밝은 얼굴로 앞으로 조금 더 자주 찾아오겠다는 얘기를 남기고 새벽 공기를 달려 출근을 했다.

새벽녘 침대에 잠깐 엎드려 눈을 붙이고 오랜 시간 운전을 한 탓에 몸은 피곤했지만 부족한 잠을 보충하기 위해 소파로 걸음을 옮긴 것은 아니었다. 그녀는 창가에 놓인 소파에 앉기 전에 주머니 안에 든 쪽지를 꺼냈다. 강서준이란 이름을 써 내린 글씨체는 지금 서준의 반듯하면서도 세련된 글씨체와는 많이 달랐다. 이 쪽지가 20년이나 보관될 것이라는 사실을 그때 미리 알기라도 했던 것처럼 굵은 펜으로 반듯반듯하게 적혀 있었다. 그녀가 적은 글씨가 아닌데도 쪽지를 볼 때마다 왠지 그 글씨를 쓰는 순간의 긴장이 그녀에게도 느껴지는 듯했다. 태은은 소파 등받이에 머리를 기대고 쪽지를 햇볕을 향해 들어 올렸다. 그러자 자신을 향해 웃고 있는 서준의 얼굴이 종이 위로 겹쳐졌다. 그리고 그녀가 지그시 눈을 감는 순간 이 쪽지를 쓰고 있는 어린 서준의 모습이 눈앞에 그려졌다.

'저 아이 어머니는요?'

서준이 그의 아버지에게 조심스럽게 묻는 소리가 어렴풋이 들려왔다.

사실 태은은 그때까지 자신에게 엄마가 없음을 이상하게도 불편하게도 생각해 본 적이 없었다. 엄마라는 말을 배우기도 전에 엄마는 그녀의 곁에 없었고, 아빠는 그런 엄마의 빈자리를 사랑으로 채워 주려고 항상 노력하셨다. 그런데 서준은 처음 본 그녀를 앞에 두고 어머니를 묻고 있었다. 물론 그런 관심이 처음이었던 것은 아니었다. 유치원에 다닐 때부터 그녀에게 엄마가 없다는 사실을 알게 된 사람들이 동정과 안타까움에 끌끌 혀를 차는 소리를 적지 않게 들었었다. 그런 소리를 직접 들었을 때도 자신의 처지를 안타깝게 생각했던 적이 없었는데, 동정이 아닌 서준의 평범한 질문은 그녀의 가슴에 묘한 파장을 일으켰다.

 엄마가 계셨더라면 정말 그때 그렇게 슬프거나 무섭지는 않았을까요? 그때 그렇게 소리 죽여 울지 않아도 됐을까요?

 태은은 자리에서 일어서며 쪽지를 다시 접어 주머니 안으로 깊게 밀어 넣었다. 어쩌면 20년 전 그녀를 찾아왔던 사람은 아저씨였고, 아저씨가 두 가지의 연락처를 남겨 뒀을 수도 있었다. 하지만 그녀가 서준의 이름이 적힌 쪽지의 번호로 연락을 했다면 그녀의 전화에 대응하기 위해서는 그도 그녀의 존재를 알고 있어야 했을 것이다. 결론은 서준도 20년 전부터 그녀를 알고 있었다는 것이었다.

 만약 시간이 너무 많이 흘러 그가 그때의 기억을 잊은 상태라면……? 하지만 그는 분명 그녀의 청혼에 대답을 하기 전에 그녀의 아빠 이름을 먼저 물었었다. 그리고 그날 납골당 안쪽 서준의 아버지가 계시던 곳에서부터 걸어 나와 그녀의 곁을 지나갔던 발걸음 소리와 납골당을 나서기 전 주차장에서 봤던 서준의 차와 같은 종류의 검은 세단. 결정적으로 그날은 이상하게 생각지 않았었는데 그날 서준도 그녀와 같은 검은색 정장 차림으로 그녀보다 늦게 카페로 들어왔었다. 납골당에서 봤던 검은 세단이 서준의 차였다면 모든 것이 완벽하게 일치하는 하나의 그림이 되고 있었다.

 그런데 그녀의 기억과 생각, 그리고 그의 행동들은 하나의 그림이 되기도 또 다른 의문점을 만들어 내기도 하고 있었다. 그는 언제 그녀를 알아봤던 것인지, 왜 그녀에게 지금까지 아무것도 말해 주지 않았던 것인지, 그리고 그녀와 정말 결혼한 이유는 무엇인 건지……. 그래도 조금만 더 신중하자고, 조금만 더 차분히 생각해 보자 생각하던 태은은 결국 자신의 책상으로 다시 걸어가 전화기를 집어 들고 있었다.
 -강서준입니다.
신호음이 오랫동안 이어지고 서준의 목소리가 들려왔다.
"저예요."
 -네, 태은 씨.
"지금 바쁘세요?"
누군지 확인조차 하지 못하고 전화를 받았을 만큼 그가 바쁜 상황은 아닌지 신경이 쓰여 태은이 물었다.
 -아니요, 통화 괜찮아요. 장모님께는 잘 다녀왔어요?
"네."
 -장모님은 이제 괜찮아지신 거예요?
"잠깐 의식을 잃으셨던 거래요."
 -많이 피곤하죠?
머릿속을 가득 메웠던 그 많은 질문들이 전부 녹아 버릴 만큼 그의 목소리가 다정하고 듣기 좋아 태은은 서 있는 상태에서 가만히 눈을 감았다.
"아니요, 괜찮아요."
 -오늘은 퇴근하고 집에 들어가면 바로 씻고 쉬어요.
"서준 씨."
 -네?

"오늘도 늦어요?"

-글쎄요…….

"나 할 말이 있는데."

태은의 손이 다시 주머니를 향해 내려갔다.

-무슨 말이요?

"직접 얼굴 보면서 하고 싶어요."

그녀의 손이 주머니 위를 천천히 쓸어내렸다.

-무슨 말일까?

그가 혼잣말처럼 나직하게 중얼거렸다.

"오늘 들어오기는 하는 거죠?"

-늦더라도 들어갈 거예요.

"그럼 기다릴게요."

-들어가서 깨울 테니까, 우선은 자고 있어요.

"나 많이 피곤할 때는 한번 잠들면 잘 못 일어나요. 그리고 오늘 꼭 물어보고 싶은 말이라 기다리고 싶어요."

-긴장되면서 은근히 기대도 되는데요.

"이따 얘기할게요."

-알았어요. 이따 봐요.

전화를 끊은 태은의 발걸음이 천천히 건물 지하의 구내식당으로 향했다.

띠링.

현관문이 열렸다 닫히는 소리가 들려왔다. 태은은 서준이 신발을 벗고 거실로 들어올 때까지 자리에 앉아서 기다렸다.

"안 자고 있었어요?"

소파에서 일어서는 태은을 발견한 서준이 조금 놀란 표정으로 물었다.

"생각했던 것보다 빨리 오셨네요."

"지금 12신데."

곧장 벽시계로 시선을 움직인 그의 입에서 흘러나온 대답이었다.

그런데 그녀는 12시가 아니라 그가 5시, 6시에 들어왔다 해도 기다렸을 것이다. 그녀는 입가에 가볍게 미소를 짓고 서준을 향해 천천히 다가갔다.

"그래도 이게 최선을 다한 거예요."

"알아요."

"그런데 낮에 얘기했던 할 말이란 게 뭐예요?"

그가 정말 궁금했던 듯 가방을 건네받고 있는 태은에게 곧장 물었다.

"……."

그런데 태은은 대답 대신 서준의 얼굴을 가만히 올려다보았다. 지금 그에게 하고 싶은 말들이, 묻고 싶은 말들이 정말 많았다. 무슨 말을 먼저 꺼내야 하는 것인지 머릿속에서 정리가 되지 않을 정도였다.

"혹시 장모님한테 무슨 일 있는 건 아니죠?"

태은은 고개를 저었다.

"그런데 왜 그래요?"

태은이 아무 말도 하지 않자 서준이 더욱 의아한 듯 다시 물었다. 그녀는 머릿속으로 차분히 오늘 하루 종일 떠올렸던 궁금증 중 가장 먼저 물어야 하는 것이 무언인지를 다시 가늠해 보기 시작했다. 절 처음 본 게 정확히 언제였어요? 20년 전 보육원에 쪽지를 남기고 간 사람이 서준 씨였나요? 그리고 아빠 기일 날 납골당에서 절 보셨던 건가요? 봤다면 왜 아는 척을 하지 않았던 거예요? 그리고 제가 송재윤이라는 사실을 다시 알게 된 건 언제였나요? 마지막으로 혹시 아버지의 가르침 때문에 순서가 바뀌었다고 말했던 건 저와의 결혼을 얘기 했던 건가요? 지금까지 이 모든 사실을 저한테 얘기해 주지 않았던 이유는 무엇인가요?

그리고 이 모든 사실을 알게 된 지금, 전 이런 사실을 당신에게 솔직하게 말하는 게 좋을까요? 아니면, 서준 씨가 그렇게 했던 것처럼 묵묵히 우태은으로 살아가는 게 옳은 걸까요? 분명 우리에게 중요한 건 과거의 우리가 아니라 지금 우리의 모습일 테지만, 저는 어떤 결정도 쉽지가 않아요. 당신의 대답은 한마디면 충분할 것 같은데 저는 묻고 싶은 것도 망설여지는 것도 너무 많아요. 지금 제가 지키고 싶은 것은, 변화를 원치 않는 것은 무엇일까요? 추억일까요? 당신일까요?

"왜 그래요?"

"그냥…… 할 말이 아주 많았던 것 같은데 갑자기 무슨 말을 먼저 해야 하는 건지 모르겠어요."

"너무 피곤해서 머릿속이 멍해졌나 보다."

서준이 자연스럽게 그녀 곁으로 다가와 그녀를 품에 안았다. 그러자 그의 향기가 코끝에 느껴지고 그녀의 심장과 맞닿은 그의 심장의 빠른 두근거림도 느껴졌다.

"무슨 일인지는 모르겠지만 서두를 필요 없어요."

 태은도 팔을 뻗어 서준의 허리를 끌어안으며 가슴에 뺨을 기댔다. 든든하고 편안했다. 마치 어릴 적 매일 밤늦게까지 일하셨던 아빠 등에 자신의 등을 기대앉은 채로 잠이 들었던 것처럼…….

 그리고 그 순간 태은의 머릿속에 번쩍하는 섬광처럼 서준이 말했던 변호사 아저씨에 대한 기억이 다시 떠올랐다. 그녀는 그동안 왜 자신의 아빠가 변호사였다는 사실을 떠올리지 못했던 것일까? 그 시절 아빠가 정확히 무슨 일을 하는 줄은 몰랐어도 아빠를 얼마나 자랑스럽게 생각했었는데. 그리고 아저씨의 아들인 그가 진작부터 그녀를 알았을지도 모른다는 생각은 왜 해 보지 못했던 것일까? 아니, 자신이 장례식장에서 단 한 번 봤던 그를 지금껏 기억하고 있는 것처럼 그가 자신을 기억하고 있을지도 모른다는 생각은 왜 해 보지 않았던 것일까? 그렇다면 중학생 시절 딱 한 번 만났다는 첫사랑 여자아이가 설마……. 그가 왜 이 모든 사실을 진작 말해 주지 않았던 것인지는 알 수 없었지만 태은의 눈가가 촉촉하게 젖어 들기 시작했다. 슬픈 것도 서러운 것도 아닌데 이유를 알 수 없는 눈물이었다.

"왜 그래요?"

"서준 씨, 지난번 초등학교 운동장에서 어떤 변호사 아저씨 때문에 형님이 변호사가 되셨다고 얘기해 줬었잖아요."

"그냥 지나가는 얘기였는데, 기억하고 있었네요."

"그 아저씨, 어떤 분이셨어요?"

"왜 갑자기 그게 궁금해진 거예요?"

"그냥 듣고 싶어졌어요."

그녀를 안은 그의 팔에 더 힘이 들어가는 것이 느껴졌다. 태은은 그에게 완전히 몸을 기댔다.

"혹시 더 해 주고 싶은 얘기 없어요?"

"그 아저씨가 자기 아이한테도 철봉을 가르쳐 줄 수 있냐고 물었던 적이 있었어요. 그때 난 겨우 여섯 살이었는데……."

납골당에 다녀오던 날 그녀를 철봉이 있는 초등학교에 데려갔던 이유, 뜬금없이 학창 시절 얘기를 꺼냈던 것들 전부 그런 이유 때문이었던 것일까?

"그래서 뭐라고 대답했어요?"

"대답 못했어요. 그날이 내가 아저씨와 처음 만났던 날이었고, 난 어떻게 대답해야 할지 몰라 정말 난처했었거든요."

그 순간 태은의 머릿속에 훌쩍 키가 컸던 아빠와, 아빠와 마주 서서 얘기하고 있는 꼬마 서준의 모습이 그려졌다. 단지 상상일 뿐이었는데 태은의 뺨을 타고 눈물이 주르륵 흘러내리기 시작했다.

"오늘 이상해요."

"……."

"정말 무슨 일 있었던 거 아니에요?"

그가 내쉬는 숨결이 그녀의 정수리에 느껴졌다. 그가 왜 지금껏 어떤 말도 하지 않았던 것인지는 알 수 없었지만 자신을 보호해 주려 한다는 느낌, 의지해도 된다는 느낌에는 여전히 의심이 들지 않았다. 그 사실만으로도 안도해야 했는데, 태은은 눈물이 멈춰지지가 않았다.

"왜 이렇게 울보가 됐어요?"

그의 손이 그녀의 뒤통수를 천천히 쓸어내렸다.

"괜찮아요. 울고 싶으면 울어요. 아무것도 물어보지 않을 테니까. 하고 싶다고 했던 말도 하고 싶어지면 그때 해도 돼요. 난 기다릴 수 있으니까."

아…… 이 남자를 어떻게 하면 좋을까. 지금 그녀의 심정과 마음은 또 어떻게 표현하면 좋을까. 얼마간 소리 내지 않고 눈물을 흘린 태은은 손바닥으로 눈물을 닦아 내고 다시 고개를 들었다.

"만약 서준 씨 아버지가 지금까지 살아 계셨다면, 우린 지금과 많이 다른 모습으로 살아가고 있었을까요?"

갑자기 태은의 입에서 흘러나온 질문에 서준이 그녀의 몸을 자신에게서 떼어 내고 얼굴을 똑바로 내려다보았다. 그의 눈도 그녀만큼이나 무수히 많은 말들을 묻고 있었다.

"글쎄요. 그런데 나는 분명 송재윤을 아주 많이 예뻐했을 거예요."

태은은 심장이 터져 버릴 것 같았다. 마음이 마치 그의 관심과 사랑을 충분히 받고 자란 재윤이 되어 있는 것 같았다.

"이렇게 예쁜데 어떻게 예뻐하지 않을 수가 있었겠어요?"

서준의 한 손이 태은의 뺨을 감쌌다.

"서준 씨."

"그런데 일어나지 않은 일을 가정해 볼 필요는 없어요. 지금 당신은 내 아내고, 나는 당신과 결혼하기로 결정한 순간부터 그 어떤 여자보다 당신을, 지금의 당신을 더 소중하게 생각하기 시작했으니까."

"전……."

"오늘은 그냥 쉬어요. 생각이 너무 많을 때 억지로 말을 하려고 하는 건 도움이 되지 않을 수도 있으니까."

그의 말이 옳았다. 그를 보면 망설임 없이 묻고 사실을 확인하고 나면 속이 후련할 거라고 생각했었는데, 아니었다. 자신이 알고 있는 것들의 대부분이 사실이라는 건 이미 그녀 스스로도 알고 있었다. 이건 확인을 하고 하지 않고의 문제가 아니라 지금 자신이 느끼는 감정의 문제인지도 모른다. 그는 이미 알게 모르게 그녀에게 많은 이야기들을 건넸으니까. 그녀가 자신의 첫사랑이고, 그녀의 아버지와도 오래전부터 알고 있었고, 그의 아버지와 함께 그도 그녀를 찾으려고 노력했었다고……. 아직 알지 못하는 건 그가 왜 자신과의 결혼을 결정했는지에 관한 문제뿐이었다. 그리고 그건 그녀가 아직 들을 준비가 되어 있지 않은 것인지도 모른다.

"안 되겠다."

그녀가 들어가지 않고 계속 서 있자 서준이 그녀 무릎 아래로 손을 넣어 번쩍 안아 들었다.

"괜찮아요. 제가 걸어갈게요."

"그냥 있어요."

그녀를 안은 채 거실을 성큼성큼 가로지르던 그의 발걸음이 그녀가 버둥거리는 순간 잠깐 제자리에 멈췄지만 이내 안방 문을 열고 안으로 들어서 그녀를 침대 위로 내려놓았다.

"많이 피곤해 보여요."

그가 흐트러진 그녀의 머리를 귀에 걸어 주었다.

"불 꺼 줄 테니까 어서 자요."

그가 얇은 이불을 그녀에게 덮어 주며 말했다.

"서준 씨는요?"

"난 잠깐 살펴볼 서류가 있어요. 서재에 있을 테니까 혹시 필요하면 불러요."

태은은 고개를 끄덕였다.

"잘 자요."

서준이 침대 옆의 조명등을 켜 둔 뒤 방 불을 끄고 밖으로 나갔다.

그녀는 어젯밤에도 잠을 거의 자지 못했고, 하루 종일 너무 피곤한 상태였기에 서준의 말처럼 금방 잠이 들 수도 있을 거라고 생각하고 잠을 청해 보았다. 그런데 무슨 생각을 하려고 노력을 한 것은 아니었는데 시간이 흐를수록 머릿속은 점점 더 맑고 또렷해지는 느낌이었다. 한참을 잠들지 못하고 뒤척이던 그녀가 겨우 얕은 잠이 들었을 때였다.

달칵.

안방 문이 열리고 서준이 침대로 다가오는 소리가 들렸다.

"자요?"

"……."

"푹 자요. 장거리 운전에 낮에도 쉴 수 없었을 테니 힘들었을 거예요."

그가 다시 그녀의 이불을 반듯하게 덮어 준 뒤 자신도 옆자리에 누웠다.

"그런데 궁금한 거 그냥 물어봤어도 솔직하게 말해 줄 수 있었는데……."

꿈속으로 어렴풋하게 들려오는 서준의 목소리에 어느 순간 태은은 완전히 잠에서 깨어났다. 하지만 눈을 뜨지는 않은 채 가만히 누워 있었다.

"나는 지금 우리 관계에 아주 만족해요. 불안해하지도 조급해하지도 않을 생각이에요. 그러니까 당신도 서두를 필요 없어요. 나는 항상 여기, 당신 옆자리에 있을 테니까."

그는 그녀가 잠이 들지 않았다는 사실을 알고 있는 것일까? 그럼 이제라도 잠에서 깼다는 것을 알려야 할까? 다시 생각들이 바쁘게 그녀의 머릿속을 휘젓기 시작했다. 하지만 태은은 여전히 눈을 감은 채 누워 있었다. 그 상태로 다시 얼마나 시간이 흘렀을까? 서준이 규칙적으로 숨을 내쉬는 소리가 들려오기 시작했다. 그에게도 분명 피곤한 하루였을 것이다. 그의 고른 숨소리를 들으며 얼마간 더 누워 있던 태은은 물이라도 한 컵 마시고 돌아와 다시 잠을 청해 보기 위해 몸을 일으켰다.

달칵.

물을 마시고 방으로 돌아온 그녀가 다시 자리에 누운 순간이었다.

"어디 갔다 오는 거예요?"

서준이 낮게 잠긴 목소리로 물었다.

"제가 깨웠어요?"

"아니에요. 잠이 깊게 들지 않았었나 봐요."

"물 마시고 왔어요. 주무세요."

방 안이 다시 고요해졌다. 하지만 태은은 그가 잠이 들었다는 확신을 가질 수는 없었다.

"주무세요?"

"아니요."

"뭐 물어봐도 돼요?"

"네."

"왜, 저하고 결혼하셨어요?"

"그때 말했는데, 당신을 더 알고 싶었다고."

"그 정도 이유라면, 꼭 결혼일 필요는 없었잖아요."

그건 그녀의 진심이었다. 아니, 그녀가 지금껏 잠들지 못한 이유였는지도 모른다.

"아니요."

그가 일어나 자리에 앉으며 다시 조명등을 켰다.

태은도 자리에 일어나 앉아 그의 얼굴을 바라보았다.

"만약 내가 그때 당신과 결혼하지 않았다면 어쩌면 당신은 지금 다른 사람의 아내가 되어 있을 수도 있지 않았을까요? 그럼 난 영원히 당신을 알 수 없게 됐을 테고."

그의 대답에 태은은 이유 없이 가슴이 울렁거리고 머릿속의 혼란도 순식간에 어딘가로 빨려들어 가 버리는 듯한 느낌이었다. 방 안의 침묵처럼 이제 그녀의 머릿속에 남겨진 것도 정적뿐이었다.

"제가 다른 사람과 결혼할까 봐……."

말을 끝맺을 수가 없었다. 그녀가 분명하게 말을 하지도 않았는데 그는 벌써 고개를 끄덕이고 있었다. 그의 표정이, 그의 분명한 대답이 하루 종일 그녀의 머릿속을 들썩이게 했던 모든 질문에 대답을 해 주고 있는 것 같았다.

"처음에 맞선 자리에서 태은 씨를 거절했던 건 우진그룹 사장 딸로 오해했었기 때문이에요. 우리가 만나기 전에 매형이 나한테 만나길 권했던 상대가 우진그룹 사장 딸이었거든요. 그런데 돌아와서 누나 통해 당신이 누구인지 알게 됐던 거예요."

"……."

"처음엔 누나가 적극적으로 당신과 내가 결혼하길 원했고, 그다음엔 내가 당신을 알고 싶었어요."

태은의 머릿속에 다른 생각은 아무것도 떠오르지 않고 있었다.

"당신이 누구든, 정말 알고 싶었어요."

"제가 누구든…… 지요?"

서준이 태은의 손을 잡았다.

"당신이 누구든."

그의 시선이 그녀의 눈에서 입술로 미끄러지듯 내려갔다. 단지 시선 때문에 목이 탈 수도 있는 것일까? 태은은 알 수 없는 긴장으로 꿀꺽 침을 삼켰다. 그 순간 그가 그녀를 자신의 품으로 끌어당겨 안았다.

"그리고 당신을 알아 갈수록 당신을 더 많이 알고 싶어지고 있어요. 당신이 나한테 얼마나 특별한 사람인지, 그리고 얼마나 특별한 여자인지……."

"서준 씨."

"하지만 당신이 준비가 되지 않았다면, 기다릴게요."

그가 침을 삼키는 소리가 머리 위에서 들려왔다. 하지만 태은은 고개를 저었다. 그가 그녀를 알고 싶어 하는 만큼 그녀도 그를 알고 싶었다. 그리고 그의 말에 숨겨진 뜻이 여자로서 그녀를 안고 싶다는 뜻이라면 그녀도 그에게 안기고 싶었다.

"저도, 서준 씨를 더 많이 알고 싶어요."

"내가 한 말뜻은……."

"설명할 필요 없어요."

"난……."

귓가에서 울리던 그의 목소리가 끝을 맺지 못한 채, 그녀의 입술 위로 그의 입술이 겹쳐졌다. 태은은 자신의 입술을 감싼 그의 뜨거운 입술과 자신의 뺨을 스치는 그의 가쁜 숨결, 그리고 빠르게 들썩이고 있는 그의 심장의 움직임을 고스란히 느낄 수 있었다. 이 모든 것이 자신으로 인해 비롯된 증상들이라는 사실에 그녀의 몸도 진동하듯 떨리고 있었다.

그의 입술은 지난번 입맞춤과는 달리 짙고 대담하게 그녀의 입술을 삼키고 있었다. 키스가 깊어질수록 방 안을 울리는 숨소리도 거칠어졌다. 그리고 어느 순간 등을 감싸고 있던 서준의 손이 앞쪽으로 옮겨져 잠옷 위에서 그녀의 가슴을 살며시 움켜잡았다.

그러자 겹쳐진 입술 사이에서 신음이 새어 나왔다. 그녀의 목에서 흘러나온 신음이었다. 아쉬운 듯 그녀에게서 입술을 떼고 짧은 입맞춤을 두세 번 더 이어 가던 그가 그녀의 잠옷 단추 위로 손을 움직였다.

"서준 씨."

그녀가 그를 부르자 그의 손이 움직임을 멈췄다. 그녀가 원치 않는다면 그만두겠다는 뜻인 듯했다. 그런데 어쩌면 지금 더 많은 것을, 더 많은 확인을 하고 싶은 사람은 그녀였는지도 모른다. 태은은 고개를 들어 그의 입술에 자신의 입술을 가져다 댔다.

"태은 씨."

그녀 인생 3분의 2가 넘는 시간을 가슴속에 그를 담아 둔 채 지냈고, 시간이 흐를수록 그가 점점 더 좋아지고 있었다. 어색하게 그의 손길을 대응하던 태은도 마침내 용기를 내 그의 잠옷을 향해 손을 뻗었다. 타인, 특히 남자의 단추를 풀어 보는 것은 처음이었다. 한 번도 누군가와 이 정도로 가깝게 지내본 적이 없었다. 미숙한 그녀의 손놀림은 그가 그녀의 잠옷 단추를 모두 풀어냈을 때까지 고작 그의 단추 세 개를 풀었을 뿐이었다. 서준은 그런 그녀의 손을 잡아 가볍게 자신의 옷에서 떼어 내고는 스스로 단추를 풀기 시작했다. 마치 건반 위에서 춤을 추듯 빠르게 단추를 풀어 낸 그의 손이 다시 그녀에게로 다가왔다.

"서준 씨……."

그녀의 호흡은 여전히 가빴다. 서준은 침대 위로 태은을 눕히고 잠시 그녀를 바라보았다. 그러다 다시 고개를 숙여 부드러운 입맞춤을 이어 가기 시작했다. 입술에서 목덜미로, 목덜미에서 쇄골로……. 그사이 그의 손은 그녀의 잠옷을 벗겨 낸 뒤 등 뒤쪽으로 움직여 브래지어의 후크를 풀었다. 가슴을 감싸고 있던 압력이 사라졌다는 느낌도 아주 잠시, 공기가 서늘하다 싶더니 가슴골 사이에서 그의 입술이 느껴졌다. 부드러우면서도 뜨거운 그 감촉은 그녀의 계곡을 타고 오르다 봉긋한 둔덕에서 천천히 정상을 향해 움직이기 시작했다. 그리고 드디어 작은 핑크빛 봉오리 앞에 도착한 순간 그는 잠시의 망설임도 없이 그것을 입에 물었다.

"흐음……."

태은의 아랫배에 저절로 힘이 들어갔다. 그녀의 변화를 눈치챘는지 서준이 고개를 들고 다시 그녀의 얼굴을 바라보았고, 그제야 태은의 입술이 천천히 곡선을 그렸다. 그는 그녀에게서 몸을 떼지 않은 채 자신의 잠옷을 벗어 바닥으로 던지고 바지도 바닥으로 떨어뜨렸다. 그녀의 잠옷 바지가 벗겨져 그의 바지 위로 떨어진 것도 순식간이었다. 맨살이 드러날 때마다 그녀의 몸 위를 그의 입술이 부드럽게 누비자 태은은 자신의 몸이 불덩이처럼 뜨거워지는 것 같았다. 하지만 자신만 이렇게 뜨거운 것은 아니라는 사실은 거친 그의 숨결로 충분히 짐작할 수 있었다.

그의 마지막 속옷이 바닥으로 떨어지고 두 사람의 입술이 다시 뜨겁게 겹쳐졌다. 태은은 지금 자신이 느끼고 있는 감각이, 이 모든 속도가 정상적인 것인지 확인할 방법이 없었다. 매번 이 사람을 원하고 받아들일 때마다 이렇게 떨리고 온몸이 뜨거워진다면 어떻게 참아 내야 하는 것인지도 알 수 없었다. 단지 지금은 자신의 몸 구석구석에 느껴지는 뜨거움과 저릿함이 서준으로 인해서 일어나는 현상이라는 사실이 기쁠 뿐이었다.

"서준 씨."

태은의 입술이 또다시 그의 이름을 부르고 있었다.

"왜요?"

"정말 당신인지 불러 보고 싶었어요."

"나 강서준, 당신 남편 맞아요."

그가 천천히 그녀의 허벅지를 벌렸다. 그리고 길고 단단한 그의 손가락이 중심부로 다가오자 태은의 몸이 반사적으로 긴장하며 굳었다.

"긴장할 필요 없어요. 당신을 다치게 하지는 않으니까."

부드러우면서도 뜨거운 그의 목소리에 그녀는 고개를 끄덕였다. 그리고 천천히 몸에서 힘을 뺐다.

"당신도 날 만져 봐요."

서준이 그녀의 손을 가져다 자신의 가슴 위에 얹었다. 태은은 매끄럽고 단단한 그의 가슴을 손바닥으로 천천히 쓸어 보았다. 마치 자신이 지금 꿈을 꾸고 있는 것 같았다. 그녀가 그의 넓은 가슴을 부드럽게 어루만지는 순간 그의 입술이 다시 그녀의 가슴 위로 내려앉았다. 그리고 조금 전과는 다르게 거칠고 깊게 그녀의 봉오리를 탐하기 시작했다.

"아……."

가슴을 뒤덮은 낯설고 거친 감각에 태은의 입에서 저절로 나직한 신음이 흘러나왔다. 서준은 그런 그녀의 허벅지를 더 넓게 벌리고 그녀의 중심부, 은밀한 늪 안으로 파고들기 시작했다. 사실 태은은 이 모든 것이 처음이었다. 남자를 만나고 여유롭게 데이트를 하고, 사랑을 나누는 모든 과정이 그녀에게는 평범하게 자란 사람들에게만 허락되는 특권처럼 여겨졌었기 때문이다.

"흐읏!"

그녀의 입에서 좀 전과는 다른 신음이 흘러나오자 서준의 움직임이 주춤하다 완전히 멈췄다.

"아파요?"

서준이 단단하게 힘이 들어간 그녀의 엉덩이를 부드럽게 감싸 쥐고 이마를 잔뜩 찌푸리고 있는 그녀에게 물었다. 그가 자신을 진심으로 걱정하고 있는 것을 느낀 태은은 천천히 고개를 흔들었다. 그리고 팔을 뻗어 그의 목을 끌어안았다. 그러자 그가 좀 더 천천히, 그리고 부드럽게 그녀의 남은 문을 열고 중심부 안으로 들어왔다.

그가 자신의 중심을 가득 채우며 들어서자 태은은 골반 전체가 벌어진 듯 불편하고 아팠다. 숨을 쉬는 것조차 마음대로 되지 않는 느낌이었다. 그러면서도 묘하게 찌릿한 흥분이 피어올라 엉덩이에 단단하게 들어갔던 힘도 스르르 풀어지고 있었다. 그녀의 반응을 느꼈는지 그가 다시 한 번 깊게 그녀 안으로 자신을 밀어 넣었다.

"훗!"

그가 움직일 때마다 숨이 막힐 듯 거친 고통이 그녀의 하체 전체를 뒤덮었다. 태은은 서준의 목을 안았던 팔을 풀고 그의 어깨를 움켜잡았다. 하지만 그가 움직일수록 어깨를 잡은 그녀의 손가락에 힘이 들어가며 피부를 파고들자 그의 움직임과 손길이 조금 더 부드럽고 조심스럽게 바뀌었다.

그녀의 고통과 그의 애무의 상관관계를 논리적으로 분석할 수는 없었다. 하지만 그의 손길이 다시 그녀의 가슴으로 옮겨 가고 그의 입술은 그녀의 입술로 내려앉아 깊게 파고들자 그녀의 목에서 고통스런 신음이 아닌 가쁜 헐떡임이 터져 나왔다. 통증은 존재했지만 그의 전부를 갖고 싶은 욕망도 생겨나고 있었다. 그의 뜨거운 숨결과 거친 손길, 그리고 빈틈없는 결합까지. 모든 것이 완벽하게 느껴지는 순간 태은은 그의 어깨를 놓고 등을 감싸 안았다.

하지만 그의 움직임이 빨라질수록 그녀의 고개는 다시 거칠게 흔들리고 있었다. 그리고 그녀의 표정에 이미 모든 것이 드러나 있는지 그도 점점 더 빠르고 힘차게 그녀 안으로 돌진하기 시작했다. 어느 순간 뼈 마디마디가 벌어질 것처럼 깊은 마찰과 몸이 불타 버릴 것 같은 격정에 태은은 다시 서준을 힘껏 끌어안았고 그도 그녀 안으로 깊게 파고들어 자신을 묻었다. 그 상태로 그는 한참 동안 그녀를 품에서 놓아주지 않았다.

"자요?"
"아니요."
"많이 아팠죠?"
서준이 태은의 머리 아래로 자신의 팔을 대 준 뒤 이불을 덮어주며 물었다.

"아니요."

그녀의 대답에 그가 자신의 커다란 손으로 그녀의 뺨을 감싸고 다시 입술을 찾아 고개를 움직였다. 손가락 하나도 까딱할 수 없을 만큼 지쳐 있었음에도 태은은 그의 부드러운 키스에서 배려와 행복을 동시에 느낄 수 있었다. 부끄러우면서도 행복했고, 몸은 나른했지만 심장은 조금 전과 다름없이 빠르게 두근거리고 있었다.

"당신 처음 봤을 때, 안아 주고 싶었는데."

"전 서준 씨 처음 봤을 때, 조금 불편했어요."

"내가 왜요?"

"그 시선, 조금 감당하기 힘들었거든요."

"내 시선이 어땠다는 거예요?"

"그냥 좀……."

언제인지 정확한 시간과 장소를 말하지 않았음에도 두 사람의 대화는 신기하게 이어지고 있었다. 어쩌면 지금 두 사람이 생각하고 있는 시간과 장소는 같을 수도, 다를 수도 있을 것이다. 그렇지만 오랫동안 가슴에 묻어 두었던 이야기는 그 마음만으로도 충분히 이어지고 있었다.

"나는 정말 그때 당신 참 힘들겠구나, 당신 많이 외롭겠구나, 너무 지쳐 보인다, 다른 건 몰라도 어깨 정도는 내 걸 빌려 줄 수 있는데…… 그런 마음이었어요."

"……."

"태은 씨?"

서준이 불렀지만 태은은 대답이 없었다.

"자는 거예요?"

역시 대답이 없었다. 서준은 두 눈을 꼭 감고 잠들어 있는 태은의 이마에 가볍게 입을 맞췄다.

"그때 당신을 보면서 검사가 되고 싶다고 생각했어요. 세상에서 가장 정의로운 검사. 그러면 내가 당신 곁에 없어도 당신을 지켜 줄 수 있을 거라는 생각이 들었거든요."

서준은 낮은 숨결을 고르게 내쉬고 있는 태은을 내려다보며 나직한 목소리로 다시 덧붙였다.

"이제 이렇게 곁에서 지켜 줄 수 있게 됐지만……."

그 순간 태은이 몸을 동그랗게 구부리며 그의 품으로 파고들자 서준은 다시 그녀의 입술에 가볍게 입을 맞췄다. 그는 지금 더 바랄 것이 없을 만큼 행복했다. 이 여자를 품에 안고 있는 것만으로도…….

"노트북 사이에 꽂아 둔 쪽지에 대해서는 언제든 묻고 싶을 때 물어봐요. 나는 이미 20년 전부터 당신한테는 거부할 능력을 상실한 사람이니까."

◈

푹푹 찌는 한여름 날씨였음에도 현장 설명회장은 각 건설사에서 나온 업무부 직원들과 주최 측 운영진으로 인산인해를 이루고 있었다. 태은은 은주와 사람들 틈에 섞여 열심히 주최 측의 설명을 듣고 현장 사진을 찍으며 중요한 사항들도 빼놓지 않고 메모를 했다.

"이사님, 공사 금액이 그렇게 크지 않아서 사람들이 이렇게까지 많이 줄은 몰랐는데, 정말 총만 안 들었지 전쟁터가 따로 없네요."

더운 날씨 탓에 연신 손부채질을 하던 은주가 나직하게 투덜거렸다.

"전쟁터죠. 그런데 사람 사는 게 다 전쟁 아닌가요? 어디서든 경쟁에서 지면 낙오되고 패배자 취급받는……."

"하긴, 그렇기 하네요. 그런데 이 정도 공사에 이 정도 경쟁이면 도대체 입찰에는 금액을 얼마나 적어야 하는 거예요?"

"그건 이제부터 다시 차근차근 분석해 봐야겠죠."

"업무부는 몸만 쓰면 되는 곳이라더니 머리랑 체력이랑 다 뒷받침되지 않으면 못 버틸 것 같아요."

은주가 울상이 된 표정으로 말했다.

"은주 씨 지금도 잘하고 있으니까 너무 걱정 말아요."

어느새 정리된 현장 설명회장을 뒤로하고 너른 공터에 빼곡히 주차된 차들을 향해 걸음을 옮기며 태은이 풀이 죽은 은주를 위로했다.

"맙소사. 이사님, 여긴 서두르지 않으면 차 빼기도 쉽지 않겠어요."

훌쩍 큰 키의 남자들이 이미 여기저기에서 앞서 달려 나가고 있는 모습을 보며 은주가 더욱 볼멘소리로 말했다.

"그럼 우리도 뛸까요?"

"그런데 전 구두라……."

시원하게 하늘거리는 파란색 원피스에 작은 보석들이 촘촘히 박힌 끈이 얇은 샌들을 신은 은주의 모습이 그제야 태은의 눈에 오롯이 들어왔다. 원래 오늘 현장 설명회장에 함께 오려고 했던 직원은 은주가 아니라 오 대리였다. 그런데 오 대리가 출발 전 갑자기 복통을 호소하는 바람에 은주가 자원을 해 함께 나온 길이었다. 태은은 출발 전 촉박했던 시간 탓에 자신이 은주의 옷차림을 제대로 점검해 주지 못했던 기억이 떠올라 허리를 굽혀 운동화 끈을 단단히 묶었다.
"그럼 내가 차 빼 올 테니까 은주 씨는 큰 도로가 쪽으로 천천히 걸어가서 기다리고 있어요."
"이사님도 달려가시게요?"
"내가 다른 운동은 다 잘 못하는데, 오래달리기 하나는 자신 있거든요."
  남자들보다 키와 체구는 작았지만 참는 것 하나는 절대 뒤지지 않는 태은이었다. 그녀는 입구에서 멀지 않은 곳에 미리 돌려 주차해 둔 차를 향해 있는 힘껏 달려 나가기 시작했다. 그리고 얼마 지나지 않아 도로가에서 기다리고 있는 은주 앞에 차를 세웠다.
"은주 씨."
"우와, 정말 빨리 오셨어요."
"아까 주차할 때 일부러 입구 근처에 주차를 해 놨었거든요."
  은주가 샌들에 묻은 흙을 털고 차에 올라타는 사이 시간을 확인하니 시간은 이미 6시가 넘어 있었다.
"그런데 은주 씨 집이 어느 방향이죠?"

"저희 집은 큰길 따라 시내 쪽으로 나가다 보면 오른쪽으로 보이는 아파트예요."

"잘됐네요. 그럼 가다가 내려 줄게요."

천천히 차를 출발시키며 태은이 말했다.

"회사에 안 들어가고 바로 퇴근해도 되는 거예요?"

"퇴근 시간 지났으니까 들어가서 씻고 푹 쉬어요. 오늘 정말 고생했어요."

"아니에요. 저 오늘 완전 민폐 직원이었는걸요. 죄송해요, 이사님."

"그런 소리 말아요. 그래도 은주 씨가 같이 가 주겠다고 했을 때 얼마나 든든했는데요."

"다음엔 정말 준비 제대로 해서 이사님이랑 같이 나갈게요."

무더위에 고생한 은주는 체력이 바닥났는지 한동안 말이 없었다.

"저기예요, 이사님."

자신이 살고 있는 아파트가 눈에 들어오자 반가운 듯 은주가 재빨리 손가락으로 가리켜 보이며 말했다.

"앞에서 세워 줄게요."

"네, 감사합니다."

드디어 아파트 입구 앞에 도착한 태은은 깜빡이를 켜고 천천히 차를 세웠다.

"오늘 정말 수고 많았어요. 어서 들어가서 쉬어요."

"네, 이사님도 조심해서 들어가세요. 내일 뵙겠습니다."

은주를 아파트 입구에 내려 준 뒤 다시 차를 출발시키는 태은의 시선이 저절로 옆 아파트로 향했다. 이곳이 바로 서경이 사는 아파트였기 때문이다. 그런데 그녀가 아파트 입구 앞을 지나치려는 순간 단지 앞 화단의 시멘트 테두리 위에 작은 체구의 아이가 앉아 있는 모습이 보였다. 그리고 바닥을 바라보고 있던 아이가 고개를 들자 그녀는 그 아이가 민후라는 사실을 바로 알 수 있었다. 태은은 브레이크를 밟아 차를 세웠다.

"민후야."

그녀가 큰 소리로 불렀지만 다시 고개를 숙이고 신발로 연신 인도 바닥을 문지르고 있는 민후에게까지는 그녀의 목소리가 다가가지 못하는 듯했다.

빵! 빵!

짧게 클랙슨을 울리자 그제야 다시 고개를 들던 민후가 태은을 발견하고는 자리에서 벌떡 일어섰다.

"안녕하세요?"

태은도 차에서 내려 민후에게 다가갔다.

"왜 집에 안 들어가고 여기 있어? 누구 기다리는 거야?"

"아니요. 들어가려고 했어요."

"집에 누구 계셔?"

"아빠, 계실 거예요."

"아빠 계시는구나."

하지만 민후는 집에 들어가기 싫은 표정이 역력한 얼굴이었다. 그녀는 아직 민후에 대해 모르는 것이 더 많았고 함께한 시간도 많지 않았다. 그런데 민후를 보면 많은 생각이 들었다. 부럽기도 하고, 안쓰럽기도 하고, 외삼촌을 빼앗아 간 것 같아 때론 미안한 마음이 들기도 했다.

"외숙모 지금 퇴근해서 집으로 가는 길인데, 민후 외삼촌 보고 싶으면 외숙모랑 같이 외삼촌 집에 갈래?"

정말이냐는 듯 표정으로 묻고 있는 민후의 얼굴이 거짓말처럼 밝아졌다. 하지만 곧 무슨 생각을 떠올린 것인지 다시 얼굴에 그림자가 드리워지고 있었다.

"엄마한테는 외숙모가 지금 전화할게."

"정말이요?"

조심스럽게 묻고 있는 민후의 질문에 태은은 바로 전화기를 들어 서경에게 전화를 걸었다. 자초지종을 설명한 뒤 저녁을 먹여 집으로 데려다주겠다고 허락을 구하자 서경은 흔쾌히 허락을 했고, 태은은 민후를 옆자리에 태운 뒤 안전벨트까지 꼼꼼히 확인을 하고 다시 차를 출발시켰다.

"민후야, 우리 집에 가는 길에 마트에 들러서 장도 좀 볼까?"

"네? 네."

아직은 그녀와 단둘이 있는 것이 어색한지 민후는 그녀의 얼굴을 똑바로 바라보지도 못하고 대답을 하고 있었다.

"사실은 외숙모가 아직 요리를 잘 못해. 그래서 민후가 좋아하는 음식이 뭔지, 외삼촌이 좋아하시는 음식이 뭔지 마트에서 민후가 좀 알려 줬으면 좋겠는데."

"외삼촌은, 아무거나 다 잘 드세요. 특히 엄마가 만들어 주시는 건 다 맛있다고 하시는데."

"우와, 엄마가 요리를 잘하시는구나? 민후는 좋겠다."

태은이 자연스럽게 말을 건네는 순간 무언가 재미있는 기억을 떠올린 듯 민후의 얼굴에 장난스런 미소가 스쳤다. 하지만 민후는 그에 대해 입을 열지는 않았다.

집으로 향하는 길가에 태은이 종종 들르는 제법 규모가 큰 마트가 있었다. 그녀는 마트 주차장에 차를 세우고 민후와 함께 매장 안으로 들어섰다.

"민후야, 날씨가 너무 더운데 우리 아이스크림도 살까?"

"네."

여전히 민후의 반응은 조심스러웠다.

"그런데 민후는 뭐 좋아하니?"

"저는 다 잘 먹어요. 그래야 외삼촌처럼 키가 클 수 있다고 외삼촌이 그러셨거든요."

"민후는 외삼촌 말씀을 정말 잘 듣는구나?"

"그냥, 보통이죠."

태은은 쑥스러운 듯, 그러면서도 어른스러운 척 말하고 있는 민후가 너무 귀여웠다. 그런데 다른 한편으로는 자신도 민후 나이 때 어지간한 것들은 스스로 알아서 책임지며 몸이 아직 어릴 뿐 생각은 이미 다 자랐다고 판단해 일부러 더 덤덤한 척 행동했던 것이 떠올라 공연히 마음 한 곳이 짠해져 왔다.

"요리 잘 못하시면, 제가 스파게티 할 줄 아는데 같이 만드실래요?"

냉장식품 코너를 천천히 돌다 즉석 스파게티가 눈에 띄었는지 민후가 물었다.

"민후 스파게티 좋아하니?"

"엄마랑 가끔 집에서 만들어 먹어요."

"그렇구나. 그럼 외삼촌은? 외삼촌도 좋아하셔?"

민후가 스파게티가 먹고 싶거나 만들고 싶어 하는 눈치인 것 같아 그녀는 일부러 서준까지 끌어들여 물었다.

"외삼촌은 아마 외숙모가 해 주시는 건 다 맛있다고 드실걸요."

"안 되는데. 정말 맛있게 만들어야 하는데."

"이건 정말 쉬워요."

민후가 제법 어른스러운 말투로 말했다.

"정말이지? 그럼 민후가 추천하는 거니까 믿어 볼게."

그녀의 대답에 민후가 정말 자신을 믿어도 된다는 듯 고개까지 끄덕여 보였다.

간단히 장을 본 뒤 집으로 향한 두 사람은 서준의 퇴근 시간에 맞춰 음식을 만들기 위해 서재에서 아이스크림을 먹으며 시간을 보냈다. 그리고 서준에게서 검찰청을 나선다는 전화를 받고 나서야 서둘러 스파게티를 만들기 시작했다.

"정말 맛있어 보인다."

"조금만 드셔 보세요."

민후가 팬 위의 면 중 몇 가닥을 포크에 조심스럽게 감아 나머지 손으로 아래를 받치고 태은에게 내밀었다. 태은은 그런 민후가 마치 작은 서준 같았다. 어린 나이답지 않게 생각과 행동에 깊이가 있었다. 그리고 민후와 있으면 자신도 왠지 어린 시절의 재윤이 되는 것 같았다. 한 번도 상처받은 적 없고 세상이 마냥 즐겁고 재미있었던 어린 재윤이…….

"정말 맛있다."

"입에 소스가 조금 묻었어요."

민후가 태은의 오른쪽 입가를 가리켜 보이며 말했다.

"여기?"

"네."

민후가 고개를 끄덕거리는 순간 띠링 소리와 함께 현관문이 열렸다.

"태은 씨."

"서준 씨, 오늘 손님 와 있어요."

태은이 먼저 주방을 나서 서준에게 다가가며 말했다.

"손님이요?"

"민후야."

태은은 아직 식탁 앞에 서 있는 민후에게 어서 와 외삼촌에게 인사하라고 손짓을 했다.

"박민후, 잠깐 외삼촌 좀 보자."

그런데 누구보다 반가워할 줄 알았던 서준의 반응은 예상외로 냉담했다.

"네."

"태은 씨 잠깐만요."

그는 민후를 데리고 곧장 서재 안으로 들어갔다.

"박민후."
"외삼촌."

민후가 곧 울음을 터뜨릴 것처럼 벌게진 눈으로 그를 올려다보았다.

"엄마한테 전화 받았는데, 갑자기 무슨 일이야?"

"아파트 입구에서 외숙모를 만났는데, 외숙모가 외삼촌 보고 싶으면 같이 집에 가자고 하셔서……."

"혹시 아빠랑 엄마 싸우셨니?"

서준이 묻자 민후의 표정이 금세 어두워졌다.

"오랫동안 싸웠어?"

천천히 고개를 끄덕이는 민후를 서준은 가슴으로 끌어당겨 안았다.

"그랬구나. 그런데 민후 누구 아들이지?"

"엄마, 아빠 아들이요."

"그래, 맞아. 그리고 민후 엄마 힘들 때 항상 엄마 옆에서 지켜주겠다고 외삼촌이랑 약속했었지? 남자는 한번 한 약속은 반드시 지켜야 하는 거야."

"잘못했어요, 외삼촌."

"아니야. 민후 잘못했다고 혼내는 건 아니고, 엄마 걱정하시니까 무슨 일이 있어도 엄마 전화는 받아."

"네……."

"엄마는, 세상에서 민후를 가장 사랑하고 또 민후가 가장 사랑하는 사람이잖아."

"네."

"그리고 외삼촌한테도 정말 소중한 사람이야."

"……."

"민후가 엄마를 조금만 더 이해해 줬으면 좋겠어."

"네."

"그래, 고맙다. 조금 있다 저녁 먹고 외삼촌이 집에 데려다줄게. 대신 주말에 또 놀러 와. 그땐 외삼촌이 데리러 갈게."

그제야 천천히 고개를 끄덕이는 민후의 표정이 다시 밝아졌.

함께 식사를 하는 세 사람은 마치 한집에서 함께 살고 있는 한 가족 같았다. 태은은 그녀답지 않게 민후에게 연신 질문을 던지며 필요한 것들을 묻고 또 물었고, 평소 말수가 적은 민후도 그런 태은이 싫지 않은 듯 표정이 점점 더 밝아지고 있었다.

"민후 외삼촌이랑 집에 갈래, 아니면 외숙모가 데려다줄까?"

식사 후 후식으로 과일까지 먹고 난 뒤 태은이 묻자 민후가 손가락을 들어 망설임 없이 서준을 가리켰다.

"외삼촌이요."

민후가 그를 선택하자 태은의 표정에 서운함이 스쳤다. 노력했는데도 아직 생각만큼 민후와 가까워지지 못했다는 아쉬움 때문인 듯했다.

"민후 너, 외숙모가 혼자서 밤길 운전하는 거 걱정돼서 그러는 거지?"

서준이 묻자 민후가 고개를 끄덕여 보였다.

"그럼 그렇게 말해야지. 외숙모 오해하실 뻔했잖아. 내가 빨리 데려다주고 올게요."

서준의 말에 태은은 알겠다고 대답하고 민후에게도 작별 인사를 건넸다.

"조심해서 가고, 또 놀러 와, 민후야."

"저녁 잘 먹었습니다, 외숙모. 그런데 저, 주말에 또 놀러 와도 돼요?"

"또 놀러 오고 싶어? 외숙모는 언제나 환영이지."

"그리고……."

마치 특급 비밀을 알려 주듯 민후가 태은에게 손짓하자 태은이 허리를 굽혔고, 민후는 서준에게 들리지 않게 태은의 귓가에 대고 무슨 말인가 아주 작게 속삭였다.

"정말?"

"전화번호는 문자로 보내 드릴게요."

"정말 고마워, 민후야."

그제야 태은의 표정도 민후의 표정도 함께 밝아졌다.

"민후 데려다주고 올게요."

"네. 민후 조심해서 가고, 주말에 또 만나자."

"네."

서준이 민후를 데려다주고 돌아왔을 때 태은도 설거지를 끝낸 뒤 그릇 뒷정리를 하고 있었다.

"빨리 오셨네요?"

"누나가 아파트 앞까지 나와서 기다리고 있었어요."

서준은 곧장 주방 쪽으로 걸어가며 대답했다.

민후는 작년 이맘때쯤에도 누나와 매형이 크게 부부 싸움을 한 다음 날 집에 들어오지 않은 적이 있었다. 그날 자정이 다 돼 서경은 경찰에 실종 신고를 했고, 함께 민후를 찾던 서준이 혹시나 하는 마음에 들렀던 옥상에서 물탱크 옆에 기대앉은 채 잠들어 있는 민후를 발견할 수 있었다. 그 일이 있은 뒤로 서경에게는 민후의 위치가 시간 단위로 전송이 되고 있었다. 하지만 서경은 여전히 민후가 필요로 할 때마다 곁에 있어 줄 수는 없었다. 민후도 그런 엄마를 이해하면서도 부모님의 불화 앞에서는 어쩌지 못하며 힘들어하는 어린아이일 뿐이었다. 오늘 어떻게 민후와 만나 함께 집에까지 온 것인지는 몰라도 서준은 자신의 가족과도 진심으로 가까워지기 위해 노력하고 있는 태은이 너무 고마우면서 예뻤다. 기억 속의 재윤을 회상하는 것보다 이제 자신 옆에 있는 태은을 바라보는 것이 더 설레고 행복해지고 있었다.

"정리 끝나려면 멀었어요?"

서준은 등 뒤에서 태은의 허리를 끌어안았다.

"서준 씨."

그 순간 뒤꿈치를 들고 접시를 차곡차곡 정리하고 있던 태은의 손길이 간지러움 때문인지 잠시 멈췄다.

"내가 도와줄게요."

서준은 태은의 손에서 접시를 빼앗아 그녀가 겨우 손을 뻗어 올려놓고 있던 곳에 가볍게 접시들을 올렸다.

"이제 다 끝난 거예요?"

"거의 다 끝났어요."

"그럼 기다릴게요."

"이렇게 붙어서요?"

그가 다시 허리를 감싸 안자 그 팔을 풀려는 듯 태은이 그의 손목을 잡으며 물었다. 하지만 서준은 아랑곳하지 않고 고개를 숙여 그녀의 목덜미에 입술을 가져다 댔다. 그리고 길게 그녀의 향기를 들이마셨다.

"하루 종일 퇴근 생각만 했어요."

"서준 씨."

"항상 퇴근 시간이 지나도 시간이 너무 빨리 흐른 느낌이었는데, 오늘은 시간이 왜 이렇게 안가는 건지."

서준은 그녀의 귓불로 입술을 옮겨 아주 작게 속삭이다가 태은의 몸을 획 돌려세웠다.

"아직 일할 게 남았는데도 퇴근 시간 지나자마자 달려온 건데, 나 자꾸 귀찮아하면 다시 사무실에 나갔다 새벽에 들어올 거예요."

"아니에요."

그제야 태은도 그의 허리를 끌어안았다.

"날이 더우니까 내 몸에 내 손이 닿는 것도 싫었는데, 신기하게 당신 손이 내 몸에 닿는 건 싫지가 않아."

그리고 서준은 태은의 입술 위로 입술을 겹쳤다. 키스는 시작부터 뜨거웠다. 하루 종일 참았던 숨을 토해 내기라도 하듯 그는 단숨에 그녀의 입안으로 파고들었고 그녀의 숨결까지 빠르게 장악했다. 그의 힘에 점점 뒤로 밀리던 태은도 가구에 엉덩이가 닿자 팔을 들어 그의 목을 끌어안으며 몸을 밀착시켜 왔다.

키스가 더욱 깊고 뜨거워지며 얇은 옷감을 통해 그녀의 체온과 몸의 곡선까지 그에게 그대로 전해지자 서준은 다른 갈증에 점점 몸이 달아오르는 것을 느꼈다. 호흡도 더욱 거칠어지고 있었다. 그가 이렇게 쉽게 자제력을 잃는 건 정말 흔치 않은 경우였다. 독하게 마음을 먹고 공부를 하던 시절에는 사흘 밤낮을 잠 한숨 자지 않고 책상에만 앉아 보낸 적도 있었을 정도였다. 모두가 그런 그의 집중력과 참을성에 고개를 저었었는데. 그런데 지금은 도저히 참을 수가 없을 것 같았다. 그는 앞치마 위에서 그녀의 가슴을 감싸 쥐며 그녀의 목덜미로 입술을 내렸다.

"음……."

태은의 목덜미에서 낮게 잠긴 신음이 흘러나왔다.

"하아……."

그도 더 이상 안 되겠다는 생각에 고개를 들었다.

"방으로 갈까요?"

"지금요?"

"난 지금 안 가면 못 갈 거 같은데."

엄살 가득한 서준의 표정에 태은이 소리 없이 웃음을 터뜨렸다.

"민후보다 더 어린아이 같아요."

"나 민후보다 더 당신 관심 받고 싶으니까."

그는 그녀를 번쩍 안아 들었다.

"오늘은 하고 싶은 말 없었어요?"

"없었는데, 왜요?"

"그때 나한테 뭐 묻고 싶다고 했었잖아요?"
"아, 별거 아니었던 것 같아요."
방 안으로 들어선 서준은 뒷발로 방문을 닫고 태은을 침대 위로 내려놓았다.
"그리고 아까 민후가 귓속말로 뭐라고 한 거예요?"
"비밀이에요."
"나한테 벌써 비밀 같은 거 만들면 안 되는데."
"이건 하얀 비밀이거든요."
"그런 게 어디 있어요."
서준이 간지럼을 피우려는 듯 그녀의 옆구리를 만지자 간지럼에 약한 태은은 곧바로 항복을 하고 말았다.
"말할게요."
"뭐였어요?"
"형님이 가끔씩 반찬을 주문한다는 곳 전화번호예요."
"뭐요?"
"민후가 서준 씨는 모른다고 비밀로 하자고 했는데……."
"누나는 어릴 때부터 요리에 소질이 없었어요. 그래도 집안일 도와주시는 아주머니가 만들어 주시는 걸로 알고 있었는데."
"그것 봐요. 그래서 제가 하얀 거짓말이라고 했잖아요."
태은이 민후와의 약속을 지키지 못하게 만든 서준을 향해 불만스러운 표정을 지었지만 그는 그런 모습까지도 사랑스러운 듯 그녀의 머리를 베개 위로 올리고 다시 입술을 덮었다. 길고 뜨거운 키스가 끝나고 그가 고개를 들었을 때, 태은의 양 볼은 거친 열기로 빨갛게 상기되어 있었고 머리는 침대 위로 넓게 퍼져 제멋대로 흐트러져 있었다.

"태은 씨."

이름을 부르는 것만으로도 그녀의 표정은, 눈빛은 그에게 반응을 보이고 있었다. 그리고 그녀가 그를 향해 팔을 뻗었다. 서준은 그녀의 팔을 잡아 다시 자리에 앉게 한 뒤 서둘러 앞치마의 끈을 풀어 머리 위로 벗겨 냈다. 그녀의 블라우스 단추까지 빠르게 풀어 낸 그는 거친 숨결을 진정시키듯 깊게 심호흡을 했다.

"서준 씨."

하지만 그녀가 그의 이름을 부르는 순간 모든 노력은 허사가 되어 버렸다. 서준은 태은을 다시 침대 위로 넘어뜨리고 숨 막히는 키스를 이어 가며 자신의 셔츠 단추를 풀기 시작했다.

"하아……."

태은의 달뜬 숨소리가 그의 이성과 심장을 완전히 정복한 순간 그들은 서로의 몸에 빈틈없이 포개어진 상태였다.

"아무래도 제 심장이 고장 난 것 같아요."

그녀가 그의 손을 들어 자신의 심장 위에 얹었다. 그녀의 말대로 빠르게 두방망이질을 치고 있는 움직임이 그의 손바닥에 고스란히 전해졌다.

"내 심장은 아주 오래전부터 내 말을 듣지 않았는데."

그의 대답에 태은이 소리 내 기분 좋은 웃음을 터뜨렸다. 그 웃음소리가 그를 너무 행복하게 만들었다. 지난 시절의 모든 통증이 그녀의 웃음 하나로 치유되는 느낌이었다.

"그런데 서준 씨 처음 모습이랑 많이 달라진 것 같아요."
"처음 모습이요?"
"네. 서준 씨 처음에 너무 차갑고 날카로운 느낌이었거든요."
"정말이요?"
"네. 그리고 시간이 지나면서 알게 된 건데 서준 씨는 자기 사람이라고 생각되지 않는 사람들 앞에서는 잘 웃지 않아요. 그래서 아마 처음 보는 사람들은 대부분 서준 씨를 차가운 사람이라고 생각할 것 같아요."
"내가 잘 웃지 않아요?"
"몰랐어요?"
"난 태은 씨와 있을 때는 항상 웃었던 것 같은데."
"맞아요. 요즘엔 많이 웃는 것 같아요. 저도 그렇고요."

태은이 환하게 미소를 보였다. 온몸이 빛을 뿜으며 반짝이는 것처럼 눈부시게 아름다운 미소였다. 서준은 다시 그녀를 향해 고개를 기울였다. 하지만 입술이 닿는 순간 두 사람의 시간은 뜨거운 격정과 환희 속으로 다급하게 빨려들어 가기 시작했다. 사실 서준은 태은을 향한 자신의 욕구만큼이나 하고 싶은 말들이 많았다. 어쩌면 그녀의 말대로 그녀를 알아 갈수록 그가 변하고 있는 것인지도 모른다. 그래도 지금은 멈출 수가 없었다. 그렇게 시작된 두 사람의 밤은 뜨거운 열대야보다 분명 더 뜨거웠다.

제10장
납치 (1)

"민후야."
-외숙모, 언제 도착하세요?
 오늘 이른 아침 민후로부터 언제 자신을 데리러 올 거냐는 문자가 도착했다. 서준과 태은은 문자를 확인하는 것만으로도 민후가 오늘을 얼마나 기다렸는지 그 마음을 짐작할 수 있었다. 그런데 출발 전 서준에게 갑자기 급한 일이 생기는 바람에 어쩔 수 없이 태은이 대신 민후를 데리러 오게 되었고, 예상치 못했던 도로 상황으로 약속 시간에 10분이나 늦고 말았다.
"민후야, 정말 미안해. 지금 거의 다 왔어."
-괜찮아요. 저 지금 아파트 입구 앞에 서 있어요, 외숙모.
"그래. 어, 지금 민후 보인다. 금방 갈게. 전화 끊자."

전화를 끊은 태은은 천천히 차를 돌려 민후가 조금 전에 서 있던 곳을 향해 달려갔다. 그런데 잠깐 사이 민후가 어디로 사라졌는지 보이지가 않았다. 태은은 바로 앞 주차장에 차를 세운 뒤 민후를 찾기 위해 차에서 내렸다.

"민후야."

다시 방금 전까지 민후가 서 있었던 아파트 입구를 확인해 봤지만 여전히 민후의 모습은 보이지 않았다. 태은은 혹시나 하는 마음에 주변을 천천히 살피며 민후의 집 근처로 걸음을 옮기기 시작했다.

"민후야!"

"강서경 씨?"

그때 그녀의 등 뒤쪽에서 누군가 서경의 이름으로 그녀를 불렀다.

"누구……?"

"돌아보지 말아요."

그리고 태은의 등 뒤로 서늘하고 뾰족한 무언가가 다가와 닿는 것을 느껴졌다.

"누구세요?"

"민후 만나고 싶으면 아무 소리도 내지 말고 지금처럼 앞으로 계속 걸어가세요."

"민후는 지금 어디에 있는 거예요?"

"아들은 안전하게 잘 있어요. 곧 만나게 해 드리죠."

태은에게 전화를 걸고 연결음이 흘러나오길 기다리는 순간도 서준은 묘하게 설레었다. 곧 통화 연결음이 흘러나오기 시작하자 그 기계음조차도 마치 멜로디가 있는 것처럼 들려와 그는 혼자 피식 웃음을 흘리고 말았다. 대학 신입생 시절 친구들 사이에 미팅과 데이트에 대한 호기심이 봄바람처럼 스며들었을 때조차 그는 그 무리에 끼거나 들떴던 적이 단 한 번도 없었다. 그런데 지금 이런 기분이 첫 데이트의 설렘 같은 기분이 아닐까 하는 생각이 들 정도로 그는 빨리 태은을 만나고 싶었다.

"검사님, 토요일 출근인데도 기분이 아주 좋아 보이십니다."

"그래 보입니까?"

"네. 아주 나 행복해, 가 얼굴에 쓰여 있으신 것 같습니다."

윤 계장이 놀리듯 말했지만 서준은 신경 쓰지 않았다. 그런데 연이어 건 전화에도 태은은 좀처럼 전화를 받지 않고 있었다.

"계장님, 오늘 현장검증 몇 시죠?"

"이대수 말씀이시죠?"

"네."

"4시라고 들었는데요."

윤 계장의 대답을 들으며 서준은 이번에는 집으로 전화를 걸었다. 그런데 집 역시 전화를 받는 사람은 없었다. 이어서 건 민후의 휴대 전화도 꺼져 있다는 사실을 확인한 서준은 점점 초조해지고 있는 기분을 억누르며 마지막으로 서경에게 전화를 걸었다.

Rrrrrrr…….

-서준아.

"누나, 지금 어디야?"

-나, 사무실.

"민후 집에서 나갔어?"

-응, 10시 50분쯤에 아파트 입구까지 데려다주고 나도 일이 있어서 사무실에 나왔는데. 왜?

"민후 전화기가 꺼져 있어서. 태은 씨도 전화를 안 받고."

-두 사람 다? 집에 있는 거 아니야? 집에는 전화해 봤어?

"응, 집 전화도 안 받아. 누나 혹시 민후하고 태은 씨 만나는 거 확인하고 차 출발한 거야?"

-아니, 내가 아파트에서 나올 때까지 민후 혼자 입구에서 태은 씨 기다리고 있었어. 아파트 근처에 도로 공사하는 곳이 몇 군데 있어서 좀 늦나 보다 했지.

"매형은 지금 집에 있어?"

-매형? 글쎄…….

왠지 불안한 느낌에 서준은 준규에게라도 내려가서 별일 없는지 확인해 봐 달라고 부탁하고 싶은 마음이었다. 하지만 서경은 원치 않는 눈치였다.

-아마 그 사람 집에 없을 거야. 사실은 어제 안 들어왔거든.

"알았어. 그럼 누나 우선 민후 위치 확인 좀 해 줘."

-그래, 확인해 보고 바로 전화 줄게.

서준은 전화를 끊고 자리에 앉았다. 그런데 그 순간 그의 머릿속에 불쑥 떠오르는 사람이 한 명 있었다. 바로 공소시효를 두 달가량 남겨 두고 얼마 전 붙잡힌 피고인 이대수였다. 이대수는 15년 전 아파트 공사 현장에서 인부 한 사람을 밀어서 살해한 범인으로, 당시에는 대대적인 탐문 수사에도 피의자를 잡지 못해 피해자의 손톱 밑에서 발견된 머리카락과 그 DNA 자료만 보관해 왔었다. 그러다 얼마 전 목욕탕에서 단순 절도 혐의로 붙잡힌 이대수의 DNA와 일치한다는 사실을 확인하고는 극적으로 붙잡은 피고인이었다.

그런데 지난주 있었던 현장검증 당일, 이대수를 실은 경찰 승합차가 현장에 도착한 순간 검은 오토바이 한 대가 빠르게 달려와 승합차의 옆문을 들이받고 쏜살같이 사라져 버리는 사건이 발생했다. 경찰은 곧바로 인근 CCTV에 찍힌 용의자의 인상착의와 도주로를 파악해 검거에 총력을 기울였지만 오토바이는 절도한 것이었고, 짙게 선팅된 헬멧을 착용했던 남자는 아직 신원조차 정확하게 확인이 되지 않은 상태였다. 게다가 그날 하필 오토바이가 이대수가 타고 있던 방향의 문을 들이받은 탓에 이대수는 며칠간 병원 신세를 져야 했다.

그리고 오늘 오후 다시 현장검증이 예정되어 있었다. 이대수를 겨냥하고 경찰차를 들이받았던 것으로 추정되는 오토바이, 그리고 검거되지 않은 범인. 서준은 오늘 또다시 무슨 일이 생기는 것은 아닌지 줄곧 불편한 마음이 가슴 한 곳에 자리 잡고 있었던 것인지도 모른다. 게다가 만약 만에 하나 지난번 사건을 계획했던 범인이 그날의 범행으로 일을 끝내지 않고 이번에도 일을 꾸민다면 이번에는 이대수 주변이 아닌 다른 곳에서 일이 생겨날 가능성이 높다는 것이 그의 짐작이었다. 이대수 주변은 아니지만 이대수 사건의 수사에 영향을 줄 수 있는 다른 어딘가, 혹은 누군가를 대상

건의 수사에 영향을 줄 수 있는 다른 어딘가, 혹은 누군가를 대상으로……. 이건 그가 지금껏 수많은 형사 사건들을 처리해 오면서 터득한 경험이자 감이었다.

"윤 계장님."

"네, 검사님."

"이번 이대수 현장검증에는 경찰이 얼마나 배치되는 겁니까?"

"제가 듣기로는 지난번의 두 배로 배치된다고 했습니다. 가뜩이나 할 일도 많고 피곤한 경찰들 이 땡볕에 또 고생하게 생겼습니다. 나쁜 놈의 새끼 빨리 교도소에 집어넣어야지……."

"설마 또 무슨 일 생기지는 않겠죠?"

"제정신 박힌 놈이라면 경찰이 그렇게 깔렸는데 또 나타나진 않겠죠. 걱정 마십시오. 오늘 이후로 다시는 이대수 이름도 들으실 일 없으실 겁니다."

Rrrrrr.

그때 그의 휴대 전화가 울렸다. 서경으로부터 걸려 온 전화였다.

"누나."

-서준아, 아무래도 이상해.

"왜?"

-민후 위치 추적기가 지금 우리 아파트에 있는 걸로 확인돼. 휴대 전화로 확인한 위치도 아파트에서 마지막으로 꺼졌고.

"뭐?"

-실종 신고 해야 할까?

"잠깐 기다려 봐. 민후가 위치 추적기를 떨어뜨렸을 수도 있고,

태은 씨 휴대 전화는 신호가 가고 있으니까 내가 다시 전화해 보고 이번에도 통화 안 되면 그때 신고하자."

-정말, 별일 없겠지?

"누나, 흥분하지 말고 침착해."

-그래, 알았어.

서경과의 전화를 끊고 서준이 태은의 전화로 다시 전화를 걸어 보려는 순간이었다.

Rrrrrr.

그의 휴대 전화가 다시 울렸고, 이번에 전화를 걸어온 사람은 태은이었다. 그는 반가운 마음에 서둘러 통화 버튼을 눌렀다.

"여보세요?"

-강서준 검사님?

그런데 전화기에서 흘러나온 목소리는 태은의 것이 아니었다. 그가 처음 들어 보는 나직한 남자의 목소리였다.

"누구시죠?"

-내가 누굴까요?

"당신……."

이대수의 인적사항에 유일하게 가족으로 기록된 사람은 동생 이대진 한 사람뿐이었다. 하지만 그는 거주지도 연락처도 자료로 확인되는 것이 아무것도 없었다. 그리고 이대수 또한 동생과는 오래전에 연락이 끊긴 상태라고 진술했기에 그들은 오토바이가 이대진의 짓은 아닐까 의심하면서도 그를 찾지도 잡지도 못하고 있는 상태였다.

"혹시 이대수 씨 동생입니까?"

-지금 내 얼굴 보입니까?

"당신 정말 이……?"

이유 없이 머릿속을 떠나지 않고 있던 이름이었기에 불쑥 말해 본 것이었는데, 정말 이대진인 것일까?

"이대진?"

-검사님이라 그런지 머리가 아주 좋으신 것 같습니다.

"당신이 왜 이 전화기로 전화를 걸고 있는 거죠?"

-그렇게 똑똑하신 분이 정말 그걸 몰라서 물으시는 겁니까?

"이 전화기 주인과 지금 같이 있는 겁니까?"

묻고 있는 서준의 목소리가 미세하게 떨리고 있었다.

-같이 있지 않으면, 설마 내가 주운 전화기라도 찾아 주려고 전화를 걸었을까요?

이대진이 기분 나쁜 웃음을 나직하게 흘렸다.

근처를 지나다 그의 통화 내용을 들은 윤 계장이 무언가 심상치 않은 상황임을 짐작한 듯 그의 곁으로 다가와 흰 종이와 펜을 건넸다. 자신에게 무언가 지시를 내리라는 뜻이었다. 서준은 태은의 전화번호를 적은 뒤 위치 확인이라고 적어 윤 계장에게 건넸다. 그에게 종이를 건네받은 윤 계장은 알겠다는 듯 고개를 끄덕여 보이고는 서둘러 자리를 떴다.

"원하는 게 뭡니까?"

-우리 형 풀어 주시죠.

"이미 제 손에서 떠난 사건입니다."

-현장검증 때 실수로 놓친 척하고 풀어 줘도 되지 않습니까?

"현장검증은 제 담당이 아닙니다."

-검사님이라면 가까이 접근해도 누구도 이상하게 생각하지 않을 겁니다. 살펴보는 척하다 풀어 줄 수도 있지 않습니까?

"그게 상식적으로 가능한 일이라고 생각하십니까? 지난번 사건으로 이번 현장검증에는 지난번보다 경찰이 두 배로 배치될 예정인데, 설령 그 눈을 피해 포승줄을 풀어 줬다 하더라도 달아나는 건 불가능할 겁니다."

서준이 넌지시 언급한 지난번 사건이란 말에도 전혀 의문을 드러내지 않는 것으로 봐 이대진이 범인일 것이라고 생각했던 그들의 추측은 적중했다는 것을 알 수 있었다. 하지만 그 사실이 그를 더 참담한 기분으로 빠져들게 하고 있었다. 경찰들이 지난번 일을 계기로 더 철저하게 이대수의 현장검증을 경계한다는 것은 이대진 역시 지난번보다 더 치밀하고 대담하게 계획을 실행할 것이란 역해석이 가능했기 때문이다.

-지금 상식이라고 했습니까? 좀 더 신중하셔야 할 것 같은데요. 내 형은 감옥에서 10년쯤 지내고 나오면 그만이겠지만 당신 누나랑 조카는 당신 선택에 따라 저세상 사람이 될 수도 있을 테니까요.

지금 이대진의 말은 태은을 서경으로 오해하고 납치했다는 뜻이었다. 물론 태은이든 서경이든 그에게 너무나 소중한 사람들이었다. 누구에게도 이렇게 끔찍한 불행은 경험하게 하고 싶지도, 겪는 것을 내버려 둘 수도 없었다. 더욱이 이 일은 자신으로 인해 일어난 일이라는 사실에 전화기를 붙잡은 그의 손은 점점 분노와 괴로움으로 축축하게 젖어 들었다. 하지만 서준은 다시 침착하게 입을 열었다.

"들어줄 수 있는 다른 조건을 말씀해 보시죠."

-내가 검사님 누나, 그것도 변호사와 그 아들을 납치했다는 건 여차하면 다 같이 죽겠다는 마음 아니었겠습니까? 우리 같은 사람 더 몰아붙여 봐야 다른 선택은 없습니다. 물론 다른 합의 조건도 없습니다. 그리고 지금 이 순간부터 이 휴대 전화도 꺼져 있을 테니 곰곰이 생각해 보시고 형 어떻게든 풀어 주세요. 뉴스로 형을 놓쳤다는 소식을 확인하기 전까지 당신 누나와 조카는 나와 함께 있을 겁니다. 살아서든 죽어서든. 그럼…….

"잠깐만요."

-뭐죠?

"당신이 데려간 사람, 내 누나 아닙니다."

-그 말을 내가 믿을 것 같습니까?

어떻게든 대화를 좀 더 끌어가며 시간과 그의 허점을 찾아보려 했지만 이대진은 이미 마음을 굳힌 듯 그의 말을 귀담아듣지 않고 있었다.

"당신 지금 정말 큰 실수 하는 겁니다."

-실수요? 당신 같은 사람들 눈에는, 나 같은 건 이 세상에 태어난 것부터가 실수처럼 보이겠죠? 아닙니까? 그런데 어쩌죠? 나는 지금 내가 태어나서 한 일 중 가장 잘한 일을 하고 있다고 생각하는 중인데.

"나에 대한 원한 때문에 이런 일을 벌인 거라면 인질을 나와 바꾸는 걸로 하죠."

-조건은 나만 제시할 수 있습니다.

"어린아이와 힘없는 여잡니다."

-눈물 나는군요. 그런데 내 조건을 들어주지 않으면 당신 눈에서 진짜 피눈물이 흐를 수도 있을 겁니다.

"나 때문에 죄 없는 사람들을 다치게 할 수는 없습니다."

-아니요. 이게 공평합니다. 서로의 가족을 인질로 잡고 있는 거니.

그가 무슨 생각으로 어떤 마음을 먹고 이런 일을 벌인 것인지는 알 수 없었다. 하지만 지금 서로의 심정이 크게 다르지 않을 것이라는 그의 표현은 완전한 억지는 아니었는지도 모른다. 그런 사실이 서준을 더 숨 막히게 만들고 있었다.

"그럼 지금 두 사람이 무사한지 목소리라도 들려주시죠."

-조카는 지금 자고 있고, 누나…… 이봐요, 강서경 씨.

전화기 너머로 이대진이 태은을 부르는 소리가 들려왔다. 하지만 대답 소리는 들려오지 않았다.

-이봐…….

"뭡니까? 왜 그래요?"

서준이 다급하게 물었지만 이대진 쪽 상황이 그가 예상했던 대로 흘러가고 있지 않는 것인지 무언가가 쾅 하고 부딪히는 소리가 들려오더니 예고 없이 전화가 끊겼다.

뚜뚜뚜…….

"이봐요, 이대진 씨. 이대진! 이대진!"

서준이 곧바로 다시 전화를 걸었으나 태은의 전화는 그가 예고했던 대로 꺼져 있는 상태였다.

"젠장……."

서준은 손에 들고 있던 전화기를 집어 던지려다 그것이 이대진과 연락할 수 있는 유일할 방법이라는 생각에 높이 들어 올렸던 손을 천천히 아래로 내렸다. 지금껏 수많은 사건들을 다룰 때와는 달리 서준은 머릿속이 백지처럼 하얘진 느낌이었다. 그런데 아무 생각도 들지 않는 머릿속과는 달리 심장은 거칠게 요동치고 있었다. 이런 일이 그에게 일어날 거라고는 생각도 해 본 적이 없었다. 자신이 검사라는 직업을 갖게 되면 어떤 상황에서도 곁에 있는 사람들을, 그리고 이제는 태은을 지켜 줄 수 있을 거라고만 생각했지 자신으로 인해 그들에게 위험이 닥칠 수도 있다는 생각 같은 건 꿈에서도 해 본 적이 없었던 것이다. 더구나 지금 태은과 민후가 어떤 상황에 처해 있는 것인지 알 길이 없었기에 그는 지금 당장 이대진의 목을 잡아 비틀어도 시원치 않을 것 같은 기분이었다. 하지만 그를 어디서 어떻게 찾아야 하는 것인지에 대해서는 아무 생각도 떠오르지 않았다. 휴대 전화를 움켜쥔 그의 주먹만이 부르르 떨리고 있었다.

"윤 계장님!"

그가 윤 계장을 부르며 사무실을 나서려는 순간 윤 계장이 먼저 사무실 문을 열고 안으로 들어왔다.

"검사님, 달리는 차 안이었는지 위치가 계속 불안하게 움직이다 갑자기 사라졌습니다."

이미 어느 정도는 짐작하고 있던 상황이었다.

"계장님, 이대수 주변 지인과 함께 일했던 적 있는 과거 동료들, 그리고 휴대 전화 통화 내역에 남겨진 사람들까지 전부 확인 가능한 선에서 인적사항과 거주지, 그리고 차량 번호까지 확인 부탁드립니다."

가족도 둘뿐이었고 둘 다 일정한 직장도 없이 떠돌아다녔다면 분명 주변 지인도 한정되어 있을 것이다. 윤 계장도 그와 같은 생각인지 크게 고개를 끄덕여 보이고 있었다.

"그런데 도대체 무슨 일이십니까, 검사님?"

"제 아내와 조카가 납치된 것 같습니다."

"사모님이요? 이대수 동생 짓입니까?"

윤 계장도 크게 놀란 듯 잠시 움직임을 멈추고 걱정스러운 눈길로 서준을 바라보았다.

"네. 지난번 오토바이 사건도 이대진 짓인 것 같습니다."

"그럼 그렇지……. 그런데 요구 사항이 도대체 뭡니까?"

"이대수를 풀어 주라는 겁니다."

"오랫동안 연락도 않고 살았다더니, 처음부터 거짓말인 걸 눈치챘어야 하는데."

윤 계장도 오토바이 사건 때 그를 잡지 못한 것이 못내 아쉬운지 주먹을 불끈 움켜쥐었다.

"그리고 위치 끊긴 지점부터 주변 도로 전체 CCTV 확보해 주시고요. 이대수와 조금이라도 연관 있는 사람들 소유로 된 차량과 CCTV에 잡힌 차량 중 일치하는 게 있는지 전부 확인 부탁드립니다."

"네."

"아, 그리고 이대진 사진은 아직도 확보된 게 없습니까?"

"몇 년 전 사진으로 확보한 게 한 장 있답니다. 그런데 얼굴 한쪽이 좀 이상하게 일그러져서 아마 변장을 하고 다닐 것 같다고 합니다. 경찰 쪽에서 변장 가능한 인상착의로 몇 가지 출력해서 오늘 중으로 지명수배 내린다고 했습니다."

"그럴 여유 없습니다."

"그럼 우선은 CCTV랑 주변인 인적사항, 소유 차량 먼저 확인하겠습니다."

"서둘러 주세요."

"네."

윤 계장이 먼저 사무실을 뛰어 나가고 서준도 곧장 사무실을 나서 경찰서로 향했다.

쾅.

무언가를 들이받았는지 급하게 앞으로 쏠리는 차 때문에 태은은 의자에서 굴러 떨어지며 바닥에 머리를 부딪쳤다. 그런데 흙투성이 바닥으로 떨어진 순간 그녀의 눈에 들어온 것은 운전석 의자 아래에서 나뒹굴고 있는 심상치 않은 연장들이었다. 그리고 조수석 의자 아래쪽으로 힘없이 늘어진 채 흔들리고 있는 물체…… 분명 민후의 다리였다.

"으……."

 태은은 민후를 불러 보려고 했다. 하지만 지금 그녀의 입에는 테이프가 붙어 있었고 두 팔은 뒤로 묶인 상태였다. 민후도 의식이 없는지 신발의 무게로 간간이 다리만 흔들리고 있을 뿐이었다. 잠시 주변 상황을 확인한 태은은 마음을 가다듬기 위해 노력하며 어떻게든 몸을 움직이고자 손을 묶은 끈의 상태를 확인해 보았다. 그런데 그 순간 이번에는 차가 좁은 커브를 도는 듯 그녀의 몸이 차와 함께 왼쪽으로 급하게 쏠리더니 머리가 쿵 하고 문에 부딪쳤다.
"이봐요."

 누군가 그녀를 부르는 듯한 말소리가 들려왔다. 눈을 떠야 했는데 좀처럼 뜰 수가 없었다. 그런 그녀의 귓가로 남자의 목소리가 좀 더 가깝고 크게 들려왔다.

"이봐요. 당신 아들이, 이상해요."

 그 순간 태은은 눈을 번쩍 떴다. 그녀의 눈에 먼저 들어온 것은 익숙지 않은 어둠이었다. 날이 저문 것인지, 이곳만 어두운 것인지는 알 수 없었다. 눈이 어둠에 조금씩 익숙해지자 한쪽 구석에서 희미하게 빛을 발하고 있는 양초가 보였다. 그리고 그녀의 옆쪽에 선 남자, 그는 검은 모자에 두꺼운 뿔테 안경, 그리고 안경 바로 밑까지 파란색 마스크를 덮어 쓰고 있었다. 이 남자가 자신들을 납치한 사람일 것이라는 사실을 깨달은 순간 태은의 몸이 긴장으로 뻣뻣하게 굳었다.

"으, 으……."

 두렵고 무서웠지만 민후에 대해 물어야 했다. 민후가 안전한지 먼저 확인을 해야 했다. 그런데 입을 단단하게 덮은 테이프 때문에 말을 할 수가 없었다. 남자가 그런 그녀에게로 가까이 다가와 입에 붙은 테이프를 단번에 떼어 주었다.

"민후는 어디에 있는 거죠?"

태은이 남자의 얼굴을 바라보며 묻자 이미 충분히 얼굴을 가린 상태임에도 그는 더 깊게 고개를 숙이며 그녀의 시선을 피했다. 지금 같은 상황에서도 몸에 붙은 옷의 축축한 느낌을 지울 수 없는 것을 보니 오늘도 꽤나 무더운 날씨인 것이 분명했는데…….

"낮부터 자는 줄 알았는데…… 너무 오래 자요."

서경의 아파트에서 그녀를 위협했던 남자의 목소리와 같았다. 그런데 남자는 신경 써 일부러 그러는 것인지 줄곧 그녀에게 존댓말을 쓰고 있었다.

"어디 있어요, 민후?"

"이쪽에……."

남자의 고갯짓을 따라 고개를 돌린 태은의 눈에 바닥 한쪽에 널브러지듯 누워 있는 민후의 모습이 보였다. 그리고 눈이 어둠에 완전히 익자 양초에 비춰지는 벽면의 결 모양으로 이곳이 컨테이너 같은 정사각형 안의 공간이라는 사실도 확인할 수 있었다. 한여름이었고, 환기도 되지 않도록 문을 꼭꼭 닫아 둔 좁은 공간 안에 양초까지 타고 있었다. 그제야 왜 이렇게 숨을 쉬는 것이 답답했는지 그 이유를 알 것 같았다. 하지만 태은은 천천히 몸을 일으켜 중심을 잡은 뒤 묶이지 않은 두 다리로 민후를 향해 천천히 다가갔다.

"민후야."

아무것도 깔리지 않은 맨바닥에 누운 민후는 얼굴이 붉게 상기된 채 몸을 힘없이 늘어뜨리고 있었다. 태은은 얼른 바닥으로 무릎을 꿇고 뒤로 묶인 팔 대신 민후의 얼굴 가까이로 자신의 얼굴을 가져다 대 보았다. 얼굴이 불덩이처럼 뜨거웠고 낮게 내쉬는 숨소리도 신음 소리처럼 가늘고 힘겨웠다.
"아이 몸이 불덩이 같아요."
"어떻게 해야 하는 거죠?"
"병원, 아니 해열제라도 먹였으면 좋겠는데."
 납치범에게 병원에 데려가 달라는 부탁은 통하지 않을 거라고 생각한 태은이 급한 대로 해열제를 부탁해 보았다.
"해열제……."
"안 되면, 아이 머리에 물수건이라도 올릴 수 있게 해 주세요."
"여기 그런 거 없어요."
 그녀의 부탁을 거절하는 남자의 목소리는 단호하지 못했다. 그 순간 태은은 남자가 아주 잔혹하거나 비정상적인 사람은 아닐지 모른다는 희망을 조심스럽게 품어 보았다.
"그런데 우릴 왜 데려오신 거죠?"
"……."
"그럼 아이가 몸이 좋지 않은데, 아이는 보내 주시면 안 될까요?"
"……."
"아이들한테 열이 나는 건 아주 위험하고 심각한 상황이에요. 그리고 아픈 아이를 데리고 있는 건 오히려 불편하고 계속 신경이 쓰이실 텐데."

"지금은 보내 줘도 아이 혼자서는 돌아갈 수 없을 거예요."

그의 말뜻을 정확하게 이해할 수 없었다. 그리고 지금 그들이 있는 곳의 정확한 위치와 시간은 물론, 이 남자에게 공범이 있는지 여부도 알 길이 없었다. 다만 그녀의 오랜 경험상 어딘가에서 흙냄새가 짙게 풍겨 오는 것으로 봐 이곳이 도심 속 공간이 아닐 가능성이 높다는 사실만 어렴풋하게 짐작할 수 있을 뿐이었다. 게다가 가만히 귀를 기울이니 멀지 않은 곳 어딘가에서 물 흐르는 소리도 희미하게 들려오는 것 같았다. 이 모든 상황들은 태은을 더 깊은 절망으로 밀어 넣고 있었다.

"그럼 저희, 언제까지 여기 이렇게 있어야 하는 거죠?"

"모두 당신 동생 손에 달려 있어요."

그녀를 서경으로 알고 있었으니 지금 남자가 말하고 있는 사람은 서준일 것이다.

"제 동생이 왜요?"

조심스럽게 묻는 태은의 목소리가 떨렸다.

"우리 형 미래가 당신 동생 손에 달려 있으니까요."

"그게 무슨 뜻이죠?"

"당신 동생이 우리 형을 잡아 감옥에 넣으려고 하니까······."

"······."

"그러니까 만약 내가 당신과 당신 아들을 해치더라도 날 원망하지 말아요. 날 이렇게 만든 건 이 세상이고, 당신 동생과 당신 같은 사람들이니까."

처음과 달리 거칠게 목소리를 높이던 그가 고개를 돌린 뒤 답답한 듯 마스크를 벗었다. 태은도 시간이 흐를수록 점점 더 숨을 쉬는 게 더 힘겨워지는 느낌이었다. 언제까지 이대로 시간을 흘려보낼 수는 없었다. 어떻게든 방법을 찾아야 했고, 민후의 상태가 더 악화되기 전에 손을 써야 했다.

"제가 동생과 통화를 해 볼 수는 없을까요?"

태은이 조금 침착해진 목소리로, 하지만 어느 때보다 조심스럽게 물었다.

"난 지금껏 살면서 당신 같은 사람들 근처에도 가 본 적 없었어요. 겨우 중학교를 졸업했고, 공사장 허드렛일로 근근이 살아오다 몇 해 전부터는 아예 산속에서 지냈으니까. 하지만 당신 같은 사람들이 얼마나 영악하고 이기적인지는 잘 알고 있죠. 나한테 협상을 시도할 생각 같은 건 하지 않는 게 좋을 거예요. 아이 뒤에 있는 통에 든 게 휘발유니까."

남자의 목소리에서 깊은 분노와 원망, 그리고 절망을 느낄 수 있었다. 하지만 그런 감상도 잠시, 누워 있는 민후 뒤로 정말 하얀 휘발유통이 놓여 있는 것을 발견한 태은의 심장이 터질 듯 요란하게 쿵쾅거리기 시작했다. 우선은 당장 민후를 휘발유통에서 조금 떨어진 곳으로 옮겨 두어야 했다. 하지만 남자가 일부러 휘발유통을 저곳에 둔 거라면 이 좁은 컨테이너 안에서 위치를 옮기는 것 정도는 그다지 의미가 없는 일일 것이다. 그렇다면 출입문까지 의도적으로 막아 두지는 않았는지 확인을 해 봐야 했다. 그것도 남자의 심기를 건드리지 않는 최대한 자연스러운 방법으로……

"죄송해요. 그런 의도는 아니었어요."

태은은 머리까지 깊게 숙여 사과를 하며 동시에 한쪽 무릎을 이용해 민후가 의식을 찾을 수 있는 상태인지 살며시 몸을 밀어 보았다. 하지만 그녀의 생각보다 훨씬 상태가 좋지 않은 듯 민후는 꼼짝도 하지 않고 있었다.

"그런데 여긴 어딘가요?"

"여긴 버스도 들어오지 않는 오지 마을 폐가예요. 여기에 갇힌 채 우리가 모두 질식해 죽거나 이 컨테이너 박스 안에서 타 죽어도 우리 시체가 언제 발견될지도 장담할 수 없는 곳이죠."

남자가 태은을 겁주려는 듯 일부러 더 거칠고 강한 어조로 말했다. 그런데 그 순간 어쩌면 남자도 지금 이 상황을 두려워하고 있는 것은 아닐까 하는 생각이 그녀의 머릿속에 불쑥 떠올랐다.

"어차피 다 같이 죽게 될 거라면 왜 저희를 이곳까지 데려온 건지 그 이유라도 듣고 싶어요. 당신이 얼마나 억울한 사연을 가지고 이런 일을 벌였는지 공감할 수 있다면…… 적어도 지금처럼 억울하지는 않을 테니까요."

"당신이 날 이해한다고요? 크크크……. 우린 태생부터가 전혀 다른 사람들인데. 우리 아버지는 감방에서 12년을 지내셨고, 형도 이제 들어가면 10년은 썩게 될 테고, 나도 죽지 않고 잡혀 간다면 얼마나 있을지 알 수 없는데……. 하지만 분명한 건, 이건 우리가 원한 것도, 우리가 선택한 것도 아니라는 사실이야. 당신이나 당신 동생 같은 사람들이 우리 아버질 감방에 보낸 뒤 누군가 우리에게 조금만 더 관심을 가져 줬더라면, 어쩌면 이런 일은, 당신들도 이런 일을 겪을 필요 없었을 텐데. 그런데 사람들은 범죄자를 잡는 일에만 관심을 갖지…… 부모가 범죄자가 되는 순간 그 자식도 범죄자 자식으로 살아간다는 사실에는 아무도 관심을 갖지 않아. 그러니 우리에게 당신들 같은 사람들은 우러러봐야 하는 사람이 아니라 증오의 대상이 된 거겠지. 죄라고는 가난밖에 없었던 우리 아버질 잡아가고 나와 우리 형에게 범죄자 자식이라는 잘라 낼 수 없는 꼬리표를 달아 줬으니까……."

말을 마친 남자가 거칠게 숨을 씩씩거렸다.

"……."

"이번에 형까지 감방에 들어가고 나면 어차피 나도 살아갈 이유도 희망도 없어지니까, 우릴 이렇게 만든 당신들과 함께 지옥으로 갈 생각이야."

"잠깐만요. 당신 형은 어떤 잘못을 했기에 10년씩이나 교도소에 있게 될 거라는 거죠? 그건 부모님 일과는 상관없는 거 아닌가요?"

그녀가 처음 남자에게 사연을 물은 이유는 그의 관심을 돌릴 수 있는 방법이라든가, 사연 안에서 작은 공감이라도 얻어 낸다면 설득을 해 보는 것도 가능하지 않을까 하는 기대 때문이었다. 그런데 이제는 이 남자가 어떤 사연 때문에 이런 일을 벌인 것인지, 왜 스스로의 삶까지 담보로 이러는 것인지 진심으로 궁금한 생각이 들고 있었다.

"우리 아버진 어머니와 이혼하시고 막노동을 해 가며 혼자서 어린 우릴 키우셨어. 없는 집 자식은 아프지도 말고 자라야 하는데,

차라리 그때 내가 아파서 죽었어야 하는데……. 내가 죽지도 않고 몇 날 며칠을 시름시름 앓기만 하니까, 아버지가 급한 병원비 정도만 가지고 나올 생각으로 어느 집에 들어갔다가 주인아주머니와 정면으로 얼굴을 마주치게 되셨던 거야. 아버지는 정말 겁만 줄 생각이었는데, 운이 더럽게 없었던 아주머니가 뒷걸음질을 치다 넘어진다는 게 그만 그 자리에서……. 그렇게 나 때문에 감방에 들어가셨던 아버지는 12년 만에 출소하고 나와 고작 2년을, 병석에 계시다 돌아가셨지."

"……."

"아버지가 감옥에 들어가시고 난 뒤, 당시 고등학생이었던 형은 학교를 그만두고 공사장 이곳저곳을 전전하며 일을 하기 시작했어. 그때까지도 몸이 좋지 않았던 나를, 그때부터는 형이 돌봐야 했으니까. 그러다 우연히 아버지를 기억하고 있던 사람과 술자리를 함께하게 됐고, 그가 아버지를 잔인한 살인자라고 욕하는 소리를 듣고, 술기운에 정말 우발적으로……."

 술이 면책 사유가 될 수 있다고 생각하지는 않았다. 어떤 이유와 상황에도 살인은 잔인한 범죄였으니까. 그런데 태은은 마음이 편치 않았다. 딱 꼬집어 그 이유를 설명할 수는 없어도 그의 절망을 조금은 이해할 수 있을 것 같았다. 그런데 그녀가 그의 이야기를 듣고 있던 잠깐 사이 민후의 이마 위로 작은 땀방울들이 송골송골 맺혀 있는 것이 보였다. 몸에서 나는 열에 찜통 같은 컨테이너 안의 열기까지 더해져 상태가 점점 심각해지고 있는 것이 분명했다.

 '민후야…….'

태은은 마음속으로 간절하게 민후를 불러 보았다.

 '민후야, 제발 조금만 더 견뎌 줘.'

 "당신과 형, 그리고 아버지가 얼마나 힘들게 사셨을지 조금은 알 것 같아요. 하지만 당신들처럼 억울한 마음을 가진 사람들에게 모두 죄의 대가를 묻지 않는다면, 어차피 이 나라는 당신들도 살아갈 수 없는 나라가 될 거예요. 그리고 설마 이런 일을 벌인다고 당신 형이 풀려날 수 있을 거라고 생각하고 있는 건 아니겠죠?"

 이번에는 태은의 목소리에 원망이 짙게 배어 있었다.

 "형을 그냥 풀어 줄 수 없다는 건 알지만, 당신들이 이렇게 억울하게 죽고 나면 세상은 당신들에게는 관심을 갖겠지. 이미 죽고 없는 당신들을 실컷 동정하고 추켜세운 다음, 그다음에는 누군가 우리 사연에 대해서도 관심을 갖지 않겠어? 비난이든, 동정이든 우리 같은 사람들도 이 세상에 살았다는 걸 알게 되겠지. 그래서 억울한 마음 꾹꾹 누르고 등신같이 혼자 살다 죽는 쪽 말고 당신들을 선택한 거야. 당신들의 죽음은 우리의 죽음과 다르니까. 그러니까 우리 아버지 때문에 죽었던 그 아주머니처럼 당신도 그냥 더럽게 운이 없는 거라고 생각해."

 "당신이 지금 어떤 기분일지, 왜 이런 일까지 벌인 건지 이제 알 것 같네요."

 남자의 얘기를 모두 듣고 난 뒤 이번에는 태은이 입을 열었다.

 "당신이 내 기분을 안다고? 왜 이런 일을 벌인 건지 알 것 같다고? 큭큭큭……."

 남자가 고개를 저으며 나직하게 비웃음을 흘렸다.

"당신들 눈에는 나 같은 사람이 범죄를 저지르는 건 조금도 이상하게 생각되지 않을 텐데, 그런데 내 기분을 이해한다고?"

"겁도 나고 무서워서 미리 말하지 못했는데 지금 당신이 데려온 사람, 저는 강서경 씨가 아니거든요. 제 이름은 우태은이에요. 그리고 아주 평범한 직장인이죠. 당신 심정 지금 저처럼, 아니 저보다는 덜 억울한 거 아닌가요?"

"당신이 강서경이 아니라고?"

마스크를 쓰지 않은 얼굴을 똑바로 들고 남자가 태은의 얼굴을 바라보았다. 그런데 그다지 밝지 않은 빛에 비춰진 남자의 얼굴 한쪽이 이상했다. 어색하게 움직이는 안면 근육이 크게 상처를 입었던 후유증 같기도 했고, 안면 전체의 비율이 맞지 않는 것으로 봐 장애를 가진 것 같기도 했다. 어쩌면 그가 어릴 적 심하게 앓았다던 그 병의 후유증 때문은 아닐까, 태은은 조심스럽게 짐작을 해 보았다.

"네. 하지만 오히려 이건 기회일 수도 있어요. 당신이 정말 강서경 씨를 납치했다면 끔찍한 일이 벌어졌을지도 모르지만 저와는 아무런 원한도 없으니까. 당신이 저와 아이를 그냥 보내 주신다면 우리도 당신과 만났던 시간 전부를 잊을게요. 당신이 지금 얼마나 괴로워하고 있는지, 끔찍한 시간을 견뎠는지 모두는 아니어도, 이해할 수 있을 것 같으니까요."

"……"

"제 말이 믿기지 않는다면 가방 안에 제 신분들이 들어 있을 거예요. 확인해 봐도 좋아요."

"그런데 어떻게 강서준 검사와 알고 있었던 거지? 그 사람도 당신을 알고 있던데."

"저도 아홉 살에 부모님을 모두 잃었어요. 세상에 덩그러니 혼자 남겨졌었죠. 그때 강서준 검사의 아버지가 절 찾아와 주셨어요. 그게 우리 인연의 시작이었죠. 당신들이 정말 힘들었을 때 강서준 검사의 아버지 같은 분이 없었다는 게 너무 안타까워요. 하지만 아직 늦지 않았어요."

태은이 조심스럽게 말을 건네는 순간 혼란을 감추듯 남자가 서둘러 바닥에 떨어진 마스크를 집어 다시 귀에 걸었다.

"전 당신이 지금 이런 일을 벌일 정도로 힘이 들었고, 이게 당신이 할 수 있는 마지막 선택이었다는 사실 왠지 이해가 돼요. 저도 세상에 혼자 남겨졌을 때 세상을 원망했고 제 자신까지도 원망했었으니까요. 그런데 그렇게 원망하고, 우릴 해치고 나면 세상에 대한 당신의 분노가 풀릴까요? 그리고 당신 형은 당신한테 잘했다고 말해 줄까요? 아무것도 달라지는 건 없을 거예요."

그녀의 애원과 설득에도 남자는 힘없이 고개만 흔들 뿐이었다.

"아이는 계속 아파서 아무것도 기억하지 못할 거예요. 그리고 전 당신 형에게 그런 일이 일어나지만 않았다면 당신도 절대 이런 일을 벌일 사람이 아니었다고 생각해요. 당신한테 어떤 처벌이 내려지는 것도 원하지 않아요. 진심으로……."

"당신은 날 이해할 수 없어, 누구도 우리를 이해하는 건 불가능해……."

"저는 친척도 아무도 없어서 아홉 살에 보육원으로 들어가 얼마간 지내다 열 살에 입양이 됐어요. 입양이 되긴 했지만 적응도 쉽지 않았고, 제대로 친구를 사귈 수도 없었어요. 학교에서는 내 입양 사실이 알려질까 겁이 났고, 집에서는 낯선 가족들과 친해지는 게 너무 힘이 들었거든요. 정말 삶이 지옥이었어요. 하지만 당신은 형이 있잖아요. 당신을 위해 아주 많은 것들을 희생할 만큼 당신을 사랑하고 걱정해 주는……. 전 정말 아무도 없었어요. 그래도 그 시절을 잘 견뎌 낸 걸 지금은 정말 다행스럽게 생각하고 있어요. 10년 후에 당신 형이 교도소에서 나온 다음, 그때를 한번 생각해 봐요."

"……."

"그때는 당신이 형을 위해 뭔가 해 주어야 하지 않을까요? 적어도 곁에는 있어 줘야 형도 살아갈 희망을 가질 수 있지 않을까요?"

태은은 용기를 내 스스로의 이야기를 털어놓고 남자가 자신의 삶을 포기하지 않아야 하는 이유도 조심스럽게 덧붙여 보았다. 그 순간에도 그녀의 시선은, 마음은 온통 민후에게 향해 있었다.

제11장
납치 (2)

"서준아."

현장검증을 위해 포승줄로 두 팔이 묶인 이대수가 경찰차에서 내리는 모습이 보였다. 그리고 북적거리는 사람들 틈을 비집고 서경이 서준의 옆으로 와 섰다.

"여긴 뭐하러 왔어?"

"이대수 동생이 이대수 풀어 주면 우리 민후, 태은 씨 보내 주겠다고 했다면서?"

나직한 목소리로 얘기하는데도 서경의 목소리는 떨리고 있었다.

"누가 그래?"

"윤 계장님."

"누나는 빠져."

냉정한 목소리와는 달리 서준의 눈빛은 간절했다.

"그리고 범인이 태은 씨를 나로 오해해서 데려간 거라면서."

"누나……."

"나한테 맡겨, 서준아."

서준은 한 손으로 서경의 어깨를 움켜잡았다. 이렇게 비이성적인 누나의 표정과 긴장한 목소리는 처음이었다. 물론 지금 누나의 심정을 누구보다 정확하게 알고 이해할 수 있는 사람은 그였다. 그렇지만 누나까지 이 일에 끌어들일 수는 없었다.

"누나 지금 무슨 생각하고 있는 거야?"

"내가 윤 계장님한테 얘기 듣고 이곳까지 달려오는 동안 무슨 생각 했는지 알아?"

서준은 서경의 얼굴을 내려다보았다. 민후와 태은이 납치되고 몇 시간이 지났을 뿐인데 서경의 얼굴은 서준이 알던 그 온화한 얼굴이 아니었다.

"나한테 가장 중요한 건 일도, 민후에게 좋은 가정을 만들어 주기 위한 희생도 아니라 민후, 그 아이 하나였다는 걸 깨달았어. 이번 일 내 손으로 해결하고 처벌받게 된다면 그것도 내 선에서 전부 감수할 거야. 서준이 너한테는 조금도 피해 가지 않게 할게. 그리고 그 후에 민후 데리고 네 말대로 다른 나라로 떠나서 살 거야. 너도 내가 민후 아빠와 정리하길 바랐었잖아. 둘이 떠나서 지금까지 민후 혼자 감당해야 했던 모든 시간, 엄마로서 해 주지 못한 것들 전부 해 주면서 그렇게 민후 키울 거야. 아이 납치됐다는 얘기 전했는데도 얼굴조차 비치지 않는 아버지한테 아이 양육권 없다는 것쯤은 어떤 변호사가 소송 맡아도 증명해 줄 수 있을 테니까."

"누나."

"나 네 누나고 변호사지만 지금 이곳에 온 건 오직 민후 엄마로서야."

서경의 눈에 눈물이 그렁그렁 차올랐다. 그런데 그녀는 민후에게는 엄마였지만 서준에게는 지칠 대로 지쳐 있는 안쓰러운 누나일 뿐이었다.

"누나한테 민후 얼마나 소중한 아인지 알아. 나한테도 민후 소중한 조카야. 하지만 누나가 지금 하려는 일은 누구에게도 공감을 얻을 수 없는 행동이야."

"공감? 나한테 민후는 내 목숨보다 더 소중한 아이야. 민후한테 무슨 일 생기기 전에…… 기회는 지금뿐이잖아?"

누구보다 이성적이고 논리적이었던 서경이었다. 그런데 지금 서경의 모습에서는 그런 모습을 조금도 찾아볼 수가 없었다.

"나 믿고 조금만 기다려 봐, 누나."

"안 돼. 지금 네 눈에 나 제정신 아닌 것처럼 보일지도 모른다는 거 알아. 하지만 민후는 살려야 돼. 우리 같은 부모한테 태어나서 한 번도 행복했던 적 없었던 아이야. 너도 알잖아, 서준아."

서경이 자신의 어깨를 잡은 서준의 손을 떼어 냈다.

"그래, 지금 누나 마음 나도 알아. 나도 송 변호사님이 우리에게 해 주셨던 것처럼 송재윤이 그렇게 살아가게 해 주기 위해 검사가 됐지만 지금 이곳에 서 있는 심정은 검사 강서준으로서가 아니라 태은 씨와 민후 보호자로서의 마음이 더 크니까."

"서준이 너는 빠져. 너한테까지 피해가 가는 건 정말 원치 않아."

서경이 앞으로 걸어 나가려고 하자 서준은 두 손으로 그녀의 팔을 붙잡아 사람들이 적은 쪽으로 이끌었다.

"누나, 이성을 좀 찾아."

"서준아……."

"나도 지금 최선을 다하고 있어. 오늘 안으로 무슨 일이 있어도 두 사람 찾아서 안전하게 데려 올 거야. 그러니까 조금만 기다리고 있어."

그 순간 그의 주머니 속 휴대 전화가 요란하게 진동하기 시작했다. 서준은 서경의 팔을 잡은 손 중 한 손을 떼 주머니 안의 휴대 전화를 꺼내 들었다. 전화는 윤 계장으로부터 걸려 온 것이었다.

"네."

-검사님, 이대수 차량 위치 확보했습니다.

"지금 바로 위치 전송해 주세요."

-네. 그리고 경찰 병력이 먼저 그쪽으로 출발했습니다.

"저도 바로 출발하겠습니다."

"누구야, 윤 계장님이야? 범인 위치 확인했대?"

그가 통화를 하는 동안 잠자코 있던 서경이 핏기 없는 얼굴과는 대조적으로 눈을 빛내며 물었다.

"나도 같이 가."

서준은 바로 전송돼 온 위치를 확인한 후 휴대 전화를 주머니 안으로 깊게 밀어 넣었다. 그리고 다시 서경을 바라보았다.

"누나는 못 가."

"내가 왜? 나도 갈래."

서경의 눈빛이 애원하듯 간절해지고 있었다. 하지만 그곳에서 어떤 상황이 벌어질지 예측할 수 없는 서준으로서는 서경의 안전도 중요한 문제였다.

"누나 간다고 도움 안 돼."

"멀리서 지켜만 볼게."

"혹시라도 민후가 누나 알아보면 범인이 더 흥분할 수도 있어."

"하지만……."

"누나, 내 말 잘 들어. 내가 미성년자였을 때는 아버지가 누나한테 나를 부탁했지만 지금은 내가 누나 보호자야. 내가 모두 지켜 줄 거야. 그러니까 나 믿고 조금만 기다리고 있어."

그 순간 서경의 뺨을 타고 눈물이 주르륵 흘러내렸다. 서준의 가슴도 저렸다.

"서준아, 그래도 같이 가고 싶어……."

"내가 사랑하는 사람들 전부 무슨 일이 있어도 반드시 지켜 줄 거야. 누나도, 민후도, 태은 씨도……. 그러니까 조금만 기다리고 있어. 응?"

서준은 서경의 팔을 잡지 않은 손으로 그녀의 눈물을 닦아 주었다.

"시간 없어, 누나."

"제발, 서준아……."

"여기요."

더 이상 시간을 지체할 수 없다는 판단을 내린 서준이 손을 번쩍 들며 큰 소리로 경찰을 부르자 시민들의 접근을 막고 있던 경찰 중

한 사람이 그들 곁으로 빠르게 달려왔다.

"이분, 이대수한테서 격리시켜 주셔야 할 것 같습니다."

"네?"

서준을 알아본 경찰이 가볍게 고개를 숙여 인사를 한 뒤 의아하다는 듯 물었다.

"방금 이대수한테 돌을 던지려고 했습니다."

서준은 움켜잡고 있던 서경의 팔을 경찰의 손에 직접 넘겨주며 말했다. 피고인 현장검증에서 지나친 감정이입으로 피고인에게 돌을 던지는 시민들은 예전부터 종종 있어 왔기에 경찰은 대수롭지 않은 일이라는 듯 서경의 팔을 잡고 훈계할 요량으로 경찰차가 세워진 방향으로 그녀를 이끌기 시작했다.

"저기요. 저 변호사예요. 신분증 보여 드릴까요?"

서경이 경찰을 설득해 보려는 듯 자신의 신분을 밝히는 소리가 서준이 서 있는 곳까지 들려왔다.

"아, 네. 그래도 여기에서 이러시면 안 됩니다. 게다가 변호사시면 조금 전 같은 행동으로 경찰서에 잡혀갈 수 있다는 사실도 잘 알고 계실 텐데……."

"현장검증 끝날 때까지 감시 부탁드립니다."

경찰차를 향해 멀어지고 있는 경찰을 향해 소리친 뒤 서준도 근처에 세워 둔 자신의 차로 빠르게 달려갔다.

윤 계장이 보내 준 주소는 경기도 인근의 험준한 산자락 아래 위치한 평범한 시골 마을이었다. 미친 듯 차를 몰아 서준이 도착했을 때는 이미 경찰 차 여러 대가 마을의 진출입로를 완전 봉쇄하고 있는 상태였다. 경찰 차 외에도 구급차와 방송국 차량까지 눈에 띄었지만 모두들 숨을 죽이고 있는 탓에 발걸음 소리 외에 다른 소리는 전혀 들리는 것이 없었다. 마을 입구 아래쪽으로 차를 세운 그가 현장 근처로 다가가자 최종 목적지인 듯 보이는 산비탈에 자리 잡은 집을 향해 몸을 낮추고 지시를 기다리고 있는 기동대원들과 형사들의 모습이 보였다. 그리고 그중 앞쪽에 서 있던 형사 한 명이 서준을 알아봤는지 한달음에 아래쪽으로 내려와 인사를 건넸다.

"강서준 검사님이시죠?"

"네."

"수서경찰서 형사과 강력4팀 유오석 형삽니다."

서른 전후의 나이로 짐작되는 유 형사는 평소 서준이 많이 접하던 형사들의 전형적인 모습과는 많은 차이를 보였다. 훌쩍 큰 키에 깔끔한 옷차림, 그리고 세련된 머리 스타일까지. 현장에서 여러 날 잠복하는 일이 많은 형사들에게 흔히 볼 수 있는 모습은 절대 아니었다.

"이대진이 이곳에 있는 건 확인이 된 겁니까? 인질들 상태는요?"

이미 시간이 많이 지체된 상태였고 산으로 둘러싸인 마을의 특성상 날이 어두워지면 여러 가지로 문제가 생길 것이란 생각에 서준은 유 형사에게 곧바로 물었다.

"이대진이, 아니 이대수 소유의 차량이 오후 2시경 이곳에 도착했고, 그 시간 아래쪽 밭에서 일을 했다던 동네 주민에게서 검은 모자를 쓴 남자가 초등학생쯤으로 보이는 아이 하나를 안고 집 안쪽에 창고로 사용했던 컨테이너 안으로 들어가는 걸 직접 목격했다는 제보를 확보했습니다. 검사님께 형을 풀어 달라는 조건을 제시했다니 분명 이대진일 것으로 예상이 됩니다."

"아직 컨테이너 안 상황은 확인이 안 된 거죠?"

"가장 가까운 곳에 위치한 집이 50미터가량 떨어져 있기는 하지만 지역 특성상 큰 소음이 났다면 아래쪽까지 들렸을 가능성이 큰데 오후에 들려온 소음은 없었고 차의 이동 흔적과 이대진이 밖으로 나오는 걸 목격한 주민도 없었던 것으로 봐 아직 상황은 희망적이라고 판단하고 있습니다."

"그런데 저 집은 누구 소유의 집인가요?"

"폐가라고 합니다. 이대진이 최근 근처 산에서 여러 달 야영 생활을 해 오면서 오다가다 기억을 해 두었던 모양입니다. 날이 곧 저물 것 같아서 우선 이대진의 도주로를 먼저 막아 둔 뒤 강제로라도 컨테이너 문을 열고 안으로 들어갈 계획입니다."

계속 시간을 끈다고 상황이 나아지지 않을 것이라고 유 형사도 판단을 내린 모양이었다. 서준은 알았다는 뜻으로 고개를 끄덕여 보였다. 그에게 상황 설명을 마친 유 형사가 재빨리 기동대원들 앞으로 달려가 기동대 소대장과 수신호를 주고받기 시작했다.

그 뒤 모든 일들은 순식간에 일어났다. 컨테이너 박스를 기동대원들이 둥글게 에워쌌고, 유 형사를 비롯해 경찰로 구성된 선두 그룹에 선 형사 하나가 컨테이너의 출입문을 있는 힘껏 발로 찬 것이다.

쾅.

근처의 나뭇가지에 앉아 있던 작은 새들이 산을 뒤흔드는 듯한 굉음에 놀라 파드닥 날갯짓을 하며 하늘로 날아올랐다.

"이대진!"

"당신들 뭐야?"

"경찰이다."

기동대원을 뚫고 서준도 현장으로 다가가려 했지만 유 형사가 재빨리 그의 앞을 막아섰다. 이대진이 그에게 직접 협박 전화를 걸었다니 그의 얼굴을 알고 있을 가능성이 크다는 판단을 내린 모양이었다. 그건 서준의 생각도 같았기에 유 형사를 밀치지 못한 채 주먹을 힘껏 움켜쥐었다.

"현장은 저희 쪽에 맡겨 주시죠."

"……."

"염려하시는 일 일어나지 않도록 최선을 다하겠습니다."

그의 심정을 간파한 듯 유 형사가 나직한 목소리로 말했다.

"인질은 풀어 줘라."

"한 발짝만 안으로 들어오면 이대로 다 같이 죽어 버릴 거야. 살고 싶으면 당신들도 지금 멀리 피하는 게 좋지 않을까?"

"이대진, 진정해."

서준을 가로막은 유 형사의 뒤쪽에서 경찰과 이대진이 나누는 대화가 적나라하게 들려왔다. 그리고 그들이 서 있는 곳까지 휘발유 냄새가 희미하게 풍겨 오고 있었다.

"우리 형, 형은 어떻게 됐지?"

"오후에 현장검증 무사히 마치고 다시 들어갔을 거다. 그러니까 이대진 당신도 이쯤하고 끝내지."

"강서준 검사는?"

"검사님은 왜?"

"아, 가족이 아니니까 정말 다 죽여도 상관없다는 건가? 그런 거야? 이봐, 당신 우태은이라고 했지? 당신도 뭐라고 말 좀 해 봐. 강서준 검사, 당신은 죽여도 상관없다고 생각하고 있는 모양인데. 우리 형 같은 범죄자들을 다 잡아갔는데도 불구하고 당신 같은 선량한 시민들조차 살아갈 수 없는 나라를 만들어 놓은 강서준 검사한테 한마디 하라고!"

"이대진, 진정해."

"당신들 똑똑히 들어. 여기 이 여자랑 저 꼬마, 강서준 검사가 살릴 수 있었던 사람들인데 나랑 한 약속을 지키지 않아서 죽게 될 거야."

더 이상 가만히 듣고 있을 수 없었기에 서준이 유 형사의 어깨를 밀치고 현장으로 다가가려는 순간 곁에 서 있던 기동대원들이 재빨리 그의 양팔과 허리를 움켜잡았다.

"진정하세요."

"놔!"

그가 있는 힘껏 팔과 몸을 비틀며 소리쳤지만 건장한 남자 여럿을 당해 낼 힘은 아니었다.

"제발 놔……."

"지금 앞으로 나선다고 인질을 순순히 놓아준다는 보장 없다는 거 아시지 않습니까? 오히려 더 위험해질 수도 있습니다."

그가 몸을 비틀수록 그를 억압하는 팔들의 힘은 더욱 강해지고 있었다.

"당신도 당신 형을 그냥 풀어 줄 수 없다는 건 이미 알고 있다고 했잖아요?"

그 순간 바람 소리처럼 나직하면서도 매끄러운 음색의 목소리가 서준의 귓가에 들려왔다. 분명 태은의 목소리였다. 긴장한 듯 경직돼 있기는 했지만 분명 그가 서 있는 곳까지 희미하게 들려온 목소리는 태은의 것이었다. 그녀가 무사했다. 그 사실을 확인하는 것만으로도 표현할 수 없을 만큼의 안도와 함께 잔뜩 들어간 힘 때문에 뻣뻣했던 그의 몸에서 스르르 긴장이 풀렸다.

"그런데도 당신이 정말 우리와 함께 죽고 싶다면…… 10년 후 당신 형이 나왔을 때 형은 누굴 원망할 것 같아요?"

"……"

"경찰? 강서준 검사? 이렇게 의미 없이 죽어 버린 당신이 제일 밉지 않을까요? 그리고 선택은 당신 몫이겠지만 제가 강서준 검사를 원망하는 일은 없을 거예요."

"그래도 자기 때문에 당신과 꼬마가 죽게 됐는데, 사람이라면 적어도 죄책감은 느끼며 살겠지."

"그 죄책감을 당신 형은 두 배로 느끼며 살아간다면요?"

"거기에서 우리 형 얘기가 왜 나와?"

"좋은 분이잖아요? 동생을 위해 자신의 삶은 포기했을 정도로. 아마 당신 대신 평생 미안해해 주지 않을까요?"

"……"

"어쩌면 강서준 검사가 죄책감을 느낄 거라는 생각에 그에게 찾아가 무릎 꿇고 사죄라도 할지 모르겠네요. 어린 시절부터 십수 년 당신을 보살펴셨다니 당신이 한 잘못의 일정 부분은 자신 탓처럼 여기실지도 모르니까요."

"우리 형이……."

"사실 당신도 형을 위해 무언가를 하고 싶은 거잖아요. 이런 일이 아니라……."

"당신이 우릴 어떻게 이해한다고……."

이대진의 목소리는 흐느끼듯 잠겨 있었다.

탁.

그리고 그 순간 무언가 바닥으로 떨어지는 듯한 소리가 들리더니 곧바로 형사들이 컨테이너 안으로 뛰어 들어가는 소리가 우당탕 들려왔다. 서준도 재빨리 기동대원들의 손을 뿌리치고 유 형사의 어깨를 밀친 뒤 컨테이너를 향해 뛰어갔다. 그런데 그가 컨테이너 입구 앞에 도착한 순간 검은 모자와 마스크를 착용한 이대진이 양손에 수갑을 찬 채 경찰에 끌려 나오고 있는 모습이 보였다.

"이대진."

그가 이대진 앞으로 걸어가 서자 그를 포박한 경찰들도 잠시 걸음을 멈추고 섰다.

"당신…… 강서준 검사……."

"그래. 네 형, 이대수 현장검증 무사히 마치는 것까지 확인하고 오느라 조금 늦었다."

"형도 풀어 주지도 않고 여긴 뭐하러 나타난 거야?"

그가 원망스런 눈길로 서준을 바라보며 나직하게 중얼거렸다.

"내가, 내 목숨보다 더 사랑하는 사람들이 여기 있으니까."

그 순간 두꺼운 뿔테 안경 안에서 이대진의 눈이 동그랗게 커지는 것이 보였다.

"뭐?"

"저 안에 있는 두 사람 중 한 사람이 손가락 하나라도 다쳤다면 넌 평생 교도소에서 못 나올 줄 알아."

"설마 저 여자가……."

"이대진, 내가 왜 검사가 됐는지 말해 줄까?"

"……."

"저 컨테이너 안에 있는 여자 때문에, 저 여자 지켜 주려고 검사가 된 거야."

그 순간 이대진의 입가에 허탈한 미소가 번지는 것이 보였다. 하지만 서준은 그대로 그와 경찰들을 지나쳐 컨테이너 안으로 들어섰다. 컨테이너 안은 날이 저물고 있는 밖보다 더 어둡고 습한 데다 매캐한 연기까지 가득했다. 연기를 뚫고 안쪽 깊숙한 곳까지 들어선 그의 눈에 태은의 묶인 손을 풀어 주고 있는 유 형사의 모습이 보였다.

"태은 씨."

서준은 곧장 태은의 곁으로 달려가 그녀의 모습을 샅샅이 훑어보았다.

"괜찮은 거예요? 어디 다친 데는 없어요?"

"서준 씨, 여길 어떻게?"

기운 없이 수척한 얼굴의 태은이 그의 등장에 깜짝 놀란 듯 두 눈을 동그랗게 뜨고 그를 바라보자 서준은 심장이 갈기갈기 찢어지는 것 같았다. 이 여자를 지켜 주기 위해 검사가 됐는데, 검사가 돼서 이 여자를 이렇게 고통받게 만든 것 같아 그저 미안한 마음뿐이었다.

"내가 너무 늦게 왔죠?"

그의 질문에 태은이 고개를 저었다. 그런데 그 단순한 동작만으로도 현기증이 느껴지는 듯 그녀의 몸이 휘청거리자 서준은 재빨리 그녀의 곁으로 다가가 어깨를 부축했다.

"괜찮아요."

태은이 잠시 그에게 기댔던 몸을 다시 일으켜 세우며 말했다.

"저보다는 민후가……."

태은이 가리킨 곳에 들것을 들고 들어온 구급대원들이 민후를 들것 위로 옮기고 있는 모습이 보였다.

"민후는 괜찮나요?"

"언제부터 아이 상태가 이랬던 겁니까?"

"오전에 처음 봤을 때는 괜찮았던 것 같았는데, 정확하진 않지만 정오 무렵부터 잠을 자는 건지 열 때문에 의식이 없었던 건지 계속 몸이 처져 있다가 이곳에서부터는 계속 몸이 불덩이처럼 뜨거웠어요."

"갑작스런 발열이라면 우선은 병원으로 옮겨 검사를 해 봐야 정확한 원인이나 상태를 알 수 있을 것 같습니다. 혹시 평소에 아이가 복용하던 약이 있었다거나, 다른 질병을 앓고 있었던 게 있는지 알고 계십니까?"

"아니요. 그런 거 없었습니다."

서준이 재빨리 대답했다.

"환자분과는 어떻게 되시죠?"

"제가 외삼촌입니다."

"함께 구급차로 가실 거죠?"

구급 대원의 질문에 서준은 태은을 바라보았다. 그녀가 걷기 힘들어하면 안고 나갈 생각이었다. 그런데 태은 옆에 선 유 형사가 특별한 이유도 없이 그녀를 빤히 바라보고 있는 것이 보였다.

"유 형사님."

태은을 바라보고 있는 이유라도 묻듯 서준이 그를 부르자 유 형사는 민후가 누워 있던 바닥 쪽을 살피려는 듯 고개를 숙였다. 그러다 태은의 몸이 다시 휘청거리자 재빨리 곁으로 다가와 서준이 잡은 반대쪽 팔을 잡았다.

"괜찮으세요?"

"네, 고맙습니다."

서준은 유 형사의 손에 잡힌 태은의 팔을 떼어 내고 그녀를 가슴으로 끌어당겨 안았다.

"그런데 혹시 봉은 초등학교 졸업한 우태은…… 씨 아닌가, 요?"

유 형사의 질문에 태은이 고개를 들어 유 형사의 얼굴을 똑바로 바라보았다.

"맞는데, 누구……?"

"나 봉은 초등학교 3학년 2반 반장, 유오석. 기억 안 나, 요?"

"유, 오석……? 아, 기억나……."

"그렇지? 우태은 맞지? 태은이 너는 하나도 안 변했다."

상황에 어울리지 않게 길어지는 대화에 서준은 점점 인내심이 바닥을 드러내고 있는 것을 느끼며 유 형사를 바라보았다.

"무척 반가우신 모양인데, 아무리 그래도 우선 밖으로 나가는 게 먼저인 것 같은데요."

"아, 참······."

"태은 씨, 내 어깨 잡아요."

서준은 태은의 의사도 묻지 않고 그녀를 번쩍 안아 들었다. 컨테이너의 비좁은 공간 안쪽으로 공기가 전혀 통하지 않아 습하면서 몹시 무더웠는데도 태은의 몸은 서늘한 편이었다. 더위와 공포, 그리고 민후에 대한 걱정으로 얼마나 힘든 시간을 견뎌야 했을지, 모든 것을 짐작만으로도 알 수 있을 것 같은 서준은 미안한 마음에 그녀를 가슴에 더욱 꼭 끌어안았다.

"걸을 수 있는데."

"그냥 있어요."

"그런데 두 분은 어떻게 되는 사이신지······."

이번에도 자신들을 따라 길을 내려오며 묻고 있는 유 형사의 얼굴을 서준은 빤히 바라보았다.

"제가 우태은 씨 남편입니다."

생긴 것과는 다르게 눈치가 없는 것인지, 어떤 상황이든 궁금한 것은 당장 물어 궁금증을 해결해야 직성이 풀리는 성격인 것인지, 서준은 유 형사를 똑바로 바라보며 칼날처럼 냉정한 목소리로 한 마디를 더 덧붙였다.

"지금 제 아내가 몸 상태가 좋지 않으니 좀 비켜 주시겠습니까?"

어느새 곁으로 바짝 다가섰던 유 형사가 그제야 몸을 완전히 옆으로 비켰다.

"태은아, 나 수서경찰서 형사과에 있어. 이 사건 내가 맡게 될 것 같은데, 경찰서에서 다시 보자."

"그래."

"태은 씨, 나한테 기대요."

처음엔 보는 눈이 많은 가운데 그에게 안겨 나가는 것이 신경 쓰이는 것 같았던 태은도 이내 긴장이 풀리며 몸에서 힘이 빠져나가는 듯 그에게 몸을 기댄 채 스르르 눈을 감고 있었다.

"미안해요."

"뭐가요?"

"내가 꼭 보호해 주겠다고 약속해 놓고, 이런 일 겪게 해서."

"서준 씨 때문이 아니에요."

서준은 말없이 태은을 더 꼭 끌어안았다. 지금 그가 느끼는 감정, 미안함은 말로는 표현할 수 있는 것이 아니었으니까.

"그런데 범인은 이제 어떻게 되는 거예요?"

"경찰서로 갔으니 그곳에서 자세한 조사가 이루어질 거예요. 이제 다른 생각은 하지 말고 쉬어요. 병원에 도착하면 깨워 줄게요."

서준이 태은을 구급차가 아닌 자신의 차에 태우고 났을 때 현장으로 들어서고 있는 서경의 차가 보였다.

"누나, 어떻게 알고 왔어?"

"윤 계장님이 알려 주셨어."

윤 계장도 서경의 차에서 내려 그들 곁으로 다가왔다.

"윤 계장님이 내려오는 길에 내 대신 운전해 주셨어. 내가 못할 것 같다고 부탁했거든……."

"잘했어, 누나. 고맙습니다, 계장님."

서준은 서경의 어깨를 한 손으로 다독였다.

"매형은?"

"그런데 우리 민후는 지금 어디 있어?"

서준의 질문은 듣지 못한 것처럼 민후의 안부를 묻고 있는 서경의 목소리에서 남편에 대한 원망이나 서운함 같은 건 조금도 느낄 수 없었다. 그 순간 서준은 이제 서경이 준규와 이별을 위한 준비를 완전히 마쳤다는 사실을 느낄 수 있었다.

"다행히 다른 큰 외상은 없는데 지금 민후가 열이 많이 나서 바로 병원으로 출발할 거야. 구급차에 베드가 하나뿐이니까 우린 내 차로 이동할게. 누나가 구급차에 타."

"태은 씨는 괜찮은 거야?"

"응, 다행히 크게 다친 곳은 없는 것 같아."

"정말 다행이다."

길게 안도의 한숨을 내쉬는 서경의 눈가가 또다시 젖어 들고 있었다.

"윤 계장님, 저는 구급차로 이동할게요. 제 차 좀 부탁드려요."

"걱정 마세요, 변호사님."

"오늘 정말 고마웠어요."

"이렇게 큰일을 겪으셨으면서, 별말씀을 다 하십니다."

서경을 태운 앰뷸런스가 먼저 현장을 떠났다. 서준도 잠이 든 것인지 눈을 감고 있는 태은의 안전벨트를 매 주고 앰뷸런스를 따라 병원으로 향했다. 가까운 병원 응급실로 이동한 그들은 간단한 검사 후 민후에게는 급성 인두염, 태은에게는 탈진이라는 진단이 내려졌다. 주사 등으로 응급처치를 마친 민후가 서울의 병원에서 입원 치료를 받기 위해 먼저 서울로 출발을 했고, 이대진 역시 형과의 대질심문을 위해 서울의 경찰서로 이동했다는 소식에 태은도 링거를 거부하고 서준과 함께 곧장 서울로 향했다.

"서준 씨, 나는 그 사람이 무서우면서도, 왠지 안타까웠어요."

서울을 향해 조용히 달리고 있는 차 안에서 태은이 먼저 입을 열었다.

"지금은 아무 생각도 하지 말아요."

"그 사람이 잘못이 없다는 건 아니지만…… 제가 처벌을 원하지 않으면 처벌이 줄어들 수도 있는 건가요?"

"그게 무슨 소리예요. 그 사람은 태은 씨랑 민후를 납치한 납치범이고, 얼마 전에는 오토바이로 경찰차를 들이받고 도망친 뺑소니범이에요. 그것도 범죄자를 도주시키려는 명백한 의도를 가지고서……. 그 사람은 이미 너무 많은 죄를 저질렀고, 죄를 저지른 사람은 반드시 그에 합당한 대가를 치러야 해요."

냉정한 그의 대답에 태은은 더 이상 입을 열지 않았다. 이대진이 반나절 이상을 태은과 민후를 잡고 있으면서도 어떤 신체적 해도 가하지 않았던 것을 보면 태은의 말처럼 그는 아주 질이 나쁜 부류의 사람은 아닐지도 모른다. 하지만 그는 자의로 악질 범죄를 두 번이나 저지른 범죄자였고, 그런 사람을 방치하는 것은 사회적으로 또 다른 문제를 일으킬 수도 있었다. 그리고 무엇보다 서준에게 있어서 이대진은 그가 가장 사랑하는 사람들을 해치려 했던 용서할 수 없는 범죄자였다.

그들이 서울에 도착했을 때는 밤 9시가 지나 있었다. 민후가 입원해 있는 병원에 도착한 서준은 응급실을 통해 태은도 입원 치료를 받길 바랐다. 하지만 그녀는 자신은 괜찮다며 민후가 괜찮은지 먼저 확인하고 싶다고 우겨 결국 두 사람은 민후의 병실로 곧장 향할 수밖에 없었다.

"우 이사님, 뉴스로 소식 접하고 깜짝 놀랐습니다."

두 사람이 민후가 입원한 병실에 도착했을 때 병실 안에는 서경과 상우, 그리고 그의 딸 유빈이 민후의 곁을 지키고 있었다.

"전무님이 여긴 어쩐 일이세요?"

민후의 병실에 있는 상우가 낯선 듯 태은이 물었다.

"민후가 입원했다는 소식 듣고 찾아와 봤습니다."

"태은 씨 많이 놀랐죠?"

서경도 한달음에 태은의 곁으로 다가와 그녀의 손을 잡았다.

"전 괜찮아요. 민후는 좀 어때요?"

"다른 곳은 괜찮은 것 같고, 링거 맞으면서 열 내리는 거 지켜보자고 하셨어요. 그런데 태은 씨도 치료받아야 하는 거 아니에요?"

"전 괜찮아요."

"민후도 오늘 밤만 병원에서 지내고 열 내리면 내일 상황 봐서 퇴원해도 될 것 같다고 하셨어요."

"다행이네요."

"안 돼요, 아줌마."

작고 동그란 얼굴에 인형처럼 사랑스런 외모의 유빈이 침대 곁에서 서경과 태은의 대화를 가만히 듣고 있다 서경에게 다가가 애원하듯 간절한 목소리로 말했다.

"민후 오빠 다 나을 때까지 퇴원하면 안 돼요."

"그래, 유빈아. 내일 의사 선생님이 괜찮다고 하시면 그때 퇴원할 거야."

"병원에서 절대 안정이어야 하는 건 아는데, 유빈이가 민후한테 문병을 가야 한다고 어찌나 울고불고 떼를 쓰고 난리를 피우던지……. 가뜩이나 정신없으실 텐데 여러모로 죄송합니다. 조금만 있다가 바로 돌아가겠습니다."

상우가 진심으로 난처한 듯 서경과 태은에게 사과를 건넸다.

"유빈이는 아직 어려 보이는데 민후와 어떻게 아는 거예요?"

"지난 어린이날 상우가 둘을 함께 호텔 어린이날 특별 행사에 마스코트로 데려갔었는데, 그때 아무래도 유빈이가 운명을 느낀 모양이에요."

여섯 살 유빈이 열 살 민후와 어떻게 알게 된 것인지 궁금해하는 태은에게 서준이 설명해 주었다.

"우리 유빈이가 절 닮아서 성격이 좀 적극적인 편이거든요."

서준의 설명에 상우가 난처한 웃음을 흘리며 덧붙여 말했다. 하지만 유빈은 그런 아빠의 심경은 전혀 신경 쓰지 않는 듯 다시 침대로 다가가 잠들어 있는 민후의 손을 살며시 움켜잡고 있었다.

"유빈아, 안 돼."

"오빠 깨우지 않을 거예요. 아주 살살 잡았어요."

"그래서가 아니라, 오빠가 지금 아파서 유빈이가 오빠랑 너무 가깝게 있으면 유빈이도 아플 수 있거든."

서경이 유빈에게 부드러운 목소리로 알아듣기 쉽게 설명했다.

"그럼 저도 오빠랑 같이 입원할 수 있는 거예요?"

유빈이 동그란 눈을 기대로 반짝이며 물었다.

"그런 게 아니라, 유빈아……."

"죄송합니다."

상우가 얼른 유빈의 손을 민후에게서 떼어 놓았다.

"유빈아, 민후 오빠가 얼른 나아야 우리 유빈이랑 놀아 줄 수 있지."

"……."

하지만 유빈은 지금 자신을 민후에게서 떼어 놓으려는 아빠가 원망스럽기만 한 듯 작은 입술을 삐죽거리고 있었다.

"오빠가 얼른 나아야 유빈이 생일 파티에도 참석할 수 있고."

"아, 맞다."

이어진 아빠의 말에 표정이 다시 밝아진 유빈이 서경을 향해 돌아섰다.

"아줌마, 제 생일 파티에 민후 오빠 초대할래요."

"그래, 민후도 좋아할 거야."

"오빠만 초대할 거예요."

"다른 친구들은 초대 안 하고?"

"친구들이랑 노는 것보다 오빠랑 노는 게 더 재미있어요."

"사실은 다른 친구들한테 민후 보여 주지 않겠다고 유치원 친구들 아무도 초대 안 하겠답니다."

상우가 고개를 뒤로 빼고 서경과 태은에게만 들리도록 아주 작은 목소리로 말했다.

"그런데 오빠는 어떤 음식 좋아해요?"

유빈이 아예 서경의 곁으로 다가와 진지한 표정으로 물었다.

그 순간 태은의 입가에도 잔잔하게 미소가 번지고 있었다.

"민후 오빠는 아무거나 잘 먹어."

"아, 맞다. 그때 오빠가 얘기해 줬는데. 키가 크려면 어떤 음식이든 골고루 잘 먹어야 한다고."

"유빈이는 왜 민후 오빠가 좋아?"

이번에는 태은이 정말 궁금한 듯 허리까지 굽히며 물었다.

"호텔 행사장에서 제가 넘어질 뻔했는데, 오빠가 제 손을 꼭 잡아 줬어요. 그리고 계단을 올라갈 때도 제가 다리가 아프다고 했더니 절 업어 줬어요. 민후 오빠처럼 잘생기고 착한 남자는 정말 처음이에요."

"뭐?"

그 순간 병실 안이 웃음바다로 변했다.

"민후야, 정신이 들어?"

웃음소리가 시끄러워 잠에서 깼는지 눈을 뜨는 민후를 발견하고 서경이 물었다. 그런데 서경보다 더 빠르게 민후에게 다가가 손을 잡은 사람은 유빈이었다.

"오빠 많이 아파?"

"유빈아."

민후가 제 이름을 부르자 유빈의 동그란 눈에 그렁그렁 눈물이 차올랐다.

"내가 얼마나 걱정했는지 알아?"

"그랬어? 고마워."

"아니야, 오빠가 이렇게 무사히 돌아와서 얼마나 다행인지 몰라. 만약에 오빠한테 무슨 일이 생겼으면 난……."

"유빈이가 할머니랑 같이 드라마를 너무 많이 봐서……."

상우가 난처한 듯 다시 민후의 손에서 유빈의 손을 떼어 냈다.

"그런데 유빈아, 오빠한테 너무 가까이 오지 마."

"왜? 나 아플까 봐?"

유빈이 이미 알고 있다는 듯 고개까지 끄덕이며 이번엔 스스로 한 걸음을 물러섰다. 그 모습에 벌써 딸을 잃은 듯 상우의 얼굴은 시무룩해졌고, 민후는 상우와 유빈 사이에서 어쩔 줄 몰라 하며 난처한 표정을 짓고 있었다.

"유빈아, 오빠 일어났으니까 우린 이제 그만 가 보자. 시간이 많이 늦었어."

"벌써?"

"오빠 다 나으면 그때 오빠 집으로 놀러 가면 되잖아."

"그래도 돼, 오빠?"

"응."

"알았어. 그럼……."

아쉬움에 쉽게 발길을 떼지 못하는 유빈을 상우가 번쩍 안아 들었다. 상우의 품에 안긴 유빈은 아주 작은 꼬마일 뿐이었지만, 신기하게도 민후와 있을 때의 유빈은 왠지 여자아이 같았다. 그게 신기하고 재미있어 서준은 자신도 모르게 미소를 짓고 말았다. 그리고 웃고 있는 그와 얼굴이 마주치자 가뜩이나 심기가 불편했던 상우가 유빈에게 물었다.

"유빈아, 민후 오빠 어른 되면 얼굴이 꼭 이 아저씨처럼 생길 것 같은데 그래도 괜찮겠어?"

상우의 말에 유빈이 서준의 얼굴을 꼼꼼히 관찰하기 시작했다.

"응."

"응? 괜찮다는 뜻이야? 왜? 이 아저씨 아빠보다 훨씬 못생겼잖아."

"그건 아빠 생각이잖아."

"뭐?"

"아저씨 잘생겼어요. 그런데 민후 오빠는 어른 되면 아저씨보다 더 멋질 것 같아요."

유빈이 모든 상황을 정리해 버린 뒤 아빠에게 제 작은 몸을 온전히 기댔다.

"오빠, 얼른 나아야 돼."

인형처럼 작은 손을 흔들며 유빈이 속삭였다.

"이다음에 어른 되면 그때는 내가 오빠 간호해 줄 거야."

"저희는 그만 가 보겠습니다."

상우가 서경과 태은에게 고개를 숙여 보인 뒤 마지막으로 서준에게도 눈으로 인사를 건넸다.

"조심해서 들어가."

병실을 나서는 상우에게 인사를 건네며 서준은 태은의 손을 움켜잡았다.

제12장
첫사랑과 사랑하다

　밤새 어둡고 낯선 장소를 헤매는 꿈을 꾸다 태은은 번쩍 눈을 떴다. 곧 눈에 들어온 풍경은 익숙한 방 안이었다. 그녀는 낮게 한숨을 내쉬며 다시 눈을 감았다. 사건 이후 매일 밤 아주 오랫동안 잊고 지냈던 과거의 한 순간으로 돌아가는 꿈을 꾸고 있었다. 아빠의 장례식을 치르던 순간으로 돌아가기도 했고, 보육원에 처음 입소하던 날로 돌아가기도 했다. 그리고 오늘은 꿈에서 실제로는 그런 적이 없었음에도 전학 생활에 적응하지 못해 학교 주변을 배회하다 낯선 장소에서 날이 저무는 꿈을 꾸었다. 모두 그녀가 힘들다 외롭다 생각했던 시절의 꿈이었기에 잠에서 깬 태은은 좀처럼 무겁고 불편한 마음이 사라지질 않았다.
　"꿈꿨어요?"

자고 있는 줄 알았던 서준이 그녀에게 손을 뻗으며 물었다.

"깼어요? 미안해요."

"아니에요."

서준이 그녀를 끌어당겨 가슴에 꼭 안았다. 열대야처럼 무더운 밤이었지만 서준의 품 안은 끈적이지도 불편하지도 않았다. 보호받는 느낌, 혼자 안절부절 하지 않아도 된다는 안도감, 그것은 무더위와는 감히 비교도 되지 않을 정도로 그녀에게 소중하고 편안한 느낌이었다.

"그날 이후로 계속 악몽 꾸는 거예요?"

"악몽까지는 아니에요."

"미안해요."

그가 사과할 일이 아니었다. 그런데 사건 이후 서준은 그녀만큼이나 힘들어하고 있었다. 그런 사실을 알기에 태은은 일부러 더 밝고 씩씩하게 생활하려고 노력했는데 서준에게 모든 것을 숨길 수는 없는 모양이었다.

"자꾸 그런 말 하지 말아요. 서준 씨가 그때 우리 빨리 구해 주지 않았더라면 정말 어떤 큰일이 일어났을지 알 수 없었는데……."

"내가 지켜 주겠다고 했는데, 한 번도 제대로 지켜 준 적이 없었던 것 같아요."

그녀를 안은 서준의 팔에 더욱 강한 힘이 들어갔다. 그가 말로 전부 표현하지 못한 미안함, 그리고 안타까움이 그녀를 안은 팔에서 절절하게 느껴지는 것 같았다.

"저 지금 너무 편안하고 든든해요. 서준 씨가 이렇게 옆에 있어서."

그녀도 서준의 허리를 끌어안았다. 그러자 서준의 숨결이 머리 위에서 느껴졌고, 곧 그녀의 정수리에 그의 따듯한 입술이 닿았다.

"오늘 경찰서에는 몇 시에 가요?"

"퇴근하고 간다고 했어요."

"내가 이렇게 말하면 안 되는 사람이라는 거 아는데, 힘들어하는 태은 씨 보면 가지 말라고 말하고 싶어요."

"전 정말 괜찮아요. 그리고 제 진술이 조금이라도 도움이 된다면 당연히 가야 하는 거잖아요."

"자꾸 괜찮다고만 말하지 말아요. 힘들면 힘들다, 무서우면 무섭다. 이제 나한테 솔직하게 말하고 좀 기대요."

서준이 부탁하듯 간절한 목소리로 말했다.

"정말 힘들 때, 정말 무서울 때는 꼭 말할게요."

"아니, 아주 조금 힘들고 무서울 때도 말해요. 상상하고 싶지는 않지만 만약 다시 한 번 이런 끔찍한 일이 당신한테 일어난다면 내가 날 용서하지 못할 것 같으니까."

"알았어요. 그럴게요."

"그리고 경찰서에는 같이 가요."

"괜찮아요. 동창도 있는데……."

"유 형사랑 친했어요?"

"친했다기보다는 저는 전학생이었고, 오석이는 반장이었으니까 많이 챙겨 줬던 것 같아요."

"정말 그게 다예요?"

"네?"

어슴푸레 스며 오는 달빛 속에서 태은은 고개를 들어 서준의 얼굴을 바라보았다. 서준도 진지한 눈빛으로 그녀를 바라보고 있었다.

"혹시 첫사랑, 뭐 그런 건 아니죠?"

그 순간 그녀를 바라보는 그의 눈빛이 어둠 속에서 반짝 빛을 발하고 있었다.

"네? 그런 거 아니에요. 전 그때 정말 적응도 잘 못했던 전학생이었는걸요."

"태은 씨는 순진한 전학생이었더라도 유 형사는……."

"무슨 생각 하는 거예요?"

태은이 나직하게 웃음을 흘렸다. 하지만 서준의 눈빛은 점점 묘한 빛을 띠며 짙어지고 있었다.

"남학생들 중 빠른 아이들은 그맘때쯤 첫사랑을 하기도 하는데……."

"오석이 그때 인기 정말 많았어요. 키도 크고 공부도 잘했고, 또 얼굴도 잘생겼잖아요."

"태은 씨."

"네?"

"그 나이 때 나도 키도 크고 공부도 잘하고, 얼굴도 보면 알겠지만 빠지지는 않았거든요."

갑자기 진지한 목소리로 열변을 토하는 서준의 얼굴을 태은은 가만히 바라보았다.

"민후 보면 아마 서준 씨도 그맘때쯤 그랬을 것 같아요. 아니, 훨씬 더 멋졌을 것 같아요."

태은은 고개까지 끄덕이며 대답했다.

"그런데 서준 씨, 갑자기 그런 얘기는 왜 하는 거예요?"

"혹시라도 유 형사가 태은 씨를 좋아했었다면……."

지금 서준의 반응, 태은이 느끼기에는 질투 같았다. 그가 그녀 주변의 누군가를 그녀 때문에 질투한다는 사실이 태은은 신기하면서도 기분을 간질거리게 했다.

"그럴 리 없어요. 그리고 그날 서준 씨가 제 남편이라고 직접 얘기도 해 줬잖아요."

"그거야……. 아무튼 오늘 퇴근하고 회사로 갈 테니까 경찰서에 혼자 가지 말고 기다리고 있어요."

"퇴근 시간에 검찰청에서 우리 회사까지 오려면 한 시간은 걸릴 텐데. 그럼 약속 시간에 늦을 거예요."

"그럼 퇴근하고 경찰서로 바로 갈 테니까, 혼자 진술하러 들어가지 말고 기다리고 있어요."

"저 정말 괜찮아요."

"내가 괜찮지가 않아요."

"이래서 보호자가 있는 게 좋은 건가 봐요."

태은은 다시 서준의 품에 편안하게 기댔다.

"무슨 뜻이에요?"

"누군가 책임을 가지고 날 보호해 주는 거니까. 무조건 믿어도 되는 사람이 있는 거잖아요."

"맞아요. 이제 내가 태은 씨 보호자예요. 그러니까 나 믿고 좀 더 마음 편하게 가져요."

　서준과 얘기하느라 잠이 완전히 깬 상태였기에 다시 잠이 들지 않을 줄 알았는데 서준이 한 팔로 그녀의 머리 아래 팔베개를, 그리고 나머지 손으로 천천히 등을 토닥여 주자 그 편안한 손길에 태은은 어느새 다시 스르르 잠이 들었다. 이번에는 아무런 꿈도 꾸지 않는 솜털 같은 잠을 잘 수 있었다.

"태은 씨."

누군가 부드럽게 그녀를 불렀다.

"일어나요."

　천천히 눈을 뜬 태은의 시선에 깔끔하게 슈트를 차려입은 서준의 모습이 들어왔다.

"지금 몇 시예요?"

"7시예요."

"7시요?"

　늦었다는 생각에 태은은 벌떡 일어나 자리에 앉았다.

"식사 준비 해 놨으니까 얼른 씻고 나와요."

　서둘러 씻고 태은이 주방으로 나갔을 때 식탁 위에는 서준이 준비해 둔 뜨거운 커피와 베이글, 그리고 주스와 과일이 예쁜 접시에 먹기 좋게 담겨 있었다.

"준비한 건 별로 없지만 그래도 많이 먹어요."

"이걸 언제……. 고마워요."

　태은이 식탁 앞에 서서 음식을 바라보고만 있자 서준이 다가와 의자를 뒤로 빼 주었다.

"나는 출근 준비 다 끝내서 뒷정리도 내가 할 테니까, 태은 씨 많이 먹고 천천히 준비해요."
"고마워요."
태은은 오랜만에 서준과 마주 앉아 여유 있게 아침을 먹었다.
"퇴근 후에 경찰서에서 봐요."
"네."
현관을 나서기 전 서준이 태은의 이마에 가볍게 입을 맞추며 말했다.

"이사님."
회사에 도착한 태은이 빠르게 걸음을 옮기고 있을 때 누군가 그녀를 부르며 다가왔다. 태은은 걸음을 멈추고 뒤를 돌아보았다.
"은주 씨."
"안녕하세요?"
은주가 그녀에게 다가와 깍듯하게 인사를 건넸다.
"아침부터 날씨가 덥네요."
"네. 잠깐 걸었는데도 온몸이 벌써 땀이에요."
은주가 여자치고는 빠르게 걷는 태은의 속도에 맞춰 걷기 시작하며 말했다.
"저, 그런데 이사님."
"네?"
"이제 정말 괜찮으신 거죠?"
우 사장에게는 미리 전화로 단단히 부탁을 해 두었기에 미란에게만은 그녀의 납치 사건이 비밀이었다. 하지만 뉴스를 통해 그날의 소식은 많은 사람들에게 알려졌고, 태은은 요즘 본의 아니게 주변 사람들로부터 위로와 걱정의 말을 들으며 지내고 있었다. 사건 후 그녀의 몸과 마음에 가장 큰 힘과 의지가 되어 주는 사람이 서준이라면 그녀가 예전의 일상으로 서둘러 복귀할 수 있도록 도와준 것은 주변 모든 사람들의 따스한 관심과 배려였다.

"네. 걱정해 줘서 고마워요."

"정말 다행이에요. 그렇게 큰일 겪으면 한동안 마음고생이 심하다고 해서 얼마나 걱정했는지 몰라요. 저도 그렇고 부서 직원들도 모두요."

"고마워요."

"저기, 그런데 이사님, 봄에 시끄러웠던 차원준 사건 담당 검사님이 이사님 남편이라는 소문이 있던데, 사실이에요?"

"어디에서 들었어요?"

"그날 뉴스에 잠깐 나왔었다고. 인터뷰를 한 건 아니고 화면에 잠깐 잡혔는데 사람들이 궁금해서 알아보니까 이사님 남편이라 그곳에 계셨던 거라고……."

은주가 말을 끝맺는 대신 씩 미소를 보였다.

"맞아요."

일부러 숨기려던 것이 아니었기에 태은은 곧바로 은주의 질문에 대답해 주었다.

"정말이요? 검사님, 아니 이사님 남편분 정말 잘생기셨더라고요. 키도 크시고."

"그래요?"

서준에 대한 칭찬이 마치 자신을 향한 칭찬인 것처럼 태은은 기분이 좋았다.

"우와, 우리 이사님 눈 엄청 높으시구나. 사실 차원준 사건 그렇게 시끄러울 때도 언론에 얼굴 한 번을 안 비쳐서 엄청난 추남일 거라고 예상했다가 이번 뉴스 보고 다들 깜짝 놀랐는데."

엘리베이터에 오르고 나서도 은주는 무엇이 그리 신 나고 궁금한지 종알종알 계속 말을 이어 갔다.

"그런데 두 분은 어떻게 만나신 거예요?"

"그게 궁금해요?"

"네. 연애할 시간도 별로 없으셨을 것 같은데 어떻게 만나셨는지 정말 궁금해요."

"음……."

"소문에는 집안에서 정해 주신 거라는 얘기가 있던데. 아니죠?"

소문이 완전히 틀린 것은 아니었다. 하지만 단지 부모님들의 의지만으로 그들이 결혼까지 할 수 있었을까?

"이건 은주 씨한테만 말해 주는 비밀인데. 우린 둘 다 서로에게 첫사랑이에요."

자신이 지금껏 그를 기억하고 있었던 이유를 태은은 이제 그렇게 결론 내리기로 마음을 먹었다.

"우와, 정말이요? 그럼 선으로 만나서 급하게 결혼했다는 얘기는 완전 헛소문이었던 거네요? 그리고 서로에게 첫사랑이었다니, 너무 로맨틱해요."

태은은 대답 대신 씩 미소를 보이고는 목적지에 도착한 엘리베이터가 멈춰 서자 은주에게 수고하라는 말을 남긴 뒤 엘리베이터에서 내렸다.

오전 내 사무실 안에서 바쁘게 일을 했던 태은은 오후에는 그동안 미뤄 뒀던 현장들을 둘러보며 시간을 보냈다. 마지막 일정으로 그녀가 경찰서 근처의 재건축 공사 예정 아파트 현장을 둘러보고 났을 때 오석과 약속한 시간을 1시간 30분 정도를 남겨 둔 상태였다. 시간보다 많이 이르긴 했지만 그렇다고 회사에 들어갔다 다시 나오면 오히려 약속 시간에 늦을 수도 있는 애매한 시간이었다. 그래서 태은은 사무실로 전화를 걸어 현장에서 바로 퇴근을 하겠다는 얘기를 전한 뒤 곧장 경찰서로 향했다.
"태은아?"
경찰서 주차장에 차를 주차한 태은이 차에서 내려 오석에게 전화를 먼저 걸어 보고 들어가야 하는 것인지 잠시 고민하고 있을 때였다. 주차된 그녀의 차 옆으로 경찰차 한 대가 미끄러지듯 다가와 멈춰 서더니 누군가 그녀를 부르는 소리가 들려왔다.
"여기."
경찰차에서 내려 그녀를 향해 반갑게 손을 흔들고 있는 사람은 다름 아닌 오석이었다.
"어, 오석아."
"일찍 왔네?"
오석이 자신의 손목시계로 시간을 확인하며 말했다.

"응. 그런데 너무 일찍 왔지?"

"아니야, 괜찮아. 나도 미리미리 현장 돌 곳 다 둘러봐서 오늘 밖에서 할 일은 다 끝낸 상태거든."

"다행이다."

며칠 전의 만남이 19년 만의 재회였다. 그런데 오석은 마치 어제 학교를 졸업한 것처럼 그녀를 편하게 대해 주고 있었다.

"그날 병원에는 가 봤어?"

"응. 나는 큰 문제는 없었어."

"강 검사님 조카는?"

"민후는 급성 인두염 때문에 하루 병원에서 입원 치료 받고 퇴원했고."

"걱정했는데, 큰일 아니어서 정말 다행이다."

"응."

시간이 여유로운 덕에 두 사람은 이런저런 얘기를 나누며 천천히 걸음을 옮겼다.

"그리고 그날은 경황이 없어서 못 물어봤는데, 너희 부모님도 잘 계시지?"

"우리 부모님?"

우 사장 부부의 딸이 돼 전학을 갔을 당시 학교에서 그녀를 가장 많이 도와주었던 사람 중 한 사람은 분명 반장이었던 오석이었다. 하지만 오석이 너무 자연스럽게 부모님의 안부를 묻자 태은은 의아한 생각이 들지 않을 수 없었다.

"너희 어머니가 너 전학 오고 얼마 있다 우리 집에 찾아오셨던 적 있었는데, 너는 모르고 있었지?"

"우리 엄마가?"

"응, 네가 낯을 많이 가리는 편이라고 적응하는 데 많이 좀 도와주라고. 그리고 혹시 무슨 일 생기면 연락도 달라고 부탁하셨는데."

"아…… 그런 일이 있었구나?"

"너희 어머니 정말 좋은 분이셨던 것 같아."

경찰서 건물 안을 가로지르는 동안 제복을 입은 몇몇 경찰들이 오석에게 인사를 하며 지나갔다. 그들에게 함께 인사를 하면서도 오석은 어린 시절의 추억을 회상하는 것이 마냥 즐거운 듯 끊임없이 이야기를 꺼내 놓고 있었다.

"참, 그리고 그해 가을 소풍 때 너희 어머니가 우리 반 전체 도시락 준비해 주셔서 다른 반 친구들이 엄청 부러워했던 거, 그건 기억나지? 너희 어머니 음식 솜씨도 정말 끝내주셨는데."

"소풍 도시락?"

"그날 너희 어머니가 아침에 일찍 학교로 가져다주시고 가셔서 출발 전에 담임선생님이 나눠 주셨잖아. 물론 그날도 너는 혼자 도시락을 먹긴 했지만."

그해 가을 소풍은 그녀가 사고 후유증으로 봄 소풍을 가지 못해 미란의 딸로는 처음 가는 소풍이었다. 하지만 그녀는 미리 소풍에 대한 언급을 하지 못했고, 그녀의 소풍 일정을 알지 못했던 미란은 소풍 도시락을 싸 주지 않았다. 그날 그녀는 빈손으로 터덜터덜 학교로 향했는데, 어찌 된 일인지 그녀의 반 친구들이 모두 소풍 도시락을 가져오지 않았었다. 그리고 소풍 장소로 출발하기 위해 운동장으로 모이기 전 담임선생님이 예쁘게 포장된 도시락을 반 친구들 전체에게 똑같이 나누어 주었다. 여기까지는 분명 그녀와 오석의 기억이 일치했다.

그런데 그 도시락이 미란이 준비해 주었던 도시락이었다니……. 사고 이후 그녀는 미란이 자신이 생각했던 것처럼 이상하거나 무서운 사람이 아니라는 사실을 알게 되었다. 하지만 갑자기 살가운 딸이 되는 것도 쉬운 일은 아니었다. 시간이 흐르면서 점점 평범한 모녀 사이로 변해 가긴 했지만 뒤돌아 생각해 보면 여전히 미란에게 미안하고 아쉬웠던 일들이 너무 많았다. 미란이 이렇게 아프고 나서 그녀의 마음을 더 깊고 온전하게 알게 되는 것 같아 미안하고 후회되는 마음에 태은의 눈가가 촉촉하게 젖어 들었다.

"언제 어머님 뵈러 한번 찾아가 봐야 하는데. 사시는 집은 예전 그대로지?"

"우리 엄마, 지금 좀 편찮으셔서 시골에 내려가 계셔."

"어디가 얼마나 편찮으신데?"

오석이 걸음을 멈추고 태은을 바라보았다.

"그게……."

"그럼 다 나으시면 찾아가 뵙지, 뭐."

"그래."

드디어 두 사람은 오석의 책상 위 컴퓨터를 사이에 두고 마주 앉았다. 오석은 어느 때보다 진지하게 태은의 얼굴을 마주 보았고, 태은도 긴장으로 두 손을 마주 잡고 오석의 얼굴을 바라보았다.

"그때 상황 다시 기억하는 거 물론 힘든 일이겠지만 당시 현장 상황에 대한 자세한 진술이 필요해. 원래 모든 수사는 피의자에 대해서도 임의수사가 원칙이긴 한데 이대진 같은 경우는 현장에서 체포가 됐는데도 사건에 대해 전혀 입을 열지 않고 있는 상황이라. 게다가 민후는 같은 피해자라도 너무 어리고. 아무래도 네 진술이 그날 상황을 판단하고 이대진에게 판결을 내릴 때 가장 중요한 자료로 쓰일 것 같아."

"그 사람이, 아무 말도 하지 않아?"

"응. 뺑소니에 납치, 게다가 현장 체포기 때문에 입을 열지 않으면 더 불리할 텐데. 도대체 무슨 생각인지 모르겠어."

그의 침묵이 자포자기를 의미하는 것 같아 태은은 사건 당일처럼 불편한 마음이 들었다.

"입을 열지 않아도 국선변호사라도 변호사가 변호를 해 주긴 하는 거지?"

"국선변호사야 사건을 배정받으면 변호를 하기는 하겠지. 하지만 피의자가 저렇게 입을 다물고 있으면 변호가 제대로 이루어질 수나 있을지 모르겠다."

오석을 비롯해 모두가 친절하게 그녀를 대해 주어 진술을 비롯한 모든 절차는 어렵지 않게 끝이 났다. 그런데 이대진을 떠올리면 여전히 몸은 긴장으로 굳어지면서도 태은은 마음 한 곳이 아렸다.

"나, 그만 가 볼게."

진술을 비롯해 모든 절차가 끝난 뒤 경찰서 건물 입구까지 함께 나와 준 오석에게 태은이 말했다.

"저기, 태은아."

"응?"

"시간 괜찮으면 저녁 같이 먹을래? 아니, 오랜만에 만나기도 했고 내가 퇴근 시간도 다 됐고. 너희 어머니 얘기 더 듣고 싶기도 하고……."

오석이 두서없는 말들을 늘어놓았다.

"어떻게 하지? 나 서준 씨랑 만나기로 했는데."

"아, 강 검사님이랑?"

"응. 사실은 진술할 때 같이 와 주겠다고 했는데 내가 너무 일찍 도착해서 혼자 들어갔던 거야."

"아, 그랬구나?"

태은은 가볍게 고개를 끄덕여 보였다.

"너한테 정말 잘해 주시는 것 같더라."

"누구?"

"강 검사님."

"아, 서준 씨."

그의 이름을 말하는 태은은 자신도 모르게 입가에 부드럽게 미소를 짓고 있었다.

"그래서 그런지 행복해 보인다."

"그래?"

그동안 행복이란 건 평상시와 다른 특별한 일이나 변화가 생길 때 잠깐씩 찾아오는 것은 아닐까 생각했었다. 그런데 오석의 말을 듣고 보니 태은은 문득 자신이 의식하거나 깨닫지 못하고 지냈을 뿐 지금껏 누구보다 행복하게 살아왔던 것 같다는 생각이 들었다. 부모님으로부터 언제나 따듯한 보살핌과 많은 사랑을 받았고, 지금은 서준이 부모님처럼 그녀의 곁을 든든하게 지켜 주고 있었으니까.

"응, 그런 것 같아. 그리고 너도 좋아 보인다."

"나야 항상 즐겁지. 오늘도 태은이 널 만나서 얼마나 즐거웠는지 몰라."

오석이 새삼스레 손을 내밀었다.

"사실은 너 한번 만나 보고 싶어서 초등학교 동창회에는 한 번도 빠지지 않고 나갔었는데, 이렇게 사건 때문에 만나게 될 줄이야."

"날?"

"응. 잘 지내는지 가끔씩 궁금한 생각이 들었거든."

오석이 알 듯 모를 듯 묘한 미소를 보이며 대답했다.

"다음에 동창회에 한번 나와."

"그래, 그럴게."

"조심히 들어가고."

"응."

오석과 헤어져 자신의 차에 올라탔을 때도 서준과 만나기로 한 시간이 되려면 20분 정도가 남은 상태였다. 태은은 그가 아직 출발 전이라면 자신이 검찰청으로 가겠다고 말하기 위해 휴대 전화를 꺼내 들었다. 그런데 그 순간 조금이라도 빨리 그를 만나고 싶다는 생각이 들었다.

결혼 후 바쁘고 힘든 순간이면 그녀는 위로처럼 그를 떠올렸었다. 그리고 신기하게도 그를 떠올리면 정말 마음이 편안해졌다. 지금의 힘들고 지치는 순간들을 무사히 넘기고 집으로 돌아가면 편안하게 마주 보며 웃을 수 있는 사람이 있다는 사실, 그건 지금껏 그녀가 가장 바랐던 소소한 일상의 행복이었으니까. 그리고 지금 자신도 그에게 그런 존재인지 확인해 보고 싶었다. 아니, 갑자기 짠 하고 눈앞에 나타난 자신을 보고 반가워하는 그의 모습을 보고 싶은 것인지도 모른다. 경찰서에서 검찰청까지는 10분도 걸리지 않는 거리니 그가 출발하기 전에 도착할 수 있을 것이라는 계산을 마친 태은은 서둘러 차를 출발시켰다.

"누나."
태은이 검찰청 건물 앞 주차장에 차를 주차하고 차에서 내린 순간이었다. 주차장에 빼곡하게 주차되어 있는 차들 중 어딘가에서 나직한 말소리가 들려왔다. 그리고 그녀는 그 목소리가 서준의 것이라는 사실을 단번에 알아차릴 수 있었다.
"난 찬성할 수 없어."
"강서준."
서준과 함께 있는 사람이 서경이라는 사실까지 확인한 태은의 얼굴에 빙긋 미소가 번졌다.
"누나 그날 그 사건 뒤로 뭔가가 고장 난 사람 같아. 차라리 날 원망하고 화를 내."
"네 잘못 아니라는 거 알아. 그리고 나 지금 어느 때보다 멀쩡해."

"내 눈에는 그렇게 안 보여."

"그런데 여기에서 계속 이렇게 얘기할 거야? 사람들이 지나가다 들을 수도 있어."

서경이 목소리를 낮추며 좀 더 작은 소리로 얘기를 했다.

"누나가 지금 경찰서로 가겠다고 하니까 이러는 거잖아. 지금 나랑 같이 안으로 들어가서 얘기해."

"너랑은 더 할 얘기 없어."

"나도 누나 이대로 보낼 수 없어."

"누군가는 해야 하는 일이야."

"그래. 하지만 그 사람이 꼭 누나일 필요는 없잖아. 누나는 피해자의 보호자고, 또 다른 피해자야."

"서준아, 내가 태은 씨를 처음 본 게 언제였는지 알아?"

두 사람의 심상치 않은 목소리에 아주 천천히 다가가던 태은의 발걸음이 그 순간 우뚝 멈춰 섰다.

"그 얘기가 지금 왜 나와?"

"태은 씨 외삼촌 장례식장에서야. 그때 내가 아버지 대신 그곳에 갔었어."

"아버지가 누나한테 가 보라고 하셨던 거야?"

"그래. 넌 너무 어렸고, 아버지는 가 볼 수 있는 상태가 아니셨으니까. 그리고 그날이 내가 줄곧 얘기로만 들었던 송재윤이란 아이를 처음 본 날이었어. 그런데 그날 그 아이…… 얼마나 울었는지 얼굴이 백지처럼 창백해져서 앉아 있는데, 아무도 없는 장례식장 안으로 내가 들어서는데도 누가 들어오는지도 모르고 있더라."

"……."

"그때 저 아이는 이제 정말 아무도 없는 건데, 혼자서 잘 자랄 수 있을까 걱정이 됐어. 나는 그때 정말 그 아이를 처음 보는 거였는데. 어쩌면 송 변호사님도 그날 내가 느꼈던 것 같은 불안과 걱정으로 우릴 염려하셨던 게 아니었을까? 그리고 지금 이대진도 송 변호사님이 우릴 바라봐 주셨던 시선, 그리고 우리가 어린 재윤이를 봤던 시각으로 누군가는 바라봐 줘야 한다고 생각해."

"누나, 지금은 상황이 다르잖아."

"네가 날 걱정하는 거, 내가 힘들어하는 게 널 힘들게 하는 일이라는 것도 알아. 하지만 이건 내가 해야 할 일인 것 같아. 더구나 이대진 전혀 입도 열고 있지 않는 상황이라면 아무리 훌륭하고 연륜 있는 국변이라고 해도 그 사람 이해하는 게 쉽지는 않을 거야. 오히려 피해자 가족인 내가 나서는 게 이번 사건을 해결하는데도, 그리고 이대진에게도 도움이 될 거야. 너도 그건 이미 알고 있는 사실일 테고."

서경의 마음이 너무 놀라워서도, 이대진이 안쓰러워서도 아니었다. 오히려 외삼촌 장례식장에 홀로 앉아 있었던 그때의 두려웠던 기억이 떠올랐기 때문이라는 쪽이 더 가까웠다. 그것도 아니라면 서경이 불쑥 아빠 얘기를 꺼냈기 때문일까? 아무리 시간이 흘러도 아빠와 외삼촌에 대한 기억이 떠오르면 깊게 저려 오는 마음의 통증은 무뎌지지가 않았으니까. 그렇다고 매번 주체할 수 없을 만큼 눈물이 흘렀던 것은 아니었다. 그런데 지금 태은의 뺨을 타고 눈물이 흘러내리고 있었다. 충분히 지금의 삶이 행복하다고 생각한 지 불과 10분이 지났을 뿐이었는데…….

 서준이 자꾸만 자신에게 의지하고 기대라고 말해 주기 때문인지 한번 터진 그녀의 눈물이 좀처럼 멈출 줄을 몰랐다. 가뜩이나 서경 때문에 힘든 서준이 지금 자신의 이런 모습까지 보게 된다면 공연한 걱정까지 더 하게 될 것 같아 태은은 다시 자신의 차로 돌아와 운전석에 앉았다. 그리고 눈물을 닦아 낸 뒤 서준에게 경찰서 조사가 일찍 끝났고, 피곤해서 먼저 집으로 돌아가 있겠다는 문자를 보내고는 천천히 차를 출발시켰다.

 하지만 얼마 후 태은이 차를 세운 곳은 집이 아니라 전에 서준과 함께 갔던 초등학교였다. 주차장에 차를 주차한 그녀는 차에서 내려 텅 빈 운동장을 천천히 가로지르기 시작했다. 서준이 턱걸이를 했던 철봉을 지나 그날 그와 함께 걸었던 길들을 그대로 걸어 느티나무 아래의 벤치에 도착한 그녀는 그날 앉았던 자리에 다시 앉았다. 그날과 달라진 건 오늘은 혼자 이곳에 찾아왔다는 사실뿐이었다. 그런데 아주 많은 것들이 그날과는 다른 느낌이었다. 특히 하늘의 절반 가까이가 붉은 노을로 물들어 있어 불과 얼마 전의 일이 아주 오래전의 일이었던 것 같은 느낌까지 들고 있었다.

"태은 씨."

 태은이 고개가 아픈 줄도 모르고 노을을 바라보고 있는 사이 차 한 대가 운동장을 가로지르는 소리가 들려왔다. 하지만 그녀는 신경 쓰지 않았고, 이번에는 어딘가에서 그녀를 부르는 낯익은 목소리가 들려오고 있었다.

"태은 씨."

태은은 고개를 내려 주위를 둘러보았다. 주차장 쪽에서 서준이 자신을 향해 뛰어오고 있는 모습이 보였다. 태은은 지금 자신이 헛것을 보는 것은 아닌지 눈을 질끈 감았다 떴다. 다시 바라보아도 그는 여전히 그녀를 향해 달려오고 있었다.

"왜 여기에 있어요?"

"서준 씨."

서준이 그녀 앞에 도착한 순간 태은도 자리에서 일어섰다.

"여길 어떻게……?"

"태은 씨 차를 본 것 같아서 따라와 봤어요."

서준이 다른 말 없이 그녀의 옆자리에 앉았다. 그녀도 다시 자리에 앉았다.

"경찰서는 혼자 갔다 온 거예요?"

"네."

"같이 가자고 했잖아요."

"오후에 현장 돌아보고 오는 길에 들렀어요. 현장이 경찰서 근처였거든요."

"진술 힘들지는 않았어요?"

"생각보다는 괜찮았어요."

"그리고 시간이 남아 검찰청에도 왔다 누나랑 내가 하는 얘기 들었던 거예요?"

이어진 서준의 질문에 태은은 자신의 구두를 향해 시선을 내렸다.

"형님이 이대진 변호하시겠다는 거예요?"

"그러고 싶은가 봐요. 사실 난 누나가 그때 일 계속 회상하는 거 힘든 일이라는 거 아니까 말리고 싶은데."

"정말 힘드실 텐데……."

"그런데 우리 누나 한번 결정하면 누구도 못 말려요. 더구나 아까 바로 경찰서로 가겠다고 했으니까 아마 지금쯤이면 이대진과 면담하고 있을지도 모르겠네요."

태은은 서준이 누나를 걱정하는 마음도, 서경이 이대진을 변호하고 싶어 하는 마음도 모두 이해할 수 있을 것 같았다. 그런데 만약 아빠가 살아 계셨다면 어땠을까? 아빠도 아마 서경과 같은 결정을 내리지 않았을까?

"너무 걱정 말아요. 누나가 힘들어하면 언제든 다른 변호사로 바꿀 수 있도록 내가 신경 쓸 생각이니까."

"사실은 저도 어렸을 때 변호사가 되고 싶다는 꿈을 가졌던 적이 있었어요."

"태은 씨가요?"

서준이 전혀 예상치 못했었다는 듯 태은의 얼굴을 바라보다.

"서준 씨."

태은도 서준의 얼굴을 바라보았다.

"사실은 우리 아빠, 저랑 같이 납골당에 가기 전부터 알고 있었죠?"

그녀의 질문에 그가 자연스럽게 고개를 끄덕였다. 그 모습에 태은은 왠지 미소가 지어졌다. 그 질문을 어떻게 건네야 하는 건지 머릿속이 너무나도 복잡했던 시간이 있었다. 그런데 그는 마치 오래전부터 그녀의 질문에 대답을 할 준비가 되어 있었던 것처럼 보였기 때문이다. 물론 이제는 그 대답을 들은 그녀의 마음도 그의 마음처럼 편안했다.

"그때 저한테는 아빠가 세상의 전부였고, 그런 아빠가 제일 멋지고 가장 옳은 사람처럼 보였었거든요."

"송 변호사님은 정말 그런 분이셨어요."

서준이 태은의 손을 잡았다. 힘주어 움켜잡는 그의 체온이 어느 때보다 따듯하고 편안했다.

"처음 형님 얘기를 들었을 때, 갑자기 어떻게 표현할 수 없는 감정 때문에 눈물이 나더라고요. 외삼촌이 돌아가셨을 때의 힘든 기억이 떠오르기도 했고……. 그런데 지금 생각해 보니까 아빠가 그리워서 눈물이 났던 것 같아요."

이제 그녀의 감정은 차분해져 있었다.

"그리고 아빠가 지금 살아 계셨다면, 아마 아빠도 형님 같은 결정을 내리지 않으셨을까 하는 생각이 들었어요."

아빠라면 정말 그렇게 하셨을 거라고 그녀는 믿었다. 어린 그녀를 홀로 키우기 위해 쉬지 않고 일하면서도 자신의 도움이 절실하게 필요하다고 생각되는 사람들 앞에서는 조금의 주저함도 없었던 분이었으니까.

"태은 씨가 그런 생각을 했다는 사실 알게 되면 누나가 기뻐하겠는데요. 누나는 송 변호사님을 보고 변호사의 꿈을 키웠어요. 그러니까 아마 태은 씨 말대로 이대진을 변호하고 싶어 하는 누나 마음은 송 변호사님의 마음과 비슷할 거예요."

"……."

"그리고 두 사람의 마음이 더 닮아 가는 건 누나한테도 민후가 전부니까 민후가 조금이라도 더 따듯한 세상을 살아가게 해 주고 싶은 부모로서의 마음 때문이 아닐까요? 그리고 그 마음은 결국 이대진 형제도, 우리 모두도 살아가기 좀 더 따듯한 세상을 만들어 줄 테고요."

서준의 말을 가만히 듣고 있는 태은의 가슴이 묘하게 저려 왔다. 아빠가 아무리 힘들고 장애물에 부딪혀도 자신의 도움을 필요로 하는 사람들을 끝까지 도왔던 것이 결국은 그녀를 위하는 방법이기도 했던 것이라는 사실을 깨달았기 때문이다. 그리고 그렇게 베풀었던 아빠의 마음은 또 다른 누군가의 가슴과 마음을 통해 지금도 이렇게 그녀 곁에 남아 있는 것이고…….

"태은 씨도 알고 있는지 모르겠는데, 우리가 송 변호사님과 인연을 맺은 것도 사건 때문이었어요. 이대수의 아버지 때문에 돌아가셨던 그 아주머니와 아주 비슷한 사건으로 우리 어머니도 돌아가셨거든요. 그리고 그때는 지금보다 수사 환경도 많이 열악했던 상황이라 경찰에서도 범인을 잡을 수 없어 서둘러 단순 화재 사건으로 어머니의 사건을 결론 내렸었죠. 그런데 송 변호사님이 경찰을 다시 설득해 주시고 진범을 잡기 위해 쉬지 않고 노력해 결국 2년 만에 진범을 잡아 주셨어요. 지금 생각해 봐도 경찰에서 포기했던 사건의 범인을 변호사가 어떻게 잡았던 건지 정말 신기해요. 그런데 태은 씨가 이렇게 잘 자랐고, 우리 누나가 송 변호사님을 닮아 가고 있는 걸 보면 누구보다 현명하고 올바르게, 그리고 멋지게 사셨던 분인 건 분명한 것 같아요."

하늘을 물들이고 있는 노을이 서쪽 하늘을 중심으로 핏빛으로 더욱 선명해지고 있었다.

"무슨 생각 해요?"

"그냥…… 아빠가 지금도 어딘가에서 절 지켜보고 계시지 않을까 하는 생각이요."

"맞아요. 아마 어딘가에서 항상 지켜보고 계셨을 거예요."

서준이 고개를 끄덕이며 말했다.

"그런데 제가 서준 씨와 결혼한 걸 아빠는 어떻게 생각하고 계실까요?"

"잘했다고 하시겠죠."

망설임 없는 그의 대답에 태은은 그 이유를 묻듯 눈도 깜빡이지 않고 그를 바라보았다. 그녀를 마주 보는 그의 표정도 그녀만큼이나 진지했다.

"나만큼 오랫동안 당신을 알고, 지켜보고, 사랑한 사람도 없을 테니까."

그 순간 태은의 이마가 살짝 찌푸려졌다. 서준의 말뜻을 자신이 정확하게 이해한 것이 맞나 하는 의문이 들었기 때문이었다.

"태은 씨가 알고 있는 우리가 함께 보냈던 시간은 좀 순서가 바뀌어 있을지 모르겠지만 난 그렇지 않았거든요. 내 감정은 물 흐르는 것처럼 줄곧 자연스럽게 흘렀던 것 같아요."

"……"

"당신은 내 첫사랑이었고, 나는 첫사랑과 결혼했고, 지금 나는 어느 때보다 당신을 사랑하고 있으니까."

태은은 잠시 숨을 쉬는 것을 잊어버렸다. 그러다 그의 입술이 느리게 곡선을 그리자 그 움직임과 함께 그녀의 심장이 빠르게 질주하기 시작했다.

"사랑해요."

서준이 다시 한 번 그녀에게 말했다.

그녀도 무슨 말이든 해야 할 것 같았다. 이렇게 중요한 말을 듣고도 침묵이 너무 길어지면 상황이 어색해질 수 있었으니까. 그런데 그녀는 아무 말도 하지 못하고 있었다.

"혹시 놀랐어요?"

서준의 질문에 태은은 천천히 고개를 끄덕이려다 반대로 저었다. 그러자 이번엔 서준이 이유를 묻는 듯한 시선으로 그녀를 바라보았다.

"오늘 같은 부서 직원이 서준 씨하고 어떻게 만났는지 물어보더라고요."

그녀의 말을 듣고 있는 서준의 반듯한 눈이 미세하게 가늘어졌다.

"제 기억에 저는 아빠 장례식장에서 서준 씨를 처음 봤어요. 그날 아버님이랑 같이 장례식장에 왔었죠?"

"정말 기억하는 거예요?"

"그날 서준 씨가 아버님한테 저희 엄마는 어디 계시냐고 물었었죠."

서준이 더욱 믿기지 않는다는 표정으로 그녀를 바라보았다.

"어쩌면 그 뒤로 아버님을 다시 만나지 못했더라면 잊었을지도 모르겠지만 아버님과 첫 만남의 기억에는 항상 당신이 있었으니까요. 그리고 그날 서준 씨가 계속 절 쳐다봤었잖아요."

"맞아요. 당신이 너무 지쳐 보여서 쓰러지는 건 아닌지 걱정이 됐으니까. 태은 씨한테 외삼촌이 계시다는 걸 알면서도 우리가…… 아니 내가 지켜 줘야 한다는 책임감을 그때 처음 느꼈던 것 같아요."

"민후가 유빈이 손을 잡아 줬던 것처럼요?"

태은은 자신의 손을 들어 서준의 손을 잡았다.

"아니요. 몸은 민후 몸이었지만 마음은 유빈이 마음이었다는 게 더 정확한 표현일 것 같은데."

"그런데 그날 아빠가 내 곁을 떠나가시면서 당신을 보내 주셨던 것 같아요."

서준의 손에도 힘이 들어가고 있었다.

"그럼 이제 날 아버지처럼 생각해요. 나도 그렇게 당신을 사랑하고 지켜 줄 테니까."

서준의 말에 태은은 고개를 저었다.

"아니요. 형님을 아빠처럼 생각할래요. 형님이 아빠랑 더 닮았으니까."

"누나라면…… 태은 씨 하고 싶은 대로 해요. 난 지금처럼 당신이 내 곁에 있는 것만으로도 만족하니까."

서준이 그녀를 끌어당겨 가슴에 꼭 안았다. 태은은 노을 속에 안긴 것처럼 온몸이 알 수 없는 열기로 녹아내리는 것 같았다.

"서준 씨."

그녀가 부르자 서준이 다시 그녀의 얼굴을 바라보았다.

"저 직원한테 우린 서로한테 첫 사랑이라고 말했어요."

"거짓말, 했네요?"

"아니요."

그가 힘주어 그녀를 안고 있던 팔에서 조금 힘을 풀었다.

"아빠 장례식장에서 본 당신을 기억하는 제 감정은 분명 사랑은 아니었어요. 전 그럴 상황도 아니었고 그때 고작 아홉 살이었으니까요. 그런데 전 지금, 사랑을 시작하고 있는 것 같아요. 그리고 이 사랑이 제가 태어나서 29년 만에 처음으로 하는 사랑이거든요."

"그러니까 지금, 내가 들은 말은……."

"저도 사랑해요."

서준이 믿기지 않는다는 표정으로, 그녀만큼이나 행복한 표정으로 그녀를 바라보고 있었다.

"저와 결혼하고, 제 곁에 있어 줘서 정말 고마워요. 그리고 먼저 사랑한다고 말해 준 것도 너무 고마워요."

서준이 다시 태은을 소중하게 끌어안았다. 그리고 천천히 고개를 숙여 그녀의 이마에 입을 맞추고, 입술 위로 입술을 겹쳤다. 그와의 입맞춤은 언제나 그렇듯 따듯하고, 부드럽고, 달콤했다. 하지만 서로를 원하는 마음이 커지며 키스는 점점 깊고 뜨거워지기 시작했다.

"안 되겠어요."

서준이 갑자기 입술을 떼고 말했다.

"네?"

"차로 갈까요? 아니, 지금 집으로 가야겠어요."
말을 마친 서준이 소리 내 웃음을 터뜨렸다. 태은도 함께 웃었다.
"정말 그만 집으로 가죠."
그녀를 안았던 팔을 풀고 대신 어깨를 감싸 안으며 그가 말했다.
"그런데 부모님께는 언제 내려갈 거예요?"
"이번 주말에 다녀오려고요."
"그럼 같이 가요."
"바쁘지 않아요?"
태은은 서준의 얼굴을 바라보았다.
"아무리 바빠도 같이 다녀와야죠. 그리고 생각해 보니까 한 번도 태은 씨 이렇게 잘 키워 주시고 결혼 허락해 주셔서 감사하다는 얘기 한 적이 없었던 것 같아요. 더 늦기 전에 어서 뵙고 말씀 드리려고요."
손을 잡고 주차장을 향해 걸어가다 서준이 걸음을 멈추고 다시 태은을 품에 끌어안았다.
"정말 사랑해요."
"저도 그래요."
"초등학교에서 자꾸 이러면 안 되는데, 참을 수가 없어요."
서준이 다시 고개를 숙여 태은의 입술에 입을 맞췄다. 태은의 눈에 붉은 노을이 마치 붉은 장미가 하늘을 뒤덮고 있는 것처럼 보였다. 가슴 저리게 행복한 순간이었고, 황홀할 만큼 아름다운 하늘이었다.

제13장

Loving you

"아버지, 저희 왔어요."

서준과 함께 집 안으로 들어선 태은은 정원 한쪽에서 나무를 손질하고 있는 우 사장을 발견하고 반갑게 다가갔다.

"태은이 왔구나."

그녀를 발견한 순간 우 사장의 얼굴에도 환한 미소가 번졌다. 하지만 태은은 검게 타고 마른 우 사장의 얼굴을 똑바로 마주하는 순간 울컥하고 눈시울이 뜨거워졌다.

"나무 손질하고 계셨어요?"

"그래. 온다는 얘기는 네 엄마한테 들었다. 강 서방도 같이 왔구먼? 오느라 힘들었지?"

"아닙니다. 자주 찾아뵙지 못해 죄송합니다."

서준이 깍듯하게 허리를 굽혔다.

"자주는, 바쁜 사람들 너무 자주 찾아오면 오히려 우리가 불편해지니까 걱정 말게."

"아직 날이 뜨거운데. 좀 더 있다 저녁에 하시지 그러셨어요?"

"아니야. 네 엄마 낮잠 자는 동안 할 일 없어서 하고 있던 중이었어."

"그럼 이제 저희 왔으니까 같이 들어가세요."

"그래, 같이 들어가자."

우 사장이 들고 있던 가위와 끼고 있던 목장갑을 벗어 짧게 손질된 잔디 위로 내려놓았다.

"엄마는 언제부터 주무시는 거예요?"

"얼마 안 됐어. 어젯밤에 잠을 잘 못 자더니, 그래서 피곤했던 모양이야."

우 사장이 걱정스런 표정으로 고개를 저었다.

"아버지도 같이 못 주무셨겠네요."

"나는 잠만 좀 못 자는 거지, 그 사람 고통에 비할 바겠니?"

"그런 말씀 마세요. 아픈 사람이 가장 힘든 건 사실이지만 간호하는 일도 보통 힘든 일 아니라는 거 알아요."

"그래도 태연이가 자주 내려와 주니까 나는 버틸 만해. 나보다 네가 회사 일 때문에 힘들지 않니?"

"아니요. 아버지 빈자리가 크지만 그래도 견딜 만해요."

어린 몸으로도 묵묵히 잘 버텨 주는 태은이 대견한 듯 우 사장이 그녀의 어깨를 다정하게 두드려 주었다.

"들어가서 엄마 볼래?"

"네."

세 사람은 함께 집 안으로 들어섰다. 하지만 태은은 우 사장과 서준에게 혼자 미란의 얼굴만 보고 오겠다고 말한 뒤 조용히 미란이 사용하고 있는 방으로 향했다. 미란은 침대가 아닌 온돌 바닥에서 곤하게 잠을 자고 있었다. 한여름이었음에도 이불을 반듯하게 덮고 잠을 자고 있는 모습은 그녀가 평소 알던 미란다운 모습이었다. 그런데 조금 더 가까이 다가가자 생기를 잃은 피부와 앙상하게 마른 미란의 얼굴이 눈에 들어오며 태은의 눈시울이 뜨겁게 젖어 들기 시작했다. 이를 악물고 겨우 눈물을 참은 그녀는 눈으로만 인사를 건넨 뒤 조용히 방을 빠져나왔다.

미란의 방을 나온 태은은 서준이 거실에서 우 사장과 이야기를 나누고 있는 모습을 보고 이번에는 주방으로 향했다. 먼저 그녀는 자신들이 가져온 짐들 중 냉장고에 보관해야 하는 것들을 골라 냉장고 안에 정리해 넣은 뒤 다른 음식들도 살펴보았다. 아픈 미란 때문에 준비 없이 시작된 시골 생활이 힘들지 않을까 줄곧 걱정이 됐었다. 그런데 태연이 자주 찾아온 덕분인지 냉장고 안에는 다양한 먹을거리들과 한약 재료들이 깨끗하게 손질된 채 한가득 들어 있었다.

"냉장고 정리가 아주 잘돼 있어요."

주방을 나서 거실에 앉아 있는 두 사람 곁으로 걸어가며 태은이 말했다.

"그렇지? 다른 건 몰라도 살림은 정말 하면 할수록 느는 것 같더구나."

"설마 아버지가 정리하신 거예요?"

"그럼. 내가 하지 누가 했겠어?"

태은의 질문에 우 사장이 당연하다는 듯 말했다.

"언니가 해 놓은 거 아니었어요?"

"태연이가 정리를 해 놓으면 뭐가 어디에 있는지 내가 찾을 수가 없어서 정리는 하지 말라고 했다."

"우와, 아버지 정말 대단하세요."

"그걸 이제야 안 거야?"

"그러게요. 왜 진작 몰랐을까요?"

우 사장의 밝은 표정과 목소리에 어두웠던 태은의 표정도, 경직돼 있던 거실의 분위기도 점점 편안하게 바뀌어 가기 시작했다.

"서울 병원에는 언제 가시는 거예요?"

"이달 말쯤 가 보려고."

"그렇게 가끔 가 봐도 괜찮은 거예요?"

"너도 들어서 알잖니, 손 박사가 뭐라고 했는지. 그리고 네 엄마도 병원에 자주 가서 힘든 얘기 듣는 것보다 여기에서 나랑 한가하게 산책하는 걸 더 좋아하는 눈치야."

그때 안방 쪽에서 인기척이 들리는 것 같더니 미란이 거실로 걸어 나왔다. 기운이 없는 듯 아주 천천히 자신들을 향해 다가오는 모습에 서준과 태은은 동시에 자리에서 일어섰고, 태은은 얼른 미란에게 다가가 팔을 부축했다.

"엄마."

짧은 한마디를 꺼내는 것조차 왜 이리 목이 메는 것인지…….

"그래, 우리 태은이 왔구나? 강 서방도 같이 왔네?"

"네, 장모님. 너무 늦게 찾아봬서 죄송합니다."

"무슨 그런 소리를. 도착했으면 바로 깨우지 그랬어?"

태은은 미란을 소파에 앉게 했다. 서준의 옆자리에 앉은 미란은 자연스럽게 서준의 손을 잡으며 반가움을 표현했다.

"같이 와 줘서 고마워."

"아닙니다."

"이렇게 딸이랑 사위가 같이 찾아온 모습 보니까 정말 좋네."

미란의 말을 듣고 있는 것만으로도 태은은 코끝이 찡하게 저려 왔다.

"오늘 태연이도 온다고 했는데."

"언니도요?"

"처음이네, 이 집에서 우리 식구가 다 모이는 건."

"정말 그러네요."

웃고 있는 미란을 보며 태은도 함께 미소를 지었다. 하지만 이 미소를 언제까지 볼 수 있을까 하는 아픈 생각도 함께 떠오르자 마음 한 곳이 욱신욱신 쑤셔 왔다.

"태은아."

"네?"

"우리 정원에 나가서 산책 좀 할까?"

"엄마 산책하고 싶으세요?"

"오늘처럼 날씨가 좋은 날에는 네 아버지랑 하루에 두 번씩 산책하는 재미로 지내고 있어. 비록 휠체어에 앉아서 하는 거긴 하지만……."

"그래요, 엄마. 오늘은 저랑 하세요. 저도 엄마랑 산책하고 싶어요."

태은은 다시 미란을 부축하고 현관 쪽으로 천천히 걸음을 옮겼다.

"오른쪽으로 문 보이지? 그게 붙박이장이야. 그 안에 휠체어가 있을 거야."

현관 앞에 도착하자 미란이 설명해 주었다. 태은은 미란이 가리킨 붙박이장 문을 열고 안에서 휠체어를 꺼냈다. 그런데 휠체어 손잡이 앞쪽으로 용접을 해 붙인 듯한 긴 쇠파이프가 보였다. 그리고 붙박이장 문을 닫으려는 태은의 눈에 다시 누군가 손잡이를 잘라 놓은 커다란 무지개 색깔 우산도 보였다.

"이 우산은 뭐예요?"

"그거? 네 아버지가 요즘같이 햇볕이 뜨거울 때 햇볕을 직접 쬐는 건 여자 피부에 아주 안 좋다면서 손수 우산 손잡이를 잘라 놓으신 거야. 휠체어에 붙어 있는 그 우산 꽂이에 꽂으면 꼭 맞을 거다."

"우와, 그럼 저 우산 꽂이도 아버지가 직접 용접해서 붙이신 거예요?"

"그것뿐인 줄 아니? 너희 아버지 매일 출근하시던 분이 집에만 계시려니 심심하신지 요즘 뭘 자꾸 만들고 싶어 하신다."

"이거 말고 또 뭘 만드셨는데요?"

태은은 예상치 못했던 우 사장의 모습에 놀라움과 궁금증을 감추지 못하고 다시 물었다.

"안방 천장에 내가 잡고 누웠다 앉기 쉽게 줄도 매어 놨고, 화장실 벽에 긴 손잡이도 붙여 놨지. 또 정원이 너무 심심하다고 얼마 전부터는 돌로 탑도 쌓기 시작하셨어."

"와, 아버지 정말 멋지신데요."

"그래, 너희 아버지 정말 멋진 사람이야."

"엄마를 그만큼 사랑하시는 거겠죠."

태은은 휠체어를 정원으로 꺼내 펼친 뒤 다시 미란의 팔을 부축했다.

"맞아. 내가 정말 복이 많은 여자지."

미란이 휠체어에 앉자 태은은 우 사장이 손잡이를 잘라 놓은 우산을 펼쳐 휠체어에 길게 붙은 쇠파이프에 꽂았다. 미란의 말대로 둘의 두께가 자로 잰 것처럼 꼭 맞았고 휠체어를 미는 태은도 우산 그늘 아래에 있어 전혀 뜨겁지 않았다.

"태은아."

"네?"

"강 서방이랑은 어떠니?"

정원의 잔디 위를 천천히 걷고 있는 태은에게 미란이 물었다.

"좋아요. 서준 씨 정말 좋은 사람이고, 시간이 흐를수록 엄마 말씀 듣고 결혼하길 잘했다는 생각이 들고 있어요."

"나 듣기 좋으라고 하는 말은 아니지?"

미란의 목소리는 많이 아픈 사람이라는 사실을 눈치챌 수 없을 만큼, 예전의 그녀 성격 그대로 부드럽고 평온했다.
"엄마, 저는 대답하기 싫으면 말을 안 하지 거짓말은 하지 않거든요."
"맞아. 넌 어릴 때부터 그랬어."
간간이 불어오는 바람에 모자 아래로 보이는 미란의 많지 않은 머리카락이 날렸다. 태은은 이렇게 미란의 변화된 모습들을 하나둘 발견하는 순간이면 가슴이 미어지는 듯 아려 왔다.
"네가 행복하다니까 엄마도 정말 행복하다."
"엄마가 행복하셔야죠. 왜 제가 행복한 게 엄마 행복이에요."
"너도 조금 더 살아보면 엄마 말뜻 알게 될 거야."
"……."
"그리고 태연이한테는 미리 얘기했는데. 내가 떠나고 나면 이 집이랑 내가 친정에서 물려받은 유산들, 그리고 땅까지 전부 처분해서 작은 재단을 하나 만들까 해."
"엄마……"
"괜찮아. 우리 모두 언젠가는 떠나게 돼 있는 거잖아."
뺨을 타고 눈물이 주르륵 흘렀지만 태은은 눈물을 닦지도 다른 말을 꺼낼 수도 없었다.
"소아암 환아들을 위한 재단을 생각 중인데, 너희 아버지가 고맙게도 경도건설 이름으로 재단을 후원해 주시겠다는구나."
눈에 가득 차오른 눈물 때문에 그토록 눈부셨던 정원이 온통 흐릿하게 보였다. 하지만 태은은 걸음을 멈출 수 없었다.
"내가 너한테 한 번도 말했던 적 없었지? 태윤이가 왜 그렇게 일찍 떠났는지…….”

"……."

"백혈병이었어."

미란의 목소리는 여전히 덤덤했는데 태은의 양 볼은 흘러내린 눈물로 흥건하게 젖어 있었다.

"사실은 어젯밤에 태윤이가 내 꿈에 찾아왔었어. 20년 전이랑 똑같은 목소리로 날 보고 '엄마'하고 부르는데 그때 태윤이가 나를 데리러 왔구나 하는 생각이 들더라고. 그런데 아침에 눈을 뜨니까 내가 아직 살아 있는 거야. 그 순간, 아…… 우리 태윤이가 내게 우리 가족들과 인사할 시간을 주려는 거구나……."

차분하게 이야기를 이어 가던 미란도 결국 말을 멈추고 손등으로 눈물을 훔쳤다.

"엄마 그런 얘기 하지 마세요. 아버지도 그렇고 우리 모두 엄마가 계셔야 돼요. 우리 정말 엄마 안 계시면……."

"걱정 마. 내가 태윤이한테 엄마 더도 말고 딱 두 달만 더 있다가 갈 테니까 그때 다시 와 달라고 말해 뒀으니까."

언젠가 태은도 그런 생각을 했던 적이 있었다. 죽음 뒤에는 이별만 있는 것이 아니라 만남도 있는 것이라고. 그래서 어린 시절에는 그 만남이 자신에게 조금만 더 빨리 찾아와 주었으면 좋겠다는 생각을 했던 적도 있었다. 다행히 그녀는 그 모든 고비를 미란 덕분에 이겨 낼 수 있었는데…….

"엄마, 나으실 거예요. 우리가 어떻게든……."

"태은아."

"네?"

"너는 나한테 정말 고마운 딸이야."

미란이 그녀의 입에서 어떤 말이 나올 것이란 걸 미리 알고 있다는 듯 서둘러 다른 얘기로 말을 돌렸다.

"아니, 넌 나한테 세 사람 몫으로 고마운 딸이야."

미란의 입에서 이런 말이 나온 것은 처음이었다. 하지만 태은은 미란이 지금 누굴 말하고 있는 것인지 알 것 같았다. 첫 번째는 지난 20년 그녀의 곁에서 딸로 함께했던 우태은일 것이고, 두 번째는 그녀가 버려야 했던 송재윤일 것이고, 마지막은 그녀의 사고 이후 누구도 입에 담지 않았던 미란의 친딸 우태윤일 것이다. 그녀야말로 미란으로부터 세 사람이 받아야 했던 관심과 사랑을 받으며 자랐는데…….

"엄마가 마음으로 그 세 아이들 모두 보듬으시느라 얼마나 힘들었는지 이제 저도 알아요. 아마 저 때문에 엄마가 많이 힘드셨을 거예요. 제가 조금만 더 일찍 엄마를 이해할 수 있었더라면……."

"아니야. 난 조금도 힘들지 않았어. 정말 모두 고마운 일들뿐이었는데. 이다음에 너희 친부모님 만나면 정말 고마웠다고, 태은이 네 덕분에 정말 원 없이 행복하게 살았다고 꼭 말할 생각이야."

"엄마."

잠시 멈췄던 눈물이 다시 뺨을 타고 흘러내리고 있었다.

"내 딸, 너무나 사랑한다."

"저도 사랑해요."

어금니를 악물고 참았지만 쉴 새 없이 눈물이 뺨을 적시고 있었다.

"그래도 이젠 내가 네 곁에 없어도, 강 서방이 네 곁에 있어 줄 거라고 생각하면 마음이 편안해. 사실 처음 진단 결과 듣고 나오던 날 너희에게 좀 더 잘해 주지 못했던 게 가장 마음에 걸렸었어. 특히 널 데려오면서 내 욕심을 먼저 채우려고 했었고, 널 너 자체로만 사랑해 주지 못했던 기억들이……."

"그렇지 않아요. 전 항상 만족하고 감사하며 살아왔는걸요."

"만약 우리가 네 친부모였다면 넌 우리에게 감사하고 만족하는 마음 말고 좀 더 자유롭고 좀 더 너답게 자랐을 거야. 어리광도 많이 부리면서 말이야. 그런데 넌 항상 의젓하고 반듯한 아이였어. 그게, 널 그렇게 자라게 만든 게 모두 내 잘못인 것 같아 문득문득 마음이 아팠었어. 그래서 누구보다 네가 행복하게 지내는 모습을 보고 싶었던 것 같아. 너를 너 자체로 사랑해 주는 사람 곁에서."

미란은 아무것도 부족하지 않은 그녀의 결혼식을 보고 싶었던 것이 아니라, 처음부터 그녀가 누군가에게 진심으로 사랑받으며 지내게 되길 바랐던 것이다. 그녀의 깊은 마음을 자신은 아직도 전부 알지 못하는 것 같아 태은은 가슴이 더욱 미어지는 것 같았다.

"내가 오늘따라 쓸데없는 말이 너무 많지? 오늘 날씨가 정말 좋아서 그런가 봐. 하늘도 너무 예쁘고, 또 우리 딸이랑 산책하니까 마음도 너무 즐겁고."

"저도 그래요."

"그런데 그 쪽지 받았지?"

태은은 지금 미란이 서준의 이름이 적혀 있던 쪽지를 말하고 있다는 걸 단번에 알아들을 수 있었다.

"신기하게 이름이 강 서방이랑 같더라고."

"그런데 어떻게 그 쪽지를 가지고 계셨던 거예요?"

"너 사고 나고, 네가 사고 나기 전에 보육원에 가 보고 싶다고 얘기했던 게 기억나 나 혼자 찾아갔었어. 네가 머물렀던 보육원 두 곳에 다. 널 진심으로 이해하고 싶었거든. 그런데 그곳에서 누가 너한테 전해 달라고 쪽지를 남기고 갔다며 그 쪽지를 전해 주더라고. 그때는 그걸 받아 오면서 네가 깨어나면 주려고 했었는데……. 깨어난 뒤로 네가 갑자기 달라져서 내가 또 욕심이 났었던 것 같아. 그래도 혹시나 하는 마음에 쪽지는 잘 보관해 둔다고 뒀던 게 그동안 잊고 지냈지 뭐니. 그런데 태연이한테 네가 아는 사람들이라고 했다던데?"

"네."

"어떻게 아는 분들이야?"

"엄마."

"응?"

"그 사람, 그 쪽지에 적힌 강서준이 지금 엄마 사위 강 서방 맞아요."

"뭐? 어떻게?"

미란이 천천히 움직이고 있는 휠체어 바퀴를 잡아 움직임을 멈췄다.

"그때 그 쪽지가 정말, 강 서방이 부탁하고 갔던 쪽지였다고?"

"신기하죠? 서준 씨 아버지랑 저희 아빠가 원래 알던 사이였대요. 물론 저도 그분을 기억하고 있었고요."

태은은 그분을 만나기 위해 그때 그 보육원에 그렇게 가고 싶어 했던 거라는 얘기는 하지 않았다. 그 사실을 알게 되면 미란이 더 미안하고 마음 아파할 것이란 걸 알았기 때문이다.

"세상에, 어떻게……."

"더 신기한 건 그 쪽지를 전해 받지도 못했는데, 우리가 결혼을 했다는 사실 아니겠어요?"

"그래, 정말 그렇구나."

"전부 엄마 덕분이에요."

"나 때문에 너무 늦게 만나 원망스러운 건 아니고?"

울고 있는 듯 미란의 목소리가 나직하게 떨렸다.

"그럴 리가요. 저 엄마랑 아버지, 그리고 언니 덕분에 지금껏 정말 행복하게 아무 걱정도 없이 잘 자랐는걸요. 이렇게 잘 자라서 좋은 사람 만나 결혼까지 해 행복하게 살고 있는데 원망할 게 뭐가 있겠어요. 전부 엄마 덕분이에요."

"엄마."

그때 태연이 대문을 열고 집 안으로 걸어 들어오며 미란을 부르는 모습이 보였다. 태은과 미란은 누가 먼저랄 것도 없이 서둘러 눈가를 닦아 내고 다가오는 태연을 맞았다.

"태연이가 양반은 못 되나 보다, 태은아."

"그러게요."

태연이 다가오기 전에 두 사람은 나직하게 귓속말을 주고받았다.

"태은이도 와 있었구나?"

"응, 언니."

"주말이라 내려온 거야? 제부도 같이 왔어?"

"응."

"오늘 우리 엄마 기분 정말 좋으시겠다. 그래서 그런지 얼굴 표정도 아주 좋으신데요?"

태연의 양손에 가득 들린 짐을 보고 태은도 집을 향해 미란의 휠체어 방향을 돌렸다.

"언니, 차는?"

"집 아래쪽에 세웠어. 너는 내려올 때 차 안 막혔어?"

"괜찮았어."

"오늘 가지?"

"아니, 엄마랑 자고 갈 거야."

"정말? 나도 자고 갈 건데."

"우리 오늘 다 같이 잘까요, 엄마?"

"그렇게 해요, 엄마."

태연의 목소리는 언제나 그렇듯 밝고 명랑했다.

"그럼 나야 좋지. 그런데 너희 아버지는?"

"아버지는 강 서방이랑 주무시라고 하지요, 뭐."

세 모녀는 오랜만에 까르르 웃으며 집 안으로 들어섰다.

"뭐가 그렇게 재미있어?"

그녀들의 웃음소리를 들었는지 우 사장이 현관 앞까지 걸어와 물었다.

"비밀이에요."

"다들 그러기야?"

태연의 대답에 우 사장이 눈을 가늘게 떴지만 워낙 인상이 좋은 그였기에 그 모습이 오히려 장난스럽게 보였다.

"오 여사님, 오늘 산책은 어땠어요?"

미란을 부축하고 천천히 소파로 걸음을 옮기며 우 사장이 물었다.

"좋았어요."

"나랑 하는 것보다 더 좋았어요?"

"당신이랑은 데이트하는 것 같아서 좋고, 딸들이랑은 친구들 만나는 것 같아서 다 좋아요."

지난 20년간을 보아 왔던 모습이었고, 모든 것이 너무나 자연스러웠는데 태은의 가슴은 눈물로 가득 찬 것처럼 무겁고 축축했다. 손가락으로 살짝 건드리기만 해도 눈물이 주르륵 흐를 것 같았다. 분명 지금은 눈물이 날 것처럼 너무 행복한 순간인데, 이 행복을 오래 지킬 수 없을지도 모른다는 불안감 때문일 것이다.

"아버지, 시장하시죠? 태은이랑 제가 서둘러 저녁 준비할 테니까 강 서방이랑 얘기 나누고 계세요."

"남자들끼리 또 무슨 얘기."

우 사장은 투덜거리면서도 서준과 마주 앉아 다시 이런저런 얘기를 나누기 시작했다.

그녀들이 준비한 저녁상은 아주 푸짐했다. 하지만 미란은 밥을 먹지 않아도 행복한 듯 아주 적은 양의 식사를 하고 난 뒤 연신 미소를 보이며 끝까지 자리를 지켰다. 그리고 태연과 태은이 뒷정리를 마치자 양옆으로 딸들을 두고 잠자리에 눕자마자 바로 잠이 들었다. 태연은 미란이 약기운 때문에 쉽게 잠이 드는 날은 오히려 다행이라고 설명한 뒤 태은에게 나가서 얘기하자고 그녀를 데리고 정원으로 나왔다.

"우와, 별 정말 많다."

태연의 말처럼 까만 밤하늘에 보석처럼 예쁜 별들이 수없이 반짝이고 있었다.

"그래도 저 별보다 사람들의 수가 더 많겠지?"

"글쎄……."

"그런데 사람들이 아무리 많아도 우리 가족 같은 가족은 정말 흔치 않을 거야."

"그렇겠지."

"나 어렸을 때는 내가 정말 우리 엄마, 아버지 친딸인 줄 알고 자랐었어. 그러다가 어느 날 태윤이가 아픈데도 내가 아무것도 해 줄 수 없는 이유가 내가 그 아이의 친언니가 아니기 때문이라는 사실을 알게 됐어."

하늘을 올려다보던 태연이 고개를 내려 태은의 얼굴을 바라보았다.

"그런데 신기한 게 그런 사실을 알고 난 뒤에도 나는 그렇게 힘들지도 불행하지도 않았던 것 같아. 엄마, 아버지가 전과 변함없이 날 대해 주셔서 그게 내가 불행해져야 하는 이유라는 생각을 할 필요가 없었거든."

근처에서 요란하게 개구리 우는 소리가 들려오고 있었고 풀 내음을 품은 밤바람도 도시에서와는 다르게 제법 시원했다. 옆에는 20년 지기 친구 같은 태연까지 있으니 세상에 이보다 더 평화롭고 아름다운 곳은 없을 것 같은 느낌이었다.

"그래서 지금 내가 받았던 그 많은 사랑을 조금도 돌려 드릴 수 없다는 사실이 너무나 마음 아파."

"엄마는 그렇게 생각하지 않으실 거야. 사랑은 받는 것도 행복하지만 주는 것도 행복한 거잖아."

"정말 그럴까?"

태은은 대답 대신 고개를 끄덕였다.

"그래도 엄마는 언제까지나 내 곁에 계셔 줄 줄 알았는데……."

"언니, 몸이 곁에 없다고 함께 있지 않는 건 아닐 거야."

태은 역시 여전히 미란과의 이별이 그리 멀지 않았다는 사실이 현실의 일처럼 느껴지지 않았다. 아마 현실로 닥쳐도 한동안 실감하지 못할 것 같았다. 하지만 이제는 알고 있었다. 앞으로는 미란을 떠올리면 행복했던 시간만 떠오를 것이라는 걸…….

"난 엄마를 떠올리면 항상 가슴이 뜨거워져."

"나도……."

"내가 엄마 딸이 된 뒤부터, 여기 가슴 한쪽 작은 공간에 엄마가 살기 시작했던 것 같아."

"나도……."

눈가는 촉촉하게 젖어 있었지만 자매는 서로를 마주 보며 환하게 미소를 지었다. 그녀들의 미소는 그녀들도 모르는 사이 점점 닮아 가고 있었다.

 다시 일상으로 돌아온 태은과 서준은 누구보다 바쁘고 치열하게 하루하루를 살아가고 있었다. 하지만 일과를 마치고 집으로 돌아오는 길이면 서로와 함께할 수 있다는 사실만으로도 그들은 행복을 느꼈다.
"태은 씨."
 퇴근 후 아파트 주차장에 차를 주차한 후 내리고 있는 태은을 서준이 불렀다.
"서준 씨도 지금 퇴근하는 거예요?"
"네."
"이렇게 같은 시간에 집에 도착을 하다니. 우리 텔레파시가 통했나 봐요."
 여전히 무더운 여름날이었지만 서준은 엘리베이터에서 내릴 때까지 태은의 손을 꼭 잡고 있었다.
"배고프죠?"
"네, 조금."
"어서 들어가죠."
 서준이 서둘러 현관문을 열었다.
"어, 왜 불이 켜져 있지?"
 아침에 분명 불이 꺼져 있는 걸 확인하고 집을 나섰었다. 그런데 현관 입구와 거실 벽, 그리고 주방 쪽 천장으로 설치된 조명등이 어둠 속에서 은은하게 빛을 내뿜고 있는 것이 현관 앞에서도 보였다.

"그리고 이건 또 무슨 냄새지? 서준 씨도 맡아 봐요. 누가 우리 집에 들어왔었나 봐요."

태은의 심장이 요란하게 쿵쾅거리고 있었다.

"그런 것 같죠?"

"경찰에 신고해야 할까요?"

"먼저 들어가 보고요."

불안한 표정의 그녀와는 달리 여유로운 서준의 목소리에 태은은 집 안을 밝히고 있는 빛을 따라 천천히 걸음을 옮기기 시작했다. 그런데 거실로 걸어가는 길목 벽 아래쪽으로 보라색 장미 꽃잎이 줄지어 뿌려져 있는 것이 보였다. 그리고 거실 테이블 위에는 커다란 꽃바구니와 와인 병, 그리고 두 개의 와인 잔이 나란히 놓여 있었다. 마치 그들이 결혼 후 첫날밤을 보냈던 퀸 호텔의 스위트룸을 그대로 옮겨 놓은 듯한 모습이었다. 태은은 영문을 묻듯 서준의 얼굴을 올려다보았다.

"이게 다 어떻게 된 거예요?"

"배고프다고 했죠? 주방에 식사도 준비돼 있을 거예요."

장미 향기와 함께 어딘가에서 은은하게 풍기고 있는 냄새의 정체가 바로 그것이었던 모양이다.

"지금 퇴근하는 거라고 했잖아요? 그런데 이걸 전부 어떻게?"

"내가 손수 한 건 아니고, 상우 도움 좀 받았어요."

태은이 거실의 불을 켜기 위해 스위치 쪽으로 걸어가려 하자 서준이 그녀의 손을 잡으며 말했다.

"한 전무님이요?"

"사실 내가 재윤 씨 찾으려고 20년 전 전국 보육원 입소 원아 명단까지 입수한 거 상우도 알고 있었거든요."

"그럼 제가 그 송재윤인 것도 알고 있는 거예요?"

"어제 말했어요. 그랬더니 남들은 결혼 한 번 하려고 얼마나 공을 들이는데 나보고 첫사랑이랑 결혼도 얼렁뚱땅 해 놓고 너무하는 거 아니냐고 얼마나 잔소리를 하던지……."

오늘의 이벤트가 그렇게 해서 준비가 된 모양이었다.

"하지만 집을 이렇게 꾸며 달라고 부탁한 건 순전히 내 생각이었어요. 그날 우리의 첫 시작부터 제대로 다시 하고 싶어서."

서준이 태은의 손을 잡은 손에 더 힘을 주었다.

"오늘이 내가 태은 씨와 만난 지 정확히 50일, 아니 퀸 호텔에서 스쳤던 것부터 계산하면 55일 된 날이에요. 그리고 송재윤과 만난 지는 20년하고 43일 되는 날이고요."

모든 일들이 너무 바쁘고 정신없이 흘러갔다. 오히려 태은은 하루하루가 어떻게 흘러가는지 모르고 보내고 있었는데…….

"제대로 된 프러포즈도 못하고 결혼했고, 결혼 생활 내내 잘해 준 것도 없어서 마음이 좋지 않았는데, 장모님 일도 그렇고 지난번 사건도 그렇고 태은 씨 계속 힘든 일만 겪게 하는 것 같아 정말 미안했어요. 그런데 그러면서 또 태은 씨가 나한테 얼마나 소중한 사람인지, 내가 태은 씨를 얼마나 사랑하고 있는지 깨달을 수 있었던 것 같아요."

태은은 목이 메어 아무 말도 하지 못한 채 서준의 얼굴만 올려다보고 있었다.

"당신은 내가 태어나서 지금껏 사랑했던 유일한 여자고, 마지막까지 사랑하는 여자일 거예요."

말을 마친 서준이 자신의 주머니 안에서 작은 상자를 꺼냈다. 그 안에는 다이아몬드가 박힌 심플한 백금 링 반지가 들어 있었다.

"나와 결혼해 줘서 정말 고마워요."

태은의 눈가에 눈물이 차오르기 시작했다.

"저도 그래요."

지금 태은의 손에 끼워진 반지는 결혼 전 촉박했던 시간 탓에 그녀 혼자 둘의 사이즈에 맞춰 서둘러 구입했던 반지였다. 서준이 그녀의 손가락에서 그 반지를 빼낸 뒤 새로운 반지를 끼워 주었다.

"고마워요."

"울지 말아요."

"전 아무것도 준비한 게 없는데."

"당신은 이미 나한테 어떤 선물보다 특별한 사람이에요."

서준이 자신의 품에 태은을 소중하게 끌어안았다. 태은은 자신의 눈물이 그의 셔츠를 적시고 있다는 걸 알면서도 그대로 그의 허리를 끌어안았다.

"고마워요."

"그런 말 하지 말아요, 태은 씨는. 그리고 정말 사랑해요."

"저도 사랑해요."

서준이 품에서 그녀의 상체를 떼어 내고 눈을 내려다보았다. 그러다 천천히 고개를 숙여 그녀의 입술 위로 입술을 겹쳤다. 하지만 부드러웠던 키스는 금세 뜨거운 욕망으로 변해 갔고 그들의 손은 더 많은 것을 원하며 서로의 몸을 더듬기 시작했다.
"안 되겠어요."
"네?"
"태은 씨 밥 먹고, 밥 먼저 먹어야 돼요."
"괜찮아요."
태은이 다시 서준의 입술을 향해 고개를 들었지만 서준이 손바닥으로 그녀의 입술을 막았다.
"밥 먹고 나서, 그게 좋겠어요."
"배고프지 않아요."
태은이 자신의 입술을 막은 서준의 손을 치운 뒤 말했다.
"사실은 나도 그래요."
그가 그녀를 번쩍 안아 들었다. 그리고 거실을 성큼성큼 가로질러 방 안으로 들어선 순간 빨간 장미 꽃잎으로 만들어진 하트가 침대 위에서 그들을 기다리고 있는 것이 보였다.
"하트예요, 서준 씨."
"이건 내가 절대 잊지 말아 달라고 부탁했던 거예요."
대답하는 서준도 웃고 있었다.
그런데 방 안에는 침대 위 꽃잎 하트뿐 아니라 천장에도 빨간 하트 풍선이 가득 떠다니고 있었다. 모든 것들이 그날 그대로였다. 풍선을 묶은 끈이 서 있는 서준의 어깨까지 내려와 있었지만 두 사람은 신경 쓰지 않았다. 그리고 그가 장미 꽃잎 위로 그녀를 살며시 내려놓았다.

태은은 자신을 바라보며 서 있는 서준을 보는 것만으로도 가슴이 저려 오는 것 같았다. 그건 오늘이 진짜 신혼 첫날밤인 것처럼 그가 어서 자신을 만져 줬으면 하는 바람이었는지도 모른다. 서준이 손을 뻗어 블라우스 단추를 푸는 동안에도 그녀의 가슴은 요란하게 쿵쾅거리고 있었다. 서준 역시 생각처럼 빨리 단추를 풀 수 없는 것이 답답한 듯 손을 분주하게 움직이면서도 그녀의 입술을 향해 고개를 숙이고 있었다. 뜨겁게 달아오른 키스는 아무리 취해도 만족스러운 기분이 들지 않았다. 키스를 멈추지 않은 채 겨우 블라우스를 벗겨 바닥으로 집어 던진 뒤 그가 그녀의 머리카락 속으로 손을 집어넣었다. 그 상태로 그의 몸이 그녀에게로 점점 기울어지자 둘의 몸이 침대 위로 넘어졌다. 그래도 키스는 멈춰지지 않았다.

"너무 행복해요."

산소가 부족하다는 느낌이 들 정도로 강렬한 키스가 오랫동안 이어졌다. 그리고 서준이 숨을 고르며 느리게 그녀의 입술을 따라 입술을 움직이고 있을 때 태은이 말했다.

"당신과 함께여서……."

모든 것이 너무나 달콤했고 행복했다. 그중 가장 그녀를 행복하게 만들어 주는 것은 그녀가 사랑하는 사람이 자신보다 더 자신을 사랑해 주고 있다는 사실이었다.

"나도 그래요."

그가 그녀의 입술에 가볍게 입을 맞췄다.

"당신이 내 아내여서. 그리고 이제부터 당신을 마음껏 사랑할 수 있어서."

 서준이 그녀를 꼭 끌어안으며 부드럽게 속삭였다. 그리고 그는 그녀와 자신의 옷을 차례로 바닥으로 떨어뜨린 후 그녀의 몸에 빈틈없이 애무를 해 나가기 시작했다. 태은은 그의 눈에 담긴 갈망이 점점 짙어질수록 빠르게 심장이 뛰는 것을 느꼈고, 그의 움직임은 그녀가 재촉하지 않아도 더욱 빠르고 뜨겁게 타올랐다. 마치 끝없이 펼쳐진 파라다이스를 질주하고 있는 것처럼 격렬한 절정에 도달한 순간 서준은 태은을 더욱 소중하게 끌어안고 온몸으로 사랑을 속삭였다.

"사랑해요."

"저도 사랑해요."

 서준은 잠이 든 뒤에도 그녀를 꼭 끌어안고 놓아주지 않았다. 태은 역시 깊은 잠에 빠진 상태에서도 얼굴 가득 잔잔한 미소를 띠고 있었다.

에필로그 (1)

"엄마."

6살 해윤이 제 작은 손으로 태은의 손을 힘껏 잡아끌었다.

"해윤아, 천천히."

"이모 아기 빨리 보고 싶어요."

"엄마도 빨리 보고 싶어. 하지만 아빠랑 오빠도 같이 가야지."

"올라가서 기다려도 되잖아요."

태연으로부터 진통이 시작됐다는 연락을 받고 태은은 유치원에 다니고 있는 딸 해윤을, 서준은 초등학생인 아들 해진을 각각 데리고 산부인과 앞에서 만나기로 약속을 했다. 그런데 아직 서준이 도착하지 않은 상태였다.

"조금만 더 기다려 보고."

"알았어요."

태은은 추위에 해윤의 귀가 시릴까 봐 자신의 손으로 해윤의 작은 귀를 가볍게 감싸 주었다.

"엄마 저는 괜찮아요. 엄마 손 시리잖아요."

"엄마도 괜찮아."

태은은 해윤을 보며 싱긋 미소를 지었다. 미란은 올해 9살이 된 그들의 아들 해진의 임신 소식을 전해 들었을 때 누구보다 기뻐해 주었었다. 하지만 해진이 태어나기 몇 달 전 세상을 떠났기에 그녀가 지난 두 번의 출산을 겪는 동안 미란의 빈자리를 대신해 준 사람은 태연이었다. 그때 마치 미란처럼 자신을 걱정해 주고 곁을 지켜 주었던 태연의 눈빛이 떠오르자 태은은 자신도 어서 태연의 곁을 지켜 줘야겠다는 생각에 다시 해윤의 손을 잡았다.

"안 되겠다, 해윤아. 우리 먼저 올라가 있자."

"정말요?"

"올라가서 전화하지, 뭐."

"네."

두 사람은 서둘러 엘리베이터에 올라탔다.

"그런데 엄마, 아기는 여자예요, 남자예요?"

"해윤이는 어떤 동생이 좋은데?"

"전 여동생이요."

"왜?"

"그래야 제가 언니가 되는 거잖아요. 이모처럼."

해윤의 생각이 마냥 기특해 태은은 다시 미소를 지었다.

"언니."

엘리베이터에서 내려 바로 분만 대기실로 달려간 태은의 눈에 태연의 모습이 보였다.

"태은이 왔구나?"

그런데 진통이 시작됐다고 전화를 걸어왔을 때와는 다르게 태연은 여유롭게 그녀를 맞고 있었다.

"이모, 저도 왔어요."

"우리 귀여운 해윤이도 왔구나."

"처제 왔어?"

"네, 형부."

"언니 좀 전까지 내 머리 잡고 있었는데 지금은 조금 괜찮아졌나 봐."

태연은 우 사장이 일을 줄이기 위해 고용한 전문 경영인 현수와 2년 전 결혼을 했다. 늦은 결혼으로 마흔이 넘은 나이의 출산이었지만 엄마를 대신해 두 번이나 태은의 출산과 육아를 도왔던 경험 덕인지 태연은 예상보다 느긋하고 여유로워 보였다.

"이모, 배 안 아파요?"

"응. 지금은 괜찮아."

태연이 해윤에게 다정하게 설명했다.

"진통 간격은 어때, 언니?"

"집에서 출발할 때 5분 간격이었는데, 1시간째 5분 간격 그대로야."

"애기도 언니 닮아 성격이 느긋한가 봐."

"그런 건 안 닮아도, 아!"

다시 진통이 시작됐는지 태연이 두 주먹을 불끈 쥐었다. 태은은 얼른 침대 옆으로 다가가 언니의 손을 잡았다.

"언니, 천천히 숨을 들이쉬었다 내쉬어 봐."

"그래, 알았어."

이모가 느긋하다고 약 올리는 소리를 들은 것인지 태연의 진통은 급속도로 시간이 당겨지더니 이내 현수와 함께 분만실로 들어갔다.

"엄마."

분만실 앞까지 태은의 손을 잡고 이모를 따라갔던 해윤이 진지한 목소리로 엄마를 불렀다.

"응?"

"엄마도 오빠랑 저 낳아 주실 때 이모처럼 저렇게 많이 아팠었어요?"

"그럼."

그녀의 대답에 해윤의 동그란 눈망울에 눈물이 그렁그렁 차올랐다.

"왜 울어, 해윤아."

"미안해요, 엄마."

해윤이 제 작은 손으로 태은을 꼭 끌어안았다. 그 모습이 너무 예쁘고 사랑스러워 태은도 해윤을 꼭 끌어안았다.

"아니야. 엄마는 우리 해윤이처럼 예쁜 천사가 엄마 곁으로 와줘서 너무 행복했는걸."

"엄마."

그때 분만 대기실의 문이 열리고 해진과 서준이 들어왔다. 해진은 신기할 정도로 어린 시절의 서준과 닮은 모습이었다. 꼭 닮은 얼굴의 두 부자가 황급히 태은의 앞까지 걸어와 섰다.

"처형은?"

"언니 지금 막 분만실로 들어갔어요."

"괜찮으셨어?"

"저보다는 여유로워 보였던 것 같아요."

"다행이네."

진심으로 안도하는 듯 서준이 길게 한숨을 내쉬었다.

응애, 응애, 응애…….

그때 분만실 안에서 아기 울음소리가 들려오기 시작했다. 너무나 기다려 온 새로운 가족의 울음소리를 듣는 순간 태은의 눈가가 눈물로 젖어 들었다.

"아기, 태어났나 봐요."

"응."

"엄마, 아기 빨리 보고 싶어요."

해윤도 기대에 들뜬 목소리로 말했다.

"곧 나올 거야."

"오빠도 아기 보고 싶지?"

해윤이 해진에게 다가가 물었다.

"아니."

"왜?"

"넌 아직 모르겠지만 동생이 꼭 좋은 것만은 아니거든."

"왜?"

"이제 이모의 관심은 너한테서 완전히 떠나갈 거고, 엄마도 아기 앞에서는 너한테 금지하시는 게 많아질 거야."

"금지? 어떤 걸?"

"아니다. 너보다 내가 더 걱정이다. 더구나 여자 아기라니 너처럼 쉬지 않고 얘기를 할 텐데."

이제 겨우 9살이었지만 이 집안 남자들 특유의 성격을 그대로 물려받은 해진은 매사에 어른스럽고 독립적이었다.

"얼마나 귀엽니?"

해윤이 마냥 귀찮은 해진이 고개를 젓자 서준이 그런 아들을 이해할 수 없다는 표정으로 해윤을 번쩍 안아 들었다.

"우리 공주님 목소리가 새소리보다 더 사랑스러운데."

"아빠 귀는 정말 특이한 것 같아요."

이미 지겹게 보아 온 장면이라는 듯 해진은 무심하게 아빠의 말을 받아넘겼다.

네 가족은 곧 신생아실로 이동한 아기와 입원실로 옮겨진 태연의 모습을 보고 축하의 인사를 건넸다.

"이모 아기가 너무 귀여워요."

"우리 해윤이는 벌써 동생한테 푹 빠진 모양이야."

"제부 들었어요?"

태은의 말에 태연이 서준을 바라보았다.

"안 돼, 언니. 그렇지 않아도 가끔 얘기하는데 언니가 그런 소리 하면 나 곤란해져."

"이렇게 예쁜 아이들 한 명 더 있으면 어때서? 그렇죠, 제부?"

"맞습니다, 처형."

언제부턴가 태연과 서준은 점점 뜻이 잘 맞는 가족의 모습으로 변해 가고 있었다. 그리고 태은은 가끔 이런 모습까지도 모두 미란의 노력으로 이루어진 것은 아닐까 하는 생각이 들 때가 있었다.

"하지만 해진이는 반대할걸요."

"아, 참."

서준이 아쉬운 듯 해진을 바라보았다. 하지만 해진도 양보할 의사가 전혀 없다는 듯 깊게 팔짱을 끼고 있었다.

"언니 쉬어야 하니까 우린 그만 돌아가야겠다."

태은이 서준과 아이들을 보며 말했다.

"난 괜찮은데."

"안 돼, 언니. 지금 많이 자고 푹 쉬어 둬야 해. 그리고 형부, 정말 축하드리고 우리 언니 잘 부탁해요."

"걱정 마, 처제."

"이모, 또 올게요."

"몸 조리 잘해, 언니."

"그래. 모두 와 줘서 고마워."

태은과 서준은 태연과 현수에게 인사를 건넨 뒤 아이들과 함께 병원을 나서 집으로 돌아왔다.

"저 아빠랑 같이 잘래요."

"그건 안 돼."

서준은 해윤에게는 언제나 '예스'로만 대답하는 아빠였지만 5살 이후로는 부모님 침실에서 잠을 자는 것만은 절대 허락하지 않고 있었다.

"대신 아빠가 우리 해윤이 잠들 때까지 책 읽어 줄게."

"알았어요."

해윤을 안고 나갔던 서준은 태은이 씻고 나서 막 잠잘 준비까지 마치고 났을 때 다시 그들의 침실로 돌아왔다.

"벌써 자려고?"

"좀 피곤하네요."

"회사 일이 바빴어?"

"회사 일보다는 오늘이 언니 예정일이라 아침부터 긴장해서 더 그런 것 같아요."

"그럼 내가 마사지해 줄게."

서준이 침대 위로 올라와 태은의 어깨를 가볍게 주무르기 시작했다.

"그 정도는 아니에요. 자고 일어나면 괜찮아질 거예요."

태은은 대답하며 침대에 누웠다. 그런데 서준이 그런 그녀의 뺨에 살며시 입을 맞췄다.

"왜 그래요?"

"당신 눈 감고 있는 모습이 너무 사랑스러워서."

"훗."

"웃으니까 입술도 사랑스럽네."

이번엔 그의 입술이 그녀의 입술 위로 겹쳐졌다.

"이번에는 어디가 또 사랑스러워요?"

태은이 묻자 서준의 눈빛이 더욱 음흉하게 변했다.

"당신의 온몸이."

그의 입술이 다시 그녀의 입술 위로 겹쳐졌다. 10년을 부부로 함께 살아온 그들이었다. 하지만 시간이 흐를수록 오히려 시간의 흐름은 그들에게 그다지 중요하지 않게 여겨지고 있었다. 아니, 처음 시작할 때의 조심스러움과 지나친 배려가 없어진 지금 그들에게 함께하는 모든 순간은 여유로우면서도 사랑만은 매일 먹는 밥처럼 당연하고도 절실한 것이 되어 있었다.

"사랑해."

"저도 사랑해요."

서준의 입술이 다시 그녀의 입술 위로 겹쳐졌다 목덜미를 타고 천천히 아래쪽으로 움직이기 시작했다.

"그런데 제가 말한 적 있었나요?"

"뭘?"

그녀가 갑자기 꺼낸 말에 서준이 고개를 들어 그녀의 얼굴을 바라보았다.

"중학교 때 납골당에 갔다가 형님을 본 적 있었어요."

"누나를?"

"네. 한동안 잊고 있었는데 갑자기 생각이 났어요. 그런데 그때 형님이 아빠한테 당신 얘기를 정말 자세히 하시더라고요. 아무래도 매년 그렇게 열심히 찾아와서 형님이 아빠를 세뇌시키셨던 것 같아요. 당신이 얼마나 괜찮은 남자로 잘 자라고 있는지 말이에요."

"정말 그랬을까?"

"20년을 한 사람 칭찬만 그렇게 들으셨으니, 분명 아빠가 제 다른 연애는 허락하시기가 쉽지 않으셨을 거예요."

"그래서 설마 억울해?"

"뭐, 조금……."

태은이 소리 내지 않고 씩 미소를 보였다.

"당신은 다른 연애를 하지 못했을 뿐이지. 나는 그 20년 동안 당신만 생각하고 또 생각하고 찾으려고 그렇게 애를 썼는데?"

"훗."

이번에는 그녀의 입에서 나직한 웃음이 흘러나왔다. 너무 행복해서 웃음을 참을 수가 없었다.

"그래서 억울해요?"

"아니. 전혀."

그가 다시 그녀의 입술 위로 입술을 겹쳤다. 키스가 더욱 깊어지며 그들은 서로의 몸에서 잠옷을 벗기고 매끄러운 피부를 부드럽게 어루만지기 시작했다. 서준의 몸은 여전히 탄탄하고 매끈했으며, 태은의 몸도 여전히 매력적이었다. 그들이 변함없이 서로를 사랑하고 있는 이유는 꼭 그것 때문만은 아닐 것이다. 시간이 흐르고 아이들이 자라는 과정을 함께 겪고 지켜 주며 서로에 대한 믿음만큼 서로에 대한 사랑도 커져 가고 있기 때문일 것이다.

"사랑해요."

"나도 사랑해."

서준이 맞선 자리에서 얘기했던 것처럼 그는 이제 그녀에게 부모 이상으로 그녀를 사랑해 주는 사람, 그리고 자매 이상으로 그녀가 믿고 사랑하는 사람이 되어 있었다. 그리고 그런 사람이 되어 주기 위해 노력해 준 서준과 함께하는 태은은 매일이 꿈처럼 행복하고 든든하기만 했다. 사랑은 어느 날 불쑥 운명처럼 찾아올 수도 있겠지만 함께하는 시간만큼 견고해진 사랑이야말로 언제나 가장 환하게 빛을 내뿜고 있을 테니까.

에필로그 (2)

『시청자 여러분 안녕하십니까. 첫 소식입니다. 국회는 지난해 11월 9일 백제그룹 주가조작의혹 관련에 관한 특별검사 임명 등에 관한 법률, 이른바 백제그룹특검법을 통과시켰는데요. 이 특검 수사를 책임질 특별검사팀의 구성이 완료돼 오는 15일부터 본격 수사에 나섭니다. 강서준 특별검사(55. 사법연수원 13기)를 보좌할 특검보로 법무법인 '도약'의 강서경 변호사(59. 9기)와 박태복 변호사(51. 18기), 송석수 변호사(48. 20기), 김범기 변호사(53. 21기)가 임명이 되었습니다.

강서준 검사는 S대 법대를 나와 검사로 처음 법조계에 발을 들인 후 다시 판사로 임용되어 서울남부지법, 서울민사지법 판사를 거쳐 현재는 법무법인 대양에 속해 있습니다. 특히 강 특검보는 차태선 전 대통령의 비자금특검을 맡았던 경력이 있습니다.

백제그룹특검팀에는 검찰에서도 박주영 서울중앙지검 조사부장과 오용기, 서주원, 함지국, 최영석 검사 등이 파견된 것으로 알려졌습니다. 여성인 강서경 변호사가 특검보에 포함된 것은 백제호텔 사장이자, 백제그룹 회장의 부인인 강희옥 여사의 소환 가능성을 배제할 수 없다는 뜻으로 해석돼 주목됩니다.

특검팀은 수사 개시일로부터 30일 동안 수사를 벌이게 되며, 수사를 마치고 공소 제기 여부를 결정하게 됩니다. 1회에 한해서 15일 연장할 수 있어 최대 45일까지 수사를 하게 되면 결과는 3월 초경 나올 것으로 보입니다.

대한민국의 경제 질서를 교란하고 선량한 시민들을 눈물 흘리게 한 백제그룹에 대한 철저한 조사와 정재계 관련 인사들의 징계에 온 국민이 관심을 쏟고 있는 만큼 특검팀에 한 점의 의혹도 남지 않는 냉정한 조사와 합당한 심판을 기대하는 바입니다.

다음 소식입니다. 오미란 소아암 재단이 올해로 출범 22주년을 맞이했습니다. 오미란 소아암 재단은 22년 전, 현 경도건설 우창식 회장의 아내였던 오미란 여사가 췌장암으로 사망하기 전 자신의 전 재산을 기부해 만든 재단으로 오미란 여사 사후에도 경도건설의 후원으로 그간 한 해에 한 가지씩 새로운 암을 추가해 경제적으로 사정이 여의치 않은 소아암 환아들을 후원해 주었습니다. 그런데 올해는 오미란 여사가 사망한 원인인 췌장암이 추가되는 암으로 지목되어 어느 해보다 큰 관심을 받고 있습니다. 오미란 소아암 재단에 직접 나가 있는 한유빈 기자를 연결해 보겠습니다.

한유빈 기자!

네, 한유빈입니다. 저는 지금 오미란 소아암 재단 건물 앞에 나와 있습니다. 오늘 이곳에는 오미란 소아암 재단과 경도건설의 임직원들은 물론 그간 함께했던 수많은 자원봉사자들이 한자리에 모여 더욱 뜻 깊은 22주년 행사를 마련하고 있는데요. 특히 오미란 여사의 사인이기도 했던 췌장암을 앓는 10살 이기쁨 양이 오미란 소아암 재단의 첫 후원을 받는 췌장암 환자로 바로 어제 한강대 병원에서 성공리에 수술을 마쳤다는 기쁜 소식이 전해지자 같은 병원에서 자원봉사를 하고 있던 봉사자들은 눈물을 흘리기도 했습니다. 자원봉사자들 중 한 분과 제가 직접 인터뷰를 나눠 보겠습니다. 언제부터 오미란 소아암 재단과 함께 자원봉사를…….」

"형님 정말 축하드려요."

서경과 나란히 소파에 앉아 뉴스를 보던 태은이 서경을 바라보며 입을 열었다.

"뭘?"

"민후 9시 뉴스 앵커 된 거랑, 형님 특검보에 포함되신 거 둘 다요."

"고마워, 올케. 올케도 경도건설 전무 된 거, 그리고 오미란 소아암 재단 대표이사 된 거 축하해. 그리고 서준이 특별검사 두 번이나 하게 만든 것도 다 올케 덕인 것 같아 정말 고맙고."

"해진 아빠 특별검사 된 게 어떻게 저 때문이겠어요. 다 그 사람이 열심히 노력한 결과죠."

"사람은 집 안에서 마음이 편해야 밖에서도 일을 잘할 수 있는 거야."

"그런가요?"

두 사람은 오래된 친구처럼 마주 보며 웃었다. 말로 하지 않아도 그들은 이미 서로의 마음과 생각에 대해 많은 부분을 이해하고 공감하고 있었다. 그러기에 충분한 시간을 지금까지 함께했으니까.
"민후는 이제 완전히 귀국한 거죠?"
"CJB와 계약 기간에는 아마 나가고 싶어도 나가지 못하겠지."
"형님 정말 그동안 민후가 위험 국가 특파원이며 테러 단체 취재하러 다니는 거 보시며 얼마나 마음고생 하셨어요? 이제 정말 두 다리 쭉 펴고 주무시겠어요."
"맞아. 그땐 정말 내가 민후 대신 현장에 나가고 싶을 정도였으니까. 그 아이 뉴스는 차마 눈을 뜨고 볼 수 없는데, 그 아이 소식이 나올까 봐 다른 뉴스는 빠뜨리지도 않고 보며 지냈던 것 같아."
그때를 회상하는 것만으로도 힘든 기억이 온전히 떠오르는지 서경의 눈가가 발갛게 달아올랐다. 그것이 이 세상 모든 것들이 시간의 흐름에 따라 변해 간다 해도 유일하게 변치 않을 한 가지, 바로 자식에 대한 엄마의 마음일 것이다.
"그래도 이제 모든 게 다 잘 풀려서 기쁘시잖아요?"
"정말 그래. 지금이 내 삶에서 가장 평온한 순간 같아."
"그런 말씀 마세요, 형님. 이제 더 좋은 일들만 많으실 거예요. 그런데 신기하게 형님이 웃으시니까 화면 속에서 민후도 엄마를 보면서 웃는 것처럼 보여요."
"저 녀석 어릴 때는 그렇게 잘 웃고 엄마밖에 모르더니 이제는 다 컸다고 잘 웃지도 않는걸."
"좀 안 웃으면 어때요? 전 조칸데도 보고만 있어도 이렇게 흐뭇한데, 형님은 오죽하시겠어요?"

"우리 민후만 그런가? 해진이 해윤이는 좀 예뻐?"

"저희 애들도 아빠를 닮아서 예쁘죠?"

"올케도 예뻐. 우리 서준이가 지금까지도 눈에서 콩깍지가 안 벗겨진 걸 보면 모르겠어?"

그때 현관문이 열리고 해진과 해윤이 함께 집 안으로 들어왔다.

"다녀왔습니다."

"너희들 오니? 그런데 어떻게 같이 들어와?"

"집 앞에서 만났어요."

해윤은 곧장 소파로 걸어와 서경에게 인사를 하고는 옆자리에 앉았다. 하지만 해진은 엄마와 고모에게 차례로 고개를 숙여 인사하고는 곧장 2층 제 방으로 올라가 버렸다.

"해윤아, 오빠 왜 그래?"

"오빠가 왜요?"

"기분이 별론 거 같아서."

"그랬어요? 제가 볼 때는 평소랑 똑같던데요."

"뭘 물어, 올케? 내가 보니까 해진이가 꼭 민후 성격이네."

"아니에요, 형님. 우리 해진이는 민후보다는 훨씬 더 다정하죠."

"언제부터?"

서경은 태은을 놀리는 게 재미있는 듯 슬쩍 미소를 보인 뒤 다시 TV 화면을 향해 고개를 돌렸다.

"와, 민후 오빠다."

"어때, 해윤아. 우리 민후 정말 잘하지?"

"당연하죠, 누구 아들인데요. 저 귀티 나는 외모에 슈트발은 또……. 정말 오빠는 존재 자체로 이미 다른 수식어는 필요가 없는 사람인 것 같아요."

교복도 갈아입지 않고 서경의 옆에 꼭 붙어 앉아 해윤이 말했다.

"그런데 고모?"

"응?"

"만약 민후 오빠가 유빈 언니랑 결혼하겠다고 하면, 결혼 허락해 주실 거예요?"

"응?"

"유빈 언니가 방송국 들어간 거 민후 오빠 때문이잖아요."

"그랬어?"

"아빠가 그러시는데, 유빈 언니가 소유한 퀸 호텔 지분이 어마어마하다고 하더라고요. 언니 할머니가 돌아가시면서 재산을 전부 상우 아저씨가 아니라 언니 앞으로 남겨 주셨대요. 언니는 그렇게 돈도 많고, 똑똑하고, 예쁜데도 20년 넘게 오직 민후 오빠한테만 일편단심이고."

"내 생각이 중요한가? 민후 마음이 중요하지."

"역시 우리 고모는 쿨하시다니까."

"그런데 해윤이는 그게 왜 궁금해?"

"그냥 유빈 언니의 일편단심이 해피엔딩일지 궁금해서요."

"꼬맹이가 별게 다 궁금하네."

"고모, 저 이제 열여덟 살이에요. 춘향이는 열여섯 살에 이몽룡을 만났는걸요."

"뭐?"

"그런데 민후 오빠는 유빈 언니가 오빠 좋아하는 거 알긴 아는 거예요?"

해윤이 취재라도 하듯 또다시 서경에게 물었다.

"글쎄. 어렸을 때는 알았던 것 같은데, 그때는 너무 어렸을 때니까. 민후 유학 다녀오고 해외에서 기자 생활하고 국내에 들어온 지 이제 겨우 몇 주 지나서 둘이 오붓하게 만나 얘기할 시간도 없었을 것 같은데. 지금은 모르겠다."

"아, 이럴 때 보면 유빈 언니 너무 불쌍하다니까."

"뭐가 불쌍해. 지난주에 해성그룹 둘째 아들이랑 선도 봤다던데."

해진의 방에 간식을 가져다주고 내려와 서경과 해윤을 위한 생과일주스 두 잔을 들고 다시 거실로 나오던 태은이 말했다.

"엄마도 참, 아빠가 그러시는데 상우 아저씨가 유빈 언니한테 그 선 안 보면 CJB에 압력 넣어서 언니 자르겠다고 협박하셔서 어쩔 수 없이 얼굴 도장만 찍고 온 거래요."

"그럼 한 사장은 반대하는 거네?"

"반대라기보다 상우 아저씨는 사랑도 기브 앤 테이크가 이루어져야 아름답다는 생각이신 거죠. 고모도 만약 민후 오빠가 목석같은 여자한테 혼자 20년 넘게 목을 매고 있으면 보시기에 마냥 좋지는 않으실 거 아니에요."

해윤의 말이 일리가 있는 듯 서경이 고개를 끄덕였다. 하지만 태은의 생각은 달랐다.

"강해윤, 그런데 넌 도대체 뭐가 되려고 그런 얘기만 아빠한테 듣고 다니는 거야?"

"전, 현모양처요."

해윤이 태은을 바라보며 씩 미소를 보였다. 자신의 어린 시절 모습과 많이 닮은 얼굴로 해윤이 해맑게 미소를 보이자 태은도 더 이상 화를 내지 못하고 피식 웃음을 흘리고 말았다.

"농담이에요. 저는 아빠랑 고모처럼 변호사가 될 거예요. 그래서 제가 아빠와 함께 대양의 미래를 책임질 생각이거든요."

해윤이 각오를 다지듯 주먹을 불끈 움켜쥐며 말했다.

"너, 변호사가 얼마나 힘든 직업인지 알아?"

"세상에 안 어려운 일이 있나요?"

"그런 뜻이 아니잖아."

"이제 곧 올라가서 공부하라는 소리가 나오겠군요."

"잘 아는구나?"

태은이 씩 미소를 지었다.

"알았어요. 그럼 저는 미래 대한민국의 양심을 짊어지고 갈 정의로운 변호사가 되기 위해 오늘도 올라가서 열심히 공부를 하겠습니다."

해윤이 제 과일주스를 집어 들고 자리에서 벌떡 일어섰다.

"그래, 우리 해윤이 파이팅이다."

"고모도 특검보 되신 거 파이팅이에요."

해윤이 후다닥 2층 제 방으로 올라가고 난 뒤 태은은 다시 서경의 옆자리에 앉았다.

"해윤이 아주 물건이야."

"해진이랑 너무 달라요."

활짝 웃는 얼굴로 말하고 있는 서경과는 달리 태은은 고개를 젓고 있었다.

"한배에서 나왔다고 다 같을 수야 있나."

"그래도 오빠 반만큼만 좀 과묵하고 진지했으면 좋겠어요."

"그건 올케가 복에 겨워서 하는 소리야. 해윤이는 안 시켜도 스스로 공부 잘하지, 싹싹하지, 예쁘지, 활발하지. 어디 내놔도 다 탐낼 만한 딸이야."

"그런가요?"

사실 태은도 알고 있었다. 자신의 어린 시절과는 전혀 다른 모습으로 밝고 자유롭게 자라나고 있는 해윤을 보며 자신이 더 큰 행복을 느끼고 있다는 사실을…….

"그런데 서준이도 보고 가려고 했는데, 늦나 보네."

서경이 벽에 걸린 시계를 바라보며 나직하게 중얼거렸다.

"곧 올 거예요."

"아니야, 올케도 피곤할 텐데. 내일 전화로 얘기하지, 뭐."

"그럼 들어오면 전화하라고 할게요."

"그래."

서경이 일어서자 태은도 함께 자리에서 일어섰다.

"올케한테는 항상 고마워."

"뭐가요?"

"우리 서준이 내조도 잘해 주고, 또 해진이 해윤도 착하게 잘 키우면서 예쁘게 살아 줘서."

"형님은 가끔 보면 해진 아빠 누나가 아니라 엄마 같아요."

"맞아. 나한테 서준이 동생이지만 아들 같은 아이야. 어릴 때부터 내 손으로 먹이고 씻기고 공부시켰으니까."
"형님 그럼 아들이 둘인 거네요."
"응. 둘 다 너무 잘 커 줘서 기특하고 고맙지."
"누님?"
서경과 태은이 천천히 정원을 가로지르며 대문을 향해 걷고 있을 때 대문이 열리더니 서준이 집 안으로 들어왔다.
"다녀오셨어요?"
"서준이 오는구나?"
"지금 가시는 길이세요?"
"응."
"그런데 무슨 일로 오셨던 거예요?"
"중요한 일은 아니고 다들 얼굴도 볼 겸 들른 거지, 뭐."
"제가 모셔다 드릴까요?"
"아니야, 차 가져왔어. 피곤할 텐데 어른 들어가서 쉬어."
"밤길인데 제가 모셔다 드리고 택시 타고 돌아올게요."
"나 아직 그렇게 안 늙었어."
서경이 가볍게 이마를 찌푸리고 대답했다.
"네. 그럼 조심해서 들어가세요."
"서준아."
"네?"
"그런데 너 나한테 꼭 존댓말 써야겠니?"
"왜요? 싫으세요?"

"아니다. 네 고집을 내가 어떻게 꺾겠니."
"네?"
"얼른 들어가 쉬어."
"조심해서 들어가세요."
"그래."

태은은 서준과 함께 서경의 차가 골목을 완전히 빠져나갈 때까지 지켜본 뒤 서준의 팔에 팔짱을 꼈다. 쌀쌀한 밤바람 때문인지 팔짱을 낀 온기가 어느 때보다 따듯하고 소중하게 느껴지는 듯했다.

"애들은?"
"들어왔어요."
"뭐 해?"
"각자 자기들 방으로 올라갔어요."
"당신 애들한테 너무 공부, 공부 하는 거 아니야?"

서준이 의심스러운 목소리로 물었다.

"안 그래요. 그런데 당신 해윤이가 변호사 되겠다고 한 건 알고 있었어요?"
"그럼, 알고 있었지."
"언제 알았어요?"
"고등학교 진학할 때 그러던데."
"전 오늘 알았어요."
"당신은 해진이를 좀 편애하는 것 같아."

서준이 불만스러운 목소리로 말하자 태은이 걸음을 멈추고 자리에 섰다.

"당신이 해윤이 태어난 뒤로 해윤이만 너무 예뻐하니까 그렇죠."
"내가 그랬다고? 정말 내가 좀 그랬나? 그런데 해윤이 녀석이 너무 귀여운 걸 어떻게 해."
"그러니까 해윤이 녀석이 아빠만 믿고……."
태은의 목소리에도 불만이 배어 있었다.
"애들 얘기는 그만하지. 그런데 당신 오늘 바빴지?"
두 사람은 다시 집을 향해 천천히 걸음을 옮기기 시작했다.
"전무실로 사무실도 옮기고, 장모님 소아암 재단 행사에도 다녀오느라고."
"기억하고 계셨네요?"
"그럼. 난 당신에 대해 항상 모르는 게 없잖아."
"당신도 저도 달라진 게 별로 없는 것 같은데, 벌써 우리가 결혼한 지 22년이 지났다는 게 실감이 안 나요."
"나도 그래."
서준이 다시 걸음을 멈추고 태은의 얼굴을 마주 보았다.
"나는 지금도 매일 저녁 퇴근해서 집으로 돌아올 때마다 내 첫사랑을 만난다는 설렘으로 가슴이 떨리는데."
"거짓말."
"거짓말 아니야."
"당신 혹시 저한테 뭐 잘못한 거 있어요?"
태은이 눈을 가늘게 뜨고 서준을 바라보았다.
"아니야, 진심이야. 당신은 안 그래?"
"비밀이에요."

태은은 묵비권을 행사했다.

"그런데 이건 말해 줄 수 있어요."

"뭐?"

"사랑해요."

나이를 먹어도 사랑스런 태은의 고백에 서준이 그녀를 꼭 끌어안았다.

"나도 사랑해."

"왜 이 말은 매일 들어도 또 듣고 싶을까요?"

"그건 우리가 나이를 먹었어도 우리 가슴속의 사랑은 여전히 뜨겁기 때문 아닐까?"

"훗."

"그리고 매일 듣고 싶다면 매일 해 줄 테니까 걱정하지 마."

"저도 매일 말할래요. 사랑해요."

"나도 사랑해."

"얼마만큼이요?"

"그게 중요해?"

"요즘 애들은 그렇게 구체적으로 물어보더라고요."

"저 하늘의 별만큼."

서준의 대답에 태은은 밤하늘을 올려다보았다. 새까만 밤하늘을 수놓은 수많은 별들이 그들과 함께 이 아름다운 날의 행복을 나누고 있었다.

"고마워요."

"나야말로 고마워. 이렇게 변함없이 내 곁에서 날 사랑해 줘서."

"제 사랑이 변하지 않게 지켜 준 건 당신의 사랑이었는걸요."
"내가 그 사랑 앞으로도 영원히 변하지 않게 지켜 줄게. 사랑해."
"저도 사랑해요."

사랑은 그것이 우리에게 찾아온 것만으로도 기적일 것이다. 그리고 우리 곁에 존재하는 동안 끊임없이 또 다른 기적을 만들어 내는 것 또한 사랑일 것이다. 사랑은 그 존재를 믿는 동안은 우리 가슴에서는 절대 시들지 않고 매일 꽃처럼 환하게 피어날 테니까.

마침

작가 후기

'Marry you'는 따듯하고 부담스럽지 않은 글, 잔잔하면서도 책장이 잘 넘어가는 글을 써 보고 싶다는 마음으로 쓰기 시작했습니다.

그런데 프롤로그에 불안하게 나쁜 외삼촌을 짧게 등장시켰던 이유는, 서준이 재윤을 걱정하고 지켜 줘야겠다는 마음을 가슴 깊이 담게 되는 동시에 정의로운 검사가 되겠다는 꿈을 갖게 되는 계기가 된 장면을 만들기 위해서였습니다. 하지만 어찌 보면 외삼촌은 그 짧은 등장으로 서준에게는 강한 기억과 각오를 갖게 했고, 두 사람을 아주 오랫동안 이어 준 계기가 되기도 했으니 제 개인적으로는 꽤 중요한 등장인물 중 하나가 아니었나 하는 생각을 가지고 있습니다.

서준이 짧지만 강한 첫 만남에서 재윤을 가슴에 담았다면, 태은(재윤)이 자신의 아빠를 멘토로 삼고 자란 서준에게 자연스럽게 끌리게 되었던 것은 어쩌면 당연한 일이 아니었을까요?

'Marry you'는 쓰는 동안도 제게 많은 생각을 하게 했던 글이었습니다. 인연이라는 것이 억지로 엮는다고 엮을 수 있는 것은 결코 아니지만 어느 순간에는 정말 예상치 못했던 곳에서 누군가를 만나고 특별하게 인연을 이어 가기도 하니까요.

쓰는 동안 너무 잔잔한 글이 아닌지 걱정이 되는 순간도 있었습니다. 그런데 든든히 곁을 지켜 주신 독자님들의 따뜻한 응원 덕에 제가 생각했던 큰 틀 안에서 무사히 완결을 낼 수 있었습니다. 누군가의 응원을 받는 일은 좀 더 신중해지고, 때론 부담이 되기도 하지만 그만큼 큰 힘이 되어 주는 것은 분명한 사실이니까요.

따뜻한 관심과 응원 속에서 무사히 글을 마치고 난 지금 다음에는 더 좋은 글로 보답을 드려야겠다는 생각이 듭니다. 항상 새로운 글에 도전하고 여러분들의 기대에 조금이라도 더 보답하는 글을 쓰는 작가가 되기 위해 노력하겠습니다.

마지막으로 부족한 제 글을 출간해 주시고 수정에 힘써 주신 마야마루 출판사와 손도영 과장님 외 많은 분들께 진심으로 감사를 드립니다.

다음 글로 다시 뵙게 되는 시간을 기다리며 물러가겠습니다. 항상 건강하시고 행복하세요.

2015년 5월
최효희 올림